牛堰河畔

苏立 秋天 著

广东旅游出版社
中国·广州

图书在版编目（CIP）数据

牛堰河畔 / 苏立，秋天著 . — 广州：广东旅游出版社，2023.1
ISBN 978-7-5570-2959-3

Ⅰ.①牛… Ⅱ.①苏… ②秋… Ⅲ.①中篇小说—中国—当代 Ⅳ.① I247.5

中国国家版本馆 CIP 数据核字 (2023) 第 031255 号

出 版 人：刘志松
策划编辑：彭　超
责任编辑：宁紫含　于洁泳
装帧设计：书点文化
责任校对：李瑞苑
责任技编：冼志良

牛堰河畔
NIU YAN HE PAN

广东旅游出版社出版发行

（广东省广州市荔湾区沙面北街 71 号首、二层）

邮　　编	510130
电　　话	020-87347732（总编室）020-87348887（销售热线）
投稿邮箱	2026542779@qq.com
印　　刷	四川科德彩色数码科技有限公司
地　　址	成都市郫都区成都现代工业港北片区港北二路 551 号
开　　本	889 毫米 ×1194 毫米 32 开
字　　数	325 千字
印　　张	12.75
版　　次	2023 年 1 月第 1 版
印　　次	2023 年 1 月第 1 次
定　　价	89.90 元

［版权所有　侵权必究］
本书如有错页倒装等质量问题，请直接与印刷厂联系换书。

目 录

第一章 /001

第二章 /009

第三章 /018

第四章 /027

第五章 /037

第六章 /048

第七章 /057

第八章 /064

第九章 /074

第十章 /085

第十一章 /095

第十二章 /105

第十三章 /113

第十四章 /121

第十五章 /132

第十六章 /144

第十七章 /154

第十八章 /163

第十九章	/172
第二十章	/181
第二十一章	/189
第二十二章	/201
第二十三章	/211
第二十四章	/220
第二十五章	/233
第二十六章	/242
第二十七章	/250
第二十八章	/260
第二十九章	/269
第三十章	/279
第三十一章	/291
第三十二章	/300
第三十三章	/309
第三十四章	/318
第三十五章	/326
第三十六章	/337
第三十七章	/345
第三十八章	/352
第三十九章	/360
第四十章	/369
第四十一章	/379
第四十二章	/387

第一章

　　严冬终于过去，虽说也有倒春寒，但毕竟已是春回大地了。
　　惊蛰刚过，成都平原就暖和起来。金牛大地上，和煦的春风拂面而来，绿了路边的小草，壮了田里的嫩苗。绿油油齐腰深的小麦正在孕穗，油菜已忙着开盘吐金了。蝶形的胡豆花涂着美丽的紫斑在枝叶间探头探脑，绿茵茵的紫云英迫不及待撑出的紫红小伞，将草坪似的田地打扮得如烟似霞。几场春雨过后，牛堰河水涨了，它浸着清新的泥土气息，混着新鲜的青草味儿，汩汩地向东流去。牛堰河畔，农家院旁，榆树、枫杨、皂荚树刚披上新绿，而性急的柳枝早已在微风中婆娑起舞了，其间还点缀着粉红的桃花，紫白的泡桐花，雪白的李花和梨花。春天这位艺术大师，不等人们回过神来就变换了大地舞台，接下来，不知是婆娑的柳枝要演奏一曲柔美的田园牧歌，还是灿烂的繁花要演出一幕令人捧腹的人间喜剧？
　　这天太平镇赶场。
　　牛堰河畔的太平镇是座具有上千年历史的古镇。北宋初年，当地官员为了让百姓安居乐业，组织民工开槽筑堰，修建一条人工河，引阳江河水灌溉这一带的农田。因修建时挖出一头石牛，便取名为牛堰河。后来遗留下来的民工住宅逐渐形成了一个场镇，当时叫河边街。明朝永乐年间这里出了一个进士，遂更名为太平镇。"太平"二字出自《汉书·王莽传上》，"天下太平，五谷成熟"，百姓企盼这人杰地灵之地永远无战事，年年得丰收。由于这一带土地肥沃，水源充足，盛产优质稻谷，过去太平镇曾是成都平原上一个著名的米市。每年秋季新米上市，成都、内江、绵阳等地的米贩粮商便纷至沓来，大车小车装得满满的，推的推，拉的拉，将雪白优质的新米运往各地，有的还从水路运到重庆呢。新中国成立后，粮食实行了统购统销，大宗的米市交易终止了。这几年打击投机倒把，连米市都取缔了。不过，农民仍然要到场镇上交易蔬菜、畜禽、农具、种子、饲料等，还要购买百货、五金、副食品什么的，每到赶场天，场镇上依然挤得水泄不通。

九点不到，曾家富已经在太平镇东场口摆好了摊子。

夜里下过一场小雨，人们踏着湿漉漉的地面陆陆续续朝场口涌来。提篮子的，背背篼的，担挑子的，推鸡公车的，拉架子车的，几乎都装载着各种农副产品。也有三三两两空着手来赶耍场的，还有用自行车搭人载物的，铃铛声一路响个不停。

两个农民走上前来，瞧了瞧他身边烧烙铁用的蜂窝煤炉子，又看了看湿地上铺的几张旧化肥塑料袋上摆的铝皮、剪刀、榔头后，才把手中的烂铝锅、漏搪瓷盆放在上面，说是赶了场才来取。一个大娘却直接把一个烂铝锅递过来说：

"小伙子，弄快点，中午我还等着它煮饭呢。"

"没问题！"曾家富接过大娘的烂铝锅，坐在小木凳上，两腿一并，围腰覆好膝盖，仔细打量后才说，"虽说洞不大，但周围都朽了。只补这个洞也行，就是用不到好久。如果换个底子，钱要贵点，你自己选。"

"换个底子要好多钱？"

"一元，明码实价。"

"那就换个牢实点的，省得又麻烦。"

"好的！"

大剪刀沿着底部麻利地走了一圈，黑黑圆圆的锅底就脱落了，果然又朽又薄。他选了一个厚实点的铝皮扣上，就叮叮当当地敲打起来。动作不轻不重,节奏不快不慢,不像在补锅,倒像在演奏一种打击乐器。悦耳的声音拉慢了一些人的步子,有的干脆不走了,不一会儿就围成一个圈。

"让开让开!"

突然的一声大吼惊得他抬起头,臂戴"执勤"红袖套的一条大汉矗立在面前,如同一口大铁钟直压头顶,他眯起了眼。

"收起来,收起来!打野摊摊都摆到街上来了,真是胆大包天!"一阵呐喊,三四个"红袖套"冲过来又形成了一个更小的包围圈。

曾家富没有动。

"还不快收!"大汉看他呆头呆脑的样子,一时性起,对准摊子就是一脚,圆圆的铝皮便稀里哗啦溃不成阵。其中一个铁环般滚动起来,飞快地朝街心逃窜,摇摇晃晃一阵,躺在了一个行人脚下。

那个行人立即将它"捉拿归案"。

曾家富死死抱紧铝锅,他明白,踢扁了是要赔大娘的。

正僵持着,草绿色军裤下的解放鞋大跨一步,一个没有戴红袖套的年轻人喝道:"看看你背后的墙壁!"

这声音不大却严厉,曾家富不敢看他,听从地转过身。围墙上,一条长长的红漆斑斑的老标语"千万不要忘记……!"的惊叹号上,他看见了一张新贴的通告,是加强集市贸易管理的,落款有区革委鲜红的印章。内容虽来不及看,但明摆着是违反上面的条款了,不然民兵咋来了,连书记都来了……

他垂下头,懊悔自己瞎了眼,这半天,背后大大的通告竟没有看见!

"你也太张狂了!摊子竟敢摆在这个地方!"大汉对着散开的铝皮又狠狠地踏上一只脚。

硬是霉起冬瓜灰了,不背时才怪!

他开始收拾摊子。

大娘慌了,连忙拿起还张着大嘴的铝锅说:"中午我咋个煮嘛?"

人群里有人慌忙跑出来拿走了自己的烂铝锅、漏盆子。

看了看焦急的大娘,年轻人迟疑了一下才说:"那赶紧,把这个补完就收摊子!"

"快点!快点!"大汉很不耐烦地催促道。

叮叮当当的声音又响起来,像风暴前的雨点。埋头敲打的曾家富觉得自己像只杂耍的猴子,被团团围住;又像是个被人当场捉住的小偷,让人戳戳点点。他羞愧难当,不敢抬头,巴不得地上裂条缝子。

他终于把补好的铝锅递给大娘。

"漏了还要找你!"大娘双手接过铝锅大声说。

他手里像变戏法似的冒出一个东西,他不敢看,他知道那是大娘塞给他的一元钱。

"快走快走!""红袖套"们又很不耐烦地吼起来。

大汉并不急着走,他大声宣布道:"我们是曾桥大队的!这个人跑出来补锅,是单干打野!我们当众搋他的摊子,就是要取缔单干打野!坚决刹住走资本主义道路的歪风!……"

围观的人已是里三层外三层了。

有人认出大汉是曾桥大队的民兵连长邓勇,年轻人是党支部书记钟建华。

宣传还在进行,又围了好久,民兵们才终于押着"俘虏"鸣锣开道。

围观的人又迅速形成了火巷子,看雄赳赳的民兵,看耷拉着脑袋灰溜溜的"俘虏",直看到载满罪证的自行车消失在南场口。

人群并不急着解散,又叽叽喳喳地议论开了:

"不准补锅,锅烂了咋办?"

"锅烂了街上有补锅店,他是打野的!"

"人家补个锅,又没偷又没抢。"

"他老子就是曾子强!晓得不?"

人们恍然大悟!啊,原来他是镇压了的舵把子①曾子强的儿子!这事跟曾子强有了瓜葛,麻烦就大了!

恍然大悟的人四下散开了,如空中炸裂的爆竹星星点点布满场镇,又向镇外蔓延。

走在前面的邓勇忽然大喊:"钟书记!你看!"

顺着他的手势,只见南场口外的一棵大桉树下,罗老二正弓着腰在修自行车。两个朝天的轮子旁站着个妇女,身强力壮的他只穿了件红色运动衫,老远就被认出来了。

"上!"一声令下,民兵们直扑过去,如天兵天将降落在罗老二面前。

速战速决,罗老二束手就擒。

通往曾家桥的土公路上,赶场的人都用好奇的眼光注视着这支凯旋的队伍。一辆拖拉机开过来,飞溅的泥浆伴着咒骂,"砍脑壳的,好生开嘛,溅老子一身"!而驾驶员并不理睬,双手握紧方向盘碾过洼坑一路颠簸而去。

钟建华走在最后,他有种自豪的感觉,就和当年在部队全班完成作业任务夺得全连第一受到表扬一样。眼下,他也正冲锋在前,出奇制胜。

"建华!"

来到一个丁字路口,右边油菜花簇拥的机耕路上过来几个人,一眼就看出敞开中山装身体微微发福的那个人在喊他。

"孙大伯!"钟建华立即停下脚步,示意邓勇他们先走。

"行动啦?"孙大伯的目光依次扫过这支满载而归的队伍后

---

① 舵把子:新中国成立前四川地区建立了不少带黑社会性质的袍哥组织,在一个"码头",即小地区地位最高的人称作袍哥大爷,也叫舵把子。

问道,并在他肩头亲热地一拍。

孙大伯是吴家坝大队的老支书,其实岁数并不老。他们前几天还一起在区上开会,建华一向很尊重他。

建华笑了笑说:"再行动,也不敢和你们吴家坝比嘛!"

"看你说的!"他哈哈大笑起来。

他又望了望走过的队伍,才小声说道:"按照上面要求,我们也传达了。至于行动嘛——你们放了头炮!……"突然他又哈哈大笑起来,"今天赶场,我们要上街喝茶去啰!"说着就大步追赶那几个人去了。

建华觉得他今天有点怪怪的,究竟怎么怪,好像又说不出来。他望着老支书的背影,自己担任支书的情景又浮现在眼前:

去年打早稻的时候,中午收工回家刚端上碗,代理支书严久思就汗涔涔地走进屋来。

"建华!喊你两点钟到公社党委办公室去一趟。"

"啥事?"

"总是好事嘛!"藏不住的笑从他眯缝的双眼溜了出来。

该不是招工吧,建华很高兴,他做梦都想进成都东郊的国防厂当个工人,前些年就有复员军人去了那里。

三下五除二扒完了饭,他换了件干净的背心,两点钟准时出现在党委书记何庆田的办公室门口。

"何书记!"

"哦,来啦!进来坐。"何庆田放下手中的报纸,微笑着说。

何书记是新中国成立后培养的第一批农村基层干部。个头瘦高,面容黝黑,目光犀利,微微有些龅牙。稀疏的头发总是顺溜地梳往脑后,多少给人有些注重仪表的感觉,但这些都丝毫无损他作风的干练。他看了看面前这个小伙子,果然单刀直入:

"小钟,叫你来是这么回事——"

钟建华感到他没有了平时的威严,说话很谦和。

第一章

"你们大队的老杨支书这几年身体一直不好。公社党委经过专门研究,决定让你来担任曾桥大队的党支部书记。"

最后这句"谦和"的话犹如一梭子弹,险些将这位民兵连长击倒。他脑袋摇成了巴郎鼓:"不行!不行!"

"小伙子,民兵工作你就搞得不错,党委相信你!"何书记笑了。

隔了好一阵,缓过气来的他才慌忙说道:"听说老杨书记已经出院了。"

"是出院了,但是断断续续住了两个多月的医院,医生说他积劳成疾,体质虚弱。调养恐怕不是十天半月的事……"

"老严不是干得好好的吗?"他终于找到了救命稻草。

"老严是干得好好的。不过,你想想,他是大队长还兼治保主任,再继续代理书记,这么重的担子都压在他一个人肩上,他的年纪也不轻了,要是他再倒下怎么办?眼看'三秋'大忙就迫在眉睫了……"

望着何书记的眼神,他有种临危受命的沉重。

"这么些年来,我们大队、生产队的干部都还没有做过大的调整,现在都普遍年龄偏大,文化偏低,"何书记语重心长地说,"小钟,你是共产党员,当过兵,又有文化……"

还有什么可说呢,共产党员就要服从组织安排,党指向哪里就奔向哪里!在部队当过四年兵的他深知,当兵就意味着一切行动听指挥,复员军人应该是表率!这是党委的决定,他没有理由推辞。

从公社出来,他就是顺着右边这条机耕路直接去了王文娟的家。王文娟是他热恋的初中同学。在涓涓溪流旁那棵倾斜的桃树下,他把党委的决定告诉了她。

文娟听了,一点也不吃惊,竟看着他笑了。

"你还笑得出来,我都快急死了!"

007

"你都干不好,哪个还干得好?"

他感激她的信任,这句话至今想起来都还让人热血沸腾。

站在丁字路口,他望着油菜花簇拥的村道,何书记的话穿越了蜜蜂的嗡嗡声盘桓在耳边:"建华,这次运动区委要在我们公社抓点,我希望你们大队成为公社的重点。年轻人,回去好好干!"这是前几天刚开完区委扩大会,何书记专门把他叫到一边说的。他一回来就马不停蹄地开会传达找人商量,决心趁农闲就把局面打开。作为一个男子汉,答应了的事就一定要做好,不能辜负组织的信任!

他看见队伍已经走得很远了,便加快了脚步。

不经意间就走上了曾家桥。

通往曾家桥的土公路从太平镇出来就与牛堰河一路同行,若即若离经过三个大队后,到这里则跨河而去。曾家桥原先是座高高耸峙在牛堰河上的石拱桥,建于清代嘉庆年间。桥两边的栏杆石壁上,雕刻着旧戏里的人物故事。两座桥墩上,各自翘首的石雕龙头威严地注视着进水那方,古人企盼以龙的威力来镇住桀骜不驯的河水。不知为什么,自己小时候总觉得桥墩上不该是龙,而应该是牛。牛堰河嘛,不是说哪朝哪代挖出过石牛吗。据说后来又跌入河中,说不定就在这桥下。这石牛应该和生产队的水牛差不多。不,应该更高大,更精美,更威猛!不管怎样,这里都是小伙伴们夏天最迷恋的场所。特别是自己站在龙头上往河里"丢炸弹",再从龙尾巴凫出脑袋,没得几个敢这样,当时自己简直风光惨了!桥面由一块块石板铺成,被鸡公车碾出深深的车辙,镌刻着沧桑的岁月,诉说着当初古桥连接附近几个场镇的热闹与繁忙。桥南端那棵苍老而高大的皂荚树旁的曾家祠堂已经破败,行人和车夫都爱在这里歇脚喝茶。后来,随着下游弯曲河道的改造,为了通行拖拉机和汽车,又新建了现在这座钢筋水泥的平面桥,人们还是叫它曾家桥。而高高的石拱桥就拆掉了,祠堂也消失了。

正想着,差点和迎面而来的一个人撞上。

"钟书记!"那人很慌忙。

钟建华抬头一看,她发短而清瘦,蓝布衣衫前抱着一个鼓鼓囊囊的白布口袋。

见书记的目光停在口袋上,她难为情地说:"借的米,亲戚家借的。"

她是彭淑芬,一队王大炮的女人。

"哦。"

看着她那沉甸甸的米口袋,钟建华的心也沉甸甸的。上个月他去一队,曾碰到她也抱着一坨不知从哪里借的米,看来家里又断了粮,可田里的小麦还没有吐穗呢……

第二章

上午赶场,袁小凤吃力地在人群中穿行,当她在火巷子中窥视到本大队的几张熟面孔时,着实吓了一跳。但这毕竟和她无关,她才没心思看热闹呢,这时的一门心思都在背上,背篼里是刚刚买的小黑猪。她满头大汗一口气把小猪崽背回家,午饭后就高高兴兴地请来刘明金帮忙修猪圈。

阴暗的猪圈房里,身材娇小的袁小凤手里支着一盏煤油灯,刘明金弓着腰,正在给一个挡板钉钉子。他已经把上一槽猪拱得翘起的石槽摆正,只等圈栏钉牢就完工,这时小黑猪伸着小嘴过来拱他的腿杆。

"狗东西，拱得老子痒酥酥的，跟你主人家一样会逗人呢！"他眼一瞥，嘴角浮起意味深长的笑。

袁小凤的脸微微红了，嗔怪道："你一开腔就怪兮兮的！"

袁小凤的丈夫是公社修缮队的泥瓦匠，四年前在工地上摔成重伤不久就去世了，丢下她和两个年龄尚小的女儿。隔壁的队长刘明金从此照看殷勤，派工上多有照顾，还常常来帮她干些重活，为了走动方便两家还打了干亲家。这不，两三寸长的大钉子，干亲家两锤就搞定，挡板牢牢地钉在了猪圈上。

"谢谢了！"袁小凤露出感激的笑靥。

"谢谢了，"刘明金学着她的口气重复了一遍，故意问道，"咋个谢呢？"灯光昏暗，他脸上的麻子并不显眼。

"妈！还不快去，晒坝上好多人了，钟书记都来了！"大女儿秀秀突然跑进来喊道。

刘明金吃了一惊。虽然会上说了大队干部要下队联络，但没想到书记会来得这么快。

他立即放下钉锤走了。

定点下队是钟建华刚提出的新点子，说是为了整顿作风要一竿子插到底。可这一竿子书记就插到了一队！你想想，太平镇他都敢去闹腾，还有啥事不敢干？今天抓个曾家富，明天我还有好果子吃？何况抓人这么大的事，事先连一点点风声都不透给我，大小我还是一队之长嘛！

刘明金心里很不爽，好在还有三三两两的社员扛着锄头担着箢箕正朝保管室汇集，虽然党小组长肖开江已领着人在老晒坝旁平整新晒坝的地基了，但自己还不算太晚。

四个打夯的人有节奏地起落着夯石，只听艾志忠笑嘻嘻地说：

"钟书记，你来我们队上参加劳动哇？大队干部学习陈永贵，一年要劳动三百天哦！"

| 第二章 |

"矮哥,没得问题!"钟建华响亮地回答。

艾志忠是队上的贫协组长,个头矮小,人称矮哥。

王大炮瞟了矮哥一眼,开口就是大喉咙:"你喊人家钟书记一年要做三百天活路,大队上那么多事情,你去做啊?"

话音一落,大家都笑起来。

"钟书记今天刚来蹲点,你们就东说西说嘻嘻哈哈的,谨防打到脚哈!"一脸严肃的刘明金出现了。

笑声戛然而止。

"突突突"的手扶式拖拉机过来了,刘爱国高兴地大喊:"机械化来啦!石灰来啦!让开,让开!"

大伙儿急忙退的退,让的让,他便开心地大笑起来。他是刘明金的儿子。这个快活的青年把这手扶式拖拉机爱得跟宝贝似的,总叫它"机械化""这家伙"。他把"这家伙"停放稳当后,就跳下车,冲着打夯的人喊道:

"喂!矮哥,咋不吼起来呢?"

不等矮哥开口,一个戴眼镜的小伙子手舞足蹈地吼了起来,他是下乡知青赵文军。

"同志们加油干啦,哎嗨哟呀!大家加把劲啦,哎嗨哟呀——"

"晒坝早打好呀,"矮哥跟着吼道,"哎嗨哟呀!"

晒坝上又响起一片欢快的笑声。

"去几个人,赶快把石灰卸下来!"刘明金指挥道。

赵文军嘴里还"哎嗨哟呀"地叫着,就上了车。

"曾家富,曾家富在哪儿?"刘队长大声武气地喊,一看他正在平地,就吼道,"过来,过来!这边下石灰!"

浑身缀满异样目光的曾家富垂下了头,默默地扛着锄头卑怯地走过来。一见钟书记也上了车,他有些犹豫,但还是硬着头皮爬了上去。他动手卸起来,粉尘立即笼罩了他。

随着锄头铲子的掀动,石灰推了下来,粉尘四处飞扬。

011

"钟书记干活还真行,不怕累,不怕脏!"有人大声表扬。

"不是不怕脏,而是不怕呛!"一面铲着石灰,一面纠正的赵文军,自己倒先咳起来,引得大家又是一阵哄笑。

等石灰卸完,跳下车的钟建华去一边拍打着身上的粉尘,刘明金出现在他面前。

"老刘,今晚上的政治夜校学习,都安排了嘛?"

"早安排啰!"刘明金麻脸上堆满笑,"钟书记,你放心!政治学习,我老刘从不含糊!"

老刘哪样事含糊过?就说这打晒坝的活路,说简单也不简单,说复杂也不复杂。地基铺平夯实后,在上面先铺上一层煤渣;再铺一层石灰,然后在石灰上面浇水;最后用木掌子在上面不停地拍打,直到打出砂浆来;磨平晾干后,硬邦邦的晒坝就成功了。到时候,收获的麦子、谷子往上面一倒,比过去用竹编的晒簟省事多了。这夯地铺渣,倒灰浇水,一道道工序必须井井有条,环环相扣,才不会窝工费时。虽说刘明金这边指指,那边吼吼,但大家都听他的调遣。这么复杂的工程能有条不紊地进行,进展配合能这么默契,要不是他,哼,你来试试!

当夯实的地坪铺上煤渣石灰浇了水之后,打砂浆就是主要工序了。晒坝上噼噼啪啪的拍打声,密集而响亮,如过年燃放的爆竹。泥点飞溅在人们身上,传出阵阵欢笑声,这样的劳动热闹而快活。

大家一字排开退着拍打。钟建华挨着一个社员蹲下来,这个社员装着和别人说话,拿着木掌子走了。

肖开江连忙递过来一把木掌子,挨着他拍打起来。这拍打也有讲究,开始用力,等打出细腻黏稠的砂浆后,动作就稍微轻一些。

钟建华小声问,社员对曾家富的事有什么反应?肖大伯说,早就该把他弄回来,不过——他抬头朝刘明金那边望了望,又努了努嘴。

他们的交谈声被噼噼啪啪的拍打声淹没了。

第二章

晚上，刘明金舀了碗菜稀饭就一个人吃起来，没有看见爱国，只有阶沿上弯腰弓背的妻子。她正给蜂窝煤炉子生火，蒲葵扇煽得噗噗噗地响，升腾的煤烟呛得她不停地咳。他早已听惯了这揪心的阵咳，看惯了黑线帽子下太阳穴上拔火罐的圆形紫斑。但是做饭喂猪收拾打整一摊子活还只得她干。他要赶紧去保管室，不能再像下午那样迟到。他搁下碗，从墙壁上取下队上那盏三嘴壶煤油灯，点燃提着出了门。

夜黑黢黢的，冷飕飕的，四周一片静谧。手提的灯照亮了脚下的路，灯影把他摇晃成一个长腿的大怪物。

保管室是队上堆放粮食、种子、农具的库房，也是社员开会学习的场所。一队的保管室是一通三开间的土墙大草屋，一头堆着风车、晒簟、脱粒机等大中型农具，一头放着箩筐和稻谷、玉米、黄豆等种子。开会学习就在屋子中间。

刘明金把三嘴壶煤油灯挂在从房梁垂下的铁钩上，屋子里立刻透亮。不等他坐下，几个年轻人就涌进来。他们总是嘻嘻哈哈无忧无虑的，不摆龙门阵，就唱起歌来。《大海航行靠舵手》《我们走在大路上》这些雄壮的旋律，总是让人激动。小伙子们的《打靶归来》刚停，姑娘们就接上了《社员都是向阳花》，一来二往，好不热闹。就连烤着烘笼的使牛匠李大爷，破棉袄上的皱脸笑眯眯的，几个妇女更是听得傻呵呵的。

这生产队开会不像公社和大队，究竟哪点不像，也说不清楚。总之比较自由，年轻人总是早早就来了，想唱就唱，想跳就跳，不唱不跳的就看热闹，在家里可没这么安逸。就是开起会来，想说就说，想听就听，不想听就打瞌睡，反正屋子里暖乎乎的。

刘明金看着这群无忧无虑的年轻人，还有那些傻呵呵的脸，心想，不晓得在高兴啥子！看这屋里一张张黑黝黝的脸，有出门拉过车的，有卖苦力挣过钱的，还有起早摸黑去城边卖过小菜的，如今风声这么紧，不要只看到抓了个曾家富，紧跟着，恐怕你一个个都跑不脱!

他突然发现了钟建华,不知什么时候已经和矮哥他们坐在那里摆龙门阵了,于是连忙走过去把他请到方桌边坐下。不等歌唱完,他立马拍手大叫:

"雅静,雅静,学习开始了!"

唱歌的虽然意犹未尽,也只好找位子坐下。等大家安静下来,队上的理论辅导员、下乡知青林德瑜走上前来,就着三嘴壶煤油灯,打开报纸,开始了语录学习:

"小生产是经常的、每日每时地、自发地和大批地产生着资本主义和资产阶级的……"

大家都竖着耳朵听,不懂外国人为啥一句话要说那么长,让人听到后面已经忘了前头……还是红宝书好,又好懂又好记,阶级斗争,你死我活,再明白不过了——未必翻了身的贫下中农还想去吃二遍苦、受二茬罪?

念完语录,又读社论。

"我们的任务,是不断铲除滋生修正主义的土壤,"她想尽量读出感情,就特意将"铲除"读得很重,而且进行了短暂的停顿,还做了解释,"'铲除'就是用铲子锄掉,'土壤'是指产生修正主义的资产阶级法权。"

"'法权'是啥子嘛?"有人在下面吼了起来。

"'铲除'倒好懂——哎,我就想不明白了,'土壤'咋个就变修啰?"

"是嘛,土壤就是泥巴,田头的哪块泥巴不是生产队的?就是下午打的晒坝也是生产队的嘛!生产队就是集体的,啷个变修的嘛?"

林德瑜笑了:"'土壤'是打的比方。资产阶级法权,是指城市像八级工资制,农村像农贸市场、小商小贩这些,都要限制和取缔……"

第二章

林德瑜说得清楚,可是社员却听不明白:

"啥子呢?工资都铲除了不喝西北风?"

"要取缔农贸市场,不准赶场啦?"

"是不是又要吃公共食堂呢?"

屋子里乱哄哄的。

刘队长一拍桌子:"闹啥子闹?喊你们学习呢,又不认真听!报纸上说的限制,限制就是不能去干!当然,也不能去想!"突然,他对着会场大吼一声:

"曾家富!曾家富来了没有?"

"来了,来了!"曾家富连忙从墙根边站了起来。

全场立刻清风雅静。

刘队长一脸严肃地说:"曾家富!让你来参加学习,说明你和你地主老娘还是有区别的,你懂不懂?"

曾家富连忙点头,并感恩地说:"那是,那是。"

"你补锅的东西虽然都交给了民兵和大队,但你的问题还是在那儿摆起的哈!"刘明金看了看书记后又说,"至于咋个处理,听大队的!——念,接着念!"他突然向林德瑜挥了挥手。

曾家富松了一口气,小心地望了望大家,才低眉顺眼地坐了下去。

大家很是失望,等着看一出好戏,好不容易小丑才出场,一眨眼就谢了幕,真是扫兴!伸长的脖子,张望的脑壳,全都无趣地缩了回去。

外面下起了小雨,还刮着风,早春的夜晚寒气逼人。屋子里烟雾缭绕,空气龌龊,浓浓的叶子烟雾弥漫得咳嗽声此起彼伏,有人虚开了门缝。一股冷风灌了进来,歪倒的焰苗眼看就要熄灭,门又赶紧掩上了。李大爷将破棉袄裹了裹,一只手扶着叼着的叶子烟杆,一只手伸进烘笼掏了掏。突然,他手背上像掉下两个冰坨坨,惊得他喊出"啥东西啊",埋头一看,原来是袁小凤的小女儿把手伸了进来。"鬼女子！"他把自己的手拿了出来，小手便占领烘笼，小脸也靠在烘笼上了。晚上开会，袁小凤总是带着两个女儿出门，开完会常常是背上背着熟睡的小的，后面跟着大的。

钟建华从李大爷脸上看过，他正津津有味地叭着叶子烟，旁边几个姑娘用手扇着袅袅的烟雾。靠墙坐着打瞌睡的王大炮，那贪婪张开的大嘴在云雾中时隐时现……

建华的目光依次扫过会场。一张张面孔嶙峋得犹如一尊尊雕塑，一张张嘴巴在灯光下尤为突出。张开的，紧闭的，厚厚的，干瘪的，布满皱纹的，缺了牙齿的……这嘴一张，几乎要占脸的一半，要倒多少东西来填补！春荒时节，不要想大米白面，就是有两碗清汤汤的菜稀饭倒进去就不错了。他心里很沉重，一队不仅缺粮户多，打野的多，扯筋闹架的就更多，在公社都是出了名的"三多队"……

"哪个背时鬼干的？"

王大炮突然从坐着的倒扣过来的笋筐底上跳起来。

一个个惊得目瞪口呆。林德瑜也抬起头，一脸莫名其妙。

王大炮一边跺脚，一边抖动裤子，裤脚下滚出一串冷冰冰的黄豆。

众人开怀大笑。

"干啥子？干啥子！"刘队长气得麻疙瘩都抖动了，他没想到书记来了，这些人也不知收敛。

他指着墙边一溜人怒斥道："这是政治学习！你们以为是儿戏嗦？"

赵文军吐了一下舌头，收起鬼脸，赶紧坐回原位。

站起的人也坐下了，会场安静了，林德瑜继续读报。

报纸终于读完了。

刘队长板着脸说："从今天晚上起，我们队上就恢复政治夜校了，每个星期两个晚上。"他突然满脸堆笑，看了看钟建华又说，

"现在大队钟书记来我们一队蹲点指导,大家欢迎!"

他带头鼓起掌来,社员们也跟着鼓掌。

钟建华连忙站了起来,向大家致意后又坐下。

刘明金心想,这后生比起他老汉来是太嫩了。但"后生可畏",畏就畏在初生牛犊,干事没轻没重!今天敢在太平镇上扯敞子^①,明天不晓得要把一队闹成啥样子!心里不痛快,嘴上却说:

"今天上午钟书记带起民兵,把曾家富逮回来了,太平镇都闹喝了!这是向资本主义宣战,是向单干打野进攻!"

屋子里没有了议论声,大家都尖起耳朵听。

"这也标志着,这场运动从我们一队开始了!今后,我们该批斗就批斗,该出工就出工,该开会就开会……"

他请钟书记讲话。

钟建华站起来,环顾一圈后才说:"这次运动是学理论,搞整顿。我到一队,是来向大家学习的,希望大家多多帮助!"

"大家"的眼光都有些异样,书记来向我们"学习"?是不是弄反了?明明是来领导我们"学习"的嘛!搞运动,目的不就是要提高"大家"的觉悟?

当然矮哥并不怀疑他说话的真诚,虽说年轻,但没有架子。

书记的语气有些沉重:"我们一队面临的困难不少,眼下又青黄不接,春荒缺粮……"他目光缓慢地扫过王大炮和李大爷。

李大爷正眼巴巴地望着他,大家也都望着他。这些目光是压力也是动力,他有些激动地说:"社员同志们,虽然我们困难不少,但是,只要我们按照毛主席的指示开展好学习理论运动,像大寨人那样苦干实干,就没有克服不了的困难!"他两道遒劲的眉峰被浑黄的灯光射得如飞鹰的双翅。

看着大家的目光,他提高了嗓门说:"今天下午打晒坝,出

---

① 扯敞子:原指卖艺的人在广场、空地上使人群敞开,形成圈子。这里是说故意造势,引人注意。

工的人那么多，大家又展劲，半天就打好了！要是在过去，出工七零八落，我听说这种活路起码要两天……照今天这样子下去，一队一定能够旧貌换新颜！"

他激动地侧过头来，身旁坐着的刘明金，在灯光照射下他只能看清他半边脸。

他的目光停在了曾家富身上。

突然，他神色严厉："打野这股歪风，我们必须坚决刹住！堵不住资本主义的路，就迈不开社会主义的步！曾家富，你必须深刻检讨，听候处理……"

第三章

天刚麻麻亮，钟建华的母亲就下了床，没看见老头子，知道他下了地。挽好发髻，系上围腰，轻脚轻手来到厨房煮饭，她知道儿子昨晚回来得晚，怕吵醒他。等米锅烧开，又忙着去收拾院坝。

这个院落住着十几户人家，是三队最大的院子。以前，和建华的大伯相邻。十年前，在大院的西南角盖了四间草房，她家就搬了过来。这里没有了大院坝的热闹拥挤，几笼竹子形成了一个小小的林盘。平时她总是把小院子收拾得干干净净。才搬来的时候，林盘外溪边那棵小枫杨还只有拳头那么大，如今已长到钵口粗了。一阵清脆欢悦的"喳喳"声传来，钟二娘抬头一望，一对画眉站在高高的枫杨枝头对歌，看来今天准是个大晴天。

"钟二娘!"又一个画眉般脆亮的声音传来。

她一扭头,一个水灵灵的姑娘走了进来。原来是八队刘幺婶的女儿刘玲,去年才高中毕业,如今是大队团支部副书记,最近常和陈家学一起来找建华商量工作。

"这么早就扫院子了,钟书记在屋头哇?"

钟二娘脸上堆满了笑,说:"他昨晚上去一队开会回来得晏,还没有起来。你先坐一下,我去给你喊!"边说边递过竹椅。

刘玲一偏头,就看见建华正在林盘边一笼竹子面前刷牙,他满口都是洁白的泡沫,转身向她点着头。

刘玲笑了,对着钟二娘往竹林那边努了努嘴。

钟二娘也笑了:"原来早就起来啰!"说着就进屋去了。

建华刷完牙,顺手把搪瓷缸子放在旁边水泥板上,问:"啥事,这么早?"

"来晏了怕你有事走了。"刘玲走了过去。

钟建华挽起扎进草绿色下装的白衬衣袖子,双手伸进脸盆里,捧起大把大把的冷水往脸上浇,然后扯下肩头搭的干毛巾一擦,就算洗完了脸。

"说吧。"他睁开眼。

"我想给你建个议,"刘玲一张口就露出两排雪白的米牙,"现在理论学习开展起来了,是不是把大队宣传队也搞起来?"

乍一听,建华立刻想到了部队的文化活动,便挺感兴趣地说:"来,坐下说说你的想法!"

受到鼓舞的刘玲高兴地说:"成立宣传队,把年轻人组织起来,唱革命歌曲,演样板戏,既调动了大家的积极性,又活跃了理论学习!"

"好是好,但是唱啊演啊都需要人才啊!"

"这个你不用担心,"刘玲得意地扳着指头如数家珍,"五队的罗显华,小学的欧老师,他们'文革'初期就是公社宣传队的。

这几年又有一些回乡知青和下乡知青,像五队刘冬梅,一队林德瑜,还有刘爱国,这些人都喜欢唱歌跳舞。家学又会拉二胡,付强还会吹笛子……"

"你了解得这么详细啊,不谙我们大队还藏龙卧虎呢!"建华笑了。

"还有我,高中就是班上的文娱委员!"刘玲一笑,脸上露出两个可爱的酒窝。

"哦,那我还有眼不识泰山呢!"看着果绿色灯芯绒衣服,他故意开了个玩笑。

"泰山不敢当,但只要你一声令下,本人甘效犬马之劳!"机灵的小姑娘很顽皮。

建华高兴地说:"那就由你具体负责!团支部把大家组织起来后,就叫曾桥大队毛泽东思想文艺宣传队。"

"太好了!"刘玲激动得差点叫起来,没想到事情这么顺利,她脸上的酒窝调皮地一闪。

建华没有笑,他说:"不过,活动必须是业余的,不脱产,不记工分!"

"当然啰,共青团员嘛!"

他们又商量了一些具体事宜,都由刘玲去牵头落实。她很激动,自己一个设想刚刚提出,书记就拍板敲定,甚至连活动的细节都考虑到了。真是快人快语,周到细致,兴奋和快乐充溢于她的每一个细胞。

刘玲正要起身告辞,建华却说:"还有个任务要交给你们团支部。你和陈家学商量一下,最好在大队部办个学习专栏,对'资产阶级法权''修正主义土壤'这些名词术语做出解释;还要反映学习动态,表扬好人好事,批判坏人坏事。"

刘玲爽快地答应了。

建华把她送过溪上的条石小桥,她后脑勺上两只刷把似的小辫，快活得一摇一晃的。

钟建华眼前出现了一幅精美绝伦的晨曦图：天空弥漫着淡淡的朝霞，田间飘荡着薄薄的雾霭，一个婷婷的少女宛若一只快活的小鹿，蹦跳在黄澄澄绿油油的色彩之间。油菜、小麦和野草上布满潮湿晶莹的露珠。转眼间，少女斜背着一个黄布军用挎包，在野草茸茸的村道上向着遥远的地平线走去……

少女突然回眸一笑，她竟然是文娟！

他俩是初中同学，都是班上学雷锋的积极分子。革命大串联又一起上北京，走韶山。峥嵘岁月的豪情，风华正茂的激情，在共同追求相互默契中交织融合，不知哪一天就升华成了心心相印的爱情。他喜欢她那不服输的劲头和热情泼辣的性格，她也喜欢他那诚实的为人和憨憨的率真。他参军走了，文娟在家乡等他，爱情让他们享受着鸿雁传书心有灵犀的甜蜜。

生活，有时让人捉摸不透。如今文娟读书走了，他又在家乡等她，光阴看似一番轮回，而万物却今非昔比。他想，人长大了，在聚聚散散的变幻中，情感应该更成熟，彼此应该更眷念。但这次离别，起先还书信不断，后来说学习忙，书信少了。他知道她好强，班上好多同学是高中生，只读过初中的她一定比别人要下更多的功夫，这些他都能理解和体谅。可是，临近春节了，学校该放假了，不见人归，也不见信来，他只好从那条野草茸茸的村道去她家打听。得知她不回家过年，他很失落。真是刻苦攻读分秒必争吗？真要政治挂帅过一个革命化的春节吗？他甚至想，该不是好强的她累病了吧？他很想去一趟重庆，可是自己又脱不开身。好在年前她的书信终于到了，信很短，说她很好，不要挂念，叫他好好干，照顾好自己。虽然也有"挂念""照顾"之类的话，但他却读不出字里行间那种甜蜜的眷恋了……

双手突然有种抓握的冲动，看着脚下静静流淌的溪流，他多想俯身去抓握掬捧。然而，无论你的抓握掬捧有多紧多牢，那溪水都会从指缝间流失。一种莫名的惆怅,如缭绕的淡雾弥漫开来,顺着野草茸茸的村道向着遥不可及的远方蔓延。

"你站在那儿看啥子?"站在阶沿上的钟二娘大声说,"去喊你爸回来吃饭了!"

落寞的他一转身,就看见他爸正沿着溪边小路走来。

老头子身量高,腰圆膀阔,短杵杵的头发早已掺白,虽然有气管炎,但走路仍还沉稳。早晨有些寒气,他在半新不旧的中山服外面套了件棉背心,又用一条青布围腰在腰间一扎,倒也利索。挑着的两只篮子,一头海椒秧,一头茄子秧,都有三四寸长,排列得整整齐齐。

建华连忙上去接他的挑子。

"去把地头的厚皮菜背回来!"老头子一点不领情。眼角和腮颊边粗粗的几条皱纹渔网般撒开,仿佛时常带着三分笑。但他对儿子说话却总是命令的口气,何况太平镇昨天赶场的事,老头子心里更是憋着一股气。

建华来到自留地一看,田埂边放着一大背篼厚皮菜,想起刚才那两篮整齐的菜秧子,就知道父亲有多勤快。再一看,地里的莴笋、芹菜、菠菜、蒜苗、葱子,一厢厢,一块块,搭配均衡,错落有致,就知道父亲有多精明。除了蔬菜,还种了一大块喂猪的厚皮菜。人吃,猪吃,他口袋里的零花钱,全在这里,难怪连边边角角都见缝插针。刚才撬了菜秧子的地膛上,丢弃着几个苦盖的草垫子,虽不知道又要种啥,但父亲肯定成竹在胸。自己无暇顾及的这块自留地,老人没少下功夫。

钟祖德在新中国成立初就是主任,摆起龙门阵来,一张口就是"我们土改那阵",仿佛"土改那阵"有多了不起。直到人民公社时他也是管区主任,由于反对产量"放卫星",不相信亩产能"超万斤",结果挨了批撤了职。困难时期后又被群众选为生产队长,他高矮不干,最终推脱不掉,一干又是十来年。直到气管炎严重复发,社员异口同声地说大家都服你,你只动动口就成,眼看动口都难了才退了下来。岁数不饶人,现在除了大小两季农忙在队上劳动外,农闲就很少出工了。他和周围的很多老农一样,赶赶场,坐坐茶铺,种种自留地。前年秋天,两分自留地的莴笋上市早,品相又好,前前后后共卖了二十多元,老汉高兴了好一阵。可是去年党员会上有人批评他,说他缺乏继续革命的精神,两眼只盯着自留地。他心想,不搞自留地,政府分给你做啥子呢?嘴上懒得争辩,心里却窝着一团火。

最让他窝火的是儿子退伍这件事。本来你个老二在部队上干得好好的,入了党,还当了班长,眼看就要提干了,提了干即使转业都是有工作的,跟老大一样捧的是铁饭碗。老大中专毕业就分配到川南铁路上工作了,农村里一家有这么两个争气的儿子,够让人眼红的了。可是老二连个招呼都不打就退了伍!说是要照顾多病的二老,我们要你照顾了?还不是想回来结婚嘛!当然要了那么多年的朋友也该结婚了,结果人家读书一走了之,看来结婚是竹篮打水了。更恼火的是,如今还去当个大队书记,别说招工没望,单就这些运动,就够提心吊胆!别看今天你在大会上讲话,说不定明天就给你挂上了黑牌子!年轻人哪里懂得起,老人可是捏着一把汗呢!大枫杨树下的农家小院里,本该是老两口逗着小乖孙,小两口和和睦睦地过日子,可如今看见的却是整天秋风黑脸的老人,听见的是没完没了的争执。

建华把厚皮菜背回大枫杨树下的时候,钟二娘已把半铝锅菜稀饭端上了桌,桌上还有一碗刚从罐子里捞出来的黄爽爽的老泡菜。舀好的三大碗菜稀饭,冒着热腾腾的白气,散发着诱人的新鲜蔬菜的清香。吃的时候要吹一下,顺着碗边喝上一口,来不及细嚼就会滑下喉咙。再来一口泡豇豆,酸酸脆脆满口生津,那个爽劲儿硬是不摆了。

钟二娘把一碗干点的端到丈夫面前说:"老钟,你今天去周家场卖了菜秧子,记到去供销社买个蜂窝煤炉子盖盖回来。屋头那个盖都盖不严,我只好压了一块砖,费煤得很。上次赶场就喊你买,你都搞忘了!"

"今天我记得到,一个盖子说了半天!"钟祖德吞下一口稀饭不耐烦地说,"哪天不准赶场了,我看你到哪儿去买蜂窝煤盖盖!"

埋头喝着稀饭的建华,忍不住抬起头来说:"哪个不准赶场了嘛,现在说的是'减少',又不是'取缔'!"

"从来就是二、五、八赶太平镇,三、六、九周家场,一、四、七两路口,你一减少不就乱了套了!"老头子深深的皱纹聚焦眼角,瞄准了儿子,仿佛他就是取缔赶场的那个人。

建华只好对父亲笑了笑说:"爸,这次学理论,就是要加强对农贸市场、小商小贩的管理,端正社会主义方向——"

"又来了,又来了!你嘴巴不嫌累,我耳朵都听起茧了!"钟祖德打断了儿子的话,夹了一节泡豇豆丢进嘴里,酸得皱着眉。

儿子的开导很耐心:"不懂,开会就学嘛。你们老一辈吃苦的精神没话说,但文化低,理解能力……"

"嫌老子文化低?老子搞土改那阵,你娃娃还青勾子满地爬呢!"

钟二娘一看又闹起来,连忙劝道:"吃饭吃饭!一会儿稀饭都冷了。"

"要说开会——土改那阵,我们开的会还少哪?有事一喊,丢下碗就走,半夜三更都在外头跑。那阵开会,讲的都是老百姓心里想的。分田地,搞生产,哪个不拥护!做主人,建设新中国,哪个不高兴!……"钟祖德一谈起新中国成立初的事,仿佛又回到当年火热的岁月里,一阵激动竟咳起嗽来。

儿子笑了起来,说:"好汉不提当年勇了。爸,你那个思想还停留在过去,社会发展了,要跟上时代的步伐。"

"哈子叫跟上时代步伐？"他瞪了儿子一眼,"乱吼乱叫就跟上啦？场不准赶,我看二天饭都不要吃了！"

"饭当然要吃！"儿子说完,故意对准饭碗又吹又喝,津津有味地吞下一大口。

"学学学,这么多年还学少了？……"一阵猛咳让老人上气不接下气了。

"要防止产生资产阶级和修正主义,就要学习和批判……"

"一天就晓得唱高调！"咳嗽让老人脸红筋涨。

"爸,你越说越不像话了！幸好是在屋头。"儿子一脸严肃。

"幸好是在屋头,"他撇嘴学着儿子的腔调,粗起的颈项青筋暴暴,"我肯信,你把老子也抓起来！"

"老钟,你就少说两句嘛！看把老躯巴儿整翻了。"钟二娘实在看不下去了。

大家又埋头喝稀饭。

菜稀饭还是把嘴巴塞不到,钟祖德又自言自语地说:"哪样不用钱,油盐酱醋茶,还有蜂窝煤炉子盖盖！农民不卖点菜,不卖几个鸡蛋,不赶场,哪来一分钱……"

"只是说减少赶场天,正常的集市……"

"啥子是正常？修个车、补个锅不正常？你们抓人就正常？"老人忍无可忍,把手中的碗往桌子上一蹾。

建华耐着性子解释:"我们大队单干打野都成风了,未必还不管？"

"罗老二是贫农出身,你们把他跟地主子女一锅端！人家一没偷二没抢,你们竟然还动用民兵！"老人气愤地说,"弄得老子进茶铺都没脸面！"

"是贫农就不该去打野！打野是单干,是走资本主义,你有没有阶级斗争观念？"

"你有！那我问你,自行车烂了,该不该修？靠自己的气力手艺赚点钱,哪点错了?就跟我卖菜秧子一样……"

"你以为你卖菜秧子就对完啦?"

"那我就搞不醒豁了,老子今天就请你这个书记给我讲个清清楚楚,说个明明白白!"老人气喘吁吁地站起来,一步跨到儿子面前,指着自己的鼻尖说,"我卖菜秧子究竟犯了哪条哪款?我肯信——你、你是不是想把老子也弄到太平镇去过火巷子嘛?"

"跟你说不清楚!"儿子放下碗出去了。

钟二娘走过来收拾碗筷,她瞟了一眼丈夫,抹着桌子说:"吃个饭都不清净,在一起就顶嘴!建华他年轻,肯学习,跟到政策走是对的,何况他是书记。"

"书记咋哪?我还是书记的老汉儿呢!"钟祖德最不满意她这点儿,每次他和老二争议,老伴总是护着儿子。

"老汉儿就要有老汉儿的样子!人都要讲道理嘛!"

"你以为只有他说的那些才是道理?你懂啥子!"

"就你一个人懂!"妻子白了他一眼,嘟着嘴走了。

钟祖德在旁边小桌上拿起一片叶子烟,气粗粗地坐在矮竹椅上裹起来。等把裹好的烟卷装进铜烟锅里,又从怀里掏出火柴盒,划燃的火照着他的脸已经没有先前那么难看了。当土黄色铜烟嘴送进嘴里,他就吧嗒吧嗒地抽吸,慢悠悠地吐雾,这种有滋有味的享受并不亚于喝稀饭。虽然咳着嗽,心里却在估摸着今天菜秧子的价位,当然,还有老伴叮嘱的买蜂窝煤盖盖也不能忘。

过足了烟瘾,他手端半碗凉水往院坝走去,站在篮子边,猛吸一大口,变成葫芦瓜的嘴瞬间成了喷雾器,对准菜秧子噗噗噗的就是几口,秧苗立时更加鲜活了。

第四章

　　下午，卖菜秧子的还没落屋，钟建华就出了门。他想沿牛堰河去看看小春的长势。农村社队要尽快把农业生产搞上去，也是这次区委扩大会的重要精神。

　　牛堰河水不急不缓，碧绿清澈得照天映地，要不是冰凉，他真想一个猛子扎进去。河水流到八队突然发威，在河湾里倾泻而下，雪白的浪花汇入了滔滔的阳江河，远近闻名的曾家碾就横卧在奔腾不息的牛堰河上。曾桥大队是太平公社最边远的大队，往西与郫县交界；往北可以坐渡船过阳江河到周家场，去彭县就不远了；顺着土公路朝东走，不过曾家桥就一直可以到成都。桥南端的曾家祠堂旧址上早已建了小学，后来又在附近陆续修建了大队会议室、代销店①和医疗站，目前全大队还只有这几个地方通了电。

　　看着一马平川春色正浓的田畴沃野，望着星罗棋布翠竹环绕的农家院落，田野上仿佛根本就没有路。其实，在这大片大片艳丽的春色中，在枝繁叶茂的禾苗下，掩藏着四通八达供农家自由出入的阡陌小路，就是那直通西安、北京的宝成铁路，也是从牛堰河上跨过的呢。但是，庄稼人又有几个坐过火车呢。

　　一踏上八队的地界，钟建华就很兴奋。河湾里的油菜、小麦，苗架健壮长势喜人，比别的队略高一头。刚刚走过的田地，有的苗架高矮不齐，个别田块甚至像蒿草一样纤弱；瞧这八队的庄稼，

---

① 代销店：二十世纪七十年代前后，为方便农村群众购买商品，由公社供销社设在边远大队的商品代理销售网络。

就是田边边地角角都是绿油油齐刷刷的,几乎连泥土都看不见。仔细一看,华盖般的油菜花枝下面已伸出一枝枝嫩嫩的针管,精巧纤细,不久它就会鼓胀起来,充满针芥般的小籽粒。蜜蜂正在加紧采蜜,还有一只蝴蝶也来凑热闹。

他停在葱茏的麦苗前,忍不住弯下腰来,用手轻轻抚摸着健壮的秆子和厚实的叶片,就像抚摸着一幅幽雅的油画,又像抚摸着一匹精美的蜀锦。这种感觉,要是没有远离家乡的彻夜难眠是难以体会的。

由殷实的曾姓庄稼人得名的曾家湾,直到现在产量也一直不错。钟建华把手中的麦苗放开,心想,要是队长们个个都像李先志该多好,缺粮户就不会那么多了,社员也不会出去打野了。不过话又说回来,有几个人敢当李先志呢?在太平公社要保持数一数二的高产纪录谈何容易?何况高产带来的指责与烦恼,又有几个人愿意承受?一会儿说你是"唯生产力论",一会儿又说你是"只埋头拉车不抬头看路",一篇《春风又绿曾家湾》的报道在区广播站一广播就炸了锅,那场斗争又浮现在眼前……

去年公社召开的春耕生产动员会,不过是大队干部和部分生产队长参加的中型座谈会。何书记做了简短的动员后,就要大家畅所欲言交流。会场气氛活跃,大家谈到化肥不好买,麦苗细矮种子老化,社员缺粮干活磨洋工等等。只见何书记放下手中的笔,点了李先志的名,要他谈谈怎么备耕的,面临以上问题又是怎么处理的。李先志平时说话少,见点了名,就只好站起来。

突然,姜青云窜到台前,一把抓过话筒。

他是"三结合"进公社革委会的造反派头头,也是公社修缮队的队长。

他举起话筒,说有几个问题想请教:"在当前大好的革命形势下,我想问问公社革委会,为什么不进一步掀起大批判的高潮?为什么不宣传大批判带来的大变化?开这样的会,作为革委会的成员，我事先为什么不知道？"

连珠炮似的发问，让会场弥漫着浓浓的火药味。人们都紧张地把目光转向何庆田。

"抓生产就是促批判嘛！眼看就春耕大忙了，这个会，是经过革委会讨论的，你这几天在区上开会……"何庆田就是何庆田，解释得笑嘻嘻的。

"难道不可以等我回来再研究？"姜青云咄咄逼人。

"季节不等人，只争朝夕是毛主席教导的，我们也是未雨绸缪嘛！"何庆田还是笑嘻嘻的。

姜青云却很严肃："区上这几天的会，革命造反派都在进行革命大批判，这里却在讨论什么化肥啊种子啊。"他突然用了一种语重心长的语气说，"贫下中农同志们，革命干部们！我提醒大家，一定要头脑清醒，严防以生产的名义，来转移革命斗争的大方向！"

大家面面相觑。

"同志们啦，"他继续说，"当前的关键是肃清孔老二流毒，可是有人却把曾桥八队作为典型宣传，又是记者采访，又是经验介绍，这样明目张胆地唱对台戏，其中的玄机，难道不值得深思吗？"他把头转向何庆田追问道，"大毒草《春风又绿曾家湾》到底是怎么出笼的？是谁同意记者去采访的？"

人们再次领教了造反派咄咄逼人的革命气势。

"记者采访，我不晓得……"

"同志们！你们看，一到关键时刻就装糊涂！这次区上开会，同样的问题，我们几个公社的造反派，就一起质问过老巫，他也是一个'不晓得'！这篇报道流毒全区，一个堂堂的宣传部部长会不晓得？一个公社的党委书记也不晓得？——问题明摆着，就是想蒙混过关嘛！"

他把头偏向李先志，不无讥讽地问道："曾家湾的这位当家人，你恐怕就不会不晓得了吧？"

李先志大声回答："记者是来找了我，问了产量，问了田间管理，我都如实回答，没有半句假话。"

"我的同志哥咃，这篇大毒草是向无产阶级进攻的一枚重型炮弹，你已经被利用了！"他把头转向何庆田，"现在全国山河一片红，你们却大肆宣传什么'绿'！你们究竟想把注意力引向何方？"最后他面向大家沉痛地说，"同志们啦，我们一定要头脑清醒！这是在转移斗争目标，这是潜伏的一股暗流，这是阶级斗争的新动向！"

有人惊诧他那敏锐的目光和深邃的洞察力。

"摔死在温都尔汗的林彪，不是曾天天喊'三忠于''四无限'吗？那是蒙骗的伎俩！现在有人高喊增产增收，那是在转移斗争大方向！真正的革命战士，不会埋头去数田头多了几颗麦子，而是要抬头去看那不倒的革命红旗！"

有人似乎有了醍醐灌顶的感觉。

"几颗麦子算什么？重要的是革命精神！我们红军战士没有麦子吃，不是靠吃野菜啃皮带，走完了二万五千里长征吗？我们游击健儿没有大米吃，不是靠吃糠咽菜，赶跑了日本帝国主义吗？我们无数革命先烈忍饥挨饿，不是靠鲜血和生命，迎来了新中国的曙光吗？同志们，我们一定要发扬他们的革命精神，拒绝物质的诱惑蒙骗，为了红色江山，一定要搞好革命大批判！"

有人热血沸腾，有人目瞪口呆。

"我们不能让唯生产力论回潮！特别是曾桥大队！"他眼光在李先志和严久思之间扫了两个来回，最后严肃地说，"老严，你表个态吧！"

几个曾经的"战友"也跟着起哄，说问题出在曾桥大队，肃清流毒当然要从这里开始！

老严慢慢站了起来，态度十分诚恳："眼下，老杨书记还在医院头,等他一出院,我们立马召开批判会。搞批判是政治大事,当然必须得书记亲自挂帅!"突然他面有难色,额头上刀戳斧砍的三条皱纹蹙成一团说,"我这阵虽然在代理书记,但在座的都晓得,我老严是大老粗一个,斗大的字认毬不到一箩筐。田坝头样样活路都难不倒我——这不是吹牛,但要问孔老二为啥子'克己复礼',我就弄毬不懂了!自己都弄不懂,咋个带大家批判?那不是拿扁担当吹火筒了?"

在人们的笑声中他坐了下来,自己当时在膝盖边给他竖了个大拇指。再看李先志,他正脚跷二郎腿,手撑下巴骨,两眼半闭半睁,似听非听,似睡非睡。

这年头,当先进也不容易。

想着想着,已经来到八队晒坝边。建华看到保管室门外站着几个人,头都探向里面。他走过去问怎么不进去。有个妇女回头一看是他,有点不好意思地说:"来晏了,里头没位子了。"并连忙退开让他进去。

他探头望了望,里面黑压压的一片,讨论似乎很热烈。

李先志走了出来。

"先志,打扰你了!"

"说哪里去了!"话语不多的他笑着说,"欢迎指导,快进来!"

"不用了,既然你出来了,我们就在外面摆两句。"

"好嘛,那我安排一下就来。"

等李先志返身出来,他们一起往晒坝边走去,蹲在那里摆谈起来。

"你们政治夜校白天也学习?争论得那么热烈,是在讨论什么问题?"

"政治夜校昨晚上就学了,打野也批判了。幸好,我们队上没有曾家富那样的人。"他如释重负,"这阵在讨论工分标准。有人爱钻空子,出工不出力。我们平时记标兵工分,现在想完善农忙的计件工分。"

建华望着他宽宽的额头，不知那里面还装着多少名堂！

他停了一下又说："计件要先定好规矩，割麦子、扯菜籽论亩计件，麦桩的高矮，把子的齐展，都有质量要求；担麦子、担菜籽挑子也有满与不满之分。总之要体现出多劳多得！"

当然，多劳多得才能调动社员的积极性。建华由收想到种，于是便问："早稻育秧，你们今年用的胜利矮吧？"

"胜利矮和文选矮各占一半。"

"中稻呢？"

"这两年我们主攻双南矮。虽然它成熟期要稍微迟几天，亩产却要高出几十到一百多斤。今年扩大到百分之四十，其余就种矮沱谷和八十矮。"

他如数家珍，又问到小春田间管理和大春备耕事宜，他都娓娓道来。对这样的生产实干家和社员的好当家，建华感到由衷地佩服。

李先志一九六二年初中毕业，响应党的"大办农业"的号召回乡务农。作为积极分子曾抽调出去搞过"四清"运动，入了党。四年前接了曾兴富的班后，不仅学到了老队长那套传统的生产经验，还更加重视科学种田。他指着眼前那片绿油油的麦田说，要苗不倒伏，下种时的农家肥要施足，这都是老队长曾四爸教的。目前正在进行赤霉病防治，只要扬花期不出现淫雨天气，今年收成就不成问题。

这时，行色匆匆的陈家学从机耕路上过来了，大概跑热了，他敞开全链盒的银灰色夹克衫，还隔老远就大声说道："建华，我没有找到严官，听说你在八队，就过来了！"

"会开完了？"建华边问边站了起来。

"嗯，今天公社这个农技会很重要——等你们谈完了，我再汇报。"团支书兼农技组长的他看了看李先志说。

"我已经说完了。"李先志站起来向保管室走去。

晒坝上留下了钟建华和陈家学。

"会上首先表扬了我们这次运动行动快。农技上重点强调当前要预防好小麦病虫害,还要抓好油菜的田间管理和中稻的育秧……"陈家学翻开红皮笔记本,拣重要的汇报。

"说没说今年水稻有啥子新品种?"

"没有,"陈家学摇了摇头说,"还是去年那些品种,只说要注意搭配。"

"哦。"建华心想,同八队的安排倒是不谋而合。

"会上还强调了今年要学习广汉经验,推广玉米连作晚稻技术。还要大力推广竿竿秧,保证水稻的基本苗……"

"化肥指标增加了吗?"

"没有,今年还减少了些,要求多积农家肥……"

社员陆陆续续走出保管室,会散了。

"噫!你们两个老同学咋个在这儿呢?"穿着花格粗呢外衣的曾维芳,像一只春燕飞到他俩面前,模样很招人喜欢。她是曾四爸的幺女,陈家学的女朋友,大家都叫她芳芳。

"哎哟!今天芳芳穿得好漂亮哦!晓得家学要来哇?"建华笑着打趣。

"我早就穿这一身,未必王文娟不在,你衣服都不换了?"芳芳的嘴一点不饶人,她大大方方地站在家学身边,一双笑盈盈的眼睛,伏在弯弯的眉毛下面。

笑容在建华脸上消失了。

家学连忙说:"建华,芳芳不会说话,不像你们王文娟是大学生!"

"我们分手了。"

家学大吃一惊:"老同学,这种事开不得玩笑!"

"你看我像开玩笑吗?"一丝苦笑浮上他的嘴角。

"是不是她是大学生就吹了？"率直的芳芳气愤地说。

这种事憋在心里该有多难受！能对他说，家学知道是瞧得起他这个老同学，可自己不知如何劝说，竟笨嘴拙舌开不了口。

建华两天前收到了文娟的信。

虽说夜不能寐，但也隐隐在意料之中；虽说鞭长莫及，但必须痛苦面对。他将心阵阵撕裂的疼痛，模糊在泪水中化成了"十年真情深似海，一朝尺素隔如山；梦中伊人已远去，笑留音容在心间"的文字，永远定格在笔记本上。

不知为什么竟弄丢了风华岁月中最心仪的伴侣，不知为什么就失去了初恋情感中最美妙的滋润，他仰天俯地无助无援，他孤独沮丧泪流满面，只能无奈地吞咽着义无反顾而去的纯真时光……

看着家学难过的样子，他却打起了精神："不说她了——看你们两个！我才开了个玩笑，护花使者就站出来了……家学，你把会议精神整理整理，下次开会传达。"

他头也不回地走了。

走出老远，他还是不由自主地停下了。

晚霞和油菜花灿烂成一对情人甜蜜的背景。忽而又幻作霞光般娇艳的桃花，一棵妩媚的小桃树扬起枝干做冲刺状。他明白自己已无法为她遮风挡雨了。

家学和芳芳并排坐在油菜花簇拥的田埂上，浓郁的花香扑鼻而来，辛劳的蜂儿们正呼朋唤友满载而归，四下里响着它们凯旋的歌声。

别看家学的手很灵巧，新鲜光洁的麦秆，一眨眼功夫就编成了漂亮的螺旋状的叫蛄蛄笼子，普普通通的篾条，一转眼就成了活生生的咪咪羊。箩筐、提篮这些普通篾器更不在话下，但嘴却没有手巧。不说科学种田的那些事，就显得呆头呆脑的，芳芳坐在他身边，犹如一只春燕停在呆鹅旁。

芳芳在田埂上拔出一根青嫩的狗尾巴草拿在手里把玩着。要是在平时,她很享受这幸福时光,可今天她心里有些憋闷。

"要是推荐你去读大学,你去不去?"她拿着狗尾巴草在家学的眼前晃了晃,突然问。

"傻瓜才提这样的问题!"

那次坐在牛堰河边,他曾说他想去读农业大学,芳芳靠着他的肩头说"我会等你",那种甜蜜和幸福还需要再问吗?

"我不让你去!"芳芳用指尖搓揉着狗尾巴草,可怜兮兮地说。

他立即明白了她的意思,说:"我又不是王文娟。"

"总之,你不能对我变心!"

家学认真地点了点头,他就喜欢她这脾气,跟牛堰河的水似的清澈见底,喜怒哀乐全都写在脸上。

曾维芳只读过小学。四年前,在开发废河道挖鱼塘时两人恋爱,大队办农科队也在一起。为了帮助她学习,家学买了本《新华字典》送给她,这几年她能读书看报了。她虽然是有名的庄稼老把式曾四爸的幺女,却一点不娇气。他喜欢她勤劳温柔又不失辣味的四川妹儿特质。

"芳芳,明天我就要去五队了,"家学忧心忡忡地说,"我有点担心,五队扯怪教的多……"

"你是去抓理论学习的,又不是去扯筋闹架的,怕什么!"芳芳说得很爽快。

"火没有落在你的脚背上……"

"扯筋我倒不怕,"她坦率地说,"我最怕的是学理论,啥子小生产啦,法权啦,连《新华字典》上都查不到。我不是不用心,昨晚上夜校学习,刘玲念社论,我的两个眼睛眨都不眨一直盯着她,不晓得哪个的,盯着盯着就云里雾里了,只看到她两张嘴皮在翻动,脸上两个酒窝一闪一闪的……"

家学真服了她,再无趣的事她都能找到乐子。

"你看,"她突然兴奋地一指,"那是一对燕子在飞!"

随着她手指的方向，家学看到一对黑黑的鸟在低旋。他感叹地说："这么早它们就飞回来了，我家屋檐下的窝还空着呢！"他望了望芳芳又说，"它们是一对勤快的夫妻。一只燕子平均每天要吃九十只蝗虫，一对灰喜鹊如果在松林中筑了窝，就可以保护十亩松林不发生虫害。这些益鸟是我们的朋友。"

别看他呆头呆脑的，脑瓜子聪明着哩。芳芳就喜欢他这个样子，还不抽烟不喝酒，在小伙子中是少有的。

"你妈老汉儿身体还好嘛？好多天我都没过去了。"芳芳关心地问。

"天气暖和了，我爸磕膝头儿没么痛了，但还是咳。"

"你喊他把烟戒了嘛！"

"说得撇脱哦！——他说'烟都不抽活起还有啥意思'！还说，叶子烟是个好东西，化痰除湿。你看看腊肉，就是烟子熏过的，放到第二年夏天都不会臭，新鲜肉你试试……"

"那他不成了熏了几十年的老腊肉了，哈哈哈……"笑弯了腰的芳芳好不容易才缓过气来，"不过，除了那一口，老人一辈子还图个啥呢。"

家学知道芳芳对两个老人很孝顺，平时常过来帮着洗衣做家务。去年冬天还给他们各人织了一顶毛线帽子，戴在头上可把两个老人乐坏了。

太阳落进云层，田野一片宁静。一个放牛娃牵着牛，从机耕路上走过来了。

"我们也该回去了。"陈家学说着站了起来，伸手去拉芳芳。

芳芳顺势跃了起来，爽快地说："走！到我们家去吃夜饭！"

"没给家里打招呼，吃饭他们会等我的！"

回家路上，家学看见殷志远和曾兴礼过来了，便大声招呼："你们今天一路啊？"

"去跟老曾杀几盘，"推着自行车的殷志远笑着说，"好久没有一起下棋了，看见他我手就痒了。"

看着背着手走过来的曾兴礼，他头戴深蓝色呢帽，身穿蓝色中山服，跟个老学究似的。家学笑着说："你恐怕不是曾幺爸的对手哦！"

曾幺爸连忙说："老殷的棋也不弱，你可别小瞧他！"

第五章

殷志远跟着曾幺爸进了院子。

"曾婆婆，你老人家身体好嘛！"他笑眯眯地向坐在阶沿上的老人打招呼。

"好！好！托共产党的福。"七十多岁有些富态的曾婆婆面容和善地笑着说，"你稀客，好久没有来了！"

"我爱走哦！——嫂子，来给你添麻烦了！"正在架自行车的他，又忙着招呼从屋里走出来的女人。

"殷大队长，快来坐！"曾幺娘赶紧端凳子。

"我们要进去下棋，"曾幺爸大声吩咐妻子，"你去把那块腊猪头挎下来煮起，我们等会儿好喝两口！"

"好嘛，砍了树子免得老鸹叫。"曾幺娘笑眯眯地找叉叉去了。

这接待规格，一般人是享受不到的。

曾幺爸把老殷带进卧室，赶紧放好两把竹椅，又忙着沏茶。

"老曾，那篇文章你看了没有？"老殷已打开了话匣子。

把沏好的茶放在对方后,老曾才说:"哪一篇?"

"就是《论林彪反党集团的社会基础》,我看了,写得好!把当前学习理论的必要性和重要性,阐述得很深刻!"

"哦,还没有。"在小方桌上摆象棋的老曾听出他声音有些得意。

夜幕降下来了,尽管开着窗户,屋里还是有些黯,他点上了煤油灯。

殷志远此行的目的,倒不是来切磋棋艺,而是以棋会友。说也奇怪,老曾一副与世无争的样子,看起来谁也不巴结,不得罪,人缘不及老殷好,实权也没老殷大,而老殷却口口声声把他当军师。当初造反风起云涌,群众组织遍地开花,老殷激流勇进参加了"秋收起义战斗军",在姜青云麾下当了副手。跟那颗政治新星一样,不光在太平镇耀眼,就连成都府也去静坐过。老曾虽然也跟着他报了名,但什么活动也不参加。说是腰椎间盘脱出走不动,站不得,不能静坐,更吼不得口号。他坐山观虎斗,胜了,有他一份,败了,他什么事情都没干过,跟他说不到个所以然!殷志远早年在区商业部门当采购员,由于经济上一些问题被下放回了农村,但他的心并不安宁,总想着有一天能像老鹰一样高飞。而自幼读过几年私塾的曾兴礼却安于现状,稳稳当当做个大队会计就什么都不求了。说也奇怪,反差极大的两个人却很投缘,如今又在大队共事,彼此配合默契。

上午殷志远离开渔场,说是去区水利站办点事,实际上他先到镇上约了姜青云,两人一起去找区商业局副局长夏鸣。中午他们还一起喝了酒,原先都是"同一战壕"的战友,关系自然非同一般。这次运动来势迅猛,老殷当然不能落伍。夏鸣却告诫"不要贸然行事,这次不像往回,阵线不太明朗,情况有点复杂"。究竟上面怎么个"复杂",又不便打听。看来这云遮雾绕的"复杂"来头不小,水深得很。回来路上正好碰到曾兴礼。

/ 第五章 /

两人已经开始了楚河汉界上的拼杀。老曾的棋艺在太平镇地区都是出了名的,老殷只要他让个"马",可还没走两步,就丢掉了一个"炮"。

屋子里很安静,只有"啪啪"单调的碰击声,那是老殷把吃掉对方的两个"卒"子拿在手里,上下不停翻动发出的声响。

"这次运动有点复杂!"老殷忧郁地说。

"你说文章不是阐述得很深刻吗?"看他神态,老曾就知道他又在关心国家大事了。

"都说是学理论,搞批判。老曾,你注意到没有?"他探过身子小声说,"搞的却是另一套,抓整顿,恢复生产。关键是把我们过去打倒的好多东西又翻了过来。"他重复着夏鸣的焦虑。

话都说到这个份儿上了,老曾笑了:"你看嘛,下面,郭民生他们上了台;上面,二号人物出山,不翻烧饼才怪!"

"唉!现在这个形势……"老殷叹了一口气,抬手吃掉了对方一匹"马"。

"你方唱罢我登台。"不知老曾是接他的话还是接他的棋,慢悠悠地说着,一个棋子下去,对方"帅"已无处藏身了。

老殷只好推枰认负,两人开始了第二盘。

老曾还是让了一个"马",并主动让对方先走。自己举起的棋子并不急着放下,而是抬起下颌说:"广播头天天喊学理论,实际上搞的是整顿,眼看是一盘死棋了,就这么一个棋子下去,"他把棋子往棋盘上一放,"整顿铁路!你想想,大动脉整顿通了,还不全盘皆活?南来北往,四通八达!"

别看老殷张口闭口都是国家大事,心里在乎的却是曾桥大队这盘棋。老曾懂的。

"怪只怪你命心儿没有长满。去年如果郑主任把你㧬①上去坐正了,那今天这盘棋就不是这样下啰!"曾会计笑了。

①㧬(chōu):推、掀、扶持的意思。

039

去年调整曾桥大队的领导班子,公社党委委员、革委会副主任郑卫东,主张由年富力强的大队渔场场长殷志远来担任一把手,何庆田却力主提拔民兵连长钟建华。虽说自己在革命风暴中有大无畏的造反精神,但还是没能敌过在革命大熔炉中锻炼过的复员军人。事后,不知消息怎么被捅了出来,成了他的一块心病。

"唉,"老殷叹说道,"人算不如天算,有啥办法呢,现在太平公社还是何头儿说了算!"

"大丈夫能屈能伸!依我看啊,何头儿那么大岁数了,还撑得到几年?等郑主任坐正了,成了真正的'正'主任——如今你还没满四十岁,说岁数有岁数,要能力有能力。三十年河东,三十年河西嘛!"

三十年?人生能有几个三十年!说得曙光就跟在眼前似的!老殷心里这样想着,嘴上却说:"这次钟建华从区上开会回来,几天就把全大队搞起来了,在公社都风光啊!"

鼻子"哼"了一声,老曾才说:"甭看他现在风光,连碰几个钉子就要蔫下来。曾桥大队这盆火他还坐得熄?也不看看他的对手……"

他俩意味深长地相视一笑。

"连老书记都趴下了,他嫩水水的还坐得稳?到时候,我看还是只有请你这只'老鹰'出山哦!"老会计只拣他喜欢听的说。

老殷听得笑眯眯的。心里却想,到时候——天上就会掉馅饼了?人家就会三顾茅庐来请你了?

"关键是他周围没得一个军师。"老曾不无得意地说,"你算嘛,老严没文化,还爱挢起嘴巴乱吃。邓勇敞口飙,成事不足败事有余。陈家学大场合是个闷葫芦,开腔说不到两句。陶晓容是个颤花儿①,还想给他撑起半边天?"老会计俨然成了组织部部长。

话丑理端,老曾的分析倒是不错,但老殷还是很不甘心:"虽

---

① 颤花儿:指爱出风头的女人。

说没得军师,但昨天太平镇街上那一炮,影响大得很哦!"

这回老曾鼻子没有发声,而是瘪了瘪嘴才说:"他以为放把火就星火燎原了?打一枪就'南昌起义'了?昨天抓人,实在是一步臭棋!"

老殷瞪大了眼睛。

"曾家富随便你整不得拐,地主子女嘛。人家罗老二是贫农,就是打了野还是人民内部矛盾嘛!想当成地富反坏右来整嗦?还有那么多打野的,未必都弄来排起过'火巷子'?……再说,不准人赶场,地头的菜还不准它长?天气热和了几天就冒薹!卖的卖不成,买的买不到,庄稼人心头窝着火正没处放,他几爷子还跑去逮人,不是引火烧身,自己挖坑吗!"

一席话,说得老殷简直跟六月天喝了一大碗凉水,心里爽了个透。

"我还以为昨天他风光,跟我们早先一样在太平镇上拿了脸呢……"

两人在棋盘上的拼杀,也进入白热化。老殷连忙上"炮"打"车",老曾并不理会,只管挪动自己的一架"炮"。老殷立马打掉了对方的"车",高兴地把这个战利品塞进左手里。已堆叠了好几个棋子的左手,便放开其他棋子,只留下一个与这个"车"上下翻动,在"啪啪"的碰击声中,他脸上有一丝得意。

"将军!"老曾却不慌不忙,把早已静候在旁边的一匹"马",一步跨在对方的"仕"角上。由于有"当头炮","仕"动弹不得,对方只好把"帅"坐了出来。他再把刚才摆动的那架"炮"放在"马"背后再将一军。"立马车,无药医",老殷又只好认输。

老殷一边捡棋,一边笑着说:"老曾,你的棋是走得好,总要比我多看两步。"

等摆好棋子后,老曾才说:"刚才你吃我的'车',就是步臭棋。我动'炮'的时候,你就该拿'车'来挡,可是你只顾'吃子'去了。"

"真是棋高一筹啊!"老殷不得不服,又动手摆起了"当头炮",说,"再来,我总要赢一盘嘛!"

老曾上"马"应对,说道:"你下棋有些性急,爱出狠招,往往忽略了全局。琴棋书画是修身养性的,下棋和做事是一个道理,要学会韬光养晦,不要锋芒太露。"

老殷尽管搞不懂"韬光养晦",但连着下句的"锋芒",意思自然就猜得八九不离十了。

老曾翘起下颌的短胡须,压低声音说:"你都晓得,广播头吼的和实际上干的不一样。别看都在太平镇上闹,他昨天和我们当年完全不能相提并论!"

曾幺娘走进来喊他们吃饭了,小方桌上留下一盘没有下完的棋。

一盏两嘴壶煤油灯,把堂屋照得亮堂堂的。盘中的猪头肉红亮亮的,冒着香喷喷的烧腊味。还有炒芹菜,煮红油菜薹,齑胡豆,一钵白萝卜汤热气腾腾的。

"哎呀!弄得这么丰盛,有这碗齑胡豆下酒就好得很了。"

"将就将就,坐到就动手。"老曾说。

曾婆婆坐了上首,请殷志远坐了右方。除曾幺娘外,他们三人面前各摆了一个小酒杯。

曾兴礼拧开一瓶绵竹大曲瓶盖,对老殷说:"这是我女婿过年送的,搁在那儿一直舍不得喝。"

"那我今天就沾光了!"

老曾先给母亲斟了大半杯,然后把两个杯子斟得满满的。

"殷大队长,你和曾兴礼是老朋友了,不要客气哈!"曾婆婆说着就往他碗里夹腊猪头肉,"这是去年冬至节腌的,就这点儿了,味道还将就,你尝下嘛!"

殷志远赶紧站起身,恭敬地端碗接着,笑着说:"你老人家太讲礼了,我自己来嘛!"

随后，老曾和老殷就对饮起来。两杯酒下肚，两人的脸颊都容光焕发，话也稠了起来，从品酒、下棋，又扯回大队。

老殷说："钟建华想出风头，这回要大队干部都下一个生产队，说是整顿什么作风。跟屁虫邓勇还夸是个创举。"

"莫毬名堂！我看一队那个烂摊子就要他趴使①！"

"刘麻子是个老'运动员'，两面三刀，生产队又是有名的'三多队'。嘿嘿，一队简直就是给钟建华布了一个地雷阵！"

"老殷，这运动，你我弄得醒豁嗦？搞得好，就不说了；搞得不好，说你干扰……"他抿下一口酒，"你只管坐山观虎斗，管好你的渔场就行了。我做好我的账目，就是天王老子都把我们扳不翻。"

是啊，我就隔岸观火看他河蚌相争，老殷想。渔场就是我的根据地，退可守，进可攻。说退，再背时倒灶，鱼是有吃的，酒是有喝的，实权也还有那么一点点。要说进，一旦从这里起飞，哼！红遍的岂止是牛堰河畔！一个个"战友"如今都进了各级革委会，当初我们一起造反，自己不说公社，就连个大队都还没有坐正。也不晓得问题出在哪里！你钟建华不就比我多当了两年兵嘛。不过，这次运动……哼，走着瞧！

"喝！"老殷激动地举起杯来，"过几天我想去跑趟乐山，价格合适就买个两三万尾鱼苗回来丢进鱼塘。"

"好想法！"

两人为"好想法"碰杯，各自都喝下一大口。

门外传来一阵急促的狗吠声，曾幺娘起身去喝住了狗。

片刻，罗显华走进了院子。

他是罗老二的哥，人称"理论专家"。模样比罗老二光鲜多了，出门总罩件铁灰色的涤卡中山服，虽旧却抻展。挺胸收腹的步子<u>有些迟疑</u>，一见殷志远，他立刻站住了。

① 趴使：去掉、倒下、下课之意。

他们都是五队人,也曾是同一战壕的战友,找老殷开口也许不至于被拒绝,但正因为一个队,才放不下这个脸。他宁愿跑到八队来找曾幺爸,毕竟老会计善解人意,嘴巴也比较稳。

"不是冤家不聚头呢,在这儿都碰到了!"老殷亲热而主动地向他打招呼。

曾婆婆也大声说:"罗显华,快进来喝酒!"

"我是吃了饭来的,曾婆婆!你们快请!"他道过谢,站在门外没动。

"吃了饭还是可以喝一杯嘛,都不是外人。"曾会计迈出门槛,把他拉到自己一方坐下,给他斟了一杯酒。

三个人又摆起了龙门阵。曾婆婆回房歇息去了。腊猪头肉没两片了,曾幺娘又舀来一钵热气腾腾的白萝卜汤。

龙门阵摆的不再是大队上的事情,毕竟人与人不同嘛。

罗显华是"文革"前的老高中生,"理论专家"擅长讲歪歪道理。比如郭民生挨批斗了,矮哥悄悄说"人家是枪林弹雨中过来的哦",你听听他的理论,"枪林弹雨只能说明过去,不说明现在。毛主席早就说过,有些共产党人不曾被拿枪的敌人征服过,但他们在糖衣炮弹面前要打败仗,说的就是这号人。"他还说,"过去共产党员有当叛徒的,今天老革命也有变成走资派的,走资派就是革命对象!"不要说矮哥懂不起,曾桥大队又有几个人懂得起!

"理论专家"很有优越感。平时很在乎自己的形象,出门要用凉水抹抹头发,走起路来总是挺胸收腹目中无人。毕竟自己出身好,又是正儿八经考进成都重点中学的老牌高中生,虽说现在大队也有几个高中生了,但哪能和他相提并论!一般的农民他是瞧不起的,就是本大队为数不多的几个造反派,矮哥他是看不起的,只能算跟到瞎起哄的"流氓无产者"。殷志远后来倒是入了党,但是个只顾自己往上爬的小人,也不晓得算不算"混入"。曾会计虽然肚子里墨水不少,但从不公开表态,搞得跟个地下党似的。

只有自己，无论资历还是水平，都要算个党外布尔什维克。

可这党外布尔什维克的人生之路却走得不顺。困难时期母亲患了肺痨，两个弟弟尚小，腿瘸的父亲又水肿，他只好辍学回家。陪着母亲四处求医问药，母亲那条命还是没保住。那几年虽说晚上也拉拉二胡，白天可忙得跟打慌的兔子似的，跑过经纪人业务，做过票证生意，更别说农忙在生产队出工累得半死不活了。后来总算在曾家桥小学代了课。本来课上得好好的，可是一夜之间学校就停课闹革命了。课没得上了，只好跑到太平镇去闹革命。成天写大字报，刷大标语，跟着宣传队到处演出，忙得不亦乐乎。妻子反对无用，居然丢下女儿独自跑了。开始他以为妻子只是赌气吓唬他，没想到至今也音讯全无。婚姻的失败，不能算自己的过错，斗争需要付出，革命哪能顾及小家！

社员对他敬而远之。那两年只有少不更事的胡莽娃爱跟他开玩笑："罗老师，今后出去闹革命，要把老婆带到一起去哦，再不能偷鸡不成倒蚀一把米了！"他撑着骂道："狗东西的，说不来话就当哑巴嘛！开腔就只有挨棒棒！""你是理论专家，说话不能带把子①哦！"笑着回敬的胡莽娃早已不见踪影。

看到"理论专家"紧锁的愁眉，曾会计问道："显华，你来有啥事？老殷不是外人，但说无妨！"

"曾幺爸，女儿都病了几天了……"

"吃药没有？"老曾很关心。

"医疗站拿的药吃了烧还是没退，今晚上她饭都没吃，额头烫得很，恐怕只有去公社医院了。"他低下了头。

"看病要紧！五元够不够？"老曾果然善解人意。

"不晓得咋个搞起的，连看病的几元钱都摸不出来。场不准赶，车不让修，大队搞成这副板相，社员的日子咋个过嘛！"听老殷这口气，好像是在埋怨钟建华。

----

① 带把子：用粗话、脏话骂人的意思。

045

"这阵子,手头确实有点紧……"理论专家失去了平常的口才。

"咋不去找你家老二借?"老殷故意说,"修车的人,这点钱还是拿得出来的。"

罗显华慌忙抬起头,摆了摆手说:"别提别提!我和老二一直不和!你们晓得的,平时来往就少!"

"你那么紧张干啥?又不是搞调查!"

"他打野的事,我历来就是反对的!"面对两个大队干部,他态度坚决,继续着申辩和表白。

老殷也有些同情他了,于是说:"不过,你们老二也是泥菩萨过河——自身难保哦!不要说批判检查,就是罚起款来,自己就要贷一屁股账,哪还有钱借给你!"

一时无语。

"你们老三不是当了连长吗?"顿了一下,老殷又问。

"远水救不了近火,再说他也有一家人。"

"你爸呢?老三不给他寄钱?"

"你们晓得的,他的钱是风吹得进、牛都拉不出来的。我和老二,每年不是喊我们给他拨工分就是交谷子。工分一分不少,谷子还要用牙咬一咬,看干不干瘪不瘪。三兄弟中,他最讨厌我,骂我只晓得展嘴劲,高不成低不就……"

老曾又给二人的酒杯里斟满了酒,一看瓶子里只有一点点儿了,就没有再往自己的酒杯里倒。

老殷连忙抓过酒瓶说:"老曾,你这就不对嘛!俗话说'主不吃,客不饮',那我们就不好喝了!"说着,对准老曾的杯子来了个底朝天。

老曾看着刚好斟满的杯子笑着说:"年龄不饶人,我酒量又不行。既然大家都掺满了,那就喝嘛!"他端起酒杯,三个人互相碰了一下,各人喝下一大口。

老曾趁着酒兴,又接着刚才的话题说:"显华,你不要这样说你老汉儿,手心手背都是肉。再说,看在你女儿名下,有合适的还是找个女人成个家。"他的话说出来总让人心里暖暖的。

"老曾说得对。我劝你先去民政局把离婚手续办了,再找个合适的。胡琴要拉,工分要挣,给娃娃找个好妈!"老殷的话政策性很强。

"哪有那么合适的嘛!"

"你不要把条件放高了,"老曾说,"过去娃儿她妈模样也周正,人也勤快,你又嫌没得共同语言。"

老殷一本正经地说:"娃儿都有了,啥子叫共同语言?共同语言能当饭吃?"

这话"理论专家"就不爱听了。没有共同语言咋生活!人长得漂亮,瞟一眼都舒服;说话投机,听着心里就熨帖。农民咋个懂这些嘛,一天有二两马尿喝,有两颗尿泡胡豆(指齑胡豆)嚼,就跟神仙似的了,哪里懂得精神生活!不过身在屋檐下,只好把头低,找人家借钱嘴巴也懒得理论了。

趁着酒兴,老殷更来劲了:"显华,人对了,我才想多说你两句。你是有文化的人,这'色'字头上一把刀啊!那两年你在公社宣传队,成天和江三妹搅在一起,家都不回。江三妹那妹子是跟你过的吗?俗话说'泥鳅靠捧,婆娘靠哄',自己的老婆不哄,去哄别个,她咋个不跑嘛!"

"不是那么回事!"他正想解释,但一想三言两语也说不清楚,何况也没有必要跟他说清楚。当初我跟着你造反——写大字报,刷标语,搞排练演出,一天忙得跟风车车儿似的。可如今,你当了副业大队长,我却半点差事也没有;你不仅不照看我,还在这里大言不惭来跟我理论什么"刀"啊"哄"的!

曾幺娘从里屋拿了五元钱出来,老曾接过钱把它放在罗显华手里,体贴地说:"明天早点儿带女儿去看病!今天晚上要用湿毛巾给她敷额头。"

罗显华把钱攥在手里激动地说:"曾幺爸,等两天手头一松活我就还你!"正要走,又转身端起自己那酒杯一饮而尽,然后才告辞走了。

第六章

这天刘明金一大早就出了门,去参加太平公社的大会。

开完会的他刚一拢屋,妻子就扬起黑线帽子下那张蜡黄的瘦脸,兴冲冲地对他说:"老四带口信来,请我们明天中午去吃饭,他新房子完工了。"

"吃吃吃!你就晓得吃!"

"你吃了火药嗦?"妻子碰了一鼻子灰,不晓得他哪股水又发了,也一脸不高兴,"人家老四好心好意地请你去喝酒,请不动就算了嘛,何必发那么大的火呢!"

"你晓得啥子哦,"他火气似乎消了些,"女人家就是头发长,见识短!"

"哪个女人又招惹你了?"妻子的气还没有消。

刘明金听出话中有话,又来了气:"你少给老子东说西说的!"

妻子心想男人一定在外面遇到不顺心的事,便不吱声了。

两口子闷闷不乐地吃着午饭。

还是妻子先开口:"今天一早你不是就到公社开会去了?出门时都高高兴兴的。"口气里流露出关心和讨好。

第六章

"你不晓得……"

高高兴兴不假。你想，公社都开大会了，表明运动全面铺开了。再怎么说，也是我们曾桥一队抢得头彩，我这队长当然就露脸了！到了公社，他就暗吃一惊，他不想告诉妻子今天的纪律有多严，也不想说各大队党员干部是按要求集合整队入的场。别说礼堂挤得满满当当，光看主席台上，九点不到，公社的主要领导早已入席就座，郭书记、万主任等几位区上领导也都坐在上面了。这种阵仗妻子哪里见过！说了她也不懂。瞟了一眼怔怔望着他等待下文的那张蜡黄的瘦脸，他只说了句，"郭书记都来了！"

"区大老爷来了，未必连老四家的饭都不准吃了？"

"又来了，老子懒毬得跟你说！"刘明金又冒火了，他几口扒完饭，起身往后院去了。

今天这个会太让他震撼了！虽说这些年大会小会也没少开，可今天这阵仗，确实让他有种莫名的恐慌。明明是公社的会，区大老爷来了；明明是领导动员部署，代表们却轮番上台表决心谈行动，真是山雨欲来紧锣密鼓！最让他吃惊的是，明明会上该批判的是曾家富，怎么现场揪出的竟是孙国荣！

大名鼎鼎的吴家坝书记怎么就成了新生资产阶级分子？要不是亲眼所见，打死他也绝不会相信！

孙国荣弓腰曲背、神情黯然的样子又浮现在他眼前，回来的路上一直都挥之不去。当宣布"下面由新生资产阶级分子孙国荣做检讨"时，偌大的礼堂霎时寂然，连掉根针在地上都听得到。人们屏气凝神，个个瞬间都变成了特技演员，有怀疑迷惑状，有吃惊愕然状，有个生产队长张开口竟半天没合上。刘明金也傻了眼，他努力伸长脖子张望，脑子虽然懵懵懂懂，眼睛却看得清清楚楚，耳朵也听得明明白白：罪状是吃喝腐化，一团和气，不讲原则，假公济私……

当了十多年书记的孙国荣，公社开会，刘明金经常见他总是坐在前面，有时还到主席台上发言或领奖，街上茶铺酒馆也经常有他的身影。平时他多么精神啊，方方正正的脸膛，有些派头的神态，四个兜的干部服罩着微微发福的身躯，不认识的人，还以为他是机关里吃皇粮的干部呢！有一次，两个搞外调的到公社来找何书记，看见正站着谈事的两个人，竟把他当成何书记来招呼，这事还成了好一阵的笑谈呢。没想到今天一下就威风扫地！运动来得太快太猛，就跟阳江河发的洪水一样直冲过来，让你气憋神慌。凭他"运动员"的直觉，他立即嗅出了这次运动的重点，那就是"新生资产阶级分子"！这"新生"，当然不是早就臭不可闻的"四类分子"，也不是批斗过的"走资派"，而是"新生"的孙国荣！是那赶个场都三五成群，进个馆子都吆二喝三的资产阶级作风！这"新生"，有来头，别看今天开刀的是吴家坝书记，明天说不定就轮到生产队长了？要不然，钟建华怎么会来一队蹲点，名义上是联系工作，实质上不就是冲着我这个队长来的吗！

抓曾家富就是个信号！

他浑身一阵燥热，手上也跟着火烧火燎，低头一看，原来烟屁股都烧到指头了。他失魂落魄地一甩，又狠狠地踏上一脚。

决不能就这样莫名其妙地烧着了！

脑子里突然冒出一件事，让他倒抽一口凉气……

怎么突然又想到这个事？真是鬼使神差！虽然这个伤痛随着当队长已经慢慢愈合，然而眼下又被活活撕裂——

刘明金不到十岁就父母双亡，可怜投奔到远房亲戚曾子强家才当了放牛娃。这放牛娃的出身，让一无所有的他在土改运动中风光了好一阵。他当上了农会民兵，成天背杆步枪站岗守夜，跑腿喊人，威风八面。那时曾家富的二姐也刚成人，原先正眼也不看他一下，突然间见面就"金哥"长"金哥"短地叫。当时农会把没收地主老财的丝绸服装、棉絮被子、家具器皿等，全部堆放在曾家的大堂屋里，由民兵轮流看守，只等制定好分配方案就分

/ 第六章 /

胜利果实。那天正是刘明金值班,六月盛夏,骄阳似火,中午过了换班的民兵还没来。这时,曾二姐穿件短袖花衬衣,两手背着,娇娇婷婷地走过来柔声说道:

"金哥!都晌午了,还没有换班啊?"

他看了她一眼,心想,哼,没解放你会叫我金哥?

说实话,刘明金脸上就多了几颗麻子,其实五官搭配并不糟。

"金哥,你看我给你带啥子来了?"她从身后拿出一个黄灿灿的熟玉米棒,"人家专门给你挑的。"

这玉米棒个头大,籽粒排列整齐,颗颗饱满结实,香喷喷地冒着热气。对饥肠辘辘的刘明金来说,真比二小姐还有吸引力呢。但他没有接,他明白,地主家的东西是不能吃的。

"快拿着吧,现在没人!"

递到手边的玉米棒热乎乎的,肚皮饿得咕咕叫的执勤民兵一看反正没人,于是半推半就,想趁她转身走开,就神不知鬼不觉三下五除二两口搞定。哪知刚张嘴一咬,便满口金黄地吓呆在那里。

换班和巡逻的两个民兵,如天兵天将般降落,一声大喝,拿了个人赃俱获。他俩被带到农会,农会主席用指头戳着他脑门,只说了句"你呀,你!"——唉,一口黄灿灿的玉米,竟让他百口难辩。女人真是祸水,他被开除了民兵。她爹虽然已被镇压,但地主婆脱不了干系,被揪出来批斗,说是收买贿赂,打糖衣炮弹。可怜最冤枉的还是自己,就那么一小口黄灿灿的玉米,竟连多年的放牛娃也白当了。

说来也真奇怪,一不小心,就会改变命运。当初,我刘明金一不小心,多年的放牛娃就白当了;如今,太平镇中心小学的周老师,一不小心也永世不得翻身。人家周老师对人谦和书又教得好,批判会上就顺手用红本本书去挠了挠脚上的痒痒,可怜一直夹着尾巴做人的"臭老九",顷刻间就成了现行反革命!

有人说我是"运动员",不当"运动员",能躲过这些飞来

051

的横祸吗!

今天这个队长,得来容易吗!使牛踏耙,抛粮撒种,栽秧打谷,哪样农活能难住我?不仅懂生产,而且队上的事又热心又积极,可大家还是有成见。直到"四清"运动,干部人人过关,什么吃喝问题,什么挪用公款,甚至是什么问题也弄不清楚,都统统被工作组弄去"上楼洗澡",隔离反省。这时候人们才想起了我这个根红苗正的放牛娃,于是让我当了队长。要不是我精明能干,要是我不当"运动员",能干到现在?

这次运动,虽说不会"上楼",但弄不好就会"上台",让你在大会突然亮相,让你在赶场当众出丑……怎么才能避免孙国荣那样的灾难,他如热锅上的蚂蚁。

他在小院坝里踱了几个来回,好不容易才想出了一个妙招——主动在会上来个自我批评。看来这"自我批评"还不错,又主动又时兴,他在心里酝酿着自我批评的腹稿。可不到两分钟他又泄了气。这"自我批评"是你想做就做的吗?你的路是你想走就走的吗?攥在别人手里呢。别人不安排,你"批评"个铲铲!阳江河的潮汛太猛了,怎么才能抓住根救命稻草奋力游向岸边?

突然,他想到了自留地里的甘蔗!

这甘蔗太招人喜爱了,是他年初花了十多元的本钱栽下的,三分地据说一年可收入百十来元呢。坝子上栽甘蔗是件稀罕事,别人都没干过,要不是四舅子多次撺掇他才不干呢。如今看着地里冒出的一片生机勃勃的芽苗,好多人都眼红他押到了这一宝。

这"新生"的赚钱机会,我要主动亲手毁掉它,那会引起多大的轰动啊!钟书记会看到,群众也会相信,我刘明金是有决心的!"铲除"的这一自我革命行动,比嘴巴上的"自我批评"压秤多了!

这一时兴的"铲除",才可以保住队长这顶帽子。虽说生产队长是个再小不过的官儿,当一年也拿不到几个工分,但它的好

第六章

处却不为一般人所知。原先出门哪个理识你,说话也低三下四的。自从当了队长,那可就风光无限了,赶场坐茶铺有人给茶钱,进馆子有人请喝酒。去年春天儿子当兵回来不到两个月,就在大队开上了拖拉机,其他退伍军人能行吗?还有,曾家富风里来雨里去挣了那么几个钱,不看你是队长就肯"借"给你?再说不当队长袁小凤怎么去"照顾"?……

"我说你跑到哪儿去了,来帮我把猪潲提到圈头去!"

妻子的喊声打断了他的思考。

这个婆娘就是不懂事,他瞪了她一眼。她是他被开除民兵两年后接进门的,当时人也看得。可是后来才知道中看不中用,好不容易生了一个儿子就没了下文,还落了个子宫下垂的毛病,变得肩不能挑手不能提了。坐月子那阵没人照顾,如今见风就头痛,常年都戴顶黑线帽子,四十多岁的人搞得就跟个六十多岁的老太婆似的,看着就让人心烦。

他把猪潲提进猪圈,又回到后院。他再次想了想,最后决定豁就豁出去,干就干彻底!

他扛上锄头出了门。

一瓢一瓢舀完了猪潲的妻子,急忙追到门边问:"还没有出工,你拽把锄头到哪儿去?"

他也懒得解释,头也不回地丢下一句:"有你毬相干!"

妻子被他没头没脑的话怔住了,她立刻觉得脑门又痛了,连脖子上扯痧留下的瘢也更紫了。

自留地挨着生产队的一片麦田。周围看不到一个人,吃了午饭的农民,男的习惯抽支烟,女的则有干不完的家务活。他放下锄头,已经长到四五寸高的甘蔗苗嫩嫩绿绿的,那舒展的叶片像孩子一样伸开手臂欢迎他。往常,他三天两头就会转过来看看,它们像在跟他藏猫猫一样,今天这儿冒出一株,明天那儿拱出一片,别提他有多兴奋了。如今,哪几根叶片发得好一些,哪几根是挤

053

在一起的,他都一清二楚。望着满眼的嫩绿,他的眼睛有些潮湿了。

他蹲下身子,对着一棵甘蔗苗发呆,那根部不久就会冒出小胳膊一样胖嘟嘟的小节来……

去年底,这块地卖了萝卜他本想栽莴笋,爱在外头跑的四舅子走过来劝他说:

"二哥,依我看,把它栽成甘蔗,那收入跟莴笋根本没法比!"

"万一长不好,本钱都会打水漂了!"他摇摇头说。

"哥老倌不要虚,栽甘蔗省工省肥,办法一说就会。"

他还是不踏实:"甘蔗吃得的时候,人家眼红,夜黑头会来偷。"

"你是一队之长,爱国又是民兵排长,家里有炮火,哪个吃了豹子胆敢偷到你名下来了?"

"你晓得的,那杆炮火是背起吓人的,"他笑了,"再说卖起来也不方便,长枝立竿的不像莴笋好打整。"

"爱国是开拖拉机的,一车要装好多货哦!你象征性地给点运费,老殷那个人也放不下这个脸,社员面前也好交代。"

方方面面都考虑好了,如今自己又要亲手来铲,他还真的下不了手。

突然,郭书记那略带山东口音的普通话,又回荡在耳边:"太平公社有的生产队,社员外出打野成风,阶级斗争错综复杂,生产队问题成堆。而我们的干部却不闻不问,集体生产年年下降,社员群众怨声载道。我们试问:在这些生产队还有没有党的领导?我们的干部又干什么去了?……"他又一阵燥热,这还不明显吗?只差没点名了!他用手摸了摸甘蔗叶片,软软的,像婴儿的身体一样柔软。他心一横,站了起来,高高举起锄头,用力一挖,终于锄起苗落。

他突然发了疯,对准第一根倒地的甘蔗苗,锄头如敲击的鼓点密密落下,一阵猛锄猛挖。直捣得粉身碎骨,直挖得两手酸软,嘴里还不停地念着:"你个资本主义!你个新生的祸害!"

第六章

锄头终于停下,他有些筋疲力尽。长长吐出一口粗气,他不敢再看一眼向他舒展双臂的幼苗,于是狠心"呸呸"两口,唾沫射向手心,他不能犹豫,他必须虎虎生风地干下去。不到半个时辰就战斗结束。经历鏖战的甘蔗地成了惨不忍睹的战场,捣烂的种块粉身碎骨,锄断的叶苗横躺一地。

这时候,赵文军悠哉游哉地打着口哨从机耕路上走了过来,他看到了站在自留地边的刘明金。

"刘幺爸!"

刘明金没有动。

"刘队长!"赵文军想这一声总是听得见了,可他还是愣在那里,"你在自留地头整啥子哦?"

赵文军来到自留地边,立刻傻了眼:"咋会这样?肯定是报复!这是阶级报复!心肠太歹毒,手段太残忍……"

看到垂头丧脑的刘队长,他又连忙安慰道:"刘幺爸,别难过。查!一定要查个水落石出!"

"查什么查,我自己铲的。"刘明金抬起了头。

赵文军几乎跌落了眼镜!

他目瞪口呆,搞不懂队长的脑袋里是长了包还是进了水。好半天,他才伸出右手用两个指头推了推歪在鼻梁上的眼镜,仿佛自言自语:"我还以为是阶级斗争的新动向呢,搞了半天,是你自己铲的……"

"当然得自己铲!宁要社会主义草,不要资本主义苗嘛!"刘队长终于恢复了常态,镇静地说。

赵文军还是搞不明白,好端端的甘蔗苗,怎么就成了资本主义苗?

"铲了甘蔗我栽红苕。甘蔗是经济作物,红苕是粮食作物,苕藤还是猪饲料。"

"经济作物咋就是资本主义的苗?"

"它的价格比粮食作物贵。"

"哦,"赵文军一拍脑门恍然大悟,"原来问题是出在价格上!我明白了——就跟人一样,钱多了就成了资本家和地主。"

"是这么个道理!读了书是不一样,一听就懂。"刘队长立刻抓住时机对他进行了再教育,"这地里种啥子和不种啥子,学问大得很,还存在着两条道路的斗争呢!"

"我懂了!甘蔗和红苕吃起来虽然都甜,但本质却不一样!"赵文军的领悟也真够快的。

回去后,他就把这件事编了几句顺口溜:

>刘队长,真不赖,
>学了理论行动快;
>铲掉资本主义苗,
>种上社会主义菜。

>社员们,动起来,
>掀起农业学大寨;
>革命生产两不误,
>金光大道朝前迈!

刘明金的事迹和赵文军的顺口溜,很快就在曾家桥一带流传开来,连公社的大喇叭都广播啦!刘队长突然名声大噪,成了带头批判资本主义的典型,这连他本人也始料未及。

第七章

　　来到大队会议室，刘明金找了个显眼的位置坐下。人们的招呼并非他想象的那么热情，目光也没有想象的那么尊敬。当然啰，你看看这屋里的人，不是党员就是团员，不是会计员就是理论辅导员，更别说生产队长、贫协组长了。要是没有二分公事想进来还没有资格呢！

　　"公社的大会，在座的大多数都参加了……"会议室里清风雅静，大家都专心地听着书记的开场白，"这场运动如何联系我们大队的实际，是今天下午我们中心学习组讨论的主要内容。"

　　他的话一完，坐在旁边的严久思笑得满脸成了一朵雏菊："这回建华在公社的发言给我们大队长了脸……"

　　"老严！现在讨论——"

　　建华正刹偏风，又被他兴奋地打断了："我说的是老实话！原先公社开会，我们尽是坐枺枺角角；如今书记上台发言，连何书记都表扬了！"

　　妇女主任陶晓容大声接道："有文化就是不一样哈，钟书记把我们大队的做法和打算说得有条有款的，其他的哪个有我们书记说得好！"

　　"就是就是！"赞同的声音像点燃一串爆竹，会场立刻弥漫着喜庆。

　　是嘛，人家钟书记的老汉儿清匪反霸就当村主任了，儿子当然能说会道啰！人家当兵吃粮，走南闯北，还是学生娃娃的时候，连北京、韶山都去串联了，更洋盘的是还亲眼见过毛主席呢！你这些人，最多就赶赶太平镇，转转周家场！"

"关键是我们行动快，又是太平镇赶场天，其他大队恐怕连神都没有回过来呢！"

"还有刘队长的事，公社的大喇叭都闹喝了！"

"小赵的诗我们都听到了，每天早中晚广播三道！"

高高昂起头的刘明金享受着这种夸耀。原先自我批评是想说听了郭书记的讲话深受教育，对照孙国荣进行了深刻反省；他孙国荣是两只脚都掉进了资本主义的泥坑，我是一只脚踩到边边上了……通过斗私批修，如今这只边边上的脚又跟大家一起走上了社会主义道路！……现在看来，这些都是多此一举了，"铲除"的革命行动，让我刘队长成了典型，不仅自己出了名，还为曾桥大队增了光呢！

他站起来，望了望大家，似乎有些不好意思地说："公社的大喇叭，大家都晓得了。还有不晓得的……这次四舅子请我去喝酒，大家都晓得，嘿嘿，我刘明金喜欢喝两口。但是，这回我没有去！因为要改掉乱吃乱喝的毛病，就必须下决心下狠心……"

一片赞扬，让刘明金兴奋得一颗颗麻子都红了。

钟建华也是从广播里知道了刘明金的事迹。为了证实这一消息，他还亲自到刘明金的自留地去看了看，果然满地狼藉。不知为什么，他心情有些沉重，铲就铲了，何必碎尸万段呢！栽红苕就打埂子嘛，何必横七竖八满地摆展览呢！望着枯萎的叶苗，又分明闻到一股苦肉计的气息。如今连亲戚家也不去"吃喝"了，真够彻底和典型！听到这番"决心"和"狠心"的表白，他一时无语。

老严的发言很干脆："斗私批修，刘队长带了个好头！我是大老粗，认不到几个字，不懂理论，但是我拥护学理论！农民学理论，就跟庄稼要施肥，机器要上油一个道理，目的还是要把生产搞上去。理论联系实际,就是开会认真听讲,下田卖力干活。整顿,就是把学习落实到生产上!"

"我同意严官的说法!"心直口快的陶晓容立即应和,"说一千,道一万,农民就是要种好田,多打粮食!"

建华一听还是比较满意。要知道,老严能说出这番话来谈何容易!他想起了当初的一番对话:

"唉,去年才搞了运动,咋今年又搞?"老严问。

"去年批的是孔老二,今年批的是资本主义和单干打野。"

"哦,搞批判我弄不醒豁,我看要展劲,还是只有在田坝头……"

不光他搞不醒豁,连陶晓容也说黄泥巴脚杆学啥子理论嘛,但她一到正规场合,还真有点巾帼不让须眉呢。

"落实到生产上?"五队队长吴文彬却表示怀疑,"该不会又唯生产力论啰,李先志又不是没有遭过!"他眉头一皱,五官在窄窄的瘦脸上来了个紧急集合。

会场上几十双眼睛都一起瞄准了钟建华。

建华笑了笑,大声说:"这种担心不是没有道理,有人把革命和生产、理论和实际对立起来,这是不对的。抗日战争时期,八路军不是一面打仗,一面学习和生产,人家三五九旅还是模范呢!"

聚焦的目光又柔和起来。

看到喜滋滋的刘明金抢了头彩,殷志远心里有些不舒服。本以为他是钟建华脚下的一枚地雷,哪想到这个"老运动员"来这一手!听了老严的发言又使他想起夏鸣的话,这不就是明目张胆另搞一套?既然是中心组讨论,当然要突出理论,于是他站起来说:

"听了郭书记的讲话,使我进一步认识到学习理论的重大意义!要实现无产阶级对资产阶级的全面专政,必须限制资产阶级法权,必须限制小生产,只有铲除产生资本主义的土壤,坚持无产阶级专政下的继续革命……"

"哎呀！说得好高深哟。老殷，关键是要联系我们大队的实际的嘛——"陶晓容笑嘻嘻地插了一句。

"不要我说嗦？这么重要的文章，你看过没有？！"老殷很不高兴。现在有人明目张胆另搞一套，打着红旗反红旗，你晓不晓得？斗争形势这么复杂，一个赤脚医生成了妇女主任就不得了了！你个颤翎子[①]懂个屁！

人们看他变了脸色，都不开腔了。

为了缓和气氛，建华笑着说："畅所欲言，大家畅所欲言嘛！"

坐在门边的邓勇站起来简直就是一尊门神，他说："学习理论，就是要加强无产阶级专政！四类分子不老实的，就要弄出来批斗！"民兵连长的话总溅着火星子。

"对，联系实际，把那些四类分子弄出来斗嘛！"

"要深入就要弄点新面孔！"

"太平镇街上不是抓了两个回来，弄出来排起嘛！"

"吴家坝还揪出了孙国荣呢，一个队一个队地查嘛！"

严官额头的皱纹立即变成一片泥浪。

钟建华打了个寒战。

老殷慢悠悠跷起了二郎腿。

"哪个说的，再说一遍！"陶晓容叫了起来。

人们东张西望，没有人接招。

老殷瞪了陶晓容一眼，不轻不重来了一句："讨论会嘛，刚才书记不是说要畅所欲言嘛……"

还能说什么呢，揪出孙国荣，人家说的是事实。何况我们只抓了两个打野的，不一个队一个队地查，怎么联系实际？

短暂沉默。

[①] 颤翎子：借用旧戏舞台上武生帽子上插的花翎，来形容爱出风头的人。

第七章

"我弄不醒豁孙国荣,还是说说我们这里的打野嘛……"一个声音仿佛是从地窖里冒出来。

"喂!矮哥,你站起来说嘛!"有人吼了起来。

矮哥站了起来:"有人说要一个队一个队地查,那我就来说说我们一队。曾家富是抓出来了,但你们没有看到,还有偶尔打锅盔卖的,还有买几只鸡用沙子把嗉子灌得胀鼓鼓来赚差价的,还有阴倒整的……"

一队会计朱世友接过话:"阴倒整,就是阴倒跑出去拉驮驮儿车(架子车)整钱,队上还有人跟到他跑呢。"

老严转身对建华说:"这个人是王福寿,困难时期从成都搬运公司压缩回来的。后来因为偷了生产队粮食,判了五年刑,释放回来还是不安分。"

"我们队上的右派分子刘学文这几年搞私人花园,拉拢年轻人,该是阶级斗争的新动向吧?"眉头皱在窄脸上的吴文彬说。

正吧唧着叶子烟的严官,立即取下短烟杆说:"老马不死旧性在,顽固不化!"

有人又提到原三队民兵排长骚扰女知青,虽然受到撤职处理,这次也该弄出来肃清流毒。

还有吊儿郎当的,偷鸡摸狗的……

还有偷奸耍滑的,出工不出力的……

建华听着热火朝天的议论,不知为什么,他突然有种在翻箱倒柜寻找破烂的感觉。抖落一地的陈谷子烂芝麻,这样运动就深入了?生产就上去了?

这天夜里,天上堆积着灰暗的云团,半月在云团里艰难地游动。刘明金悄悄游到曾家院子,沿着沟边竹林的小路溜进了曾家富的后门。

"亏你还有心情喝夜酒!"

看见进屋的刘队长，曾家富挤出一点笑来："寡酒难喝，你来了正好！"

"跟你喝？四舅子专门请我，我都没有去！"他看了看酒杯边那撮炒胡豆很是不屑。

曾家富立刻小心翼翼，低垂着眼睑等队长发话。

"你妈的检讨写好没有？今天下午严官都在理麻了——为这事，我还专门来跑一趟。"

"写好了，写好了！我马上去拿。"曾家富口里说着，心里却想，只为这事，你会专门来跑一趟？

他很快从里屋出来双手递出说："我妈本来想下午去交，听说大队在开会，就没敢去。"

"这么小的一张本本儿纸，揩屁股都要脏手！"接过检讨的刘队长生气地晃着，"写这么一点点！交上去只有挨骂的，首先态度就不端正！人家严官说过几次，刘学文虽然顽固不化，但检讨书每次都几大篇，字又写得好。"

"他原先是教书匠，我妈字都认不到。一个六十多岁的老太婆……"

"你呀你——不是我说你，你脑子是进了水还是少了一根筋？既然都写好了，"他又晃了晃那张小纸飞飞儿，"就赶紧交上去嘛，放到屋头等它下蛋嗦？明明看到运动都来了，你还跑到太平镇去补啥子锅嘛，不抓你，难道抓王——"他本想说"王二麻子"，随即又改了口，"抓王老五！"

曾家富哑了。其实太平镇他很少去，一般都骑车到很远的地方去走村串户，因为那些地方的人只晓得他是"补锅的"。面对陌生的村落，他可以大声吆喝……然而一回到生产队，他几乎就是个哑巴。

"你这样做，晓不晓得是罪加一等！"

还劳你队长提醒？岂止是罪加一等，我身上早就背着几辈人的罪了！祖父虽然没有见过面，他当县税务局长在曾家桥一带购置过上百亩田产的罪行；父亲新中国成立前当伪保长兼太平镇袍哥舵把子的罪行，新中国成立后密谋暴乱被镇压的罪行，统统都算在我脑壳上！怪就怪自己胎投错了。不管你怎么拼命干活，努力学手艺，哪怕你装聋作哑不惹事，总是短人一节，低人一等。

"这罪加一等，从小处说，祸害你和你妈。从大处说，是给一队抹黑！还给我找麻烦！"他停住了，哼，要是老账、新账一起算，连你二姐也跑不脱！

他把那张小纸折了两折，装进衣服口袋又说："爱国他妈跟我大闹一场，就为铲甘蔗，你晓得她是个病人，你看我还忙着往你这儿跑……"

给队长添了麻烦，只能俯首帖耳地听。

"她从头到脚都是病，我一年到头给她看病不晓得要花好多钱，跟你借的钱——"

俯首帖耳的他总算明白了。

其实，农村里伤风感冒头痛脑热，不就是刮个痧扯把草药熬来喝，哪个还舍得"花好多钱"！说起借钱的事，他就不高兴，但脸上还要堆着笑。虽说他经常跑来"借"个三五块，却有借无还。问又张不开口，不问又憋屈。再说人家是队长。对你打野也是睁一只眼闭一只眼的。给女人看病？哈巴儿才信！有那个钱还不花在袁寡妇身上。那次在太平镇百货公司，他看见他在看一件鲜艳的女式内衫，未必你还舍得给你那个病哀哀的老婆买？当然，就当自己瞎了眼，两眼一闭什么都没看见，要是说出去，那才真是"罪加一等"呢！

"过几天，大队就要开批斗大会了，你晓不晓得？"刘队长看着他，没有说下文。

"我晓得。"他明白，下文是"要斗争你妈"。

"跟到，生产队也要开批判会了，你晓不晓得？"还是没说下文。

"我晓得。"他明白,下文是"要批判你了"。

"不管咋个说,借你的钱,我总是要还的,是不是?"队长很诚恳。

曾家富点了点头。

"这回批判的是打野,其他的事,你就不要吊起下巴乱说!"

我敢乱说?借十个胆都不敢!

我这种人,借钱给队长,就是收买干部的罪行,就是在向革命干部打糖衣炮弹!

他识趣地说:"我晓得,未必我还找些虱子在脑壳上爬!"

听了这话,刘明金才松了一口气。

第八章

翌日清晨,刘明金摸了摸上衣口袋里的那张小本本纸,到四队找严官去了。

沿着大林盘刚踏上小桥,箭一般射出来个小伙子差点把他撞下水沟,惊得他汗毛直立站立不稳。接着又冲出来一个男人,高高举起的金箍棒险些落在他脑壳上,同时还窜出一条大黑狗,硬着脖子朝着院子前面的油菜花田就是一阵狂吠。

"看老子不打断你的脚杆!"

惊魂未定的刘明金慌忙张开双臂做阻拦状,面带笑容连忙劝道:"严官!有啥子事,两爷子好生说嘛!"

"要他听嘛!"严官喘着粗气,"要个朋友安心把老子气死!"

刘明金明白,这朋友指的是刘冬梅。说起刘冬梅,方圆十里八里都是拿得出手的俊俏姑娘,但她老子就是严官骂作"顽固不化"的右派分子刘学文。当然,话又说回来,要不是出身,人家刘冬梅看得上你瘦筋筋的儿子!不过,话又得说回去,这出身嘛——严官,你惹上大麻烦了!

"要文斗,不要武斗嘛,这是毛主席说的哦!"刘明金笑嘻嘻地劝道,"儿子嘛,又不是专政对象,打断骨头还连着筋呢!"

一听专政对象,他的气又冲上来,握棒棒的手都有些颤抖。

刘明金取下竹棒甩向院子,拍着他的肩膀说:"严官,消消气!拿这么大根棒棒,万一打到哪儿了,还不是你的事情!"

听了刘明金的话,一看儿子早已没了踪影,严官的情绪渐渐平复下来。刘明金趁机把口袋里的那张小纸摸出来递到他手上,见他看都没看就揣进衣服兜里,又安慰了几句才走了。

严官拖起棒棒进门,蹲在鐔子边捞泡菜的妻子扭过头来说:"棒棒那么大,打残废了,我看你二天供他一辈子!"

"打死算毬!"他把竹棒倚在墙边,正色道,"徐胖子,我跟你说哈!这件事情,我们两个都必须把好关!"

徐胖子手上利索地掐着泡豇豆,嘴上大声说:"你还站到干啥子?饭都煮好了,吃了饭该上班的上班,该出工的出工嘛!"

看她没有接话,这么严重的问题还不重视,他板起面孔又说:"徐胖子,我再跟你说一遍,这件事,绝对不行!"

撂下这句话,他连稀饭泡菜都不看一眼,转身就进里屋去了。

命运真会捉弄人。他和刘学文不仅是小时候的玩伴,还是老庚儿。一个不愁吃穿还考上四川大学;一个没念过一天书,只有跟着父亲下苦力才勉强填饱肚子。俗话说风水轮流转,如今一个是大队长兼治保主任,一个却成了专政对象。明明是老庚儿,咋个就天壤之别？明明是儿时玩伴，咋就这般水火不容？仔细想想，几时成的冤家对头自己也不太清楚。现在突然又要成亲家，那不是抓起屎往脸上糊、睁起眼睛去跳岩吗？

要知道，能有今天，我走得容易吗？

他瘫软在床上，心里却翻江倒海。

这辈子自己最辉煌的岁月是清匪反霸，最得意的日子是背杆步枪巡逻放哨。最幸运的是，一天突然接到村主任钟祖德秘密交给的任务，要他火速赶往乡政府报信，跑拢只说了一句"他们今晚在青杠林碰头"就完成了任务。青杠林是乱坟场，当晚村民还在梦乡，驻太平镇的一支解放军小分队就包围了乱坟场，活捉了曾子强一伙人。原来，这伙人听说东山丘陵那边土匪已经暴乱，于是蠢蠢欲动开始反攻倒算，他们正策划阴谋，要在第二天赶场引爆乡政府。反革命分子清除了，太平镇一片欢腾，自己受表扬戴红花，还被调到专区武装大队。清匪反霸斗争结束又被安排在太平镇乡政府工作，再后来是自己主动要求回乡务农，在村上当了治保主任。

这治保主任是好当的吗，保一方平安呢！四类分子要管，社会治安要查，社员纠纷要劝，是个什么都要管的小小芝麻官，不然大家怎么都叫我"严官"呢！

说起"严官"来，还真有意思。自己说话慢悠悠的，可训起四类分子来却很严厉，是个真正的"严官"。再说，"官"与"管"谐音，"严官"就是姓严的这个人管得宽，自己当了大队长又兼治保主任，还代理过支部书记，大队哪样事不管？其实我自己只把"官"当"倌"，小时候就是个放牛娃，现在也是队上的使牛匠，一辈子都是和牛打交道的"牛倌"。别人叫你一声"严官"，那是亲亲热热把你个"牛倌"当成他们的"哥老倌"呢！

"哥老倌"虽说认不到两个字，办事可不糊涂，做过的事也不后悔。

第八章

当了这么多年的官,办了那么多事,却从没有收过一份礼,听一声"谢谢"就够了。当然,要请我抽支烟,喝杯酒,当哥老倌的也不会拒绝。运动中有人说我抬起嘴巴乱吃,俗话说,烟是和气草,酒后吐真言,不抽不喝咋个和群众打堆?不和群众打堆,又咋个给群众办事呢?

有人说我傻,说参加革命那么早,立的功劳那么大,留在机关早当大官了,明明捧上了金饭碗却偏偏要回来当讨口子。我听了还是不后悔,他们咋个晓得,肚皮头一滴墨水都没得,哪个端得下机关头的饭碗嘛!我有几斤几两自己还不晓得嗦!再说当初屋头老人一身病,两个娃娃又小,我不回来,还不把徐胖子累死毬!

还有人说我是"气管炎"(妻管严),炽耳朵。

徐胖子虽说不漂亮,但她泼辣能干,儿女带得健健康康,老的经佑①得巴巴适适。虽说队上照顾我当使牛匠,秒田多挣了工分,人家徐胖子割草放牛打整牛圈没少干活。进门还要煮饭喂猪,照顾老小,里里外外每天忙得像个猪尾巴一样甩个不停。一双手伸出来比男人的还粗糙,数九寒天裂出娃娃口,索性用胶布一贴照样干活儿。人家都这样了,你还不"妻管严"?她叫我担水,我马上就去拿扁担;她说煮稀的,我绝不闹着吃干的。有人笑我:"四类分子你都管得服服帖帖,咋个就管不到老婆呢?"我不后悔,也不生气,爱憎分明都不懂!

其实,家里油盐柴米酱醋茶这些鸡毛蒜皮的小事归她管,可大事还得我拿主意。要不是那年供销系统招工我把大女儿"推荐"出去,她如今能端上铁饭碗?要不是我去请老殷托人帮忙,德贵能进公社修缮队当木匠?

一想到儿女又来了气。小时候不过给口饭吃,长大了才有操不完的心!如今德珍当了供销社的营业员,眼光高了,心气儿也傲了,都二十三岁了还没对象。要不到朋友的急人,要到了的更

---

① 经佑:照顾。

急死人！德贵一要就给你找个右派女儿，你说要不要命！右派，排在四类分子后，比屎还臭，躲都躲不赢，哪个还端着屎盆往自己头上扣！不要说现在说不起硬话，就是今后生的娃娃也伸不到皮！入党参军，升学招工，哪样不查你个祖宗三代！

今天我拿棒棒打你，我不后悔！

今天你挨了我的棒棒，将来你也不会后悔！

唉，狗东西！不晓得究竟是吃错了药，还是脑壳拿给门压扁了？

唉，唉！不想了，不想了！我的脑袋才拿给门压扁了！……

中午了，生产队还没有收工，院子里冷冷清清的。几只鸡在垃圾堆上啄食，一只红花大公鸡忽然抻颈昂首嘶鸣起来，在门口匍匐养神的大黑狗突然跃起扑了出去。

"丁零零……丁零零……"严德珍骑着一辆亮锃锃的凤凰牌女式自行车，越过小桥进了院子。大黑狗摇尾欢腾，兴奋不已。

"好了好了！"她摸了摸大黑的头，架好自行车，从车把上取下一个花布袋，上前推开门。大黑狗还在上蹿下跳。

"爸！你咋个这个样子啰？"面对一张蜡黄而憔悴的脸，德珍心里不禁一沉，她从未见父亲这样过。

窜进来的大黑收敛了欢喜，张望着主人，流露出可怜巴巴的眼神。

女儿从花布袋里拿出一瓶麦乳精，脆生生地说："爸，你看女儿好孝顺啊，这些东西都是专门买来孝敬你的！"她打开花布袋让父亲看里面的藕粉、饼干、苹果。这些东西农民一般只在供销社看看，没有几个舍得花钱买的。

父亲瞟了一眼，有气无力地说："真的孝顺就不要我操心啰。"

德珍娇嗔地说："爸——你这个严官就是管得宽！"

父亲眉头一皱。

| 第八章 |

"嘻嘻嘻,看你这额头,简直可以戴个螺丝帽了!"她调皮地摸着深深的皱纹说,"还发烧得嘛!"

"不是脑壳,是心头!"

"今天我们院子上街的人给我说了,我马上就请假回来了……爸,有些事你管不到,何必伤自己的身体呢!"

"未必眼睁睁地看到他去跳崖?你才说得安逸呢!"父亲一生气,又咳起嗽来。

女儿连忙进了厨房。当她又出现在父亲面前时,手里端着一碗热气腾腾的冒着一股奇怪香味的东西。

"爸,你喝点麦乳精,润下喉咙就不咳了。"

"气都胀饱了……"

"尝下嘛,味道不错,也是女儿的一番孝心嘛!"

他拗不过,看了看,黑乎乎的。尝了一口,也没啥喝头。如今年轻人喜欢流行的东西,还什么麦乳精,卖得多贵巴贵的,不就是麦子做的嘛,还煳焦焦的,煮一碗面疙瘩都比这玩意儿强。

徐胖子扛着锄头后脚刚进门,随着一阵狗的狂吠声,殷志远前脚就迈进院子。徐胖子连忙返身喝住大黑,大黑狗灰溜溜地退在一边重新蜷缩在门口。

"我来看看老严!"老殷把手中的网兜递给徐胖子,网兜套着一个搪瓷盆子,几条鲫鱼在盆子里游动。

严久思听见一阵狗叫,不一会儿老殷出现在内屋门口。

一张老式的雕花大床,显然是土改分的胜利果实。老殷一看正撑手要坐起的老严,连声说快躺下并顺势用枕头给他垫上。

"你来看我真是太有心了!"

"哥老倌还说这些。滴水之恩,当涌泉相报,一九七〇年我入党全靠你呢!"

"我不过是个介绍人,当时也是组织安排的。"老严实话实说。

当初他入党,不光是对大队的事情很热心,大家反映不错,

069

更何况还通过夏鸣为大队搞到过几吨化肥指标呢。

老严朝旁边一张竹圈椅努了一下嘴,说:"你坐嘛。"

老殷没有去坐那把椅子,顺势就坐在床沿,话也说得贴心:"哥老倌,好多事情只有慢慢儿来!德贵人不错,踏实、机灵,有些道理他不会不懂……"

"懂,懂个屁!"严官又来了气,"油盐不进,你说东他说西,你说她爸是右派,他说她总不是嘛。你说伸不到皮,他说周恩来不是贫农还不是当总理!——老殷,这些话我只悄悄对你说——你看气人不气人!"

"年轻人一时糊涂,要慢慢儿来……"

"慢慢儿来?两个黏稠得很!昨天放假,家里空地要挖,玉麦要点,他却要去买什么工具书。买书就买书嘛,结果有人看到他们两个在区电影院门口!"

"年轻人嘛……"

"今天早上,我在院坝头修水桶,他又忙着出门。我问,'又要去哪儿?'他说去借书。又是书!我气不打一处来。问他啥子书,他说'《钢铁是怎样炼成的》'。一个木匠,炼钢炼铁跟你有啥关系!老殷你说说,又不是一九五八年,给老子扯个谎都扯不圆!我说'不准去',他说,'说好早晨去拿'。我说,'你狗日的敢去,看老子不打断你脚杆'!我顺手操起一根竹棒棒,脚杆没打到,背遭了,龟儿子硬是跑得快……"

"打得好啊!"老殷笑了起来。

严官暗吃一惊,他原以为老殷会指责和劝说。

"打得好!这几棒棒就是打得好!"老殷继续夸道,"这等于是打在了刘学文的脸上,等于是你在公开宣布你的阶级立场!"

"你太了解我了!"

"老严,在阶级上,立场上,你我都不是含糊之人!"老殷大有惺惺相惜之叹,他十分同情地说,"这回你是遇到烧红的炭圆了——甩又甩不脱，拿到又烫手！要是怄气能解决问题，我老殷就陪你怄它个三天三夜不吃不喝！……哥老倌，我们当老的要想办法，你的事就是我的事！你我都留个心，今后遇到有合适的，给德贵另外介绍一个……"

老严觉得，这体贴的话语顺着耳朵简直流到心坎里去了！

"年轻人嘛，容易在阶级斗争的风浪里栽跟斗儿，我们自然要拉一把。哥老倌，外人你都讲究方式方法，咋个对自己的亲生儿子就闹得河翻水涨的呢？"

老严心里很暖和。对儿子，骂也骂了，打也打了，徐胖子也搭不上力，自己几招司刀令牌都用尽了，正一筹莫展，老殷他人缘广，话都说到这个份儿上了，这个忙他不会不帮。

"老严，德贵的事，我们都放在心上。你也要好生将息。下午渔场还有事，我走了。"老殷给他理了理被子，拍了拍他的胳膊，站起来告辞了。

老严要起身下床送他，被他按住了。

"你我还来这一套，快躺下！"老殷说完出了门。

女儿进屋来叫他吃午饭，他说不想吃。

女儿又端来一大碗洁白细滑的鱼汤，上面浮着绿油油的几节葱花。香气扑鼻的鱼汤比那麦乳精强多了。

他接过鱼汤，咕咚咕咚几大口就喝了个精光。

"钱要省着花，你买了那么多东西，又买鱼——"嘴上这么说，心里一阵暖和，还是女儿孝顺。

"这鲫鱼是殷伯伯送来的。"

"啥？咋不早说！"他急得脸都青了，"肯定是渔场的！"

"人家老周买给她妈熬汤的！"徐胖子走进来大声说，"她妈咳嗽，听说你不舒服就拿了几条给你送过来。"

"这话你都信？"

你们长点儿脑髓嘛！

虽说老殷的话很顺耳，但他板眼儿多。不要看到我现在焦头烂额的，但还没有气糊涂！

老严把碗举得高高的："今后，他再拿鱼来你们敢收——"

话音未落，碗早已摔在地上。

听着他那颤抖的声音，德珍默默捡起破碎的碗出去了。

大概都吃了饭，德珍又骑车回去上班了。能听见徐胖子洗碗筷的声音，一会儿猪也不叫了，屋里安安静静的，也许她也出工了。

他迷迷糊糊似睡非睡。虽说感冒了，但青天白日的，哪有一个男人躺在床上睡大觉的道理？他下了床，披起旧军棉大衣。虽然腿脚还是沉重，身子也轻飘飘的，工出不得了，牛还是放得的。

他到队上牛圈房牵出那头牯牛，慢悠悠地来到牛堰河边。春阳暖暖的，水草嫩嫩的。他把牛绳子丢在牛背上任它随便啃，自己则坐在草地上想心事。

不知过了好久，气膛都啃平了的牯牛慢悠悠地走过来，在他旁边卧下，开始了悠闲的反刍。他的目光从它的嘴、鼻子、眼睛和弯弯的角依次滑过，虽然手无力，还是给它拍掉一个牛虻，又摸了摸它的头。

这些年来，它一直陪伴着他，很温顺，很听话。

眼前这片坝子，有谁没见过他俩的踪影？田埂上，他走前，牛走后；田坝头，牛在前，他在后。一年四季，这坝子要变好多花样，无论是犁成沟，耙成块，泡在水里磨，它都是大功臣啊！尽管它累得满口白泡子翻，干活永远卖力，对主人永远忠诚。虽然它说不来话，却比那臭小子懂事！

"老严，我正要找你！"

河堤上意外发现了老严的钟建华很是高兴，当他看到披着的旧军棉大衣，便诧异地问："你怎么啦？生病啦？"

"感冒有两天了。"他抬起头有气无力地说。

一看老严这张脸，建华总有他的脸是曾桥大队活地图的感觉：

额头上永远躺着三条犁沟般的皱纹,一笑一急便迅速布满宽宽的额头,恰似犁出的一坝子泥浪;一头乱发,让人想起院落的丛林;嘴角两边斧砍刀凿出深深的沟壑,是牛堰河与阳江河在鼻孔处汇合;黑黑的鼻孔,简直就是碾坊下那潮湿的水轮;胡子拉碴的大嘴,又让人想到绿树环绕的大队渔场……

这张脸如今这般蜡黄,建华有些犹豫地说:"我本来是想跟你商量一件事,没有想到你病成这样——"

"不碍事,你说!"说到工作,他是不含糊的。

"我刚从公社回来,何书记强调,学理论要联系实际解决具体问题。说到下一步的工作,会上何书记点名要我发言。我想,眼看就春耕大忙了,我们就开个动员大会,以学理论来促生产。何书记一听很高兴,问能不能安排在明天下午,郭书记要来,正好下队。"

"明天下午?"严官的眉头一紧,额上早已是泥浪一片。

建华也有点后悔,时间这么仓促,老严还有病……

"没得问题!"一看建华的神态他很干脆地说,"既然郭书记他们要来,我们就把声势搞大些,批斗会和动员会一起开!"

他像打了鸡血似的一下兴奋起来。

钟建华也很兴奋,老严虽说没文化,但工作上总是这么主动配合。看着他那张没有血色的脸,建华激动地说:"好!我也是这个意思。今晚上我们就具体商量一下,开个支委扩大会!"

第九章

"妈,你洗下碗,我到大队上去啦!"吃完午饭,刘玲有些撒娇地对母亲说。

"开会哪有那么早?"

"人家要先去准备准备嘛!"刚走到门口,她又回头叮嘱道,"妈,你别去晏啰!"

"这个鬼女子,我好久去晏过嘛!你妈年轻那阵,比你现在还积极呢!"母亲笑了。

刘玲早已飞出门外。当她和同队的芳芳一起来到大队部时,林德瑜、刘爱国、胡莽娃他们早已到了。按照陈家学的布置,几个姑娘提着上午准备好的糨糊桶,拿上红红绿绿的标语,往会议室、代销店、医疗站一路贴过去,连学校的烂墙壁也不放过。她们的笑声一过,沿途面貌便"焕然一新"。

曾家桥小学早已没了校门,围墙也已颓垣断壁。下午放了假没有学生,学校负责人欧老师正在坝子里的主席台上忙碌着。说是主席台,不过就是一个五六平方丈的土堆台子,上面的混凝土早已斑驳。台下是学生集会做操的场所,也是大队召开社员大会的地方,一演坝坝电影,这里可就热闹了。

两张办公桌拼成的会议桌,高高地矗立在主席台上,上面的一台扩大机可以收放扩三用,这显然是学校的家当。只见刘爱国忙着把屋顶上的高音喇叭线,从教师办公室里拉出来接进了扩大机。陈家学他们几个,进进出出地忙着安凳子。

"刘玲,你们几个去弄会标。"家学一看见她们进来就喊了起来。

几个姑娘在操场上牵绳的牵绳,糊纸的糊纸,不一会儿会标就连接在一根长绳上。摆好了凳子的小伙子们开始来拉会标,壮实敦笃的胡莽娃正要往竹梯上爬,刘爱国上前拉住他说:

"莽娃,推鸡公车拉架架车你还差不多,爬这么高的梯子你就算啰!"

在姑娘们的笑声中,刘爱国嗖嗖几下就上了竹梯顶端,以军事化的速度拴好了绳索,然后到了另一边又如法炮制。等绳索一绷伸,"曾桥大队学理论促春耕动员大会"的横标鲜亮而醒目。欧老师把电台节目调了出来,教室屋顶上的两只高音喇叭,一只向着一队,一只向着八队,同时唱起了革命现代京剧:"穿林海,跨雪原……"

刘玲看到人们陆陆续续地走进了会场,三五成群的,抱儿牵女的,像看坝坝电影,像赶场,有的还换了干净衣服,搞得就跟过年看庙会似的。

刘玲抬头看了看,蓝天白云,春天的太阳明晃晃的,天气不冷不热。样板戏旋律振荡在耳畔,跳动在血液里,她突然有种莫名其妙的振奋和冲动。曾经,她觉得自己没有赶上炮火连天的革命战争,也没有经历母亲她们打土豪分田地的土改运动,甚至连建华和家学都不能比,他们还当过红卫兵,进行了革命大串联,去北京见过毛主席,可惜当时自己太小了。然而今天,面对这人潮涌动的会场,听着这激昂的革命旋律,她不再遗憾,因为她终于迎来了这场轰轰烈烈的运动,她终于幸运而自豪地登上了奔驰的时代列车!

她暗下决心,作为贫下中农子女,绝不辜负这个时代!要发阶级之愤,为贫下中农争光!积极投身运动,努力锻炼自己,让火热的青春更加绚丽!她浑身充满投入历史洪流的冲动,连脚趾拇尖尖都是劲。她决心做好……唉，要做的事太多太多，脑子一时理不出头绪。突然她眼睛一亮，她看见钟建华和欧老师正在说话，两个人都笑眯眯的，一丝笑容也悄悄浮上她的嘴角。开这样大的会，连公社和郭书记都惊动了，从筹备到召开，不知他花了多少心血。邓勇走过去了，她多么羡慕邓勇，能站在他身边为他帮忙出力。

操场的学生条凳上，来得早的已经坐满了，来得晚的只好站在旁边和后面。还是孩子们最快活，在人群中穿梭奔跑，东躲西藏捉起猫猫来。

奔跑的孩子突然被大人拉住，人们的视线都朝着一个方向张望。原来是郭书记一行人来了，钟建华、严久思、殷志远他们几个立即迎了上去。

只见他们一阵握手寒暄，便由钟建华领着鱼贯而行，如舞狮队一般，在众目睽睽之下涌上了主席台。等他们一一就座，钟建华拿起话筒，满面春风地依次介绍：区委郭民生书记，区委办公室万世才主任，公社革委会郑卫东副主任。每介绍一个，台上的起立鞠躬，台下的掌声一片。

大会由严久思主持。严官蜡黄着脸，对着话筒先吹了两口气，高音喇叭立马将这两口浊气扩展得又粗又重向高空吐去。他连忙屏住气宣布："曾桥大队学理论促春耕动员大会，现在开始！"当宣布完钟书记讲话，蜡黄的脸早已紫胀，当猛烈的阵咳被台上台下的掌声淹没，他赶紧下台，扶墙弯腰到一边慢慢地咳去了。

钟建华把话筒放在自己面前，大声说道："各位领导，全体贫下中农社员同志们！在伟大领袖毛主席领导下，学习无产阶级专政理论运动正在全国轰轰烈烈地开展！"

他感觉自己有些激动，语速有些过快。便停顿了一下，沉稳地讲到意义，自信地谈起大队的贯彻措施。最后他说："我们要积极投身到运动中来，认真学理论，坚定地走社会主义道路，搞好春耕，发展生产，为早日建成大寨式大队而努力奋斗！"

他的讲话，赢得台上台下一片掌声。

接下来请郭书记作指示。

郭民生习惯性地将面前的话筒调了调位置，目光亲切、语调温和地说："刚才你们钟书记已经讲得很全面了，我就只谈谈自己的感受吧！来到曾桥大队，有三点突出的感受：首先，运动之所以能够迅速展开，第一是有决心。说到学理论，不错，有困难。说实话，叫我这个老头子去扛枪，就跟你们宁愿下地干活一样，也比坐下来学习自在！"他听见了轻微的笑声，自己也笑了，"但是哪样又不难呢？建立新中国就不难？难，只要有决心，我们就是抛头颅洒热血也办到了；巩固这个政权就不困难了？当然更困难！没有现成的路可走，我们就边干边学嘛……"

一个堂堂的区委书记，人家一开口就这么和气，懂我们农民的难处。你瞧人家蓝色中山服，连风纪扣都扣得巴巴适适的。过去的县太爷，平时有几个人能够见得到？就是喊冤你都找不到轿子拦！人家那么大岁数了，还跑这么远来跟你这些人讲道理，你听人家讲得多实在：

"办学习班，培训辅导员，落实政治夜校，出学习专栏，这些都是我们曾桥大队克服困难的好办法！这些办法就如星星之火，燃起了学习理论的燎原之势！"

一个堂堂的区委书记，要管好多事，就连我们的这些事，人家都一清二楚！讲着讲着，他激动地站了起来，比画着"燎原"的手势，然后又用那带着山东口音的普通话大声说：

"第二个是有眼光。这次运动的突出特点，就是中央强调的要安定团结，要把国民经济搞上去！今天这个大会，就是紧跟形势、有眼光的大会！学理论，就是要促春耕！这个大会，不仅太平公社，就是全区也是第一炮！"

这是郭书记在表扬曾桥大队呢！刘玲和林德瑜几个姑娘站在会场的左边，她真为大队自豪，更为建华高兴。她把目光移向坐在郭书记旁边的建华，他英俊，严肃，充满蓬勃的朝气！

矮哥心里却有说不出的内疚。他早就听说郭民生是解放战争时在老家山东参加革命的，走南闯北提着脑袋一路打到四川。这么好的一位干部，当初自己却跟着造了他的反。区委礼堂斗争大会上，别人喊"打倒走资派""揪出黑后台"，我艾志忠没有少喊一句，那时还以为口号喊得嗝、拳头举得高就是革命呢！幸好自己没有动手，不要说毛主席说过要文斗不要武斗，就是那么大一把年纪你也下不了手。可是，有人不仅下了手，还动了脚！见他不跪，对准膝盖后面就是一脚，于是拉的拉，按的按，揪头发的，踢脚弯弯的，台上七手八脚，台下口号阵阵……

望着这张慈祥的面孔，他想：这次我不会站错队了，开会学习要积极，春耕生产要展劲。每天放水，都要让每一块田每一窝秧苗吃饱喝足……

"我说的第三点是有行动。学理论要见行动。为了遏制资本主义倾向，你们大队敢于向打野歪风主动出击，生产队长也敢于向自我开炮。我听说刘明金连自留地种的甘蔗都铲了，改种了猪饲料……"

坐在前面的刘明金顿时满面红光，他尽量昂起头，想让郭书记看到，想听郭书记再问一句"刘明金同志在哪里"？可惜没有问。满以为郭书记还会再表扬几句，可惜又在讲抓好整顿、不误农时大搞春耕了。等到热烈的掌声再次响起，他才明白郭书记的讲话已经结束了。

严官进行了春耕生产动员。大概也咳够了，出气也均匀了，他从春分讲到清明，从油菜、小麦的田间管理，讲到大春的备耕……

郑卫东突然过来在钟建华耳边嘀咕了几句，钟建华立即起身，人们望着三位领导退出会场。这些领导管着全区方圆几十公里的一二十个公社，成天马不停蹄，大大小小的事情多着呢！

在路边告别时，郭民生握着钟建华的双手笑着说："有个碰头会我必须去。小钟啊,好好干,我会再来的!"

郭书记温暖的手,慈祥的笑脸,还有鼓励的话语,让钟建华心里热乎乎的。他激动地说:"谢谢郭书记的关心,我会好好干的!"

春耕动员之后暂时休会,解手的去解手,抽烟的抽烟,摆龙门阵的摆龙门阵,孩子们又跑又叫,快活得蹦蹦跳跳。

刘爱国和陈家学却忙得跟耍杂技似的,分别顺着两边的木杆迅速往上爬,一下吸引了人们的目光。他俩动作如猴子一般灵巧,在木杆上停留片刻,只见红红的会标如坠落的风筝簌簌落地,赫然出现的是"对敌斗争大会"白底黑字的会标!

黑白的肃杀取代了鲜红的热烈。

高音喇叭也变换了曲调:"下定决心,不怕牺牲,排除万难,去争取胜利……"铿锵的乐曲犹如出征的号角,激励着人们去冲锋陷阵。

随着邓勇"把四类分子押过来"的一声大喊,几个民兵押着全大队的四类分子,推推搡搡地来到主席台下。领前和押后的是胡莽娃和曾维芳,今天只有他们两个负责站岗的民兵有枪,军便服将芳芳衬托得英姿飒爽。

四类分子的脖子上都吊着牌子,这并不新鲜;牌子上的名字都打了黑叉叉,这也不稀奇。只是伸长脖子瞪大眼睛也没有发现新面孔,有点让人失望。八副老面孔依次看过去,个个鬼迷日眼霉扑烂醉的,只有刘学文有点特别,特别在哪里又说不出来。是他那一丝不乱往后梳着的花白的头发,还是一身陈旧而干净的中山装?是他神态上的平和,还是眼神中的坦然?人们甚至觉得他有点像郭民生,但究竟哪点像也说不出来。其实那是一种儒雅气质,还有岁月留在脸上的沧桑记忆。而他身后的民兵,虽然拿着枪,却压不住满脸的稚气。

"下面由地主分子冯玉清交代罪行!"严官沙哑地宣布。

冯玉清吓了一跳,她没有想到今天第一个是她!

其实这"第一个"是有讲究的,无疑是批斗的重点。这次运动指向单干打野,今天没把曾家富弄出来排起,批斗他妈自然就是一种斗争策略了。

冯玉清双腿瑟瑟发抖,她嗫嗫嚅嚅地说:"我没干啥子坏事,一天到黑病哀哀的……"

"声音太小了,听不到!"后面有人吼了起来。

"大声点!"

"千万不要忘记阶级斗争!"刘爱国领头呼起了口号。

"千万不要忘记阶级斗争!"群情激奋,口号阵阵。

她把写在检讨书上的话大致背了一遍。

揭发开始,打头炮的还是苦大仇深的李大爷。

站在主席台边的邓勇向他招手说:"李大爷!到台子上来说!"

头发花白的李大爷出现在主席台,布满皱纹的嘴巴小心地挨近话筒:"旧社会,我在曾家当了二十来年长工,使牛匠就干了十五年。秒田耕地,使牛踏耙,干地一身汗,水田一身泥,受尽了剥削。有年娃娃生病向你们借了高利贷,转眼到年关还不起。你男人曾子强,带起狗腿子上门来催账。我老汉儿就说了句只有老命一条,可怜被拳打脚踢……"李大爷声音哽咽了。

"打得李大爷的老汉儿半天都爬不起来!"不知谁大声接了一句。

李大爷的这段辛酸史其实不知听过多少遍了,虽然都能背下来,但人们还是像第一次听到那样专注。

刘明金走上主席台,他的揭发直指要害:"冯玉清!虽说你没出门,你老三在外头打野未必你不晓得?晓得不劝阻,就是支持!"

矮哥厉声呵斥道:"是不是?老实交代!"

"我没有支持。"

"还想狡辩!"矮哥有点火了,"未必打了李大爷的老汉儿你也想狡辩？"

"那阵我还没过门……我娘家也穷，也借过曾子强的高利贷，还不起——"她语无伦次，战战兢兢。

她说的倒是实情，上了年纪的人，包括李大爷都清楚。当年曾子强虽然风光，但接个婆娘不争气，没有生育，等了几年又接了小婆子，小婆子虽然给他生了一儿一女，可是在第二胎生女儿时难了产，保住了孩子，大人却断了气。有人说他是作孽太多，遭了报应。冯家的确是穷家小户，借了曾子强的钱，利滚利，还不起，见冯家女儿有姿色就叫来家干活顶债，后来肚子大了才收上房的。

有人突然大吼："原来早就是个梭夜子①！"

"烂货！"

"不要脸！"

冯玉清突然变了脸色，颤抖着嘴唇说："是，是，家富打野是我支持的，是我叫他去的，我有罪……"地主婆一遍遍重复着。

严官看她说不出个名堂，就宣布刘学文交代。

挨着德瑜站着的冬梅低下了头。她不忍心看父亲脖子上那块沉重的大牌子，更不忍心看他那低垂的泛白的头发。但她受过阶级教育，"亲不亲，阶级分"，这是自己在政治上接受考验的时候。团支部在看，大家都在看，于是她和大家一样举起手喊口号。

一阵又一阵的口号之后，刘学文开始检讨。他承认自己有资产阶级思想，不该把院坝搞成小花园，种花花草草是不对的。

"花花草草就是香风毒气！"

"真是'臭老九'！"

"老右派反动透顶！"

人们叫嚷着，会场乱哄哄的。直到"理论专家"罗显华上台，会场才又平静下来。

---

① 梭夜子：指妓女，娼妇。

只见"理论专家"不慌不忙地从衣兜里摸出叠得方方正正的发言稿，展开来念道："东风吹，战鼓擂，贫下中农齐欢腾；学习理论热情高，牛鬼色神现原形！"

他得意地环视了一下会场，虽然批斗会不会有掌声，但这激昂的开头肯定非我莫属！

"小小寰球，有几个苍蝇碰壁……"

这篇发言稿既然是组织安排的任务，他自然是费了一番心思的。段首都以毛主席的诗词开头，既文采飞扬，又击中要害。除了他这个"理论专家"，未必还能找出第二个？

他把目光扫向"牛鬼色神"，犹如扳响了机枪："刘学文，你这个剥削阶级的孝子贤孙，散发着封建没落的腐朽气息，一直对党耿耿于怀……"这个成语的使用他很是得意，因为他亲耳听过有人把批判稿念成了"阶级敌人耳火耳火干杯！"——哎呀呀，只听说四川人生得奸认字认半边，没想到如今有人居然还能把一个字拆成两个来读！

高音喇叭加重了他的批判火力：

"四海翻腾云水怒，五洲震荡风雷激！在当前大好的革命形势下，你的花花草草腐蚀不了贫下中农，你的封资修谬论蛊惑不了革命青年！你想变天复辟只能是黄粱美梦！我们要发扬金猴奋起千钧棒的精神，把你打倒在地，再踏上一只脚，叫你永世不得翻身！"

虽然没有引起轰动效应，但他自己还是很满意。右派早已牢牢钉在耻辱柱上。关键是，他与罗老二这个亲兄弟划清了界限，自己上台亮相，表明组织信任他！

"誓死捍卫无产阶级专政！"

"誓死捍卫无产阶级专政！"

"坚决打击阶级敌人的嚣张气焰！"

"坚决打击阶级敌人的嚣张气焰！"

| 第九章 |

群情激愤,拳头林立;口号起伏,似回声应和。

吴队长也上台揭发:"刘学文千方百计拉拢年轻人,他那儿简直成了裴(皮)多菲俱乐部了……"

钟建华悄悄纠正:"是裴多菲。"

"哦,管他是裴(皮)多菲还是裴多菲,反正不是个好东西!抄他家的时候,光是书就装了几箩筐。有《三字经》'四书''五经',还有外国小说,硬是三四五都齐了,封资修都全了!"

"满脑壳封资修,咋个不当右派嘛!"

"叫他说,咋个当的右派?"

"咋个当的右派?说!"

看来又找到了一个新的突破口,又可以挖出新的罪行来,人们兴奋不已。

刘学文却目瞪口呆始料未及!早年参加过学生运动,单位工作又业务一流。他的朋友中,有的爱发表文章,被说成含沙射影;有的爱提意见,被定为明目张胆;有个就因有"衬衣的领口和袖口最脏"的感叹便被判为别有用心,都统统落马。而自己处事谨慎,宁愿沉默也绝不张扬,虽然有点文人傲骨,但苦于拿不出"钢鞭"别人也无从下手。说来是个笑话,这些人也太有才了,他们穿透的目光和惊人的判断,都让人叹为观止。他们说,谨慎就是肚子里有鬼,沉默就是心里不满。为了完成右派指标,他们把你内定了!正如趁你熟睡之际,把你涂得鬼眉鬼眼,你却浑然不知。

"糊里糊涂当的……"

"打胡乱说!"

"吃竹子屙箩筐——你在肚皮头编嘛!"

"我没有编,你们可以去调查核实。当时我要调到妻子学校去,报道的时候人家不接,说我是右派。我大吃一惊,我怎么会是右派?一定是搞错了,回原单位一问,说是内定的,组织掌握,当然不需要你晓得……原单位关系下了，新单位又不要，最后的处理是遣返原籍……我从内心非常感谢家乡的父老乡亲，感谢贫下中农，感谢你们收留了我……"

说着，他上前一步，站得端端正正，扶正牌子，毕恭毕敬向父老乡亲们深深地鞠了一躬。

会场上出现了短暂的沉默。

"胡说八道！"有人突然大吼。

"无产阶级专政万岁！"风暴般的口号声再次响起。

口号声一停，只听一阵乱吼乱叫：

"说！为啥子要拉拢年轻人？"

"为啥子要宣传封资修？"

"为啥子要使用美人计？"

"为什么要打糖衣炮弹？"

"……"

冬梅不忍心看父亲垂下的泛白的头。

她的手被德瑜紧紧抓住了。

内疚、羞辱汇成一股巨流从冬梅的心底涌出，瞬间将她泪目。

她想后退悄悄跑出会场去大哭一场，但腿没有动，她必须接受立场和亲情的考验，大家都在看她。她放开德瑜的手上前一步，把笔直的背影和高高的拳头留给大家。然而，当她举起拳头的时候，她正用最大的努力使劲瞪大双眼不让泪水淌出，她正用力死死咬紧嘴唇不呼口号，她怕牙一松就泣不成声，更怕嘴一张就号啕痛哭……

台上的严官仿佛被流弹击中，他后悔昨天那一棒没有打断那家伙的脚杆！……这哪是在斗刘学文，眼看就冲着自己来了。他脸上有些挂不住，心里一急就头重脚轻站立不稳……

"我有点不舒服，建华，你主持一下——"

"不要紧吧？"钟建华大吃一惊，埋怨自己竟忘了他还是个病人!

"不要紧……"他转过身去,深一脚浅一脚地下了台子。

第十章

会场角落还有一个站立不稳的,他就是曾家富。

地主婆第一个被批斗,他明白是自己打野连累她"罪加一等"。杂乱的吼声让她的脸变了形,也惊得他无地自容!他想起小学曾经同桌过的一个女生,听说被人"强暴"后只得远嫁他乡,他很同情她。虽然没有跟她说过一句话,但他恨死了那个"强暴"她的歹人,恨死了那种衣冠禽兽!没想到,自己竟然也跟"强暴"有关!自己居然还是一个"强暴"的龟儿子!

现在想起来就叫人恶心!当时他目瞪口呆站立不稳,巴不得一头撞墙就一了百了!但是他看不到墙,满眼都是林立的拳头……

他不敢再想那天的大会了,他站在院子里,呆若木鸡。

他听说这几天队上风声更紧了,自留地值钱一点的烟叶、韭黄一夜之间都统统绝了迹,社员一个个都不敢外出挣钱了。还听说八队曾四爸连自留地的红苕种都铲掉了不少,五队胡莽娃一伙民兵更是三下五除二就把刘学文的花园夷为平地……不过这些他毫无兴趣,他自身都难保!昨天晚上生产队的批判看来还了不到事……

眼看天色就要暗下来了,他的心又紧了,今天晚上的批判会能过关吗?……

　　钟建华这时正在去一队的路上。

　　油菜花大多谢了,黯淡的花瓣无力地落在叶片上,散乱在田边地头。一种难言的凋零,不知是否引起过古人的伤春,却让他有些惆怅。两个打野典型到了该清算的时候了。吴队长怕罗老二仗着出身好难对付,就请他和家学一起去参加五队的批判会。昨晚罗老二倒是收拾下来了,一队的批判会却煮成了"夹生饭"……

　　来到晒坝一看,保管室黑灯瞎火,铁将军把门。这个刘明金是咋回事呢?今晚的会还开不开?他一脸狐疑地往刘队长住的王家院子走去。

　　院坝里几个孩子正围着林德瑜要她唱《红灯记》。只见她往前一站,大大方方地来了个李铁梅紧握长辫的造型亮相,口中念道,"奶奶,你听我说"!乐得孩子们拍起手来,惹得端着碗的几个大婶大娘也过来凑热闹。顿时,院子里响起熟悉的曲调:"我家的表叔数不清,没有大事不登门……"

　　唱腔戛然而止。

　　钟建华笑了笑说:"咋不唱了?观众还等着呢!"

　　林德瑜本来是和孩子们闹着玩的,发现钟书记后便羞答答地笑了。

　　端着碗的几个大婶大娘一看,也七嘴八舌地说,书记都来了,赶紧吃,有会呢。有的说刘队长刚才还在这儿吃呢,还有的说早端着碗去那边了。

　　钟建华明白"那边"所指,端起碗都朝"那边"跑,群众咋个不说三道四嘛!

　　他生气地来到袁小凤家门口。门掩着半扇,他一把推开,顿时呆了。

　　方桌上,一只可怜的鸡光着胴胴,两只硬邦邦的脚直指房顶,一本书散乱着撕碎的书页摊在旁边。两个女儿依傍着的袁小凤早已成了泪人儿,刘明金站在旁边。

一见书记,袁小凤更是泣不成声。

在她的哭诉中,钟建华终于明白了,原来这光胴胴鸡是她家的"春波罗",也是她家的"小银行"。它叫起来"波罗波罗"跟唱歌似的,浑身毛色纯黄,连嘴壳和眼皮都是黄的。春天它一早就出去吃草啄虫,下起蛋来一个月就有二十来个。蛋也是黄酥酥的,很有卖相,家里的火柴、盐巴、酱油、煤油都得靠它。

如今这"春波罗"就这么硬跷跷地躺着,一丝不挂!直指苍穹的双腿正昭示着它的冤屈!要不是追得及时,早被那个毛娃子丢下锅煮来吃了。

秀秀的书也遭撕了,是放学路上两个男孩子干的。他们追跑打闹撞掉了秀秀手上的书,后面一个还踩了上来。秀秀说把书踩脏了,他说踩脏了又怎样!秀秀说赔起!他居然把踩过的那页撕下来嬉皮笑脸地说"赔你坐一歇",便一溜烟跑掉了。

袁小凤真的很伤心,家里的男人死了,谁都可以随便欺负这群孤儿寡母了。

建华瞥了一眼刘明金,松了一口气。他转身对哭着的秀秀说:"不要怕,明天我去找你们欧老师,保证给你处理好!"他又宽慰袁小凤说:"至于毛娃子,他们二队也会处理的。"

袁小凤停住了抽啜,她心里明白,毛娃子无爹无娘了,家里空捞捞的,这青黄不接的日子,粮无一口,钱无一文,他一个吃百家饭的孤儿你咋个处理?弄点东西来吊命,又能把他咋样!自己气冲冲提着光胴胴鸡跨出他家门时,毛娃子还追上来望着她可怜巴巴地说:"我忙活了大半天,又烧水又扯毛,打整得干干净净,你总该给我留一点点嘛!"当时自己气得发晕直想吐他一泡口水!现在想起他那可怜兮兮的模样都怪不是滋味,自己没了男人还有两个孩子,孩子们没了父亲还有母亲,而毛娃子只是一

087

个瘦筋筋的孤儿……

袁小凤只好说:"钟书记,那就麻烦你了!"她晓得书记也只能这样,队上还要开会。自己的事再大也是小事,队上的事再小也是大事,何况正运动呢。

从袁小凤家出来,艾志忠正在院坝里。

刘明金朝他喊道:"矮哥,钟书记都来了!你把三嘴壶煤油灯提起,先去把保管室门打开,口哨拿去吹起,我们跟到就来。"

"今晚上这个会咋个开?"建华问。

"我找了几个人来重点发言。唉,昨晚上就像挤牙膏,连出去做了哪些活路,一个晚上都没有扯伸展!"刘明金显得很恼火。

哨子响亮地远去了。

三嘴壶煤油灯照得满屋透亮,社员们正听着曾家富的检讨:"这几年,我是在外头做了些活路……现在我认识到错了,是打野行为,是资本主义。我愿意走社会主义,认真接受大家的批评帮助……"交代加表态不过几分钟,他便垂头站在方桌前,一副接受批评帮助的诚恳模样。

"你这种浮皮潦草的态度,就想蒙混过关哪?"矮哥噌地从条凳上站起来放了第一炮,"过去你妈老汉儿剥削我们,现在你还是在剥削我们!"

一听这话,他眼前又出现了林立的拳头,羞辱和恐惧一起袭来,他不由打了一个寒战,今晚这一关难过!

"我们在田坝头流淌滴汗,你却在外头打野挣钱,还分我们贫下中农的劳动果实,你说,是不是变相剥削?"

这"剥削"可不是闹着玩儿的!面对矮哥的质问,他说:

"我咋个敢剥削嘛!口粮都是按人口和工分肥料分的。"

"你说!出去打野挣了些啥子钱?"快嘴张启秀大声吼道。

"除了补锅还做了啥子?"

"理过发没有?"

第十章

"你还盖过房子哇?"

人们七嘴八舌,如机关枪一阵乱扫。

"我没有盖过房子。"

一边说盖了,一边说没有。一边不依不饶,一边死不认账。争论又陷入干了些什么活的怪圈。

"我记得,好像是前年薅秧子的时候……"肖开江站起来说。

"爸,你岁数大了,记不清楚就等人家说嘛!"肖水珍打断了他的话,平时她就不喜欢老汉儿得罪人。

"我咋个会记不清楚呢!"肖开江作古正经地说。

幺儿肖老五连忙说:"爸,你说你的!"

"我又没有七老八十,会记不清楚?我又没有老癫冬,咋记不清楚!"肖开江有些生气。

生产队开会就是这样,吵吵嚷嚷,弄不好一篙竿就撑过河去了。

为了证实自己"记得清楚",他走到他面前说:"我记得那阵玉麦才挂红须须,是不是?曾家富,你亲口给我说的,要去给一个亲戚盖房子,我冤枉你没有?"

肖老五赶紧帮腔:"说!有没有这个事?"

"是说过,"曾家富焦眉烂眼地解释,"是说亲戚盖房子,我好久盖过房子嘛!我是去打下手帮忙的……"

大家都清楚,盖房子算匠人,是要拿工钱的。

刘明金瞭了一眼钟书记,然后说:"曾家富,那你交代一下打野的天数嘛!"他把昨天晚上的难题又抛了出来。

"我都说过了,一年也不过就两三个月。"

"哪儿才两三个月哦!"有人又吼了起来。

"那回盖房子你就去了半个月!"肖开江记得果然清楚。

"曾家富,你态度要老实!一五一十地给大家说清楚!"刘爱国走上前来指着他说,"都是一个队的,你还哄得到哪个嗦!"

"去年我在队上都挣了两千多分。"曾家富哭丧着脸说。

"社员出工的天数,队上该有记载吧?"钟建华小声问刘明金。

"有啊!有记工员,有账本本儿得嘛!"

记工员接过话说:"每个月记了工的单子,我都交给朱会计了。"

埋头做记录的朱世友连忙抬头说道:"我记了工分,只记做什么,不记天数。再说一个劳动力,平时一天只挣几分,农忙一天就挣几十分,所以天数不好说。"

批判会又在打野天数上卡住了。

李大爷取下嘴里吧唧着的叶子烟杆,不耐烦地说:"曾家富,你好生回想一下嘛,把它说清楚了,我们大家也少熬点夜嘛。"

曾家富的兄弟曾家孝外号叫闷头子,这时他也成了闷头子,管你怎么说,就是不开腔。

"我来说点儿——"王大炮慢悠悠地站起来。

"王二哥,把你晓得的都说出来,不要怕!"矮哥给他打气。

"我怕啥子?"王大炮扯着大嗓门,"老子新旧社会都没有怕过哪个!穿衣要合体,说话要讲理嘛!记得一九七二年的下半年,有个单位要新建大门和打围墙,要求国庆节前完工。大家晓得的,我王大炮做活路爱展莽劲,舍得花力气。他喊了我,还有二队几个人一起去的,问都问得到。那回我挣了三十多元,酒也喝安逸了……"

几个妇女笑了起来,刘明金招呼她们严肃点。

王大炮继续说:"不喝酒中午做啥子!人家瞧不起你这些'农二哥',说你是'豁皮''弯脚杆',嫌你脏。我们也知趣,哪儿都不去,中午就在附近找个苍蝇馆子,切二两腌卤,喝点烧酒。你想嘛,天不见亮就出门,两头摸黑,活路又累人……"

刘队长见他东拉西扯的,直接问道:"就说你们做了好多天!"

"前前后后有一个把月,挣点钱也不容易……后来我们两家娃娃闹架,他娃娃骂我们爸是——"

眼看他又要扯到一边去了,刘队长赶忙大声问:"曾家富,有没有这个事?"

曾家富点了点头。

矮哥问:"王二哥,你揭发完了没有?"

"没得了!"王大炮早已坐下去了。

张启秀说:"你还在外头骗鸡,"怀里熟睡的小儿子顺着她的手势,小脑袋一摇一晃的,"在周家场我就亲眼看到,你把小鸡翅膀儿反踩到,肋巴下一刀,用个卡子一绷,勾出肾子米米,扯点绒鸡毛一贴就骗完一个,快得很!"也许她比画的动作太大,小儿子突然闹起来,她连忙拍着摇着又说,"不说多了,一个上午骗五六十只,半天就收入五六元。"

曾家富急了。

"你急啥子?你虚啥子?"刘队长一针见血,"戳到痛处啦?我还以为你死猪不怕开水烫呢!"

弟弟闷头子站在墙边,眼里闪着鬼火似的磷光,把刘明金恶狠狠地睖了两眼。

只听见一阵七嘴八舌的乱吼:

"他一年打野肯定不少于半年哦!"

"骗半天鸡都是五六元!"

"喊他自己说!一笔一笔算!"

曾家富额头上冒出虚汗。他原以为凭自己的手艺出去干活,是卖苦力,批一批,斗一斗,保证以后不再外出就完事了。现在才明白,做了啥子活路,干了好多天,最终都是要按活路算钱,按天数罚款的呀!农闲你们在家躲阴凉,赶场坐茶铺,出气都匀匀净净的;我顶着大太阳走村串户,口干舌燥经常是太阳落坡连晌午都还没有吃!挣了点点辛苦钱,现在都要吐出来,还不晓得从哪年算起……

他胸口一紧,黯淡的目光绝望地投向门外。

建华在众人的哄闹声中,看到了他无助的眼神。但不明白门外有什么看头,外面黑洞洞的,未必你还想跑?

"这头你们要给我算天数,那头好多活路都拿不到现钱……你们只看到半天就挣了几元,没有看到一天张都不开的时候……"他突然没了声音。

刘明金吼道:"又装闷头子!硬是死猪不怕开水烫嘛,看你今天又要耗到哪阵嘛!"

脸色煞白,两眼一闭,曾家富突然如一截木桩栽倒在地……

钟建华慌了,刚才该不是胸闷气短想到门外去透透气吧?

"装,你给老子装嘛!"刘明金真的生气了。

众人一片惊愕。

"快把他扶起来!"

"给他扯痧!"

"掐人中!"

会场立刻乱成一锅粥。惊慌的,喊叫的,伸手指挥的,性急的已经跑过来动手了。

"不要动!"闷头子一脸愠怒,凶猛地喝住。他知道这是三哥的老病发了。这病急不得,若急火攻心,就会全身僵硬,倒地休克。

他嫂子跑上来早已哭成泪人儿,一面给丈夫擦汗,一面说:"你急啥子嘛!有话慢慢儿说嘛!"

闷头子大吼一声:"快掐人中!"

泪流满面的嫂子立刻用右手大拇指死死掐住人中,兄弟则用力掐着他的左手虎口,有两个妇女上前来帮着轻轻抹胸口。

曾家富一动不动,会场安静下来。

折腾了好一阵,他终于睁开了眼,微微吐出一口气,满脸虚汗直淌。一块石头终于落地。活生生的人瞬间就昏死过去,大家真的还没有见过,虽说是虚惊一场,可也不是闹着玩的。

闷头子弯下身,把大汗淋漓的三哥扶起来靠着自己,嫂子早已瘫软在地。

| 第十章 |

钟建华说:"还是扶起来坐在凳子上。"

有人递过来一张小机凳,兄弟便扶他坐在了凳子上。

钟建华又说:"曾家富,不要急,情况我们都会核实,不会冤枉你。"

矮哥也上前说:"你做了活路没有收到钱,钟书记说了要核实,骗鸡半天五六元,除了谷桩鸡出来那几天,我们也不会天天按这个价算的。"

奄奄一息的曾家富耷拉着脑袋,看样子张嘴的劲都没有了。

过了好一阵,王大炮有点不耐烦了:"看他倒死不活的,就是耗到天亮恐怕都憋不出个屁来!"

"刘队长,干脆我们揭发,只要他不反对就算默认。"矮哥建议。

刘明金看了看钟建华,心想不这样,未必明晚上又来?

社员们不再哄闹,开始一笔笔清算:

"大小二季农忙你是出了工的。农闲时候,太平镇和周围几个场镇赶场,有时候看得到你,是不是?"

他没有摇头。

"今年春节过了正月初五你就出了门,一直到那天挡回来,是不是?"

他还是没有摇头,那就算默认。

至于做了哪些活路,大家并没有把他算成盖匠。

他用力地点了点头。

批判会终于成功了!

刘明金让曾家富他们一家先走,他们便连架带拖地出了保管室。

躺在床上的曾家富抬起手,有气无力地放在兄弟的手上。他终于失声痛哭:"兄弟,我对不起你……给你办婚事的钱……"

闷头子摇晃着脑袋,他紧紧握住三哥的手早已泣不成声!

都快三十岁的人了,好不容易才有了女朋友。

093

前不久的一个赶场天,曾家孝从太平镇回来,突然听到一个焦急的喊声:"大哥,帮我捉下鸡!"他回头一看,一个姑娘急巴巴地追着一只澳洲黑母鸡,那鸡正在夺路逃窜。他忙说:"外头是抓不到的,慢慢儿把它赶到前头院子就有办法了。"鸡果然沿着路往前面院子挺进,到了院子边,它见里面有鸡就探头探脑地钻进去了。院子里正好有个大娘,三人包抄,来了个瓮中捉鳖,鸡扑腾了几下便被他束翅就擒。大娘抽了几根谷草给他,嗔怪道:

"把鸡脚杆拴牢靠!——嘴上无毛,做事不牢,买个鸡都不抱稳。"又笑着对姑娘说,"媳妇儿回去好生修理修理他!"

"我还没有耍朋友。"他觉得大娘的误判是自己的错,连忙抱歉地瞥了姑娘一眼。两朵红云染红她的双颊,会说话的大眼一垂,羞涩地浅浅一笑。他的眼睛刚才一直跟着鸡转,没想到姑娘这么好看。

"是我看走了眼?看你们挺般配的!"大娘也笑了。

言者无意,听者有心。他们上了路。姑娘很开朗,要分手时,她问下场还来不来,他说来。姑娘浅浅地一笑说,会在百货公司门口等吗?

那还消说!

他扳着指头算,原来一场三天,现在要五天,五天快要一个星期哪!真要命,为啥恰恰就在这个时候改了赶场天?五天的等待让他度日如年,浅浅的一笑让他寝食难安!

见了面,他们还去区上看了场电影。姑娘说喜欢他心好,还说喜欢他一说话就脸红的样子。

三哥真为兄弟高兴!嘴上说好就带回来上门,心里却在盘算,兄弟年龄不小了婚事得抓紧,更不能亏待了人家。这几年的积蓄,操办也该差不多了……

唉!没想到,这一罚款退赔……

从未见过三哥这样痛哭过,兄弟俩都泪如雨下!这个闷头子不能告诉三哥,其实她已经知道了,你就是那个在太平镇街上过火巷子的补锅匠!我的老汉儿被镇压了,妈是现管的地主婆……

"兄弟……我,我真的对不住你——"

泪眼模糊哽噎抽泣的兄弟心里明白,三哥呀,你外出打野,还不都是为了这个家,为了我这个兄弟!

他放开三哥。三哥早已疲惫得心力交瘁。他不忍心再望一眼床头,不忍心再看那张蜡黄的脸,还有鼻梁下的人中……当初要不是出手掐得快,鼻孔恐怕早就没气了……可是,就这一口口儿吊命的气,有人还说他装!还骂他"死猪不怕开水烫"……

突然,闷头子又抓住三哥的手,看着他曾经使劲掐过的虎口,泪又流下来。他咬紧牙腮帮子,心里恶狠狠地重复道:"死猪不怕开水烫,哼!我就要看你个死猪……"

第十一章

第二天吃早饭的时候,钟二娘对儿子说:"建华,我听说文娟的舅舅病了,这两天地都下不得了!"

"那我去看看。"

这文娟的舅舅不是别人,就是吴家坝的孙国荣。

"你该去,人家原来对你那么好。"

按说是该去,但就是有了文娟舅舅这一层关系,恐怕早已让他说不清道不明了。

"整得那么凶,再好的身体都遭不住,"钟祖德有些愤愤不平,"你以为这个干部好当嗦?不出事呢,人家把你捧到捧到的;运动一来,就把你打翻在地,有人还巴不得再踂①你两脚呢!"他不知是在为孙国荣鸣不平,还是在为自己倒苦水。

"爸!这阵你又同情他了,原来你不是说他不得了了!"

"是嘛,"父亲对儿子顶肋巴骨早已习惯了,"一个人再有能力也不要显摆。你看他,一赶场就呔二喝三茶铺进酒馆出的,那么招摇,不斗你才怪……"

钟二娘抢着说:"主要是说他屋头修了几间大瓦房,材料来路不正,钱都没给。"

"不是的,"儿子添了一碗稀饭过来,夹了块泡菜在嘴里边嚼边说,"瓦房是修了三间,材料不是没给钱,是通过关系买了相因,没给钱是说社员来帮忙没给工钱。"

"现在修个房子都是互相帮忙,请的匠人才给工钱,社员帮点儿忙给啥子工钱嘛!主人家招待吃顿饭就好得很啰!"钟二娘不以为然。

"你晓得啥子哦,"钟祖德瞟了老伴一眼,"要整你,这些就是罪状!修瓦房,砖瓦从哪儿来?木料从哪儿来?这些都是国家计划物资,搞得到手,原先说你有本事,这阵就是破坏国家计划,搞资产阶级特权。不管是不是相因,是不是旧料,要想给你定几条罪状还不容易嗦?"

"定成新生资产阶级分子是重了点……"

钟二娘连忙打断儿子的话,小声说:"建华,这个话只能在屋头说哈,外头莫要去乱说!"

儿子笑了。

"你最好不要去!"钟祖德丢下这句话就离开了桌子。

晚上趁着月黑,建华还是出了门。

---

① 踂:用脚踩着擦、蹭的意思。

第十一章

他想干的事就会去干。但他不想碰见熟人，夜色中小路上没有一个人，他匆匆上了土公路。四周黑黢黢的，偶尔传来几声多管闲事的狗叫，远处有几盏灯火鬼眉鬼眼地眨着。虽然土公路上遇到几个人，看不真切，也不认识。

不一会儿，他就来到了丁字路口，走上了那条魂牵梦绕的村道。这条村道通向文娟的家，也通向孙国荣住的院子。

一想起文娟，热火朝天的部队生活又浮现在眼前。

人真是个怪物，当初在部队的时候，他是多么地想家啊！作为铁道兵，成天钻山沟，打石头，运土方；可他脑海里，时常出现的是牛堰河的流水，曾家桥的田野，还有眼下这条野草茸茸的通向桃树小院的村道。那时他多么盼望文娟的来信啊！一封来信不知要看多少遍。白天他会把信揣在裤包里，工休时间伸手摸摸她亲笔写的信笺，就像感受到了她的呼吸；夜里睡觉把信枕在头下，就像是躺在牛堰河那流水潺潺的田野上了。

不久，一封来信搅乱了他心中甜蜜的宁静。文娟在信中说，有个小伙子看上了她，已托媒人上了门。她妈很是喜欢，可她不同意，叫他放心。虽说他相信文娟，可是隔着上千里的崇山峻岭咋个叫人放得下心！焦虑中盼望的信又来了，说情况很糟糕，如果她再不同意，她妈就不想活了。原来小伙子是供销社鲁厨子的儿子，前两个月才从乡下招工回来在猪肉门市部卖肉，如今的刀儿匠可是肥得流油的好差事！建华知道，太平镇街上的那个肉架子，天不见亮石头筐筐就排了队。等到鬼哭狼嚎撕心裂肺的惨叫声平息之后，猪血和心肺、肝腰这些不要肉票的下水，大部分被馆子拿走，少量的早被熟人订了，外面的人根本连看都看不到。好不容易等到铺板一个个取下来，挂在大铁钩上的新鲜猪肉依次亮相，这时天已大亮，买肉的队伍早已排成长龙，榤位子的，看热闹的，将窗口边挤得水泄不通。人对了，刀儿一弯，旁边的肥肉剜了下来；人不对，骨头皮子包瘦肉，油水都没得。你想不要，刀儿匠马上就会大吼一声"下一个"！后面的涌上来，今天你就白忙活了。就那么几块肉，一转眼就会卖个精光！

这样一把刀儿，别说文娟她妈，哪个会不动心！好容易人家看上了你，你还不识抬举？她妈既然甩出那句话来，看来母女已成僵局。

这封信着实让他心急火燎！想请个假吧，理由又说不出口，何况自己根本就没有休假的资格；不请假吧，这人就如热锅上的蚂蚁，坐卧难安啊！他只好专拣重活累活干，干得大汗淋漓，累得半死不活，晚上倒床便睡。不死不活地挨过了几天，信又来了，战友举着信笑他热恋，可谁知道他心中的苦衷！他抢过信，迫不及待地撕开就一目十行。还傻乎乎地望着他的战友，突然莫名其妙就挨了一拳，望着兴冲冲跑开的他，只好摸着挨拳的地方呆头呆脑地说："难道热恋的人都是这样疯疯癫癫的吗？"

原来文娟告诉他，舅舅出面了，她妈是很听舅舅的，因为她们这个家是离不开舅舅照看的。舅舅当着她们的面数落了她妈，说老姐子，鲁厨子的儿子当刀儿匠条件是不错；可人家钟祖德的儿子是解放军，还是个党员，条件也不孬啊！再说，结婚是两个年轻人的事，文娟喜欢的是钟祖德的儿子，他鲁厨子家境再好，文娟不喜欢。现都啥年代了，你还想搞包办婚姻？退一万步说，文娟没有男朋友，鲁家这事也没啥话说；可人家两个早好上了，你来棒打鸳鸯？就图个吃香喝辣，说出去都让人笑话！他还说，老姐子，你就这么个闺女，你违背她的意愿，难道想她一辈子怨恨你？她怨恨你，等你老了，还有好果子吃？直说得她妈丢下一句"我不管了"，舅舅才笑着说："这就对啦！"

建华一直跑到无人处，情不自禁地手舞足蹈起来，兴奋得对准信纸上的"舅舅"二字猛吻两口！

文娟舅舅对他的好还不止这。去年，就在那棵桃树下，他把当支书的消息告诉文娟时，文娟是那么支持他，但是，他心里却没有底。文娟忽然拉着他说:"走,找舅舅去!"

"这事你舅舅也管?"建华心想,他管得了吗?嘴上却说:"见面礼都没有,咋好去?"

文娟笑着说:"舅舅才不在乎这一套,见到就知道了。你今天运气好,他才回来,平时你想找他还不好找呢!"

两人走到屋后大院坝,文娟指着另一边说:"那儿就是舅舅家!"三间瓦房虽说不上高大,但同周围的老草屋相比,却显得气派。他不知道舅舅就住在这大院坝里,更不知道舅舅居然就是大名鼎鼎的孙国荣!

孙国荣才下队回来坐在桌旁歇气,草帽放在桌上,脸上还挂着汗珠。文娟做过介绍后,他端详一阵才说:

"脸面儿长得就像你老汉儿,太像了!"回头对文娟笑着说:"好!好!"看样子真是高兴。

他拿起桌上的茶盅,朝屋里大叫一声:"来客人了,泡茶!"屋里没人应。

文娟连忙说:"我来泡,舅妈还没回来。"她找来保温瓶和茶叶,先给舅舅的茶盅里掺满水,再给建华泡了一杯茶,然后说明了来意。

舅舅听了哈哈大笑:"我们文娟真是好眼力,一转眼,建华就和你舅舅平起平坐啰!"

文娟故意撒娇地说:"舅舅!人家今天是专程来向你讨教的!"

"向我讨教?我看是远香近臭!"舅舅又笑起来。

看小伙子一脸茫然,便说道:"家里供着一尊佛不拜,还要八方去求神!"

建华这才明白了他的意思,说:"我们老汉儿本来就不赞成,连我退伍回来都不高兴。"

"这个老哥子!土改就是响当当的了,我见到他都要敬三分!"一谈起钟祖德他很是亲热。

见舅舅有些推诿,文娟装着生气的样子说:"舅舅!人家是诚心诚意来的,你还保守!"

"我有啥子好保守的,这个鬼女子!"舅舅又笑了。

"干起来就晓得了。"舅舅看了看建华,终于打开了话匣子,"万事开头难,年轻人,要学会抓重点!现在,收中稻就是重点。农民眼巴巴地望了一年,眼看就要吃饱饭了,抢收宜早,颗粒归仓!老天爷说变脸就变脸,一场暴雨叫你哭都哭不出来。煮熟的鸭儿都飞了,你喊社员饿起肚皮拥护你?"

"中稻的收割、脱粒、翻晒,进度上都要落实。这一仗打漂亮了,丰收的粮食到手了,家家户户有白米饭吃,还有啥子不好办?"

建华觉得心里又亮堂又踏实。

"我这个书记,说穿了是靠生产队长挡起的,都是兄弟伙,讲义气。只要工作上挡得起,我和他们吊起下巴乱吃莫来头,只要不吊起下巴乱说!——这点你不要学我哈!"说着又哈哈大笑起来。

"大队的工作很复杂,上面千条线,下面一根针,政治运动、农业生产、社会治安、民兵训练,还有刮宫引产、打狗灭犬。今天传达省委的,明天传达市委的,还有区委公社的——你有三头六臂都忙不过来!所以大队干部要分工明确,各负其责。不过,你看我成天还是跟鬼王似的!"他晃晃腿肚子和脚板上的泥巴,再一次哈哈大笑起来。

这样精明开朗的老支书,恐怕他自己都没想到竟然也翻了船!

建华停下脚步,不知不觉已到了溪边那棵桃树边。黑暗中依然可以看见倾斜的桃树还保持着俯冲的姿势,旁边草房缝隙漏出昏黄的灯光,朦胧得遥不可及。

他无趣地收回眼光,慢慢朝孙国荣家走去。

孙国荣家的双扇门大开着,灯光涌出大门后便长长地瘫软在院坝里。

一踏上阶沿就看见孙国荣坐在方桌边,桌上一灯如豆。

第十一章

"孙大伯，听说你病了——"建华一面说，一面把提着的一包白糖放在方桌上。

"没得啥，就是有点感冒。"孙国荣对来访者并不吃惊，也不激动，他盯着白糖说，"这么贵重的东西——一张婴儿票就要卖五元！"

建华不知道，农村孕妇生下婴儿只发一张糖票，一张票只能买两斤白糖，有的孕妇舍不得吃就把票卖了。他也不知道，父亲是怎么买的，花了多少钱。他只晓得，这白糖，是自己已经出了门，父亲追出来递给他的。就这么斤把重的白糖，竟用旧报纸包了几层，平时在屋里他也没看到过这东西。

"这是我爸送你的。"

他咧嘴笑了笑说："他老哥子还好吗？"当他听说还好后，点了点头，不语了。

灯光的明暗，将这张没有血色的脸孔刻成了凝思的雕塑。

"孙大伯——"

望着明显消瘦的脸，建华正想安慰，他却有些沉重地说：

"建华，我对不起你！"

建华吃了一惊，不知这话从何说起。

"我晓得文娟喜欢当老师，去年就把她推荐出去上了师范学院。原想等她回来就在公社教书，这样你们两个多好……哪晓得事情会变成今天这个样子！唉，说来怪我，不把她推荐出去就没得这件事了。"

建华没想到一心来安慰对方的自己，却首先成了被安慰的对象，他连忙说："孙大伯，这事不怪你——"

孙国荣摆了摆手，阻止他说下去，然后又意味深长地说："有些事好像看起来八竿子都打不到，但是，说不定哪天就是根导火线！"说完他重重地点了点头。

建华自以为明白了他的意思，也跟着点了点头。

停了一会儿，他抬头望了望屋顶，说："比如这房子，草房住了几十年，虽说有些漏雨了，修修补补也可以住。文娟舅妈说干脆借点钱修两间瓦房，我想周围也有人修瓦房，没什么不妥。东拼西凑修好了。没想到才过了两年，如今就惹了大祸。"

建华这才明白了他点头的意思。

父亲吃早饭时还说他能是能干，就是太张扬，大概也是这个意思。现在有几家修得起瓦房？你当书记的先修几间来坐起，咋个不惹人眼红嘛！

建华正在出神，他又说："你们大队现在不错，连郭书记都往你们那儿跑。越是有成绩，就越要谨慎。年轻人……前车之鉴啊！"他停住了，又点了点头。

这次点头建华明白。听着他的告诫，悬着的心总算放了下来，于是说道："孙大伯，我真怕你想不开，上次开会——"

"有啥子想不开？"孙国荣笑了，"你老汉儿也曾是'老右倾'嘛，郭民生还当过'走资派'呢……"他用手指了指大门，又说，"我的门天天都大敞开——没做亏心事，半夜就不怕鬼敲门！坝子上的雾再大，太阳一出来就都散了！"

望着他那张刻着硬朗粗线条的脸，建华觉得自己说什么都显得幼稚而多余，他比自己想象的坚强。

建华环视了一下屋子，除了方桌、条凳、壁柜，还有两床卷着的晒簟外，没什么摆设。壁柜上方贴着的一张画引起了他的注意。走近仔细一瞧是《开国大典》。巍峨高大的天安门城楼上，毛主席站在麦克风面前庄严宣告新中国成立。

"画虽然有点旧，但我很喜欢，换了房子也一直贴着，现在根本买不到了。"

果然这张画建华也从未见过，城楼上密密麻麻地站了好多人。他拿起煤油灯来仔细一个个辨认，穿制服穿长衫的，戴军帽戴眼镜的，胡须长长的，头发斑白的，他们都是开国元勋、民主人士。

画框下面还有对应的几排密密麻麻的名字。

"怎么还有刘少奇?"他大吃一惊。

"你把细点看,我早就用针处理了!"孙国荣诡谲地笑了,"还有几个我都处理过!"

"我觉得你最好还是把它取下来,"建华认为这才是今晚上他说出的最重要的一句话,"它会给你招惹麻烦的!"

孙国荣走过去用手轻轻抚摸着画面,不舍地说:"他们都是开国的大功臣啊!……不过,你的话我会考虑的。"

从孙国荣家出来,夜已很深了。远远近近都看不到一丝灯光,听不到一声狗叫,庄稼人都入梦乡了,连大地都闭上眼睛打瞌睡了。

建华回望走出好远的院落,他知道其实还有人难以入眠。

不多一会儿,他已走到曾桥大队的地界上。在一队土公路上,他忽然发现右边苕子①田里有个黑影在晃动,定睛一看,又什么都没有了。

"谁?"他有点毛骨悚然,迅速举起手中的虎头牌电筒,一束强光探照灯般扫射过去。

在齐腰深的苕子里,分明蜷伏着一个人,旁边的背篓里,装着嫩嫩的苕尖,无意间他捉了个人赃俱获。

几步上前,他看不见那人的头,瑟瑟作抖的破棉袄活像一只动弹不得的乌龟。

"抬起头来!"钟建华大吼一声,本想一把抓起他,伸出的手突然停住,手电筒分明告诉他,他是一队的李大爷!

他关掉了电筒,四周恢复了死寂。

"你咋个这样呢,李大爷?"不知过了多久,建华痛心地说。在他脑海里,这哪是平常的李大爷!批斗会上揭发地主分子的形象,

---

① 苕子:川西农村习惯每年冬春拿出一部分田来种苕子。苕子分两种,本地苕子春天开出小而白色的花,没有紫云英(四川人称为江西苕)花朵鲜艳。两种苕子用途相似,不过本地苕子的嫩尖能入菜。

夜校烤着烘笼听讲的神态，田坝头说得大家呵呵大笑的口才……唉，李大爷呀李大爷！这半背篼苕子就毁了你呀，怎么这么糊涂！

黑暗中，老人终于抬起头，声音战战兢兢："屋头那几颗米，实在熬不到两天了……"

马上安排摘苕尖！这苕子虽然是细藤藤，现在可是救命的宝啊！嫩尖尖摘下来，煮可以当饭，人们常说"三根苕菜抬颗饭，吃起来当肉干"呢。炒可以当作菜，绿油油香喷喷的，一大碗就填饱了肚皮。吃不完的还可以晒干，一年四季慢慢吃。揉碎的掺进锅里煮稀饭，没揉碎的用米汤一煮，稠稠糯糯干香干香的。除了嫩尖给人吃外，绿绿的茎叶是上等的猪饲料，黄黄的老秆沤在田里还是最泡土的绿肥。眼下春荒，生产队能早一天分给社员，就早一天救命啊！明天一早就去给刘队长说说。

"你起来吧。"声音里已听不出刚才的愤怒，"不过，分苕子的时候要把这半背篼扣出来。"

李大爷没有动。

"你走吧！"

李大爷突然跪在他面前！

只见他双手合掌作揖，叩头如捣蒜："钟书记！你饶了我吧，不要斗我，不要批我，不要……"他吓坏了，说话语无伦次，声音苍老悲凉。

建华想，我何曾说过要批你斗你？只说了要扣出，何况把你这半背篼扣出来，也是既公平又合理的呀。

李大爷哆嗦得蜷成一团，长跪不起。

面对吓成这样的李大爷，他终于恍然大悟，扣除虽是合理的，但你怎么向社员解释？这不明摆着要把老人推向绝路？

这就是一向不给干部添乱的李大爷！这就是早出晚归跟老牛相伴的李大爷！这就是新中国成立前苦大仇深的李大爷呀！……要是能及时分到苕子，这么一大把年纪的李大爷，何苦三更半夜跪在这里!

建华动摇了。

这事毕竟是不光彩的。别说大队的批斗会,就是刘明金的哨子一响,老人一辈子辛辛苦苦垒起来的好名声,瞬间就会土崩瓦解,头发花白受人尊敬的老人,立刻就会变成人们指指戳戳的臭狗屎!

"你走吧,天太黑了……我什么都没有看见。"建华松开了抓着背篼的手,头也不回地走了。

建华觉得夜是那么黑,心是那么痛。

然而,在茫茫的黑夜里,有时竟比白天还看得真切。

老人赶紧背上背篼,像只鼹鼠似的从苕田边迅速窜出去,一闪身钻进了曾家院子的林盘里。

被镰刀东一团西一簇割了嫩尖的苕子,经过一个晚上露水的洗礼,创伤又会愈合,第二天早上又会昂起头来,恢复它的勃勃生机。

第十二章

天刚见亮,李大爷又出现在田埂上。

他还是穿着那件破棉袄,但已经褪去了鼹鼠的猥琐。他肩上扛着耙子,后面跟着老水牛,赤脚踏着潮湿而冰凉的野草,一步一个脚印地向水田走去。

虽说昨晚后半夜下了一场雨,但今早碧空如洗,空气格外清新。

/ 牛堰河畔 /

牛堰河边的柳树早已堆雾拖烟，桤木也满树嫩绿。春雨后的小麦、胡豆更加葱茏，油菜花却再也经不住骄阳的烘烤，夜雨让它脱去了金黄的披风，仅留下几朵细小的黄花，星星点点散布于如烟似雾的淡绿中，如同村姑身上的细布碎花。

当晨曦中传来那候鸟的"儿——捡粪"催促声时，李大爷站在耙子上已经转了几个来回了。他一手执绳，一手扬鞭，像驾着一叶扁舟在泥浪里颠簸。这泥太肥了，经水一泡便在耙下柔柔地松软开来，数圈下来，浓稠而平整。

他望了望并不刺眼的太阳，满意地收了早工。他扛上耙子，牵着牛，迈着糊满稀泥的双脚慢慢走上田埂。

这头李大爷刚离开，那边肖开江已领着一群妇女过来做通气秧田了。不能下水的妇女就担着箩筐或粪桶，三三两两在田埂上、在河沟边用镰刀割青草积肥。田坝上热热闹闹的。

通气秧田是最近几年成都平原上推广的一种新式秧田，就是把打磨好的水田，分成五尺来宽一小厢一小厢的。上面撒上浸泡过的谷种，再盖上干粪和化肥混合好的肥料。厢与厢之间有水沟通气，比起过去不开厢的老式秧田，便于排水灌水，除稗追肥。

水田里，妇女们按厢依次排开。你看她们个个都脱下了厚实的冬装，捞袖挽裤一身轻快，脸上也褪去了寒冬的灰暗与拘谨，变得明丽而活泼。田里的水不再刺骨了，肥沃的软泥如揉好的面团，似浓稠的糯糊，脚一踏上去，稠稠细细软得没有一点杂质，舒适滋润得像套上一双合脚的软靴。妇女们用锄头提起一团团软泥，放在厢上几推几钩，厢面就平整而光滑，金黄谷粒躺着孕育幼苗的床铺就做好了。这推推钩钩的动作连续做丈把远下来，个个都红光满面，姑娘们的脸颊像初绽的桃花，而那些妇女们早就红霞满天了。

俗话说，三个女人一台戏，你看这一田的女人简直就是麻雀子嫁女啰！田坝头做活路就这点安逸，热热闹闹而又自由自在。

你可以甩开膀子使力,也可以杵着锄头歇气,想摆龙门阵就说说东家长西家短,想吼两声唱几句也没得人把你当癫子!你听,说个话都大声武气:

"肖大伯!现在都不敢出去打野了,你看田坝头好多人啊!"扯着喉咙吼的是张启秀。

肖开江又不是聋子。他慢慢直起腰,望了望田坝,才作古正经地说:"当然啰!今天田坝上光妇女就三十多个,还有刘明金他们修堰头的男劳力,我看,农忙的人数也不过如此。"

"每天都这么多人出工,田坝头的活路还不够做呢,那我们队上就该打翻身仗了!"朱世友的二女儿朱丽说。

"打翻身仗就要展劲,"肖开江一本正经,"像以前那样站到给锄把喂奶奶就不得行……"

"哈哈哈……"彭淑芬笑起来,原来她用力过猛,锄头下去溅起的泥水射了林德瑜一身。

彭淑芬连忙迈动着一双泥靴,吃力地上前用围腰一边给她擦脸一边说:"花格衣服只有收了工才帮你洗了!"

"没关系的,彭姐!"德瑜一点也不生气。

"这个活路,弄不好就成个泥猴子!"张启秀快人快语,她看了一眼彭淑芬,立刻又找到了新话题,"王二嫂,你们王大炮现在觉悟硬是高啰!那天批判曾家富全靠他那一炮!"

"王大炮当然会放炮啰!"朱丽笑着接了一句。

彭淑芬嘴巴一噘,不屑地说:"当颤翎子嘛,他那德行你们还不晓得?要是再有二两'马尿'喝,就连姓啥子都不晓得啰!"

"咋个是颤翎子呢?"肖开江总是很正经,"大家都当好好先生,歪风邪气就没得人管了!"

"就是嘛!"张启秀很赞成,"全靠王大炮那一炮曾家富才倒的威!"朱丽用力将锄头推去,厢面便一淌平。她直起腰来说:"彭姐,那天你们王大炮还说,要是我们的工分单价有八队那么高,

107

就是城头摆起一天的工钱光喊他去拿,他都懒得去,起早摸黑的!"

彭淑芬沉下脸说:"他的话你都信?"

"我倒想去拿哦!"

"你也想出去打野?"张启秀揶揄道,"丁丁儿大个人,长都没长醒!"

"我都快满十八了!"朱丽很不服气。

众人哈哈大笑。

她有点莫名其妙,便斜睨了张启秀一眼,生气地对俯身推泥过来的德瑜悄悄说:"哼!嫌我小?要是我出去,直接就跑西安!"

德瑜吓了一跳,这小女子心好大哟!"跑西安"是困难时期做生意的代名词,西安对成都平原的农民来说,是个既遥远又有诱惑力的地方,那里简直就是个遥远的梦。

张启秀一看朱丽神叨叨的样子,以为在说自己的坏话,就在厢上抠了一坨稀泥瞄准朱丽,嘴也不饶人:"说我啥子?哼,悄悄话,鬼打架——我让你说!"她不过是想吓唬吓唬,就故意往旁边一掷,哪知不偏不倚正中花格衣服。

水田里又爆发出爽朗的笑声。

"今天我都成靶子了,看嘛——环环命中!"林德瑜用手抠掉那坨稀泥,嘴上这么说着,心里却非常开心。接受贫下中农再教育,她这种出身的知青能引得大家开心,这是求之不得的抬举。

嘴上说话,手中打卦。别看妇女们说说笑笑,活路却没有少做。张启秀新的一厢又开了头,她一跳下水田,嘴巴又闲不住了:

"嗨!上次大队开会,郭书记硬是有点威风哦。"

"区大老爷,咋个不威风嘛!"肖水珍觉得真是少见多怪。

张启秀瞟了她一眼说:"王大嫂,你不晓得哇,去年批孔老二那阵,他到我男人他们区农机厂去还蔫不溜纠的呢!"

肖水珍白了她一眼,顶杠道:"当然啰,你是工人家属,我们这些农二哥咋个晓得嘛!"

|第十二章|

张启秀见自己的话有些伤人,暂时闭了口。

"其实,那天最长扬①的是钟建华!"肖水珍说

和她做同一厢的女人接过了话:"俗话说,龙生龙,凤生凤。过去他老汉儿就长扬,站在台子上一吼,地主婆都吓得尿流!"这女人是朱丽的妈,人称朱大娘。吃公共食堂那阵她就是饲养员,公共食堂解散后,她又在家里喂起了母猪。"猪"与"朱"谐音,也不晓得这些人叫的是朱大娘还是猪大娘。

"人无千日好,花无百日红。"肖水珍阴阳怪气地说。

朱大娘听出了这话的弦外之音。这次,整得凶的不光是曾家富,一并处罚的还有她男人王福寿。

为了转移这个不愉快的话题,朱大娘连忙大声说:"电影《槐树庄》《艳阳天》好看哦,里头的阶级斗争好复杂啊!"

"我们这儿还不是一样的!"肖水珍又把话题拉了回来,只见她眯缝着眼,一只挡住嘴角的手形成了半个喇叭,喇叭立即开始小声广播,"前几天晚上,有人还看到刘麻子又钻到曾家富屋头去了呢!"

朱丽表示怀疑:"不会哦!广播头才表扬了他得嘛!"

"看到的人有名有姓!"肖水珍语气肯定。

"人家毕竟总还沾亲带故嘛!"有人插了一句。

"钱才认得到亲不亲!"朱大娘一点不怀疑,"这个老'运动员',广播头再吼得凶,究竟是啥东西,未必你我还不清楚?"

张启秀那张嘴巴又闲不住了:"运动员再跟得紧,变得快,但总有一样变不到嘛——"她把锄头往胸前一靠,目光一睐,拇指和食指一叉,比出个大圆圈神秘兮兮地说,"狗改得了吃屎?"

一看这手势,大家都心领神会。

朱大娘皮笑肉不笑:"哎呀!这些事情,母狗不摇尾巴,公狗不敢往上爬!"

---

① 长(zhǎng)扬:长脸的意思。

"哈哈哈……"田野上又飘荡起妇女们爽朗的笑声,连作古正经的肖开江也笑了起来。

直到中午收工,妇女们都说不尽笑不完,就是到了沟边洗脚,小溪也欢腾起来。

彭淑芬跳进沟里,红彤彤的一双腿肚子嘣咚嘣咚在水里晃动,她一面大声喊道:"德瑜,快下来!我给你把衣服上的泥巴搓了。"

"干都干了——"

没等德瑜说完,张启秀抢着说:"哪个衣服上没得泥巴?要做好事就做到底,干脆给我们都洗了!"

"来嘛,我给你洗!"彭淑芬掬起水甩去。

张启秀躲闪不及,用手抹着脸上的水花。

彭淑芬哈哈大笑。

"咚"的一声,一坨干泥巴落水溅了彭淑芬一身。

张启秀笑着跑开了。

"张三妹,你不要躲,我看到你啰!"彭淑芬又捧起一大捧水朝她㧒去。

张启秀前面的人赶紧一闪身,她就暴露在光天化日之下。沟边又滚动着嘻嘻哈哈的笑声。

一起干活真是热闹,收工路上也充满了欢乐。

把脚洗得干干净净的彭淑芬,扛着锄头走在沟边田埂上,她顺手又扯了一大把鲜嫩的兔草才回家。锄头都没来得及放下,就把兔草丢进笼子里,几只灰色的小安哥拉兔欢快地大嚼起来,鼻子一耸一耸的真可爱。圈里那头架子猪,听见主人回来也嗷嗷地叫,拱得圈栏哐啷作响。这头猪都喂了十来个月了,没有催肥的饲料,至今离供销社的收购标准还差一大截呢。

她走过去骂了它一阵,等哐啷声停息,才转身过来揭开蜂窝煤炉子盖盖,把铝锅装水放上去后,又拿着搪瓷碗走进里屋去打米。伸进瓦罐里的手突然停住了,她这才想起昨天是叔伯哥王福寿的生日,中午晚上两顿都在那边吃。肖水珍很懂事,连剩下的一点饭也端给她,今天早晨一家人又煮了汤饭吃。她把瓦罈抱起来倒了个底朝天,打米筒一半还不到。她长长地叹了一口气,心里愁得要命,这下又该去哪家借呢?

米下了锅,她来到屋后小院子里。正午的太阳射在竹笼边,小院一片光辉,可她的心却是凉凉的。她先择了一把莴笋叶,又开始洗厚皮菜。

"十五的月亮升上了天空哟,为什么旁边没有云彩?……"唱着歌儿的王大炮挑着两只空筬箕回来了,老远就喊:"彭淑芬!饭煮好了没有?"

"我才收工呢,你以为屋头有'画中人'给你煮饭嗦?"彭淑芬没好气地回答。

"今天啷个饿得这么快呢!"王大炮把扁担筬箕往院坝边"哐啷"一甩,就往屋里走。

到炉子边揭开锅盖一看,一锅菜稀饭冒着泡。他拿勺子一捞,清汤汤的,一股无名火直冲脑门,对着彭淑芬就是一阵大吼:

"煮的啥子嘛?清捞捞的!老子下午还要担泥巴得嘛!"

"没得米了!"

"没得米你咋个不去借呢?"

"你咋个不去借呢!"

王大炮一下泄了气,如今哪家不是口攒肚挪,人家都在扯指拇儿,哪有多余的借给你!不等你低三下四开口,望见你手上捏的口袋,人家老早就躲了。

但眼下这顿总得解决,他没好气地说:"拿一块钱来,我去打点酒喝,顺便买点炒胡豆!吃你这个清汤寡水的稀饭,下午咋个做活路嘛!"

妻子睬了他一眼,说:"酒票早就没得了!"

"我晓得去找唐老头儿赊,二天新号票出来了还给他就是了嘛!"

"要赊就连酒钱一起赊!"

"你少给老子东说西说的,拿不拿?——你才卖了两根兔子得嘛!"

"兔子是娃娃喂的,钱是娃娃交课本费的!"一说起课本费,彭淑芬就气得胸脯一起一伏的。这几年三个娃娃读书,虽说都免了学费,但课本费得交。读初中的大女儿靠自己喂兔子交,两个小学的只好欠着,"老师在班上都催了几回了,你当老汉儿的不管,还好意思拿娃娃的钱去喝酒!"

"等这批莴笋卖了,我就给她们交嘛!"

"屎嘴说得好听!你好久说话算个数哦!"

"你拿不拿?"王大炮真的恼怒了,他顺手拿起扫帚摔出去,一只黄母鸡吓得咯咯咯地飞着逃窜了。

"只有这只下蛋鸡了,你把它打死了油盐钱都没得!"

"把老子惹毛了,这锅清捞捞的稀饭都倒你妈的,大家吃不成!"

"倒嘛!我看你倒!"

他说的不过是气话,只想让她把钱乖乖地摸出来。没想到她还赌他,这无异于火上浇油。

王大炮水牛似的圆眼一瞪,顺手抱起桌上一摞饭碗,只听"哗啦"一声,粉碎一地。

刚回屋的四弟吓得一脸苍白,大哭不止。

妻子也惊呆了。

"把钱给老子拿出来!"王大炮抓住了她的胳膊。

两人立刻扭成一团。

女人显然不是他的对手,眼看手就伸进了裤包,绝望的她一埋头,对准伸进裤包的手臂狠狠地就是一口!

"哎哟!你狗日的还敢咬老子嗦!"咆哮的王大炮照着她的

脸就是一巴掌!

"快来人啊——打死人啰!……"

听见喊声和哭声的肖水珍,急忙从隔壁跑过来:"哎呀呀!我说兄弟,你咋个把你哥的怪毛病学到了,动不动就打婆娘!"

王大炮毫不理睬,拿起空酒瓶气冲冲地出了门。

肖水珍走到哭成一团的母子俩面前,她蹲下想把头发蓬乱的堂弟媳扶起来,没想到一伸手竟发现她满脸是血!

狗东西的这一巴掌也实在太重,连鼻血都打出来了!

第十三章

气冲冲的王大炮心里憋着一团火,老子做活路从不拉稀摆带偷奸耍滑,咋个弄得来吃口饱饭都难?这寅吃卯粮紧巴巴的日子何时才能到头?老子听说听教,又没有打野乱来,除了吃口饭,就只剩抽一支、喝一口这一点点喜好了。而这抽的,是八分钱一包最便宜的经济烟,喝的也是八角钱一斤的跟斗儿酒①。就这么一点点开销,还常常是拆东墙补西墙,癞疙宝②穿套裤——蹬打不开!

来到大队代销店,他把酒瓶递上柜台。

唐大爷见他手臂就问:"手咋个啦?"

---

① 跟斗儿酒:指一般的用粮食加工出来的散装白酒,烈性较强,喝了容易上头,使人栽跟斗。

② 癞疙宝:癞蛤蟆。

"遭狗咬了。"

"哪家的狗？"

"屋头那根母狗！"

唐大爷瞪他一眼说："又打架啦？"

"快打酒，现钱！""啪"的一声，皱巴巴的一元现钱躺在了柜台上。

唐大爷不动，却说："大炮啊，不是我说你，你岁数也不小了，一天还打捶角孽的。老婆打跑了，谨防二天跟'理论专家'一样！"

王大炮读过高小，喜欢川剧和爱情电影。妻子彭淑芬是他远房表妹，勤俭贤惠，夫妻俩原本恩爱和睦。这几年子女多了，生产队境况又差，日子过得紧巴巴的，常常手头没得数数，碗头没得舀舀，他的脾气就越来越坏了。昨天在饭桌上肖水珍还劝他少喝点酒，少发点酒疯，弟媳是打起灯笼火把也难找的好女人。其实，外人哪里知道孩子他妈在自己心中的分量！

回家路上，他摸了摸衣兜里的炒胡豆，又晃了晃手中的酒瓶子，一种莫名其妙的兴奋让他欲罢不能。他打开瓶盖闻了闻，忍不住呡了一口，那个爽劲儿就别提啦！满口生香直滑喉咙的醇醇凉凉，让每根汗毛都竖了起来。再摸一颗炒胡豆丢进嘴里，脆嘣脆嘣地嚼起来，光听响声都硬是舒服。酒是一样好东西，又解乏又解愁；女人也是一样好东西，又出气又经得挨。他想回家告诉妻子，不要哭了，课本费卖了莴笋就交，叫二妹三妹跟老师说说再宽限几天。

跨进家门，家里好不热闹！

两个女儿放学回来了，肖水珍和几个邻居正劝着哭哭啼啼的妻子，站在屋中央的刘队长神色严肃。他明白，队干部被请来了。

那就听候发落吧。但酒还是要喝，饭还是要吃，下午工还要出。

他把炒胡豆抓出来摆起，一看满地碎碗片，只好举起酒瓶对刘明金说：

"我们就用瓶子喝，过来喝两口——今天我不对，又给你队长添麻烦了。"

看他一有酒什么都好说的样子，刘明金摇了摇头。

王大炮又大叫道："二妹！把两个小的带过来吃饭，吃了好去上学！"

二妹过来在碗柜里又找出两个碗，菜稀饭清汤汤的，她舀的动作很慢，这样可以捞干一点。

"现在春荒，哪家屋头不吃稀饭？你还喝酒，还打婆娘！"刘队长板着脸开始批评。

饱汉不知饿汉饥！王大炮一听就来了气，他把酒瓶往桌上一蹾，两个牛眼睛一鼓："打人？弄不好老子还想杀人呢！"

瞧这火暴性！刘明金怕他做出傻事来，于是朝门外说："矮哥咋还没有来呢？喊他一起来解决得嘛！"

"来啰！来啰！"随着应声艾志忠走了进来，后面还跟着钟建华。

大家都没想到连书记都惊动了。

矮哥笑着解释说："本来钟书记是来找我的，碰到就一起来了。"

"我不请自到！"建华说着，往屋里一看，不禁大吃一惊：这里像刚拍过一场打斗片，碎碗满地，椅凳横躺，狼藉的战场上，战败者蜷缩墙边，头发蓬乱，神情黯然。

"鬼子进村啦？"看见王大炮面前摆的胡豆，他有些生气地说，"你出工，人家一样出工；你收工，人家还要煮饭、喂猪，一大堆家务活。看看你这群孩子，你还下得了手？"

挨了支书的批评，王大炮知趣地站起来，把酒和炒胡豆撤进碗柜，连忙拿着扫把扫碎碗片。

肖水珍和邻居们也帮忙把踢倒的竹椅木凳搬起来。

大家坐下来调解。

王大炮埋着头，脸上有些酡红。他把清汤稀饭惹出的麻烦说了一遍。虽说女人先下口,但他也动了手,而且还出了血;何况对女人,男人本来就该多担待些。

大家的批评是对的。该认错的认了,委屈的也不哭了,看来解决得很顺利。

肖水珍她们满意地走了。

突然,桌子那边哭闹起来。

众人抬头一看,原来是为了菜碗里一块白白长长的厚皮菜片片,四弟正哭闹着与三妹争来夺去互不相让。三妹毫不留情地扬起左手,四弟吓得号啕大哭。

刘明金朝王大炮白了一眼,说:"都是跟你捡的样!"

可是高高扬起的巴掌竟然定格于半空。等着挨巴掌的四弟张着嘴,不知所措。

只见三妹眼神怪怪的,高高扬起的手慢慢缩回,小心翼翼地伸向四弟的脸,大拇指和食指迅速一靠,夹子一般从他脸上取下一颗白白的饭粒,一眨眼就进了自己的嘴,津津有味地嚼起来。

众人心酸地松了一口气。

这时,彭淑芬进屋抱出空空的瓦罐子,愁眉苦脸地说:"你们当官的看嘛,硬是一颗米都没得了,今天晚上还不晓得煮啥子呢!"

建华明白,这才进入解决问题的关键。

矮哥摇了摇头说:"我多的没得,先借两三斤给你们吃到!"

"上次借的五斤还没还呢。"女人的脸已分不清是痛苦还是感激。

曾家桥上她那为难的神态,苕田里李大爷下跪的身影,都一起涌入脑海,建华呼吸有些急促。这些饥肠辘辘的社员默默忍受着煎熬,照样出工干活!矮哥虽说答应了两三斤,大大小小几张嘴巴又能支撑几天?家家户户度日如年,她拿着那条瘪瘪的口袋还能走进哪个家门?空空的罐子怎么熬到麦收?漫长的春荒怎么

/ 第十三章 /

度过？小孩正长身体，大人要干力气活呀！望着可怜巴巴的孩子们，他毫不犹豫地做出一个决定：

"老刘，从队上的储备粮里称八十斤谷子给他们！"

刘队长立时目瞪口呆，满脸的麻子个个都成了问号！

"大炮，你写个借条，我签字。"他来到彭淑芬身边，又说，"嫂子，每斤谷子出米大约是六两八钱，这五十来斤大米，多加点菜添着吃，熬到打麦子就好了。"

彭淑芬感激得手足无措，连忙叫孩子们给钟叔叔磕头。

四弟最听话，真的上前趴在地上。

建华连忙弯下腰去，将他那瘦小的身体紧紧地搂在怀里，如同抱着一只饥饿的小狗。

他心情沉重地走出院子。这是他第一次利用职权擅自做主，他清楚这储备粮是不能随便动的。

他选择了独自承担，因为他别无选择。

下午，钟建华就在一队参加修堰劳动。收工时，他和矮哥一起回家，他想从贫协组长这里更多地了解一队的情况。

矮哥的两间老草房，门前临路，屋后靠溪，竹林覆盖，低矮潮湿。阶沿上，堆满成捆的小麦秸秆。凌乱地甩着背篼、撮箕，门便形成了一个洞穴。推门进去，屋里光线很暗。房间正中靠墙是张旧大床，挂的蚊帐早已分不出颜色，看得出上面缀满补丁，床上蜷曲着一团老被盖。床前摆着一张旧方桌和两张条凳；床后堆着箩筐、粪桶、锄头等农具。左边一间是厨房，除灶台、破碗柜外，还有兔圈、鸡笼及几个瓦罈子，另外还有一眼用树棒扎成的小猪圈，关着一只三四十斤重的小猪。走近一看，地上脏兮兮的，还有星星点点的鸡屎。推开低矮的后门，几步就到溪边，洗菜挑水倒也方便。

矮哥不好意思地说："你看，我这儿就跟乱鸡窝一样，看到

117

都见笑!"

建华哪里还笑得出来!他有些心酸地说:"矮哥,你还是该找个女人……"

"这个样子,哪个肯嫁给我哦!"矮哥低下了头。

只有说到这个事,矮哥才真的有些自卑。

"坝上的不行,就找个山上的嘛。"

"龙门山那边有个二婚嫂,人也长得不咋个,还带着两个娃儿,来看了一眼就走了……说这房子住不下,前后地基都扩不开。"

"这房子恐怕有点漏吧?"建华望了望黑黑的屋顶说。

"不怕你笑,不是一般的漏,"矮哥笑了,"瓢瓢盆盆桶儿瓜档都摆起,外头稀里哗啦,屋头嘀嘀嗒嗒——我说的是夏天的雷阵雨,好在冬天没啥雨。"他又恢复了乐观,就跟在说别人的事似的。

"我看你阶沿上的麦捆,准备要翻盖了吧?"

"是的,等今年分了麦秆就够了,房子一翻盖,再大的雨都不怕了。"他又笑了。

这时,一个八九岁的瘦小男孩背着半背篼兔草走了进来。

矮哥对他说:"小明,快叫钟叔叔!"

小明怯生,低头放下背篼一溜烟就跑了。

"家里没来过生人,这娃儿有点诧生——"他望了望门外说,"我对不住这娃儿,也对不住他妈。"

建华看不清他的脸,从声音里却听出了悲凉。

他知道书记在静静地听,就说道:"小明三岁就没了妈,你不晓得他妈有多好——"

建华眼中的矮哥总是风风火火的,没想到他还能这么动情地讲述。

"她不多言不多语,跟左邻右舍脸都没红过。只要有点点好吃的,总是让我和小明吃,布票也总是用在我和小明身上……我那阵天天都在外头跑——钟书记,咱是贫农,运动来了,我们不积极谁积极!可怜她在家里又带孩子又出工,人又俭省……唉,直到咽气,我都不晓得她得了啥子病!不过活着的时候,一张脸煞白,不晓得是不是贫血……"

屋里光线更暗了,他的脸孔已模糊。钟建华明白,那贤惠的妻子一直陪伴着这卑微孤寂的身影。

"小明很可怜,"他望了望门外又说,"我当放水员几年了,一坝子的水田不能漫也不能干。深更半夜都在外头跑,出去把门一拉拢,就把小明一个人丢在屋头。他说他害怕,小孩子嘛,我说睡着了就不怕了。等我一回来,床上看不到人脑壳,掀开被子他缩成一团,满头大汗还呼呼大睡,恐怕把他抱起来丢进牛堰河都不晓得啰!"

听得出他想笑,但没有笑出来。

"不过,我们这里倒清净,没得外人来,也没得贼娃子……"

他看了看钟书记,又笑起来:"你看我尽顾跟你说话,灯都没点!钟书记,就在这儿吃饭,我现在就煮!"看来他真的很兴奋,书记这么瞧得起他,他家这道门不是任何人都愿意进来的。

"饭就不吃了,龙门阵再摆一会儿。这样,我给你烧火,小明也饿了,我们边煮边摆!"

两人走到灶台边。看着矮哥从罈子里舀出小半筒米,又触动了他的心事。为了这一粒粒白生生的米,农民经受了多少辛劳和苦难!为了有一点点米下锅,好些老实巴交的农民正经受着人性扭曲的考验!

"钟书记,"矮哥欲言又止,他慢慢抓起一把湿漉漉的米,沉重地说,"为了这个,恐怕你今天惹祸了!……不过,你相信,我是绝对不会说出去的,我担心刘明金会告发你!"

一阵沉默。

"王大炮是老缺粮户,脾气又暴躁,看不惯的事就要发牢骚。

那年分配口粮，投劳比投肥的比例还小，出工多的人有意见，刘明金解释说是鼓励投肥，大家心头不服也不开腔，王大炮提了意见不管用。第二天他在太平镇街上喝了酒，出来碰到刘明金就打燃火，扯起了场子。执勤民兵来了，说他围攻革命干部，扰乱社会治安，把他抓起来关了半天……"

建华心想，这"三多"的一队咋个不出名嘛！

见建华沉思不语，矮哥又说："刘明金这个老'运动员'，运动一来，他比川剧变脸还快！比泥鳅还油滑！"

"他跟曾家富究竟是不是亲戚？"

"狗屁亲戚，还认个毬！听说刘明金的妈和曾家富的二妈转弯抹角有那么一点点沾亲带故。你想，过去曾家会认你这个穷亲戚？现在而今眼目下，未必老'运动员'还跟他理这门亲！曾家富敢长期在外头打野，未必他没得好处，你这些人咋个晓得呢？就像他和袁小凤，都说有那些事，又没哪个逮到过……"

他把切好的厚皮菜倒进开了的饭锅里，又拿来一棵莲花白切起来。

建华想，刘明金真还不简单，一队的情况确实复杂，自己可不能掉以轻心啊！

炒莲花白终于起锅了，矮哥说："将就在这儿吃嘛！"

"该回去了，我不走，你的小明会回来吗？"建华站起来笑了。

走出低矮的草屋，院子边就传来"社会主义好，社会主义好"的歌声，歌声突然又变成了招呼声：

"钟书记！你才回去？"

"你到哪儿去，爱国？"

"我去知青屋喊赵文军，今晚上宣传队活动得嘛！"

第十四章

刘爱国和赵文军一起来到大队部,刘冬梅、胡莽娃已经坐在代销店门口了。

"胡莽娃!你还积极嘛,门都还没有开就来了!"赵文军笑着打趣。

"你们不也来了?过来挤到坐!"胡莽娃往条凳的另一端靠了靠。

赵文军坐下,条凳太短,刘爱国只好站着。

他走到冬梅面前悄声问:"听说你跟德贵吹了?"

"人家吹不吹,跟你有啥关系嘛!"赵文军抢过话。

爱国急忙分辩道:"都是一个宣传队的,关心一下嘛!"

"有你这么关心的?"

冬梅低着头,没有吭声。

看到刘玲和曾维芳来了,唐大爷连忙拉开抽屉拿出钥匙,从窗口递出说:"你们宣传队的人好积极哦!看到你们,我都好像年轻了!"

刘玲接过钥匙笑了:"唐大爷,那你就过来看我们排练嘛!"

"我倒高兴!人家来买东西咋办?你个鬼女子整冤枉哦!……"唐大爷开心地笑了。

打开会议室大门,等移开桌凳腾出场地,大家都陆续来了。

刘玲和家学嘀咕了几句后,就站在场地中间对大家说:"今晚上我们请了欧老师来指导!"

大家一听连欧老师都请来了，非常振奋，都佩服刘玲的点子多。欧老师是陶晓容的爱人，曾家桥小学原来的音乐老师，学校那个脚踏风琴他弹得可好听了。

提着一网兜苹果的德瑜悄悄进来了，她抿着嘴向刘玲摆摆手，轻身屏气在冬梅身后突然来了一声"哇"！不光冬梅打了一个激灵，大伙儿也吓了一跳。等回过神来，几个女孩子的拳头直往她身上擂。

她举起网兜大喊："快住手！看我带啥子来了！"接着就取出一个红红的苹果递给冬梅。

"我们呢？"大家又一拥而上，说实话，平时谁舍得买苹果吃。

"看什么看，快吃呀！我洗过的！"德瑜笑着对冬梅说。

第一个得到苹果，冬梅心里很激动。自己跟德瑜的确有缘，也许是出身不好同病相怜吧，也许都忍辱负重掩藏着脆弱的自尊吧，也许都有洗心革面的虔诚吧。总之，面对德瑜的微笑，只有她能领会个中的滋味。其实，这个远离父母只身下乡的女子比自己更需要同情和怜爱，谁能理解她心中的块垒和煎熬！冬梅把苹果塞到嘴边，两眼盈满泪水。

德瑜没有看见她的眼泪，见她咬了一口，才很开心地对大家说："不要抢！都有份儿的……"

"小林，今天啥子事请客？"刚进门的罗显华问。

"理论专家"今天穿的是件的确良军干服——这是当下年轻人羡慕得要命的，显然是他三弟从部队上带回来的——再配上白衬衣和纹丝不乱的发型，够风度翩翩的。可是多变的季节跟他开了个小玩笑，让他说起话来有点瓮声瓮气的。

林德瑜老老实实地回答："回去了一趟，走的时候妈给我的，回来正好分给大家。来，罗老师，一人一个！"

罗显华接过苹果，故意逗她："你妈好爱你啊！"

"妈都不爱了，哪个还爱呢！"德瑜顺口就答。

"你这么聪明漂亮，还愁没人爱？排起队来，恐怕爱你的要构成一个加强排！"他色眯眯一笑。

"理论专家"怎么张嘴就难打整呢！她红着脸说："罗老师，你咋说到一边去了！"

"德瑜是我们一队的知青，你不要乱打主意哈！"啃着苹果的刘爱国来了个"英雄救美"。

"理论专家"不慌不忙来了个自嘲："古人云，'君子安贫，达人知命'。罗某虽然不才，但这点自知之明还是有的，也晓得有句俗话叫癞疙宝难吃天鹅肉！"

胡莽娃也过来凑热闹："天鹅有的是，我给你介绍一个。以你的理论水平，不会不认识，它的名字叫'李露纹'！"

不知谁高兴地接道："我晓得，我晓得！这个美女硬是漂亮！算盘眼珠梅花脚，穿身皮袄不想脱。坐起还比站起高，走起路来里路闻！"

"莽娃子，开腔你就只有挨棒棒！"

在众人的哄笑中，苹果也啃完了。

排练开始，先唱《毛主席来到咱农庄》，笛子声、二胡声悠扬响起，男女生各站一排，等过门儿一完，大家一齐张嘴，欢快的歌声涌向屋外，飘向春夜的田野。

麦苗儿青来菜花儿黄，毛主席来到了咱们农庄，千家万户齐欢笑呀，好像那春雷响四方……

每个队员都很投入。"理论专家"不光有理论，一手二胡也拉得漂亮。家学跟他学得也不错，师徒两个都摆成马步，持琴握弓，还随着旋律晃着脑袋，一副如痴如醉的神态。付强的笛子也不逊色，只见指头在竹笛上跳动，美妙的旋律便流淌出来。

临近暮春的夜晚已不太冷了，一遍唱下来，大家浑身都热乎乎的。

胡莽娃很感慨："唉,条条蛇都咬人,唱歌也不松活!"

"我都吼出汗来了!"爱国笑了。

欧老师走了进来,笑眯眯地说："唱歌不是靠吼,不是干农活比气力。"原来他早就来了,"我在外面听了一阵,大家唱得都很卖力,特别是男生——"

"耳朵都震聋了!"不知哪个女生接了一句,屋子里爆发出开心的笑声。

欧老师继续说："唱这个歌,要有喜悦之情,想想看,你见到了毛主席该有多高兴!"

"我们农民咋个见得到毛主席嘛!"不知谁插了一句。

"这首歌,写的就是农民见到了毛主席,而且就是我们成都的农民!"欧老师说,"那是一九五八年春天,党中央在金牛坝召开成都会议,毛主席他老人家来到郫县的红光公社!你们想想,红光公社离我们多近!他老人家问寒问暖和社员谈心……我们唱这首歌的时候,就要像亲眼见到了毛主席!"

听欧老师一说,大家才恍然大悟,兴奋地议论开了：

"这首歌原来说的是我们金牛坝的事啊,唱了那么久还不晓得!"

"毛主席'又问吃来又问穿,还问咱夜校办没办',我们要让他老人家放心,我们的政治夜校又恢复啦!"

"我们一定要把这首歌唱好,来歌颂我们心中最红最红的红太阳!"

欧老师见大家很激动,就示范道："'毛主席来到了咱们农庄'这句,'毛主席'三个字不要平均用力,唱得干巴巴的。要这样唱'毛主——席','主席'两个字要拖开,因为'毛'字只有半拍,而'主'字是一拍。大家再来一遍!"

琴声、笛声同时耄然响起,一双双眼睛仿佛望见毛主席神采奕奕地走来,"毛主——席来到了咱们农庄!……"感觉果然不错。

连续唱了两遍，欧老师说："节拍不错了，但站姿不对，身板不直就显得懒散。看我这样，挺胸收腹含肩，台上一站，就像李玉和登台亮相，一身浩然正气！"

大家按示范一做，果然精神。原来简单的一个站立，也这么有讲究！

"喜悦的表情，是面带微笑，嘴角微微上翘，"欧老师用手划了个上翘的半月，又说，"作为领唱，唱到'咱们农庄'时，还可以加上肢体语言，身体微微前倾，右手慢慢抚胸，显出'咱们'的骄傲和自豪！唱'千家万户齐欢笑'时，两手可以稍微慢慢拉开，表现出欢乐和喜悦！"

欧老师就这样一句一句耐心地教，一个动作一个动作地指导。要唱好一首歌，还真是不简单！

然后是舞蹈《洗衣歌》的排练。

"这个节目主要是舞蹈动作，特别是男生的锅庄有点生硬。"欧老师说，"锅庄是藏族民间舞蹈，跳的时候，手的弧形动作摆动一定要大，与弯曲的腰转动的身，如行云流水一气呵成。你们看——'呃！是谁帮咱们翻了身呃！'"他边唱边跳做了示范，要求大家跟着他的节奏跳。

跳了两次，他才满意地说："对，就这个欢乐的节奏，就这个大幅度的动作，才能跳出翻身农奴的喜悦和民族特色。"

接着他又教了"阿拉黑司"的动作。他说："'阿拉黑司'是藏族人民的劳动号子，整齐的动作才能表现出藏族人民帮助亲人解放军洗衣服的劳动场面，以及他们的热情大方！"

小伙子们都有些累乏了，脱得只剩件衬衣还热烘烘的。刘玲红彤彤的脸像初放的桃花，她早脱下那件果绿色的灯芯绒衣服，长袖花衬衣散发出蓬勃的朝气。冬梅天生就是一副好身材，跳起舞来，婀娜多姿，两只长辫一会儿垂在胸前，一会儿飞向后臀，举手投足都妩媚动人。

125

又跳了几遍，直跳得头上冒汗，欧老师才说："歇歇吧，自己再琢磨琢磨！"

胡莽娃走到冬梅面前说："冬梅，你跳得那么好看，我咋个就僵脚僵手的呢？唉，硬是比担粪挑还恼火！"

"理论专家"像蛾子一样扑了过来说："你表演藏族汉子摔跤还差不多，跳起舞来就得罪观众了！"说完瞟了冬梅一眼。

虽说是实话，但有点伤人，冬梅便鼓励胡莽娃说："不要紧，慢慢来……"

看她并不理睬自己，"理论专家"搞不明白。自己根红苗正，又多才多艺——瞧，胡莽娃连头发都不梳一下，我出门还要照照镜子，为啥就是不招女孩子喜欢呢？

那边传来阵阵笑声。原来是欧老师在表扬刘爱国，说他声音不错，练得出来。爱国还很谦虚，说随便唱唱还将就，终究难登大雅之堂。

刘玲马上接过话："不要自暴自弃嘛，只要我们努力，说不定哪天还会去公社演出呢！"

大家又来了劲，开始排练《智斗》。这是《沙家浜》中的一场，只要三个演员。罗显华把二胡换成了板胡，家学还是拉他的二胡，付强的笛子没用了，他也加入了观众行列。大家站的站，坐的坐，围着看。

过门儿一拉，阿庆嫂的扮演者林德瑜出场。只见她抬手放在额头上，仿佛在向芦苇荡里张望，大家都静静地看。

赵文军、胡莽娃两个一高一矮，一瘦一胖，像一对相声搭档，上场就逗乐了大家，有人竟"哈哈哈"地笑了起来。

"严肃点！演革命样板戏，不要吆二喝三的！"家学停下了二胡，板着脸说。

笑声消失，大家都一脸严肃地看。

胡莽娃唱道："想当初，老子的队伍才开张，总共才有十几个人，七八条枪……"他模仿着胡传魁,唱得一本正经。

不知为什么,他越是一本正经就越是搞笑,越是搞笑大家就得越要一脸严肃。

"遇皇军,追得我晕头转向,多亏了阿庆嫂,她叫我水缸里面把身藏,我才躲过大难一场!"

唱得津津有味的他,突然跟板胡、二胡跑了调。

"唱掉了!"赵文军赶紧给他递台词:"她那里提壶续水……"

"哦——对对,"胡莽娃自己笑起来,"重新来,重新来!"

音乐又响起来,好不容易唱完,他松了一口大气。

"胡司令,就这么点小事,你别尽挂在嘴上!那我也是急中生智,事过之后……还真有点后怕呀!"

"阿庆嫂"真是伶牙俐齿,一番念白之后,又该"胡司令"哈哈大笑了。可还没缓过气来的胡莽娃,这个"哈哈"一时硬打不出来!

一番努力,"哈哈"干瘪瘪的,连他自己都不满意。

于是又一本正经酝酿。只见他憋足一口粗气,瞪大了眼睛,"哈哈"还未爆发,早把大伙儿逗乐了。

为了保持严肃,这群快乐的年轻人都强忍着。有的涨红着脸紧咬嘴唇,有的把笑脸憋成了哭脸,有的双目圆瞪肚皮抽筋……

该笑的人终于完成酝酿,爆发出一串骇人的"哈哈"!

不该笑的人终于忍无可忍,捧腹蹬腿简直笑翻了!

"算毬!还是找个会笑的来!"胡莽娃涨红着脸就要退场。

门突然推开,钟建华走了进来。他笑着说:"莽娃,你姓胡,又这么敦笃,我看胡司令非你莫属!"

哎哟!笑得人眼泪流出来了,笑得人气都快断了。

看到这群快活的年轻人,建华仿佛又回到了部队,回到了学生时代。等笑声停息下来,他突然提议:"我们大家一起来唱刚才这段吧!欧老师,你起个头!"

开始大家一怔,继而都像打了鸡血似的兴奋,等欧老师一声"'想当初'——起",大家就迫不及待地唱起来。

这年头,革命样板戏哪个不会唱!

没有伴奏,没有观众,个个都成了京剧高手。直唱得摇头晃脑,直唱得拖声卖气,直唱得上气不接下气,最后淹没在一片笑声中,还余兴未尽。真是太痛快啦!

望着一张张兴奋的脸,建华有些激动地说:"革命样板戏都是千锤百炼的,人人耳熟能详,这也给我们演出增加了难度。但是我相信,革命文艺能占领农村文化阵地,能鼓舞群众斗志,能促进思想……"

他突然停住了,怎么说着说着就跟做报告似的,他自己都不好意思地笑了。

大家却习以为常,觉得书记讲得真好。

刘玲来到欧老师面前说:"等会儿我们还要练一练,欧老师,你明天还要上课,就不麻烦了!"

建华也说:"谢谢你,欧老师!"

"你们说这话就见外了,只要用得着我的地方,我乐意效劳!"欧老师满脸洋溢着被信任的感动。

大家把他送到门口。

排练继续。

刘玲走过来递给建华一个本子说:"这是赵文军写的剧本。"

"赵文军写的?"建华很是惊奇,低头一看,封面写着《一个赶场天》。

刘玲得意地说:"我们团支部有点藏龙卧虎吧!以前他在学校黑板报上就写过诗歌,去年还参加过区文化馆的培训呢。"

"只晓得他的打油诗,没想到居然连剧本也写出来了,真不简单!"

剧本还没看完,《智斗》已过了一遍。刘玲对大家说:"就这样吧,今天都很辛苦了。"

于是解散，队员们穿上衣服，陆陆续续地走了。

看到建华聚精会神的样子，家学有点犹豫，芳芳拉了他一把，两人也出了会议室。

外面，不知哪个小伙子吼了一声"哇！好大的月亮啊"，接着就传来了姑娘和小伙子们混合的歌声，"麦苗儿青来菜花儿黄，毛主席来到了咱农庄……"，歌声越唱越远了。

建华看完了，他笑着说："剧情真实，反映也及时，相当于一个活报剧，大家会喜欢的。"

刘玲一双大眼睛忽闪忽闪的，高兴地说："那我们就排练啰！"

"不过，这句话一口学生腔，我看改成方言效果会更好些。还有这里……"他取出钢笔在"这句话"旁边打了个问号，又在"还有这里"处做了圈点。

刘玲没有开腔。

"我的意见不对？"建华抬起头问。

刘玲笑了："不是，我在看你的笔。"

建华也笑了："这支钢笔我读初中就在用了，这些年一直陪伴着我。"

他缓缓地扭紧笔帽，小心地放进上衣口袋里。

这支小孩子用的旧钢笔，连挂子都断了，还跟宝贝似的！

"剧情就集中在赶场天，人物最后要认识到打野的危害。修改一下，用四川方言排练，可以成为压轴戏！"

刘玲高兴地接过剧本。

锁了门，两人抬头一望，天上明月清辉似水，大地庄稼朦胧似画。

刘玲感慨地说："果然是好月色呢！"她突然偏过头来调皮地问，"你敢不敢送我？"

"你不说我也要送你嘛，你住那么远！"建华笑了。

两人沐浴在月光里，一起朝曾家桥走去。

刘玲望了望莹蓝的夜空，深深地吸了口仲春田野上芳香的空气，少女的心都陶醉了。她转身瞥了一眼走在后面的建华，问道：

"今天那么晏了，你咋个还来看我们排练呢？"

"怎么，不欢迎啊？"

"哎呀！哪敢不欢迎？我是说你那么忙。"

刘玲笑了，夜色那么迷人。

走上曾家桥，两人停在石栏边。

牛堰河水宁静地流淌着，月光如流水泻在树梢上，将雾霭洗成了朦胧的诗篇，圆月轻吻着河水，波光羞涩成粼粼的眩晕。

刘玲很兴奋，她向建华谈起了宣传队的排练，谈到欧老师的指导，谈到她的一个个队员。她就这么说呀说呀，自己也不明白，为什么在建华面前总有说不完的话。她望了望他，觉得自己的话实在太多，于是住了口。

"怎么不说了？"建华的目光停在她脸上。

原来他一直都在听！于是她笑了，他也笑了。

他们静静地又站了一会儿，才默默地走过曾家桥。

刘玲在前，建华在后，无论刘玲加快还是放慢步子，建华总会像守护神一样紧随其后，始终保持着不变的距离。

刘玲弯弯的嘴角偷偷地挂着笑。

身边出齐了的麦穗，快要谢完的油菜花，远处的林盘院落，薄薄飘浮的轻雾，都融进了月色，化成了美妙绝伦的幻景。她没有想到，这本来是太平常太普通的月夜，为什么今晚却梦幻得如此恬美，沉迷得如痴如醉？

二人沿着牛堰河静静地走。

为了打破沉默，刘玲转身问道："建华，文娟姐最近来信了吗？"

建华抬头向远方望去，灰蒙蒙的一片油菜田尽头，是莽莽苍苍的树丛和院落，这让他想起了院落旁的那条小溪和那棵俯冲的

| 第十四章 |

桃树……

"我说了什么不该说的话吗？"刘玲见他不语，一时不知所措。

"我们分手了。"他平静地说。

"你们分手啦？"话一出口，刘玲就闭了嘴。她自己也听出了这不是安慰，倒像有几分喜悦。

"送走她那天，我从成都火车北站回来，就在这牛堰河边那棵桉树下坐了很久很久。"陷入回忆的他，指了指不远处一棵黑黝黝的大桉树说，"一个人孤独地望着逝去的流水，我才懂得当兵那几年，她在家乡的等待是多么漫长……"

他们都不再说话。

过了一会儿，刘玲又没话找话地问道："听说你想出去当工人？"

建华苦笑了一下说："那是当初，如今还能有那个想法吗？"

"大队需要你，贫下中农需要你！"女高中生有些动情地说。

这话怎么这么耳熟？仿佛就跟"你都干不好，哪个还干得好"一样，一听就让人亲切而激动……

"本世纪内要实现四个现代化……"

"这是周总理《政府工作报告》提出的，我们这一代人任务艰巨！"

他俩不疾不徐地走。

脚下有些细沙的草地，爽爽的；静谧凉凉的空气，幽幽的；交谈的默契，暖暖的……

下了牛堰河堤埂，路边已经出现了八队的水田，刘家院子也隐隐在望了。一条溪沟流水潺潺，水流进了正在浸泡的中稻秧母田。满田的水清晰地映着蓝天白云，皎洁的圆月在水中陪伴着他们缓缓游动。蛙鸣阵阵，水天相连，耳畔眼前，究竟是天堂还是人间？

131

第十五章

昨夜月色将水天幻成朦胧,今晨朝阳又将万物镀成了明丽。

"当——当——当——"

钟声清脆而响亮,在静谧的田野上回荡。

敲钟人站在翠竹边,朝晖将他镀成雕塑。看见高高提起的烂铧铁被铁棒一下又一下地敲打,陈家学仿佛看到电影《平原游击队》里报"平安无事啰"的敲梆人张大爷,又像是《地道战》中用尽生命最后之力撞钟的老钟叔。他突然有种神圣和庄严……

"胡连长!敲钟出工啦?"

这连长是办公共食堂那阵,农村实行军事化编制,一两个或两三个生产队合在一起办个食堂,就是一个连,胡忠成当时任连长。食堂解散了,他一直是队长,如今是队上的贫协组长兼敲钟员,但无论大人小孩,还是习惯这么叫。

"你来……来得早哦!家……家学,你等我一下。"他话说得期期艾艾,动作却还麻利。提着烂铧铁的身影刚消失在林盘里,一眨眼功夫他又肩扛锄头手抱尼龙绳出现了。脑子还停在《地道战》的陈家学,顿时又有了要去埋地雷的感觉。

"你……你传达了玉……玉麦连作,"别听他说话结巴,这人还真有意思。早晨有些清冷,拦腰一扎的旧围腰,就把大笼大挎的旧夹袄捆个牢实,衣袖一抹,就把清鼻涕扫个精光!

"我和吴队长合……合计,要种两个田,七……七亩多呢!"

家学很高兴,一早过来就为这事。他说:"这项新技术是广汉县搞出来的,那里是省上抓的农业科研试点县。这两年化肥供应少,底肥追肥跟不上,玉麦对肥料要求相对少些……"

两人边走边谈。来到田里,社员们陆陆续续也来了,家学开始了动员。

"粮食作物,我们这儿主要是水稻和小麦。过去,玉麦只点在地边沟坎上,还是嫩包包就掰来煮起吃了,上不了正席。现在我们要把它作为大田粮食来种,收干玉麦!玉麦连作晚稻这项技术,是我们成都平原耕作制度的革新,比种早稻省工省肥……"

"哎呀,耍说那么多大道理,你直接说咋个种!"胡莽娃早已显得不耐烦了,"哪个不晓得,玉麦产量高,吃起来比喝稀饭经饿,催肥猪都全靠它……"

"你等家学把话说完嘛!"付强虽然嘴角挂着不屑,但还是伸开抱锄把的手拉了他一把。

大家都笑起来。

二爸胡连长睖了他一眼。

家学也笑了。等他讲了玉米的行距、窝距、下种,大家就动手干开了。

胡连长打散那把尼龙绳,牵线的牵线,打桩的打桩。家学拿起锄头挖出了行距和窝距,社员们就按示范依样画葫芦。

可以下种了,家学拿起玉米种一看,粒粒都是尿泡过的,还裹了少许草木灰,他晓得点胡豆才这么干,有的还拌六六六粉,怕社员偷来生吃了,没想到种玉米也这么干!当然干苞谷粒对于饿得肚皮贴着背的人来说也是极有诱惑力的。

"每窝二至三粒就够了,不能多,看嘛,就这么三个指头一夹就行了。"他又示范了一遍。一看大家没问题了,才告诉胡连长说今天二队也要种,他得过去看看。

转过罗家院子,苕田里一派繁忙。那边苕子已经割得差不多了,吴队长和秦会计正忙着分苕子,这边使牛匠早已下了田。揭去了厚厚绿被子的土地被犁铧唤醒，长长地伸了个懒腰，舒服地翻了个身，用油润润黑色的身躯，排成层层涌动的泥浪。

"吴队长！这个田腾出来，也是点玉麦的哇？"陈家学高兴地问。

"是的，下午就腾出来了，明天我们就可以完成玉麦连作任务了！"精精瘦瘦的吴队长笑着答道。

"罗显贵，母猪一头四十斤。"秦会计在大声点名。

罗老二的女人走过来，其余的妇女继续割。等过了秤，秦会计就在表格上打个钩钩。

女人背着苕子回去，老远望见一个拉车的人，她以为是丈夫，往天中午过了才回来，今天咋会这么早呢？肯定是看错了。

其实她没有看错。罗老二自从被挡了回来，就被派到太平镇去捡渣滓肥。他天天还是穿着那件汗渍渍的红色运动衫出门，今天运气好，遇到单位大扫除，杂草渣滓、伙食团倒的菜皮老叶，装满了几大筐，早早就回来了。

在沟边洗衣服的谢摩登看见了，招呼道：

"显贵，那么早就把渣滓拉回来啦？"

"今天分苕子得嘛，你咋没去？"

谢摩登嘴一撇："那么一把把儿，早就背回来了。顺便再把早晨泡的几件衣服搓了，要不然就发酸了，"她站起来抖着湿漉漉的衣服说，"反正割苕子的圈圈儿是要画圆的！"话音刚落又扬了扬修饰得又细又弯的眉毛。

罗老二平时就有些讨厌这个拿腔作调的女人，尤其看不惯她动不动就扬眉的风骚动作，虽然兰花衣服很显腰俏，但他还是低下头拉他的车。正要起步，又听她疯叉叉地叫起来：

"哎呀！你们也只分了一背篼嗦？"

他忙抬起头，他的女人背着苕子过来了。

"人家才买了两根'点名猪'，今天就分了一大堆！"听口气像是在打抱不平。

"哪个?"罗老二瞪大了眼睛。

"还有哪个,队长叫!"她的眉毛又一扬,"我听说,你们要留两根来喂得嘛?"

是嘛,罗老二把架子车往路边一搢,给妻子丢下一句"背回去倒了跟到来"就大步朝苕田走去。

原来谢摩登也想买根"点名猪"结果没搞成,一看吴文彬分了一大堆苕子就嫉妒得要命。看着这个长肉不长心的男人直奔苕田而去,心想这下可有好戏看啰!

罗老二冲到秦会计面前质问:"你给我称的是好多斤?"

"一根母猪四十斤。"秦会计连忙给他看表格。

"我还要留两根崽崽来喂呢?"

"不晓得……也……也没得登记——"秦会计也像胡连长一样结巴了。

吴队长上前解释说:"母猪不管下不下崽崽都只认母猪,这是队上的老规矩……"

老规矩他不是不晓得,崽崽下多下少要卖他也不是不懂,但自己是要留两根来喂得嘛!

"巫教!你少给我提啥子老规矩!老子只晓得一碗水要端平!"脏兮兮的红运动衫早已火冒三丈。

一看闹起来,妇女们都拿着镰刀围过来。

"大家评评理,他队长借钱买'点名猪'都分了,我罗老二留两根猪儿自己喂就不分,哪有这本书卖!"他脖子上的青筋都鼓起来了。

"不管借不借钱,我是按队上的规定办。你要留两根来喂,事先并没有登记,现在才提出来,也要等队委会研究了再说!"

"等你们研究了,苕子都分完了,现在就给我补起!"看到剩得不多的苕子,他抱起就往妻子拿来的空背篼里装。

"装起也不给你称！"队长寸步不让。

"敢不给老子称！"罗显贵早就对吴文彬不满。众目睽睽之下，急红了眼的他把手中的苕子恶狠狠一甩，冲到队长面前就是一掌，嘴里嚷着"你称不称"。

吴文彬没想到他会动手，眼看又来了第二掌，他只好躲闪。"队上的制度又不是我一个人定的，你想推翻就推翻了嗦？"

"虱多不咬，账多不愁。你又给老子再加一条罪状嘛！"

强壮的罗老二步步紧逼，精瘦的吴队长步步退让，如两头角斗的公牛在田里兜着圈子。妇女们围在四周，观赏着一场精彩的斗牛赛，有紧张的，有兴奋的，大家不时变动着队形，随时保持着可以打斗的场地。

秦会计怕出事，上前一步劝道："算了嘛，有话好好说——"

"你给我称了，我就跟你好好说！"罗老二吼道。

秦会计不敢开腔了。

吴文彬已忍无可忍，他很想施展一下拳脚，毕竟在部队是训练过的。可转念一想，自己是党员又是队长，怎么能跟他一般见识呢。他突然站住，厉声喝道："我不惹事，但也不怕事！你以为生产队就没得王法了嗦？"

罗老二也站住了，他拍着红运动衫骂道："老子是贫农，我肯信，你又喊钟建华来把老子逮了嘛！——喂猪儿分饲料，正大光明！老子又没有去偷——"他看了一眼邓素英，把"偷"字声音扬得高高的，拖得长长的。

邓素英是吴文彬的女人，她一听就冲过来质问道："哪个偷了，你说清楚！"

罗老二说的这个"偷"，其实大家都心知肚明。其一是传说吴文彬的舅子邓勇，曾经偷过曾家桥小学两张条凳回去做了家具。其二是指邓勇跟陶晓容两个作风不正，有人晚上去医疗站拿药，发现二人共处一屋说什么是在检查，后来就添油加醋地传开了。

见队长娘子冲来,他便来个先下手为强,一把薅住了她男人的衣领,两人便扭成一团。

妇女们都慌了神,大喊:

"不要打!不要打!"

"卡脖子是要出人命的!"

一看自己男人脸色煞白,情急之下,邓素英抓起旁边一个背篼,从背后使劲朝罗老二的头上扣去!

罗老二顿时懵懵懂懂,眼前一片漆黑。

有人趁机上前拉开他们,有人赶紧帮忙揭下罩在脑壳上的背篼,闷闭了气可不是闹着玩儿的。

头上还顶着一蓬苕藤的罗老二骂开了:"你两口子一起整老子!……你不要以为公鸡头上顶块肉——大小是个冠(官)就欺负人,老子今天跟你们拼了!"

苕藤一甩,他又发起了进攻,还在喘气的吴队长立马迎战。

众人都紧张地捏着一把汗。

"你们两个,都给我住手!"

突然一声大吼,严久思出现在苕子田里!

不知是哪个喊来的还是自己路过,总之他犹如一场及时雨,恰到好处地降临了。

见严官来了,进攻和防御同时定格,大家都松了一口气。

严官走到他俩中间,额头上顶着三条又粗又深的皱纹,慢吞吞地说:"分点猪饲料,咋就闹成这个样子?"

罗老二抢先说。

等他说完了,队长刚开口,就被他打断了。

"你吼啥子?"严官目光如炬,声音虽然不大,却镇得住人,"有意见可以提……"

"吴文彬差点儿就被他挤死了!严官,你看他的颈项嘛,当个队长就这么受气……"邓素英伤心得说不下去了。

137

颈项上果然红着几道血口子！

罗老二也奇怪怎么会冒出这些血口子，该不是自己指甲太长了吧，总之证据确凿。

"严官，你没有看到，他婆娘一背笼苕子扣过来，老子差点儿就闭气了！"

他脑勺上果然还吊着几根苕尖子。

"哎呀！你的膀子也在冒血！"站在罗老二旁边的谢摩登突然大叫。

果然，罗老二手臂上也有条长长的血口子！

不晓得是不是背笼上的篾条戳的，当时罗老二两眼漆黑气都快憋断了，自然没感觉。好在血口子四棱四现有目共睹！

严官看了看愤愤不平的谢摩登，然后慢条斯理地来了个各打五十大板："都不说了。毛主席教导我们要安定团结。你们两个都出了血，就各人去医疗站擦点药，免得遭破伤风！"然后对罗老二说，"这阵先按队上的规定办。"又转身对吴文彬说，"下来你们队委会研究一下，该补就补。"

两人一听，都没了话说。

谢秀兰看着这场好戏这么快就收了场，觉得有点不过瘾，心里骂着这个多事的"管得宽"。

妇女们一看没事了，太阳又当顶了，就各自收工回家。

回家路上，罗家院子林盘边站着一个跛脚老汉，满脸堆笑地向严久思打招呼：

"严官！太阳这么大，喝口水再走嘛！"

原来是罗老二的父亲罗跃先。严官迟疑了一下便答应了，一来确实口渴，二来也正好去他家看看。

罗跃先排行老五。原先家境殷实，年轻时当了袍哥，是个有头有脸的人物。一次到成都逛窑子，同另一个码头的袍哥争风吃醋，被对方一伙人暴打得奄奄一息。家里请人抬着八方求医问药，家财耗尽，总算保住了性命。打断的右腿最后还是到太平镇找陶晓容的父亲又医了大半年，腿虽然保住了，但只能一瘸一拐地走。新中国成立时他早已家道式微，评了个贫农成分。人们都说他是因祸得福了。

穿过竹林来到罗家，老严一望大门上贴着"光荣之家"的红榜就说：

"你家老三常来信吗？"

"常来信，老三在部队好！"一提起三儿子，老人很是得意；随即又话头一转，"可老大、老二都叫人操心哦！"

"老二的母猪下了几根崽崽？"

"八根。严官想要一根吗？我带你去看看。"他朝屋里的老伴吼了一声，"严官来了，快泡茶！"然后便朝猪圈房走去。

突然，一群胖乎乎的小黑猪疯癫癫地窜了出来，在小院子里发泼撒欢。有只大点的用嘴去拱两只小点的，正胜负难分，大的忽然掉头便跑。

"这根是头子，你要就给你留到。"

"我不要，我喂的那根还在抽条条儿——这窝猪是不是都卖？"

"说是两根剁巴儿留下来喂。唉，自行车没收了，又罚款，只有喂猪。"

严官一听，知道他们确实要留两根来喂，于是说道：

"喂猪就对了。一根肥猪要卖几十元，不比跑出去修自行车差。"

"说是这么说，喂猪也要饲料。"

一说到饲料，严久思沉默了。

"严官！快来喝茶！"罗五婶在堂屋里喊。

杯子里冒着热腾腾的白气，一闻便知是"三花"[①]。"三花"不贵，

[①] 三花：三级花茶的简称。当时成都茶厂生产的三级茉莉花茶价廉物美，深受成都地区群众的喜爱。

是成都人的最爱,几朵淡黄色的茉莉花漂在茶杯里,香气四溢。

刚端起茶,罗五婶双手又递上烟筒说:"严官,抽口水烟!"

"你这个玩意儿,如今稀罕啰!"严官忙放下茶杯,指了指古铜色的水烟筒,看了看烟丝和纸捻,笑嘻嘻地说,"抽起来咕噜咕噜地响,是有点玩格;但烟丝又细又贵,纸捻还要一口一口地吹……还是我这个撇脱。"说着就往自己的裤包里摸。

罗跃先连忙拉住他说:"严官,来者是客,那就尝下我买的什邡烟。"

罗五婶立即转身进屋,拿出两匹上好的烟叶双手递给严官。严官并不推辞,他把烟叶掐了两节,放在嘴边哈了几口气,理开一看,果然大张,成色不错。

罗跃先乘机朝老伴努努嘴,老伴会意,往厨房里去了。罗跃先心里七上八下,老二又斗又罚才几天,刚才在林盘边观察到又惹了祸,连大队长都惊动了。

"严官,我家老二脑壳简单……"他看着严官抽烟。

"脾气又犟……"他看着严官喝茶。

只听咕咚咕咚几大口,也不管烫不烫,大概真的渴了。

严官放下杯子起身要走。

他跛着腿慌忙相拦:"严官,你看都吃晌午了……"

"又没得好东西,就喝口稀饭。"罗五婶也出来了。

"天热喝口稀饭,就当忆苦思甜,你我都是贫农,有啥吃不得嘛!"

理由让人无法拒绝,面对两个老人,严官迟疑了。当然,喝口稀饭也说不上腐蚀,何况还要教育罗老二呢。

"好嘛,把你们老二也喊过来!"

罗五婶连忙说:"我都喊过了,他要来的。"

正说着,罗老二捏着酒瓶进了门,满屋便都是他爽快的声音:"严官!就为你'该补就补'这句话,我今天陪你喝!"他晃了

第十五章

晃继母给的钱票打的酒高兴地说。

罗五婶已摆上了一盘炒鸡蛋,还有素炒莴笋片,干海椒炝莲花白,半碗齑胡豆,黄黄绿绿、红红白白几大碗,看着都开胃口。

罗老二接过继母递来的三个酒杯,先倒了一点点给他爸,然后将两个杯子灌得满满的。

罗跃先年轻时喝酒也是把好手,腿瘸后便不再任性,如今喝酒只是逢场作戏了。他端起酒杯说道:"严官,今天菜都没得,只好请你喝杯寡酒,我们老二的事让你费心了!"

罗老二也端起酒杯说:"严官,喝!"

严久思举起杯子,并不往嘴里送,他慢悠悠地说:"这杯酒,人对了我才喝;人不对,我起身就走!罗五爸,你的这杯酒,我自然是要喝的。"他向罗老二的酒杯边一碰,说,"来,老弟,我们喝!"

他们都高兴地呡了一大口。

罗五婶夹了两块炒鸡蛋放进严官碗里,笑着说:"你不要客气,也不要见外哈!"

"我咋会见外呢!"严官说,"一进门就看见'光荣之家',你家老三不仅给你们争了气,也给全大队争了光。参军光荣,保家卫国嘛!"

罗跃先喜滋滋地说:"他写信息是叫两个哥哥不要到外头去跑,好生在队上学大寨呢!"

"你看你兄弟!"严官把脸转向罗老二说,"他可不想他的哥在田坝头跟人打起来哦!——今天你一出手,就是有理都变成无理了。"

这话罗老二爱听,本来自己就有理嘛。

"队长也不容易,队上的制度……"

这话他就不爱听了,想揉包包散嗦。

严官也晓得别人说他是"泥水匠",爱和稀泥。但不和稀泥怎么调解？两块砖头都硬邦邦的，没得稀泥咋个粘拢？粘不拢又咋个砌墙修房子呢？

"老弟，今天哥老倌晓得你不舒服，心头有啥子，都说出来！"他放下杯子，脸上笑眯眯的，做出洗耳恭听的样子。

罗老二不像他哥，书读得少，却是个重情义的人。见严官跟自己称兄道弟，酒一下肚，心头一热，话就多了起来：

"严官，你不晓得，我们队上污得很，吴文彬表面上正派，实际上阴倒整人！"

"哦？"

"他舅子把我从太平镇抓回来，他没有使坏才怪！"他夹了个蚕胡豆丢进嘴里，狠狠地嚼着说，"……就说喂猪，又不分苕子给我。本来田耖得好好的，说不要我就不要我了，三个娃娃，五个人吃饭，还要供老的……"

"上有老，下有小，是难啊！"严官点了点头。他知道罗老二原先和自己一样，也是使牛匠，但他一有空就跑出去打野，群众有意见，去年秋收后队上就不要他耖田了。

一看严官很是理解，他痛快地喝下一大口，又说："我那自行车是永久加重型哦，说没收就没收了！"

严久思无语。

"我真的想不通，我给人家修自行车，有工人，有教师，也有干部。车修好了，滚滚儿转起来了，人家高高兴兴上班了。严官，他们骑车上班是为人民服务，咋个我辛辛苦苦给他们修车，就是走资本主义呢？你来给我评评这个道理！"

严官没有接他的话，他也没文化，他真的回答不了。

看着眼前的罗家老二，他想起了自家的老二。

平心静气地想想，那臭小子并没有乱来，不过就是喜欢上了一个他喜欢的人，又有啥过错呢？但是，他的的确确又是错了！

沉默了好一阵，严官才缓缓地说："我是个大老粗。要说清楚这些道理，恐怕只有找你哥了。你让他给你理论理论，只有'理论专家'才搞得懂这些道理……我只能劝你想开点。你修自行车遭整了，人家连车都没修，还不是遭整了？再说，人家郭书记南征北战，你整得有他惨？万人大会照单人相，还坐喷气式飞机！……老弟啊，生产队斗你，不怪吴文彬，换个队长照样斗你！为啥？会怪就怪自己，都运动了，你还跑出去打啥子野嘛……"

罗老二低下了头。

"你父母都这把年纪了，还在为你操心。你都是有三个娃娃的老汉儿了，还跟毛头子一样冲动！人家打伤你，你一家老小咋个办？你把人家打倒了，有钱出医药费？"

罗老二没有出声，他知道这些话都是为他好。

"再说，你现在拉渣滓的驮驮儿车都是队上的。人家吴队长派你挣这个工分，就是在照顾你了，你还不懂？更何况，他当队长也不久，我们都该帮他，生产队搞好了大家才好嘛……"

罗五爸见儿子在认真听，一颗悬着的心才落了地。他见两人只顾说话，就把剩下的一块炒鸡蛋默默地拈进了严官的碗里。

严久思突然加重了语气："显贵啊！今天这个事，长点脑水——谢摩登在支你的手逮蛇，你还真敢出手！"

他咋个啥子都晓得呢，罗老二真是服了他了。

第十六章

　　下午，割苕子的继续割苕子，分苕子的继续分苕子，没分完的就往饲养场背，得赶紧把田腾出来。

　　整个下午吴文彬一直阴沉着脸。

　　要收工了，一个妇女问他："队长，明天点玉麦哇？"

　　"不要喊队长了，我不当了。"

　　人们这才明白他要辞职不干了。但又能说什么呢，上午的纠纷，没有人站出来劝阻，更没有哪个敢为队长说句公道话！队长受了那么大的委屈，现在说什么都没意思了。

　　吴文彬回到家里，冷锅冷灶的。妻子不在，一打听才晓得回娘家去了。打开碗柜一看，有半碗中午剩的炒莲花白，酒瓶里也还有些酒。他抓了一把生胡豆放在桌子上，一个人坐着喝闷酒。

　　暮霭渐渐笼罩下来，夜色悄悄爬上了窗台，小雨也来凑热闹，滴滴答答在门外欢蹦。几口酒下肚，嗓子热辣辣的，脑子翻江倒海。队长当得够窝囊的，今天居然当众被人拳脚相加，长这么大，父母连手指头都没碰过一下！我招谁惹谁了？外面费力不讨好，家里也一团糟，这个队长当得真没意思。

　　忽然，虚掩着的门"哐当"一声，一股冷风吹了进来。正要去关门，却进来一个人。

　　来人摘下草帽说："你……你在喝酒啊？"

　　一看是胡忠成，吴文彬就明白了他的来意。

　　"胡连长，你来劝也没得用，坐到喝杯寡酒还可以。"

/第十六章/

"酒就不……不喝了,摆下龙门阵总……总可以嘛!"胡忠成坐了下来。

吴文彬慢慢剥着一个生胡豆的皮,叙说着苕田里发生的事。最后他让胡连长看脖子上的血印子。

"龟……龟儿子,这是致……致命的地方得嘛!"

"他就是朝致命的地方整呢!"

"要是有个闪失,不敲了他的沙……沙罐①才怪!"

"到了那一步,还有啥意思!"吴文彬叹了一口气。

"你……你不要怕!一个虼蚤把……把铺盖拱不翻!"

"胡连长,不是我怕他,是我不合适……"

"咋个不合适?我们队上扯……扯怪叫的多,哪个遇到都……都一样。再说,眼看就要农……农忙了……"

吴文彬当然知道农忙的重要,一年一季,抢收抢种,人误地一时,地误人一年啊!但是又有谁能理解他心中的苦衷呢?当然他不忍心向胡连长倒苦水,他已经很感谢他了,这么大的岁数,这么黑的夜晚,人家顶着冷飕飕的雨还来看你。

不管胡连长怎么劝,他的主意早定了。

胡忠成走了,外面还飞着小雨,院子里湿漉漉的。吴文彬喂了猪,又去他妈那边接回了一岁多的儿子,妻子还是没有回来。他只好给儿子洗了脚带着睡觉,儿子却吵着要和妈妈睡。他抱着儿子连拍带诓:

"乖乖,今晚上和爸爸一起睡哈!明天不下雨了,爸爸带你去上街街,买糖糖给幺儿吃哈!"

"不嘛!我要妈妈!"

儿子号啕大哭,看来他并不在乎明天的糖糖,一心只要眼前的妈妈。

他很心烦。唉,孩子他妈也真不懂事,你要不回娘家借钱买猪,

---

① 敲……沙罐:指枪毙死刑犯,子弹射进脑袋像打沙罐一样。

哪有这事！我没有怪你，你居然还跑了！

诓了半天还是号啕不止，无奈之下，他答应背儿子去找妈妈。他用蓝布背裙把儿子一裹背在背上，撑着钩钩伞往牛堰河那边岳母家去了。

田野冥茫，夜雨在伞上弹着呆板的调子，陪伴着寂寞的人在机耕路上一溜一滑地走。当他满脚泥泞走拢时，院落黑森森的，人们都睡了。

吴文彬轻轻拍着门叫着："素英！邓素英！"

里面没有动静。

叫声再次响起，还是没有动静。

他只好又敲起窗户来。

等了一阵，隔壁一道门突然大开。

邓勇走了出来，他吼道："耳朵聋了嗦？人家站在雨里喊了半天，背上还背个娃娃，硬是下得心哦！"

门终于开了，岳母在门口小声说："素英累了大半天，喊不起来。"

"我在翻修猪圈房，她回来是帮了忙……但不是不回家的理由！"邓勇前句语气平和，是跟吴文彬说的；后句很不高兴，是对他妈说的。

岳母上前接过熟睡的外孙。

"你告诉素英，这个队长我不干了！"

"啥子呢？"邓勇大吃一惊，妹夫低沉的声音像微弱的火星子，一下点燃了他的火暴性，"有人巴不得你下疤蛋！人家正好看你笑神儿！今天你不当队长了，明天他就敢爬到你脑壳上屙屎，屙了屎还嫌你脑壳不平！"

越说越气的他突然向着旷野大吼起来：

"老子最讨厌半夜吃桃子按到㞎的捏！有种的就冲到老子来！"

第十六章

"你吼啥子,深更半夜的!"他妈拍着熟睡的外孙连忙进屋去了。

邓勇回过头来说:"其实,他最恨的是我,你不要怕!文彬,该咋个就咋个,正神都拿给邪神吓倒了,那才怪了!"他看了看隔壁,又小声说,"素英的脾气你是晓得的,等气一消就回去了。"

吴文彬本来是想接妻子回去的,听了这话,看雨也不停,就只好一个人打着伞回去了。

第二天上午,公社在吴家坝召开早稻栽秧现场会。

本来老严和建华约好一起去,可是出发前,来的是家学,说是建华临时有事不去了。不过大队长和农技组长去参加这样的会也理所当然。

他们来得不算早,吴家坝的大队部,已聚集了不少人。

郑卫东在会议室里对大家说:"今天的现场会很重要!今年是推广双季稻的第二年,参加的都是各大队的书记、大队长,还有生产队长。借这个机会,我先通报一个事情。"他停了一下,突然大声问:"钟建华来了没有?"

"没有,他有事,我们到了!"陈家学举手应答后,又小声对严官说,"幸好,我们没有迟到。"

严官额头上三条皱纹瞬间排成泥浪,这哪是迟不迟到的问题,是点名批评呢!他懂。

果然,郑卫东语气严厉:"还有比推广双季稻更重要的事吗?更何况我要跟大家吹吹风,提个醒,当前这场运动,是考验每个人的时候,我们干部,决不能是非不分,爱憎不明!……吴家坝已经出了一个孙国荣,我希望每个人都要旗帜鲜明,划清界限,站稳立场!我不希望再出一个张国荣、李国荣!"

陈家学感到,人们的眼光都在往这边扫射。

停了一会儿,严肃的声音又响起来:"早稻是新生事物,是祖祖辈辈想都不敢想的事，我们敢干，敢教日月换新天！双季稻是革命稻，路线稻！眼看就农忙了，就在这个关键时刻，就在这个节骨眼上，有个生产队长居然甩手不干了，还打架闹事！这成何体统？同志们啊，我要问了，生产队闹成这样，你大队干部在干啥呢？"

人们交头接耳，私下议论纷纷。

陈家学东张西望，听不清楚。

严官却清楚，昨天打架的事，是自己去处理的，建华他们不知道。甩担子的事，自己都不晓得，咋公社就晓得了？——曾桥大队的水实在太深了！盘根错节绕成一团，摸着藤藤就带出瓜。过去老支书的病一半是身体，一半是心病。他心里明白，自己对有的人还构不成威胁，因为书记也不过是"代理"的。建华就不同了，弄不好有人就要捕风捉影，稍有闪失，就是芝麻也要说成西瓜。他看了看一脸迷茫的家学，心想，他们都是好后生，只是太年轻。他侧过身在家学耳边悄声说道："等现场会一完，我们就直接去找建华！"

中午等他们赶到建华家，却扑了个空。晚饭后再去，与走出院子的建华碰了个正着。

"你又要去哪儿？差点儿又错过了！"家学心急火燎地问。

"我正要去找你们呀！"不期而遇，建华显得很高兴。

严官心想，等你晓得上午的会，就高兴不起来了。

"今天公社的现场会——"家学有点迫不及待。

"不急，"建华笑着说，"我们现在去五队。"

"你都晓得啦？"严官问。

"今天一早，邓勇就来跟我说了。"

原来说的不是一回事。

"我们对他们关心太少了，"建华感慨地说，"生产队工作很辛苦，我们开会就是布置任务，检查工作，对他们的个人和家庭却没有过问。"停了一会,他又说,"过去的老书记,累了一身病,小车不倒只管推,直到住进医院。再说这次五队队长,这么忠厚踏实的人,不是邓勇来说我还不晓得。老严,幸好你去了现场。"

"我虽然在现场,事后也没有去看他,只想到罗老二难打整,就直接到罗家去了。"当然,他没有提在罗家喝酒的事。

建华回过头来说:"生产队一大摊子事要管,工分拿不到几个,还受气,家人也不理解不支持。"

老严望着他的背影,心想,在你身上,就不是不理解不支持,而是误解和指责!年轻人,你这身板承受得住吗?毕竟还有些单薄稚嫩呢。

淡淡夜幕下的农家院落,可以看到依稀浑黄的灯光。

一行人刚进院子,就听见有人在招呼:

"钟书记!你们来找吴队长哇?"

"呃!老刘,你咋个在这儿呢?"

家住二队的刘伯林是渔场副场长,在这里碰见,建华有些意外。

严官笑着说:"他资格老哦,谢秀兰喊他三爸!"

原来他是谢摩登丈夫的堂伯。谢摩登的丈夫是公社供销社的干部,和郑卫东在"文革"初期就结下了战斗友谊。

钟建华长长地"哦"了一声。

一行人往院子南边的草房走去。

正门敞开着,屋里点着灯,三个人径直走了进去。吴文彬蹲在灶台旁切猪草,两只小猪将嘴筒子伸出圈栏外,并排朝着主人嗷嗷直叫。

"小家伙还列队欢迎我们呢!文彬,你吃夜饭没有?"建华笑着打招呼。

面对两个歇斯底里的小家伙,哪还顾得上自己咕咕直叫的肚子,但他还是说:"吃了……钟书记,你们在堂屋头坐哈!这儿太脏了，下不到脚！"

建华一点不介意，一大步跨过苕子堆来到猪圈边，用手拍了拍话筒似的小猪嘴，说："再叫闹热些！你两个小家伙，硬是越饿越精神！"

严官明白，这两个小家伙就是惹下大麻烦的"点名猪"！

建华弯腰捧起一大捧切好的生饲料丢进猪圈，欢迎队伍立即改变队形，表演起了一场激烈的食物争夺战。

家学是个机灵人，连忙找来一只筲箕，把切好的饲料端上灶台。

这个灶台有两口毛边锅，一口是给人煮饭炒菜的，一口是给猪煮饲料装潲水的。但农村里好多人家没这个条件，都是一口锅，只好煮了猪饲料刷洗干净了再煮人吃的。猪的地位非同一般，人都舍不得吃的玉米粥，却要加米糠混饲料给它催肥；房子再窄，它可以拥有独立的圈；屙屎屙尿和人同用一个茅坑。老话说"富不丢书，穷不丢猪"，"家"字不就是房子下面关着猪，没有猪哪还叫"家"！

挨着猪圈大家在灶台边坐下，吴文彬烧火。

火苗从灶膛里吐出舌头，欢快地舔着黑黑的吊壶。成都平原的人真是节俭而聪明，不知是谁发明了这吊壶，从房上垂下一条绳索，树丫倒钩的瓦壶就吊在灶门上。锅里的东西煮好了，壶里的水也烧热了，真是一举两得。要是过年，再吊两块腌猪肉在壶的上面，烟熏得黑乎乎的，火烤得香喷喷的。火要是大了，腊肉悬垂着亮亮的油滴，钟乳石般晶莹欲滴，剔透诱人。小时候都这么干过，偷偷将小指头伸去接一滴，再把小指头放进嘴里吮吸好半天。

红红的火苗舔着黑黑的吊壶，人围坐在一起，便有种难言的亲近与温馨。

"昨天我走的时候还好好的,咋个后来就打起来了？"家学问。

"就想多分点苕子嘛！"吴文彬把火钳往灶膛前的石条上重

重地一磕，连灰槽里的草木灰都扬了起来，"这队长我没法当了，我实在惹不起——"

"好啊！不当就不当，明天就开社员大会！"建华很爽快。

老严和家学都蒙了。

吴文彬也愣了，书记今天咋个这么干脆，我还以为大队人马是来做思想工作的呢。

建华笑了，说："社员大会上我当众宣布——文彬，就按你的原话宣布——吴文彬说了'这队长我没法当了'，他还说'我实在惹不起'——我没有添油加醋嘛？"建华故意夸张地模仿他，并仄着头说，"我宣布，五队队长由'惹不起'来当……"

话还没有说完，家学忍不住笑了。

"这结果，文彬，大概你也不想要吧？"建华突然严肃了，"想多分点苕子，这哪里是一点苕子，两根猪，八十斤啦！"

八十斤猪饲料，在社员眼中，可不是个小数目。眼下野猪草难找，这年月粮食金贵，猪饲料同样金贵！

"对这个'惹不起'的人，"建华语气强硬，"你就敢不分苕子给他，你不是惹了吗！手卡着脖子，你还是寸步不让，你不就惹了吗！"语气里露出由衷的赞叹。

"让我看看你的颈项。"建华走过来，借着火光，紫色的伤痕清晰可见。

"委屈你了！"他沉重地说。

吴文彬一时不知如何回答——答委屈，他说不出口；答不委屈，又不是真心话。这句沉重而有温度的话，让他有些莫名的感动。

他默默起身，舀出锅底一些猪饲料，捂好锅盖。又在潲桶里掺进一些米糠和潲水，提去安顿好卖力进行二重唱的两个小家伙后，才请大家到堂屋里坐。

他拿出一盒自己都舍不得抽的飞燕牌纸烟来散给大家，说："严官看到的嘛，昨天没有一个社员站出来说句公道话。"

"队长都遭打了,哪个还敢站出来?"严官吐出的烟雾飘上垒满梯田的额头。

"对这股歪风,我们必须坚决刹住。"建华坚定地说,"打人的,必须当面道歉!我说的'当面',不是当着你一个人的面,而是当着全队社员的面!"

家学两眼充满疑惑,吴文彬摇了摇头。

"不信?明天社员大会上你们看!"他胸有成竹,停了一下才说,"今天我花了一个上午的时间,专门找了罗老二。开始,他跟茅坑头的石头一样又臭又硬,最后还是被收拾得跟放了气的皮球一样。"

"他又臭又硬,是认为他占了理。有人巴不得一根筷子吃藕,专挑我们的漏眼儿!"老严说,"吴文彬,你坚持队委会讨论后再定,是完全正确的!他先动手当然该给你道歉。"

"道歉不道歉都无所谓——队长你们还是另外找人,我这个人文化水不平,没得能力……"看来他是铁了心了。

"没得能力?"建华接过话,"不分就不分,装起都不称!再歪再扯你都不妥协不让步,这是坚持原则嘛!不分的苕子,统统搬到饲养场,这是为集体、为大家嘛!……是的,你没有还手,未必还了手就有能力?再说,当过兵的哪个不会打!为什么不还手?这是素质,是心胸,是气度!……"他一口气说下来,显得很激动。

听了这番话,吴文彬触动很大。窝囊得连自己都瞧不起自己了,没想到书记的评价竟然会是这样!他抬起头,嘴唇翕动了一下,欲言又止。

严官也趁热打铁,他说:"吴文彬,队长这个事情,你就不要再推辞了。你看嘛,队上就三个党员,一个嫁来的还在带奶娃儿,总不能又喊胡连长来当嘛!……"

话虽在理,一想到自己孤家寡人陪着冷锅冷灶,这猪圈里两个小东西不叫了可自己的肚子还在叫呢,他便委屈地说:"当个队长,弄得里外都不是人!"

"你不当队长,弄得大队都出了名!"家学再也忍不住了,大声说道,"你甩担子,全公社都晓得了!今天郑卫东在栽秧现场会上专门批评了钟书记!"

话一出口,连钟建华都怔住了。

吴文彬也没想到事情会有这么严重。满以为担子一甩自己就一身轻松,没想到给大队惹来了麻烦!连书记都遭到了批评!他意识到,在这敏感时期,什么都会跟运动联系起来,一旦上纲上线,说你别有用心,就不是甩不甩那么简单,那简直是老鹰抓蓑衣——脱不到爪爪。

他百感交集,听说自己不干了,胡连长摸黑冒雨前来劝说的情景,苕田里妇女们失落的表情,都一齐涌来……

"爸爸!爸爸!"突然听见小儿子的叫声,瞬间小家伙就欢快地扑进了他的怀里。

"乖乖!"吴文彬抱起儿子狠狠地亲了一口。

跟着进屋的是陶晓容和他女人。

邓素英站在堂屋里,看了一眼丈夫,有些不好意思地对大家说:"昨天我是担心他才赌气走的,弄得陶主任今天还亲自上门……"

看到妻儿回来了,吴文彬一下释然。他对妻子说:"你快去烧水,这半天了他们连水都没喝一口。"

建华故意不满地说:"水喝不喝没关系,要紧的是我们还等着一句话呢!"

"当不当队长是他的事,我没有拉他后腿哈!"女人是个明白人,说完就笑了。

吴文彬看了看妻子,又看了看大家,然后才终于开了口:"你们这样支持我,我还有啥说的呢!干就干嘛!"

一屋的人都笑了。

第十七章

五队苕子田的风波才平息，在一队胡豆地又闹得沸沸扬扬。

昨天还是一块绿油油的胡豆田，今天黄酥酥的玉米就下了地。公社一声令下，生产队便雷厉风行。用老百姓的话说，眼睛一眨，老母鸡就变了鸭。

眼看玉米就要点完，刘明金一手叉腰，一手扶锄大声宣布："大家注意了，昨天下田剥了胡豆的，每人记账五斤，分青胡豆时扣出！这是队委会的决定！"

田里一片哗然，剥了几颗嫩胡豆，就遭扣五斤的重罚，心也太黑了嘛！

为了完成推广任务，一队只好把还没有成熟的一个胡豆田腾出来。尽管刘队长早打了招呼，胡豆角太嫩不准糟蹋，割下来连秆带叶运进饲养场，但妇女们下了田，两眼总是往胡豆角上瞅。割了好一阵，终于有人忍不住了，悄悄躲在豆秆下剥开一个翘翘的胡豆角，取出白白嫩嫩的豆米放进嘴里，虽然生涩，但回口有那么一点点淡淡的清甜，喜得连声说："好吃！好吃！"

还没等她咽下，迫不及待的人早已丢下割苗的镰刀，对准选中的目标开始了迅猛的进攻。只见有的食指与中指如钳夹往豆角一靠，两颗战利品便同时入口；有的双手一先一后轮番往嘴里加料。在扫荡的田里，一个个都悄声屏气地挺进，两排牙齿比磨子还快！有人已经开始将战利品悄悄装进裤包，有的围腰也鼓了起来……

后来便有小孩提着竹篮端着筲箕来了……

终于有人小心翼翼地问:"剥了几颗嫩水水来吃,扣不扣?"

"吃几颗嫩水水就算了,我说的是拿回去的才扣!"刘明金的回答大度而明白。

拿回去的都不敢作声,自认倒霉。

"我们家扣好多?"王大炮问。

"自己算!三个人。"队长回答得干脆。

"你再说一遍!"

"自己算!三个人!"声音洪亮,毫不含糊。

王大炮手提锄把直奔过去。

众人心里直呼痛快,同时又捏着一把汗,锄头这家伙捏在手上,弄不好是要出人命的。

大家赶紧围了过去,王大炮已经气冲冲地伸出了右手!

他的食指直指刘明金的鼻尖,众人很是兴奋。然而,那手在刘明金眼前一晃,又对准了自己的鼻尖:"老子怕哪个?爬起睡,毯都没得一根!只要你敢扣,老子一家老小全都开到你屋头去开伙!"

刘明金气得满脸麻子都白了,强硬的语气却丝毫不减:"你怪不到哪个哈!这是队委会定的,又不是只针对你一家人!"

"不针对我一家人?两个娃娃总共剥了两三斤,还是嫩兮兮的水泡泡,你就要扣我十五斤?你喊大家说合不合理嘛!"他挥动着手让众人评理。

"小娃娃剥得到几颗嘛!小筲箕又装得到几斤嘛!"

"十五斤好大一堆哦!"

刘队长的脸色很难看:"闹啥子闹?围起堆堆做啥子!该挖窝窝的挖窝窝,该丢籽籽的丢籽籽,各人摸到各人的活路!"

矮哥走上前来劝道:"王二哥,有啥子开会来说!"他伸手想拉走王大炮,在二人中间一站,犹如武大郎担着一副烧饼挑子。

"那就开会来说,现在有的是政治夜校!"刘明金理直气壮。

"政治夜校就把哪个吓倒了嗦！我肯信你就把老子挡到高板凳上去了！不要只盯到老子的锅儿看，哪家锅底不是黑的！"

众人巴不得他再骂下去，大家都懂得"锅底黑"的意思。

看着一张张幸灾乐祸的面孔，刘明金心想，龟儿子立起眉毛就不认人，我肯信你把卵子给我咬了！我刘明金为的是集体，坚持的是制度，还怕你！

"我未必还虚你！量你今天也不敢动老子一根汗毛！"说完，刘明金又打起窝子来。

众人一看一方已偃旗息鼓，于是各人又摸到自己的活路。

王大炮已被矮哥和朱世友拉住，一看对方不接招，也顺势骂骂咧咧地走了。要说真正动手，其实他只打过自己的婆娘，外人是万万不敢碰的，不光有敷汤药费的风险，跟政治一挂钩，吃不完叫你兜着走。何况那次"围攻革命干部"早就吃过执勤民兵的亏，今天他又没喝酒，不会犯糊涂。

收工了，人们扛着锄头兴奋地回家，今天田坝头的事，龙门阵就够摆好几天。

王大炮没有立即回家，他朝自留地走去。莴笋该卖得了，明天没得活路正好去赶场。一路上气还没消，十五斤胡豆不是个小数目！想起三年困难时期，田里的胡豆米米还是一包嫩水水，饥饿的人半夜三更去偷，连角角一起掰回来，煮好将涩水漂洗掉，把角角切细用辣椒、盐巴一炒，那简直就是难得的美味佳肴了。可怜当时妻子生下头个女儿没奶水，只好熬锅老生姜水，放点红糖喝了来发奶。大女受了症都六七岁了还是皮包骨头，二女吃糠咽菜把肚皮胀得跟个血吸虫病人似的，整天呆坐在门口……

站在田埂上，看着眼前这片田野，王大炮对它真比自己的自留地还关心，什么时候莴子可以割了，什么时候青胡豆可以吃了，尤其是小麦，从抽穗、扬花、灌浆直到一天天饱满起来，只等它上枇杷色了，那种期盼与喜悦，是一般人难以体会的！

第十七章

望着正在灌浆的小麦,他又想起了父亲。说来没人相信,当年只听说饿死人,而他父亲却是胀死的。父亲是个彪形大汉,两个人才能抬走的拌桶,他一个人就扛到田头,一顿饭能吃三斤米、两斤肉。那次队上去换麦种,他力气大,人老实,队长派他拉车。天不见亮他和队长就出了门,他们拉着化肥去灌县换麦种。虽说不爬山不涉水,可来回也是好几十里。傍晚早已饥肠辘辘,四肢无力,便在顺路的亲戚家讨碗水喝。这亲戚一个人在家,肚子都饿,大家不谋而合,竟然解开口袋舀了两瓢麦种煮来吃。他回来就喊肚子痛,一看胀得像面鼓,原来是麦种发胀啦!那年月,肚子吃饱了,嘴巴还想吃,等嘴巴停下来,肚子就撑不住了。他痛得满地打滚,又抓又刨,不到天亮就断了气。大家都说他是饿死的,其实是胀死的。

看来饱死鬼也不比饿死鬼强,他这样想着,已来到自留地边。齐刷刷的一厢莴笋着实让他高兴,明天起个大早砍莴笋去卖!

菜篮还得补补,得赶紧到林盘里去砍根竹子。

他找了一根小一点的竹子拖回家,不一会儿,在他手中滑动的已是细细柔柔的篾条。

朱大娘从后门外小路走过来,探头对他说:

"王大炮,刘麻子你是扳不翻的,人家公社都信任他。"

"哼!鸡脚神戴眼镜——他假装正神嘛!"

"朱大娘说得对,"彭淑芬从屋里走出来说,"晓得扳不翻他,你还跟他两个闹!别看他今天没理你,其实肚皮头早就挽好圈圈,总有一天要整你嘛!"

"老子不怕他!"

这时快嘴张启秀趑身进了院子。她瞟了一眼四周,才压低声音说:"听说还有两个人没有扣呢!"

"哪两个?"彭淑芬有些不信。

"你说的是饲养员和肖开江的侄女嘛,"朱大娘接过话,"人家在饲养场里悄悄剥,又看不到,你咋扣?"

"哎呀,看到又咋个嘛!现在都是官官相护,整的就是你我这些平头儿老百姓!"张启秀望了望无辜的会计夫人,话一出口才觉得有点伤人。

"凭啥她们就不扣?老子就要去找刘明金!"王福民又扯起了大喉咙。

突然,隔壁王福寿家后门吱地开了,肖水珍走了出来,她站在竹笼边跟大家打了招呼,然后大声说:

"王福民!你哥喊你过来喝酒!"

一听喝酒,王大炮犹豫了一下,但还是推辞道:"明天要去卖莴笋,我还要补下菜篮子。"

堂嫂笑了笑说:"有好烂嘛,莴笋那么长都掉得下去嗦?"见王大炮没动,又说,"在我这儿拿一个菜篮去用就是了。"于是就站在那里等。

朱大娘、张启秀走了,彭淑芬也进屋了。王大炮放下篮子起了身。

走进堂屋,方桌上已摆了两三个菜,王大炮一眼就看到了酒瓶子。

"来坐!我们两弟兄好久没有在一起喝酒了!"

留着板寸头的王福寿虎背熊腰,左边脸上有道明显的疤痕,就是嬉笑也有一股杀气。

"又不是逢年过节,请我喝啥子酒嘛!"王大炮客套地说。

"今天碰到卖瘟猪儿肉,皮薄肉嫩卤得很香。你看,我总是想到你老弟!"

王大炮睁着一双牛眼睛,不明白堂哥葫芦里卖的什么药。

堂哥举起斟得满满的酒杯说:"这第一杯我敬你,听说你今天在田坝头又放了一炮!"

原来是这个事!我王大炮怕过哪个!

杯一碰，呡下一大口。

酒一下肚，话就多起来："两个娃娃放了学才去，嫩水水的剥得到几个嘛！一扣就三份，你说刘麻子的屁儿黑不黑？"

"你才扣三份胡豆嘛，我没收的可是一辆驮驮儿车！还开老子的批判会！"他脸上的疤痕都红了。

王大炮一时没了话，他觉得这绝对不是一回事！

究竟哪点不是？他一时也说不清楚。倒不是扣的东西不同，更不是数量不同，总之不是一回事，绝对不是一回事！

"刘麻子这个人，是条喂不饱的狗！你晓得的，原先我经常喊他到屋头喝酒，街上碰到了就请他进馆子。朋友送的烟啊酒啊都要拿些给他。结果呢，运动一来照样整我！"堂兄夹了一片卤肉在筷子上晃了晃，然后说，"现在吃了肉的骨头，我都要甩到房子上去，连狗都不维①了！"

看他的狠劲，王大炮没有接话。毕竟人家刘明金好歹还给我称了八十斤谷子，你堂兄何曾借过一颗米给我！不错，上次过生我们一家也来吃了两顿，但借米绝对不行。在他看来，把米借给我，就等于拿肉包子打狗了。

堂哥喝得高兴，牢骚也发得痛快。这堂弟为人耿直，脑瓜子灵动，今后用得着呢！

"兄弟，你一大家人，六张嘴巴，"堂哥放下酒杯，话中对老弟的难处很是体谅，"六张嘴巴一齐张开，差不多一尺长，要吞好多东西！光靠生产队挣那点工分，分那点口粮咋行？还不如跟到我出去跑点业务……"

嚼着炒黄豆的王大炮，好像也在咀嚼着他的话。

"我在成都有老关系，只要我们联手，哥老倌不会亏待你！"

王大炮低头咂了一口酒，不知是在品味酒，还是在品味他的话。

"包包头有了'数数'还愁啥，两口子亲都亲热不过来，哪

---

① 维：在四川方言中有结交、维护之意。

里还会打得鼻青脸肿?"体贴的话亲切地踩在堂弟的痛脚上。

"都这阵了,还敢出去打野?怕是不想活了!"

自己说了半天,他才冒出这么个屁,真让人失望。

他白了大炮一眼说:"今年整得这么凶,这阵哪个敢!我说的是以后……以后,我的驮驮儿车总要挣回来嘛!你一大家人总要吃喝嘛,娃娃还要读书……"他深深地吸了一口烟,头往后一仰,长长地一吐,一个烟圈在他头顶缓缓升起,他似笑非笑,"运动就像这个烟圈儿,套住你你就背时,套不住就一阵风过去了!俗话说,胆大漂洋过海,胆小寸步难行。大炮,你我兄弟一场,从长计议不得拐。这些话我是不会对外人讲的……"堂哥简直把兄弟当成了贴心豆瓣[1]。

"我跟你不一样,你两个女都嫁了,我的娃娃还小,工分做少了,一家人的基本口粮都分不回来,黑市米又那么贵!"王大炮叹了一口气。

"老弟呀,有了钱还怕黑市米贵?"

"当然,钱哪个不喜欢呢!我的意思是到时候再说嘛。"王大炮还没喝晕,他晓得堂哥水深,不管你说得天花乱坠,我王大炮就是饿起肚皮也不会跑出去乱整的。

看来大炮还是鼠目寸光,不过听这话还有余地。以后拉上他一起干,多个帮手生意会更好,要是队上有个风吹草动,他就是个炮灰!

第二天临近中午,王大炮挑着两个空菜篮大摇大摆地走在太平镇街上。他的莴笋早卖光了,品种挂丝红,皮薄肉又嫩,一根根粗粗壮壮当然好卖,而那些一捆捆跟杉木条子似的莴笋当然惨啰。

"王大炮!你今天卖啥子?"

循声一望,朱世友正从对面供销社出来。

---

[1] 贴心豆瓣:指两人关系特别好,其中一人是另一人的随从,铁哥们,带贬义。

"卖莴笋！你到供销社做啥子？"

"去把队上的化肥账结了。"

"走！朱会计，今天我请客！"

朱会计推辞一阵，还是被王大炮拉拉扯扯地往南街合作饭店去了。

半路上，朱会计在人群里发现了严官，于是大声邀请："严官！走，喝酒，今天王大炮请客！"

"你们去慢慢儿喝，我要回去了。"严官边说边走。

王大炮哪里肯依，一把抓住他说："严官！我们两个还没有喝过，今天好容易碰到了，走哦！"连劝带拉，都进了饭店。

跑堂倌热情地走过来，给他们安了座。王大炮去柜台前点菜付款，恰好看见从门口走过的艾志忠，便高兴地喊：

"矮哥！进来喝酒，严官和朱会计都在这儿！"

王大炮说着拿出一元钱和五张酒票，在馆子里借了个空酒瓶，叫矮哥去对面副食店打一斤白酒过来。

先端上桌的是一盘炒猪肝，香气立刻扑面而来。做东的王大炮十分热情，直呼"动手动手"。看大家都动了筷子，他才夹起一片猪肝。只见刀工不错，厚薄均匀，火候刚好。送进嘴里，又烫又香，爽滑细嫩，一嚼化渣！听见大家"手艺好""又鲜又香""味道不摆了"的赞叹声，他感到无比的奢侈和满足！他就这么个人，只要包包头有两个钱在跳，就喜欢充老大。

两口酒下肚，矮哥夸道："王二哥，你真是又大方又豪爽，请客喝酒，见者有份，卖了莴笋就——"他突然想起彭淑芬血流满面那天他"给女儿交课本费"的承诺，当然说出来肯定会扫大家的兴，于是改口说，"就请客……要是场场有莴笋卖，我们大家都沾光！"说完哈哈大笑。

"场场有莴笋卖？想得安逸！农忙了，你还想赶场？"朱会计说。

"我要是场场有莴笋卖,就不怕扣胡豆啰!"一提这事他就来气,"你们看刘明金屁儿好黑!"

朱会计连忙向严官解释:"刘明金不准社员剥那个田的嫩胡豆,一是抢时间腾田点玉麦,二是怕把胡豆秧糟蹋了。本来角角太嫩,水泡泡的也剥不到几颗……"

"你们两个是队委,开会的时候在做啥子呢?"别看严官慢条斯理,一管起事来还真"严"。

矮哥低下了头。

王大炮连忙说:"他们几个是聋子的耳朵——摆式,还不是刘麻子说了算!"

朱会计不好意思地说:"扣五斤我是同意的,当时想,不过是吓唬吓唬大家,不摘就不扣嘛。哪晓得公布名单的记工员连小孩也算上了。"

"处理要公平嘛,"王大炮又吼起来,"大人和小孩一样?明的和暗的一样?十五斤好大一堆!"

"这么一扣,那个坑坑咋个填得平嘛!队上有好几家,都是吃得补药吃不得泻药了!"矮哥一边斟酒一边说。

老严额头布满了水波纹,他说:"这个事情,刘队长打招呼在先,你们不听,当然该扣。不扣,听招呼的人不服……"

他不说了,大家也都沉默。

过了一会儿,严官举起酒杯开起了玩笑:"俗话说,吃了人家东西嘴软,拿了人家东西手软。大炮,今天我喝了你的酒,那就为你说句软话吧。有人说我爱和稀泥,今天我就再和一盘。既然定了扣五斤,至于是按一户扣五斤呢,还是按一人扣五斤,小娃娃酌情减免呢,这要和队长商量了再说。"一见王大炮的脸色亮开了,他才收起笑容,"这不是我的主意,而是建华提出来的。"

钟书记这两天不是没来吗?他怎么也晓得了?

王大炮高兴地摸出刚买的一盒经济牌香烟准备给每个人散起。

"抽我的！"朱会计赶紧伸手挡住。喝了人家的酒，烟就该从自己裤包里摸出来，他给大家散起的是红芙蓉。

矮哥平时难得抽烟，一看是红芙蓉，也接过一支点起。

看到王大炮还要掺酒，老严说；"我下午还有事，就不要给我掺了，你们慢慢儿喝！"说完，他举起杯子在众人面前晃了一圈后干了，扒了几口饭就走了。

三个人把瓶子里剩下的酒喝光了，还不尽兴。朱世友起身要去买酒，王大炮赶紧站起来，伸手拦住他说：

"说好了今天我请客，你就不要摸包包了！"然后又敞开了大喉咙，"矮哥，你去跑下腿，再打半斤酒来！"

他从身上又摸出五角钱来，却再也掏不出酒票了。

"我身上还有两张。"矮哥说着就起了身。

王大炮就是这么个痛快人，朋友面前当"老大"的感觉真好！至于卖了莴笋就交课本费的诺言，早抛到九霄云外去了。

半斤酒又放在桌上。龙门阵天南海北地摆，跟斗酒一口一口地喝，真是痛快之极！直喝得天旋地转，直摆得语无伦次，最后，王大炮竟趴在了桌子上。

第十八章

挨近立夏，成都平原抢收抢种的大幕就徐徐拉开了。

天亮得也早了，社员们一早就下了田。干一两个小时才回家吃早饭，有的连碗都来不及洗，往锅里一泡又出了工。下午直干到太阳落山。生产队收了工，还要忙着把分的油菜秆壳、小麦秸秆担回家，弄不好牛就拉着犁头抄过来了。抢收抢种就跟打仗一样，人累得变了形，身体还跟陀螺一样转个不停。

辛苦是辛苦，但看到收获的黄灿灿的麦子，人们走起路来屁股上都是劲，缺粮户就更别提啦！往日里冷冷清清的曾家碾，如今忙得不亦乐乎，加工面粉的打豆秆饲料的络绎不绝。流水直泻而下发出的轰鸣，"嘭咚、嘭咚"昼夜不息的碾砣声，似古老而美妙的田园牧歌，又如庄稼人快活的劳动号子！

季节不等人，制度的建立健全也不能拖啊！建华怕忙起来就耽误了这个事，特地今天去渔场打招呼，顺便先去一队看看。

一队和五队，表面看是为了胡豆和猪饲料，实际暴露出规章制度的疏漏。有的随心所欲，有的不完善。渔场可是大队集体经济的命脉，千万出不得漏子！他清楚地记得有个初中同学的哥哥，说可以给每户搞两斤不要票的煤油。国家价每斤三角八分，他把生产队几十户的钱收齐就跑了，结果被公安局抓住判了刑！大队渔场的收支可不止这个数目，要是出了问题，当事人就不说了，而自己把关不严，对父老乡亲怎么交代？

上次早稻栽秧现场会上公社党委不点名的批评，他心里还窝着一团火。深夜去看孙国荣，公社怎么知道了？吴队长闹情绪，郑卫东咋比我还先晓得？如今看来刘明金还没有去告发，不然事情会更糟糕！他感到有双看不见的眼睛在盯着自己，不觉背心有点发凉。他突然有点理解父亲了，但是开弓没有回头箭，看来自己的一言一行都要格外谨慎。

一路想着，不觉来到了王家院子。

王大炮和几个邻居站在院子边吃早饭，这情景钟建华再熟悉不过了。正如北方农民吃饭爱蹲在一起唠嗑一样，成都平原上的农民吃饭也爱端着碗打堆堆。要是夏天傍晚就更讲究，连小方桌、竹椅子都搬出来一家家摆起。外面吃饭既凉快又闹热，一院子的人亲近而和谐。

还是王大炮眼尖，老远就喊道："钟书记！这么早就过来啦？"

"嗯，吃面啦？"建华见大家吃得笑眯眯的，也很高兴。

"昨天队上一人分了五斤面粉！"王大炮乐呵呵地说。

第一批收获的小麦那真是盼星星盼月亮啊！一户分个一二十斤既不好磨面又耽搁出工，就由集体拿到碾子上磨成面粉来分给大家，怎么不皆大欢喜呢！

建华走近一看，碗里有的是面疙瘩，有的是面泥鳅。还有一个端的是手擀面，筷子一夹送入口中，仿佛川剧里的老生拖着一把长长的胡须。王大炮手上捏着一卷锅摊儿，软软黄黄的上面布满翠绿的葱花，一嘴包不住的饼和笑。

几斤普通的面粉，就可以吃得花样百出，瞧着一个个吃得有滋有味，建华心里涌出一种复杂的情感。是喜是忧？是责任还是使命？他觉得心里酸酸的。农民一年到头勤扒苦做，眼巴巴盼着的就是这口饱饭，端着一碗面就这么开心！这种企盼和奢望一点都不过分，何况这里是风调雨顺的成都平原、河流纵横的稻麦粮川啊！

"你来找队长哇？他在那儿——"王大炮喜滋滋地举起那卷锅摊儿，往不远的麦田一指。

在晴朗的天空下，建华看见刘明金站在麦田边。

他走了过去："怎么样？老刘，收得了吧？"

刘队长把送进嘴里的麦粒吐在田边，点着头说："嗯！基本上干浆了，这几个田都割得了。"

"这两天进度怎么样？"

"还可以。今天才十号，油菜籽只剩两个田了，小麦打了十二亩，腾出的菜籽田都栽上中稻了。按公社要求五月底前关秧门，没得问题！"刘明金满脸是笑。

"那就好！"建华高兴地说，"老刘，今年栽秧要按公社要求，必须栽竿竿秧哦！"

"没得问题！随时都可以来检查。我要回去吃饭了。"

刘队长匆匆离去。

看着他的背影，建华心想，一队之长要多操好多心哦。虽说有那么多闲言碎语，虽说他是个"老运动员"，唉，一队这个摊子现在还离不开他。何况，储备粮的事他并没有去告发。

建华沿着牛堰河堤往大队渔场走去。听陶晓容说，昨天刘伯林挖沟右脚被烂玻璃划破了，流了很多血。她巡医正好碰上，给他消毒包扎了。自己正好借看望之机，给两位场长提个醒。

牛堰河水从身旁潺湲流过。雪白的洋槐花正在谢去，空气中飘散着清幽的余香，榆钱也开始飘落了。田块就跟川剧的变脸一样，油菜荚正举刺弄戟，几个太阳银灰色的狼牙棒就被锻成金黄；昨天还是碧绿的一片麦浪，仿佛一夜就摇曳成可爱的枇杷黄；今朝水田还一片汪洋，傍晚秧苗就军训般列队成行。懂得时令的布谷鸟，一路唱着"快割快播、快割快播"的歌儿，催促人们快马加鞭争分夺秒，而"咯咯——阳、咯咯——阳"的鸟鸣却缠绵悠长，声音里透着空阔和些许的苍凉。

建华走进渔场，几间草屋里都没有刘伯林。转个弯来到鱼塘，一眼就看到殷志远。他正和两个社员在前面溪沟边割草，衣袖和裤腿都挽得高高的，淹没在旺盛的水芹菜、稗子草、巴地草中。割下的水草就势一推，便顺水流动，下游一个社员正用钉耙把被篱笆拦住的水草捞起来，一会儿这些鲜美的水草就会撒在鱼塘里喂鱼。

"老殷！歇得气了！"

"钟书记，稀客！稀客！"殷志远直起腰来，镰刀一举有些吃惊，书记怎么这么早就来了？

"听说刘伯林伤了脚——"

原来是来看刘伯林的,他放宽了心,连忙解释说昨晚上他儿子就把他接回去了。

"走!你难得来一趟,我陪你转一转。"老殷跳过水沟,搓拍着手上的草屑,显得很热情。

"那你就更忙了!"建华爽快地答应了。

"大家都在拼命抓双抢,我还怕忙?"他笑了,用手一指,说,"建华,你看这七个大大小小的鱼塘,有几万尾鱼,要不了几年,唉——看着心里就来劲!"

他踌躇满志的神态感染着建华。这一大片水域的确来之不易,光大规模的改造就进行了两次!五八年"大跃进",公社、大队两级组织大兵团作战,把牛堰河在七队、八队一带形成的弯浅的马蹄形河道截弯取直,让牛堰河水乖乖地直通曾家碾进入阳江河,彻底解决了这一带的水患。之后留下了一段废弃的河道,生产队用来种点莲藕,收效甚微。一九七一年冬天,区委提出农业学大寨三年规划,大队掀起改造荒芜河道的热潮。整整奋战了一个冬春,才形成了这七个大小鱼塘,将近四十亩的水面。挖出的淤泥又建成了三个农田,曾在这里办过农科队,现在一个田种鱼饲料,另外两个是渔场代管的大队试验田。

这里是全大队的经济命脉!

"你看,"老殷指着水中游弋的小鱼,很是得意地说,"一群群黑压压的。去年底,区上张站长他们来,你还记得吧——"

建华脑海里出现的却是另一幕情景:当时张站长,还有公社的郑主任和水利员都来了,他和老严也参加了。中午渔场请客坐了一大桌,下午离开时,客人都有两条鲜活的大草鱼当面包好放上自行车。没有想到的是,自己回到家居然也有同样的两条大草鱼!如今想来,当初不知是见者有份的一团和气,还是试探性的投石问路?也不知那次的开支花销入账没有?

"农忙前,我又跑了一趟区水利站,专程向张站长做了汇报……"

老殷的话打断了他的思考。

"我一心想的做的,就是要把大队渔场建成全区的重点渔场!"

"不过,现在大队太穷,拿不出钱来投资。"建华说。

"没关系,等塘里草鱼卖了,再慢慢儿翻本扩大嘛!"看来他很理解大队的难处。

看着游过的鱼群,建华问道:"草还够吧?"

"还够,只是到了七八月份,小草鱼长大了,一天就要几十挑呢!"

"哦,到时候要收购啰?"

"到时候再说吧,看是记工分还是给补贴——"

"账目一定要清楚,大家都不吃亏。"建华接过话,又顺势一转,"老殷啊,你们的管理制度怎么样?渔场要发展,这个很重要!"他停下了脚步。

"那是当然的!"老殷应对自如,"我们出工、学习,甚至库房保管都有规章制度。"

建华抬头望了望渔场边那一排草屋,然后把目光停在了殷志远的脸上,说:"我是说财务。"

"那还用说!肯定的呐!比如上次我去乐山,买了好多尾鱼苗,花了好多钱,都是有发票的。"

"有发票就好,每一笔收支,都必须清清楚楚。"

殷志远暗吃一惊。听这口气,莫非他拿住了什么把柄?莫非他要从渔场开刀?

"建华,你一百个放心!老曾是大队的老会计,兼渔场的会计还有错?当然是清清楚楚的!"为了证明是清清楚楚,他还主动提出,"这样嘛,二天年终我喊老曾把渔场全年的收支报表,给你报一份嘛!"

他不过是随口说说不会兑现的。

"不用等年终,最近有空就叫他先把去年的报表给我一份。"建华说。

他像劈头挨了一闷棒!

这对财务管理一直混乱的渔场来说,殷志远的确被吓了一跳。不过,他又立刻神态自如了。你以为这渔场是太平镇?弄醒豁,我老殷可不是修车补锅的!

两人继续往前走。

"老殷,最近一队和五队扯皮的事,让我想到我们渔场。渔场越是发展了,管理就越要跟上!特别是财务,清楚透明,不管什么时候,你我都好说话,你说是不是?"

"当然,当然。"老殷随意地抬手擦了擦额头。

太阳也出正了。渔场尽头,两个田里的小麦在灿烂的阳光下泛着金光。

"建华,当初你说试种繁六是对了的!"不知是讨好还是真夸,殷志远伸手摘下一吊籽实饱满的麦穗,拿在手里边搓麦粒边说。

"比川麦十号和阿波都要好些,它早熟,又抗倒伏,"建华抬头看了看火辣辣的太阳,说,"麦子也收得了,老刘又伤了脚,要是搞不赢,这试验田我喊家学……"

"别操心啦!建华,这里有我,你就一百个放心!"说完他爽朗地笑了。

晚上,急匆匆的殷志远踏进院子,看见曾兴礼坐在院坝里挽柴把。这几天家家户户都这样,分的菜秆子大捆大捆的很占地方,白天要出工,只有早晚抽空把它挽成柴把,打成捆子堆在房檐下,既腾出了地方,又不怕下雨淋湿。

"老曾!你一个人在挽柴把儿?"

"她们在屋头忙,"老曾抬起头来笑了,"是不是还想来继续杀上次那盘棋？"他知道老殷这段时间是个大忙人，这么晚来一定有急事。

殷志远打了一个大哈哈才说："是这么个事，"他拉过一张矮竹椅挨着老曾坐下，手里帮着挽柴把，嘴里忙着说出钟建华上午到渔场的事。

"你的意思是——"

"我不是讨教来了吗！"

老曾右边下颌上那颗小黑痣动了动，放下柴把陷入了深思。

过了好一阵，他才抬起头来说："他说最近有空，'最近'是好久，三天还是半月？'有空'，农忙哪有个空？依我看，你不如装着忙得搞忘了，先给他拖起！"

你给老子才拖起！老殷心里骂道，嘴上却说："看他那脾气，拖不是办法。"

"那咋个办呢？"

你个老狐狸！殷志远看着月光下那张不阴不阳的脸，笑嘻嘻地说："老会计会没有办法？"

老曾沉默了，既不挽柴把，也不看老殷。

作为会计，渔场账目的混乱他还不清楚？过去卖了鱼送个礼不入账就不入账，他又不在渔场，反正又没人查。如今……

过了好一阵，他终于开了口："老殷啊，你真的是给我出了一道难题！"

"再难的题，大会计都有锦囊妙计！"

耳朵是老殷满满的赞美，周身是老殷切切的目光。

面对"同一条战壕"的"战友"，人家一直是信任你的，多年来的配合也都是默契的。要说大队的争斗，明的不能得罪，暗的又得罪不起。

四周静悄悄的，空气有些沉闷。

老殷等得有些不耐烦了，曾会计的一双手又不紧不慢地挽着柴把。

和老殷比,钟建华似乎还嫩了些,也许小心点也不见得是步死棋……终于,他的手停住了。

"好吧……你那边能拖就拖,我这边加紧做账。"

"总之你要弄巴适,渔场给了你工分,我也不会亏待你!"

"我们两个不说这些。不过,你要做好保管员的工作,他是刘伯林带来的,还是要管住嘴……"他看了老殷一眼,"这个——你懂的!"

"这个你尽管放心。"殷志远暗自高兴。

曾兴礼可高兴不起来,他忧心忡忡地说:"老殷啊!要把这步棋盘活可实在是不容易,明暗两本账劳神费力不说,单就这风险——"

殷志远点头称是。心里却想,还难得到你个老鬼!你以为两面抹平八方讨好就成不倒翁了?你我早就是一根藤上的两个蚂蚱了!

老曾拿起竹扇煽起来,身子往老殷面前靠了靠,小声说:"你们把人家告了,人家咋个不找你的麻烦嘛!"

"你听哪个说的?"

看着诧异的老殷,曾兴礼眯起眼睛笑了:"还用听哪个说!——若要人不知,除非己莫为!"

老殷也笑了。

老曾不慌不忙抽出一根伸伸展展的菜秆子用力一拧,菜秆子便顺着手势弯曲变形,两个回合就变成一个大麻花,再抽出两根稻草一缠一绕,一个漂漂亮亮的柴把就大功告成。他举着柴把晃了晃说:

"你的对手可没得挽柴把儿这么简单!不出手则罢,一出手就拿住了你的七寸!……不过,他先打招呼还是嫩了点,你还不至于措手不及。"

老殷鼻子里喷出一声"哼"！要是老子出手，那是迅雷不及掩耳，让他根本就没有还手招架之功！

老曾看着那张似笑非笑的脸说："老殷啊，还是小心为妙！孙猴子虽然神通广大，但不要忘了头上还戴着个紧箍咒呢！"

老殷笑了。这紧箍咒已经扣在你头上了呢！

第十九章

殷志远和曾兴礼在院子里挽柴把的时候，钟建华和父亲也忙着在自家的院子里挽柴把。上弦月弯弯地悬在东南方，清辉从高大的枫杨树梢泻下来，把房子和院坝浸润得银白而朦胧。

"嘭嘭、嘭嘭"的拌桶声有些沉重，建华随口问道："这么晚了，哪家还在打麦子呢？"

"是你大伯和三哥嘛！这几天都忙，中午两爷子才把地头那点麦子割倒。"父亲有些忧郁地说，"你大娘的肺气肿又发了。"

钟祖德当初在台上，对哥哥家的困难也没有特别照顾，嫂嫂的奚落使两家隔阂越来越深，搬了家，来往也少了。

"发得凶不凶？"

"手杆抬不起，脸都肿了！"

建华不禁想起大娘的许多好处来。小时候穿过大娘做的布鞋，式样真好看；吃过大娘从树上戳下的柚子，味道真好吃。两家虽然来往不多，印象中的大娘还是很仁慈的。

"男怕穿靴女怕戴帽,脸都肿了就严重啰!"建华有些难过。

"听说煎了两个鹅蛋吃,鹅蛋是发物得嘛……昨天才送到公社医院,医生说要输液,要补充营养,这些都要钱得嘛!喊大儿、二儿拿,两个都说没得……所以我说不种好自留地,不搞点家庭副业,光靠队上年终分配那点钱咋得行嘛!平时包包头摸不出一分钱,连病都看不起!"

"爸!所以我们要搞好集体生产,走共同富裕的道路……"

"等到共同富裕那一天,你大娘早都死毬了!"钟祖德有点火了,他狠狠地朝地上吐了一口清痰,抱起一捆柴把重重地朝屋檐下丢去。

眼看又要吵起来,儿子连忙说:"爸,那我明天去看看大娘,拿五元钱对不对?"

父亲瞥了儿子一眼说:"当然对哦!你拿五十元我都没意见!"

儿子笑嘻嘻地说:"我哪儿来五十元?五元钱还要找你呢!"

父亲仿佛找到儿子小时候依赖自己的感觉,嘴一撇:"你也晓得啰!说到钱,还是要向我这个搞自留地的老头子要嗦?"

儿子有些调皮地笑了,耍魔术似的高高举出一封信来。

父亲一看,故意平静地问:"你哥来信啦,说啥?"

"除了问候你们的身体和我的事情外,就是说他们那里在搞整顿,消除派性,工作很忙。"

父亲的脸色不是想象的那么开朗,口中却念念有词:"忙就对了。不干活,光打嘴仗,铁路不通车,工厂不冒烟,二天只有喝西北风!"

"钟书记!钟书记——"一阵惊呼从院子外面传来。

父子俩慌忙一看,刘明金冲了进来,上气不接下气:

"猪死了!我的猪遭毒死了!"

建华大吃一惊。

"好歹毒啊!今天敢弄死我的猪,哪天还不把我也弄死了!"

"别着急,慢慢说,"建华劝说道,"老刘,氢氰酸也会中毒的。"

"啥子氢氰酸!你去闻嘛!"刘明金气得声音发抖。本来嘛,自己连甘蔗苗苗都铲了,哪个不心疼!公社大喇叭都广播了,郭书记也表扬了,可你这个书记大小会上何曾提过只言片语!明明是遭人下了毒,你还来跟我谈什么氢氰酸!

"太严重了,大队还从来没有出过这种事……"

"是嘛,该抓的都抓了,该斗的也斗了,阶级敌人还这么猖狂。我的猪不能白眉白眼就戳脱了!钟书记,你在我们一队蹲点,你非得查它个水落石出!"

"谁会这么干?"

"想整我的人还少了?明的暗的都对准我……头次王大炮在田坝头就要拿锄头打我脑壳了……"

"王大炮倒未必——"钟祖德说。

"当队长得罪人,有人骂我屁儿黑!说我是'运动员'!——我不当'运动员',哪个来斗四类分子?我不屁儿黑,咋个维护集体利益?今天弄死我的猪,不晓得哪天就把我弄死了!……一队那么大个烂摊子,我图个啥子哟,我就这么讨人嫌,招人恨?"他真的伤心起来,"书记,你一定要给我主持公道啊!"

这无疑是阶级斗争的新动向!当然必须弄个水落石出!钟建华果断地说:"走!那我们就到公社去报案!"

"不忙。都这个时候了,公安特派员早下班了。我看你和老严他们还是先去现场了解一下,明天也好有个交代。"钟祖德放下柴把子说。

"姜还是老的辣!"刘明金表示赞同。

钟建华来到猪圈房,只见一条八九十斤重的黑猪,一动不动地躺在圈里,头搭在石板上,嘴角还有白泡沫。

钟建华埋头看了看石槽,虽然猪食吃得干净,但仔细闻闻确实有那么一点点乐果的怪味。

第十九章

"中午都是好好的,这阵就硬翘翘的了……"刘幺婶走进猪圈房就哭诉起来,"这根猪我都喂了半年多了,潲瓜瓢把把都摸镕①了啊!……好不容易才拖到这么大,哪个遭天收的就给我毒死了……"

看了看黑线帽子下那张抽搐的黄脸,建华明白任何劝说和安慰都是苍白的。怎么向刘幺婶交代?怎么向围观的群众解释?他感到压力很大。要是白天,公安特派员一到,人家是专业的,一眼就能看出蛛丝马迹,三下五除二就搞定。然而现在,天黑黢黢的,猪死得硬翘翘的,案情无头无绪……

好在矮哥已把老严和邓勇叫来了,建华小声说:"我们对情况两眼一抹黑,群众议论纷纷,当事人又啥都不晓得,咋整?"

"总有怀疑的嘛,喊来一审,不就晓得啰!"邓勇说。

老严立刻反对:"没得证据,又没得证人,咋能随便审人?"

"你听嘛,外头闹麻了,我敢说,就是闹到天亮,还是不晓得!"邓勇讨厌拖泥带水,但也束手无策。

曾家院子静悄悄的。地主婆屋里的灯已经灭了,堂屋里还亮着。曾家富膝盖上放着竹筛,筛子里是干胡豆,他专心专意地挑拣着瘪豆。

"开门!开门!"突然大门打得山响。

"来了!来了!"他一点不敢怠慢,赶紧放下筛子。开门一看,邓勇领着几个民兵,气势汹汹地站在门口。

"邓连长,啥子事?"

"你心头自己清楚!"邓勇口气严厉,一声令下,"给我搜!"

民兵一拥而入。

"你们全家都站到这儿来!"邓勇又发出了命令。

曾家富看见妻子和母亲都出来了,她们面面相觑。

---

① 镕(yù):器物的棱角、锋芒因长期磨损而变得光滑。

"都过来站好！还有人呢？"邓勇大声吼道。

"娃儿都睡了，兄弟到曾家碾磨面还没有回来。"曾家富战战兢兢地解释。

这段时间磨面是要熬夜的，邓勇没有追究。

曾家富感到母亲有些瑟瑟发抖，但他不紧张，反正抄家又不是头一回了，何况家里也没啥值钱的东西。

"每间房子都仔细搜，特别是床底下！"邓勇吩咐民兵。

曾家富不晓得他们要搜啥子，但又不敢问。

邓勇走过来，站在他面前，目光如炬："刘队长的猪死了，是不是你干的？"

他一脸茫然。

邓勇单刀直入："把乐果瓶子交出来！"

原来是怀疑我投毒？他苦笑了一下："邓连长，我咋会干这种事嘛！"

"等罪证找出来，看你咋个狡辩！"邓勇的目光极具穿透力，话语更具杀伤力，"走，去茅房！"

他突然慌了。那里的确有个乐果瓶！那是上次给队上打农药剩了一点点，自己把瓶子偷偷拿回来想打自留地里的蚜虫。完了，这下黄泥巴掉进裤裆，不是屎都是屎了！

一个民兵把煤油灯递给他。煤油灯有些晃动，他的心打起了鼓，脚根本挪不开。

"哼！这是啥子？"邓勇一声冷笑。

三魂早吓飞了两魄！曾家富一看邓勇高高举起的一顶旧草帽，心一咯噔，才又复回原位。

"这顶草帽，是你戴的？"

"是我戴的。"

"认账就好！"

这顶草帽早已成了灰褐色，连帽檐边边都下垂了。自己戴着它风里来雨里去，要说是打野罪证还说得过去，要说跟刘队长死猪就扯不上半点关系。我肯信你还真拿起草帽当锅盖，乱扣帽子也扣不到我脑壳上！"

"草帽都认了，那就把瓶子交出来！"

这是什么话？他一时想不明白。

他也没工夫去想，两眼紧张地跟着民兵的电筒转，要是电筒把乐果瓶射出来，他就是跳进牛堰河也洗不清了。

晃动的电筒光柱终于停在茅房的角角上。他紧张得想闭上眼睛——不，恰恰是双目圆瞪：

乐果瓶不翼而飞！

亲手悄悄放的乐果瓶不见了！这比看见乐果瓶更要了他的命！

煤油灯差点落地，他什么都明白了！

"少给老子耍滑头！"邓勇又大声吼道。

"死猪不怕开水烫！"兄弟紧咬牙腮帮子泪流满面的脸浮现出来。这个闷头子啊，咋能去干这种傻事！……他低下了头。

邓勇一看，便扬起草帽冷笑道："不开腔了？哼，那就到保管室去慢慢儿说！"

来到保管室，支书和大队长都坐在那里了。

邓勇把烂边边草帽往桌上一甩，大声说："曾家富！老实交待你今天下午的投毒经过！"

曾家富站在方桌前上次他站的地方，垂头不语。

钟建华重申政策："坦白从宽，抗拒从严！现在就看你的态度了！"

曾家富心想，你们斗争了那么多人，哪个没有坦白？也没见你们从宽过哪个！

"你以为你不交代，我们就不晓得了嗦？有人已经认出了你！"

曾家富抬起头来，看着故意不说的严官，半晌又低下头。认出我了，哼，又来打冒诈！拿不出证据，就是打死我也不承认！

"你再不交代，今晚上就把你关在这儿喂蚊子，明天再交到公社去！就你这态度，不坐上几年牢，你不晓得锅儿是铁打的！"邓勇威胁道。

几年牢坐下来，我可怜的兄弟呀，连婚都没结，这辈子……

严官举起草帽在他面前晃了晃，说："你下毒，戴着这顶草帽遮到脸，你以为别人就认不出来了嗦！"

"从背影还是把你认倒了！"邓勇证实道。

今天出工自己恰恰就没戴草帽，兄弟呀兄弟，你真傻！但他还是狡辩道："太阳这么大，戴草帽的又不止我一个……"

一看他还振振有词，建华突然站起来在桌子上重重地一巴掌：

"要想人不知，除非己莫为！你的一举一动，我们都一清二楚。我问你，为啥子在渣滓堆边把土巴碗拌了？"

曾家富顿时目瞪口呆！他不明白土巴碗究竟是怎么一回事……

原来，在毫无头绪的情况下，建华提出邓勇和老严分头去院子里挨家走访摸底，寻找线索。自己再留下问问，等会儿碰头。

建华跟刘幺妹拉起了家常。她把经过又絮絮叨叨地回忆了一遍：我一拢屋，就揭开蜂窝煤炉子煮夜饭，本想少打点米，中午还剩了点稀饭。打开碗柜一看，那碗稀饭不在了。哎，我的记性又不好——咋没听见猪叫，我还说它今天睡得乖……提起潲桶去喂，早都死来摆起了……叙述中又夹杂着她的病呀，喂猪的艰难呀，还有对男人当队长的埋怨……

"刘幺妹，你说你中午剩了一碗稀饭？"钟建华突然问。

"是嘛，明明记得还是土巴碗装的，咋个打开碗柜又没得。你看我这记性！"

"哦——"

建华转脸又对刘明金说:"是乐果就好调查了。"

"乐果只有生产队才能买,但是打农药的又不止一个。我得罪的人还少啦!有扯筋闹架的,有鸡鸭鹅下田遭罚款扣粮的,还有干活偷奸耍滑扣了工分的……"刘明金啰啰唆唆了一阵。

邓勇回来了,说是跑了几家,全都一问三不知。

老严也兴冲冲地回来了,说是有了收获:"我想大人都出工了,就直接去找小娃娃。一问秀秀两姊妹,开始说下午在田头玩。后来秀秀才想起,她先还做了作业,到处都清风雅静的。突然好像听到啥子东西打烂了,赶紧到厨房,啥子都没得。跑出门一看,院坝头静悄悄的,连一根狗都没得。不过她看到一个戴草帽的人,从树子边渣滓堆站起来,背影就像是曾家富。"

看着目瞪口呆的曾家富,建华不慌不忙地说:"你不开口,我来替你说!……你听好了,今天下午,你担麦子到晒坝后就去了王家院子,对不对?要是碰到人,你就说是去上茅房;结果你没有碰到人,就直接进了刘家猪圈房,是不是?"

曾家富低下了头。他不知道兄弟是不是要上茅房,也不知道是不是直接进了刘家猪圈房。

"猪在叫,你又进了厨房。打开碗柜,看到了一碗稀饭,你把乐果滴在土巴碗里倒进猪槽。猪一看是白稀饭,一阵狼吞虎咽,舔个精光……"

曾家富眼前又浮现出兄弟泪流满面的样子,唉,兄弟呀兄弟,批判会上哥就是再昏死一回,你也不该干这种傻事啊……

"你一看土巴碗不能放回去了,就摔烂埋进渣滓堆,今后谁还会在意几个破瓦片……"

老严没想到,自己干巴巴的两句情报,竟被这个后生还原得活灵活现。

邓勇更是佩服得五体投地。自己费尽九牛二虎之力都一无所获,怎么你三言两语就真相大白。你啥时变成了神探!

"曾家富,我看你还有啥话说!"邓勇兴奋地吼道。

还能有啥好说呢,兄弟还年轻……我是批也批了,斗也斗了,"火巷子"都过来了,反正就是个"死猪不怕开水烫"了……

他慢慢抬起头来,无可奈何地说:"都到这一步了,我还有啥说的呢。"

他自己都承认了,大家如释重负,终于松了一口气。

当天晚上由两个民兵看守。次日公安特派员来了,让秀秀确认这顶草帽,又带上曾家富到刘明金的猪圈房指认了毒猪现场,并在渣滓堆里挖出了土巴碗碎片和乐果瓶!

案破了,定性为反革命破坏活动。死的猪,按鲜肉价格赔偿。

曾家富的罪,这回可不止"罪加一等"了。作为阶级斗争的新动向,立即在全大队进行游斗。虽说脖子上没来得及挂"现行反革命"的牌子,但还是胸前吊着从渣滓堆里刨出来的乐果瓶子,头上戴着那顶烂边边草帽,被两个臂戴"执勤"红袖套的民兵拿枪押着,一路呼喊:

"我是一队地主狗崽子,我是现行反革命曾家富!我毒死了刘队长的猪,我罪该万死……"

不喊,背上就会挨上一枪托。

追着看热闹的一群小孩子,不时朝他飞去唾沫和小土块,还有栽剩的干秧头。

第二十章

闷头子磨面回家,听说三哥已被带到王家院子,便急急忙忙奔了过去。

他看见了三哥,看见了特派员,看见了挖出来的土巴碗,他知道一切都晚了!

他发疯似的扑上去!

"三哥……是我……是我呀!"

三哥瞪了他一眼,恶狠狠地吼道:"滚开!我又没有犯病还认不到你!"

"三哥!……"他声泪俱下。

三哥猛然抓住他,咬牙切齿:"你不要在这儿添乱!"

他只觉得手臂生痛。

民兵涌上来。

"滚远些去!这儿没得你的事!"三哥用力一推。

"走开走开!你个闷头子在这儿捣什么乱!"

民兵七手八脚推的推拉的拉,他又哭又闹又板又跳。民兵还是把他掀倒在地,押着三哥走了。

他蜷曲在地,抱头痛哭!

这个闷头子实在搞不懂!你刘明金还是我家远房亲戚,当初不收留你当放牛娃,你恐怕早都饿死毬了。为啥子现在就这样斗人整人!我妈风湿关节炎发了也不准假,只得一拐一拐地去修路。我喂的鸡没关好跑下田,你张口就扣麦子十斤,还说是破坏集体生产。这次批斗罚款不说，三哥还差点搭上一条命……你整得我们生不如死，我也叫你尝尝被整的滋味……

唉，没想到这一整却把我的三哥害惨了……

他用拳头捶打着自己的脑袋，后悔得连死的心都有了……

游斗后的曾家富失去了行动自由，和四类分子一起，农闲要修路铲草做义务工，更不要说农忙了。只见他一个人拿着一根扦担走下田，不声不响地担上麦捆，低眉顺眼地走了。

田里还有一个人也阴沉着脸，他就是王大炮。

拴麦捆的两人一组，各自拿起篾条的一端，套在结中你递我拉，膝盖同时一磕，又柔又韧的篾条就把麦秆牢牢地捆住了。

矮哥不敢招惹王大炮，他扭头跟朱会计说："今年收天这么好，交公粮的等级肯定是头等哦！"

正拴着麦捆的朱世友偏过头来说："肯定嘛！太阳这么好，麦子干浆就没淋过雨，面粉筋丝好，吃都好吃些。"

抱起一大抱麦把子的肖开江，从麦穗里露出笑脸说："面倒是好吃，今年缺水，你这个放水员就要多熬几个夜啰！"

"夜是多熬了，工分也多挣了，二天年终分配了，就好接个婆娘过年啰！"

大家一听都笑了。

王大炮却没心思笑，这几天四弟的病弄得他焦头烂额。先喊喉咙痛，接着又发烧，陈艾水熬了，青蒿汁喝了，外加白酒擦额头，都不见效。医疗站拿的药吃了，也没管用。昨晚连面疙瘩稀饭都不吃了，三个姐姐逗他也不笑，真把人愁死了。

"哪个女人愿意跟到我嘛，除非她眼睛瞎了！——你说是不是，王二哥？"

王大炮苦笑了一下，没有答话。

担麦捆的队伍又下了田，只见他们拿着扦担，朝捆好的麦捆

第二十章

中间一插,一头一捆沉甸甸的担着就走。闪悠闪悠的挑子在田埂上鱼贯而行,成了一道亮丽的风景,田间洋溢着丰收的快乐与喜悦。

陶晓容穿件花衬衣,戴顶草帽,背着红十字药箱,满面春风地过来了,迎面碰上担麦捆的队伍。

"陶医生,你来帮我们担麦子哇?"赵文军满脸是汗地开着玩笑。

"你这个秀才就该多锻炼,帮你担了,你咋个接受贫下中农的再教育?就两个麦捆嘛,未必我还没担过!"

脸盘紫红的肖老五担子在肩,健步如飞,他嬉皮笑脸地接过话:"就两个麦捆嘛,陶医生,你来担一盘!"说着,两手已经托起扦担,眼看麦捆担子就要落在陶晓容肩上。

陶晓容连忙跳下田,笑骂道:"走开哈!费到老娘头上来了!你担你的麦捆子,我背我的药箱子,各干各的事,我帮不到你,你也帮不到我!"

王大炮望见陶晓容还是没有笑容。中药西药都吃了,司刀令牌都用了,也不见效。他不由想起昨晚上……

漆黑的夜,他一个人悄悄来到林盘里,跪在他母亲的坟前。

这是一个平平常常的小土堆,没有墓碑,只有荒草。祭奠没有香蜡,更没有刀头[①],只有原先剩下的一点冥钱。他点燃了冥钱,他清楚,在那边,母亲没有钱,因为破"四旧",这年头不兴烧纸了;在这边,他兜里也没有钱,不然他就不会在这里求她老人家了。

他一张又一张慢慢地烧着,生怕一下子烧光了。一阵微风吹来,冥钱灰烬飘飘扬扬升起,一定是母亲高高兴兴来了。灰烬盘旋一阵又慢慢落下,破碎了。泪流满面的他一连给母亲磕了三个头,才泣不成声地说:

"妈,四弟是我们王家的根……当奶奶的,你一定要保佑他

---

① 刀头:祭祀祖先时,用碗盘装上一只煮熟的鸡或一大块熟猪肉放在坟前,称为刀头。

啊！……"

母亲临终前的情景又浮现在他眼前——

那年冬天显得特别漫长，天空一直灰暗暗的，许久不见太阳；大地也冷飕飕，风嚎嚎的。母亲周身浮肿，已经躺了好几天了。夜里平原上又下起了小雨，雨中还夹着雪花……

弥留之际的母亲微微睁开眼睛，吃力地说："二娃，我要走了，你要带好两个妹妹……"

"妈，我晓得。"

母亲喘了一口气，又说："我和你爸……都对不住你。"

他懂母亲的意思。土改那阵，家里分了几亩田地，租地种了半辈子庄稼的父亲，一下有了几亩属于自己的土地，高兴得睡着都笑醒了！但让他犯愁的是，这几亩地如何种？大儿子出天花死得早，二儿子读书成绩好，两个女儿还小，老伴身体又不好，无奈之下，只好把高小就要毕业的老二喊回来。后来老两口一直懊悔没让他上初中，耽误了他的前程。

"我不怪你们，妈，你少说两句……"看着奄奄一息的母亲，王大炮的心像压着一扇磨盘。

母亲两眼无神，但仍张大嘴断断续续地说："王家到你……两代单传……生个儿子，给王家续、续香火……"

想到这里，王大炮号啕不止。母亲啊，儿子没有让你失望，一连生了四胎，才终于有了四弟！奶奶啊，你一定要保佑我们王家的四弟！儿子跪在这里求你了！

夜，静悄悄的，他知道母亲正看着他。望了望林盘外冥暗的麦田，他更加坚信，母亲一定能帮助他，因为就在这片土地上，曾经出现过惊人的奇迹！

困难时期，许多人都得了水肿病，每天眼巴巴地望着巡回医生送"康复散"来救命。这"康复散"是公社医院发放的一种碎米和砂糖混杂的谷秕粉，有的人一口下肚连味道都没吃出来；有的人舍不得就慢慢用舌头舔，除了淡淡的甜味就是细细的米糠。这样的佳肴美味对饥饿难耐重病缠身的人来说，真是杯水车薪啊！那时生产上又瞎指挥，平原上这么好的稻麦良田却安排种瓠子瓜，还说什么粮不够瓜菜凑，以瓜代粮。结果瓠子瓜没有看到几根，不是没有结，可怜还小小嫩嫩就被生吞活剥地进了辘辘的饥肠，只落得满田藤蔓铺地，杂草丛生。

王大炮抱着麦穗呆呆地站住了，他脚下的麦田就是当年的瓠子瓜地——惊人的奇迹就出现在这里！

一连几场绵绵细雨，碧绿的杂草里，粗壮的瓜蔓间，突然冒出了雪白的菌子。它们一朵朵，一串串；嫩生生洁白如膏脂，亮闪闪稠密似繁星。人们又喜又怕，喜的是到处都是，怕的是只能眼睛看，不敢用手摸。这菌子谁也没见过，既不是青杠菌，又不是三大菇，只有毒菌子才这么繁多漂亮，手摸了会烂手，人吃了会死人。看了两天，还是母亲胆大，她摘了一围腰，然后对别人说，今晚上我死了，你们就不要吃，反正我是水肿病，早晚也是死；要是我没事，大家都可以捡条命。第二天当母亲走出家门时，整个队上都狂欢了！人们拿着筲箕提着菜篮奔向瓜田采菌。这鲜菌摘回家，用白水一煮，放点蒜瓣盐巴，鲜美无比！而且那些天每夜都细雨蒙蒙，第二天一早又会冒出一朵朵一片片菌子，这田简直就是取之不尽的聚宝盆。人们感谢母亲舍命的尝试，母亲却说，这是大慈大悲的观音菩萨来普救众生了。

今天收麦又是在这块田里，母亲敢为人先的胆识，一定能够保佑四弟！普救众生的观世音菩萨，你一定会再次显灵，救救我们四弟吧！

心里正虔诚祷告着的他，耳旁传来人们兴致勃勃的议论：

"现在龙门阵摆得最多的就是整顿……"

"是嘛，整顿了铁路，还有煤炭，听说太平镇街上的蜂窝煤都好买了……"肖开江作古正经地说。

"好买了？你有没有蜂窝煤票嘛？号号儿票要拿钱去买，钱呢？从哪儿去拿钱？工厂不冒烟，人家老大哥照样有工资关；你农老二不种地，只有喝西北风！"

王大炮一开腔就放炮。

"就是，农忙赶不到场，我自留地的莴笋都飚薹了，萝卜也开花了，卖不到一分钱。"矮哥连忙附和。

王大炮说的"拿钱"，不是说卖自留地的莴笋，他的莴笋早卖光了。他想卖的是面粉。刚收的麦子，散发着新鲜的麦香，入口有嚼劲，连回口都是甜的，场镇上的人可喜欢了。卖了面粉就有钱，有了钱就可以给四弟看病。当然卖也有风险，让市管会的逮住就没得松活的，东西全部没收，一分钱拿不到不说，还要教育你半天；不过，对付市管会还可以藏猫猫。但是农忙不准赶场，就是想卖也莫法卖啊！

两人又开始递篾条，双方的膝盖一顶，麦秆就动弹不得。矮哥笑了笑说：

"刚才我还以为哪个惹到你了，腔都不开。"

"四弟昨晚上闹了大半夜——"他突然停止了说话，目光定在前方。

矮哥顺势一看，彭淑芬抱着四弟正慌慌张张地朝麦田走来。

老远她就吼起来："王福民！四弟都病成这个样子了，你还管不管？"

"你们四弟咋个了？"矮哥丢下麦捆走过去问，"哎呀，咋个肿成这个样子啰？"

四弟哭兮兮地站在田埂上，眼泡皮肿，没精打采。

肖开江、朱世友都围了过来。

彭淑芬满脸涨红地说："可能是前几天太阳晒多了，又和那些娃娃在沟边搞水，现在还在发烧。"

"哎呀！你还做啥子活路嘛，赶紧把娃娃弄到公社医院去！"

矮哥着急地说。

肖开江也跟着吼起来:"娃娃的病拖不得,快点上医院哦!"

焦头烂额的王大炮眼睛一鼓,咆哮起来:"我还不晓得要进医院!钱,钱呢?"

这一炮放出,大炮就彻底哑了。

忧心如焚万箭穿心的他,瞥了一眼矮哥和会计,不由得悔恨交加。当初卖了莴笋不和他们进馆子,四弟不就有钱进医院了!自己不贪那口"马尿"灌得稀泥烂醉,四弟早就有救了!如今兜里空空,一分钱都掏不出来,他恨不得给自己一巴掌。老天爷啊!只要四弟能得救,我宁愿经济烟都不抽了;只要四弟能得救,就是跟斗酒,也可以少喝两口了!

矮哥一看王大炮愁成这样,同情地说:"你去找下刘队长借点钱嘛!"

"队上买化肥莫得钱了!"看来,这一招已经用过了。

矮哥转身悄悄对朱世友说:"你屋头年前才卖了肥猪,看在人家上次请我们喝酒的份上,借点给他嘛!"

朱会计无奈地摇了摇头说:"我有还用你说!过个年,又还账,又买母猪饲料,前段时间天热了,几娘母又扯布做了衣服。"他指了指另一个麦田大声说,"找你堂嫂嘛,她屋头肯定有!"

王大炮摇了摇头说:"她做不到主。"

是啊,有钱的借不到,没钱的就别指望啦!

太阳下,四弟眯着双眼,一张小脸被大哭的嘴完全占领了。

当妈的凄楚地扯起衣襟,给四弟擦脸上的泪水。看到小额头上的汗珠,又愁容满面地解开了儿子下身那张大人围腰。

众人顿时惊呆了:滚圆的小肚皮底下,小雀雀又红又亮,肿胀得像个快要成熟的果子!

四弟一见没了遮拦,又羞又急,捂也不是,逃也不是,便扯开喉咙双脚乱跳。

矮哥慌忙跳上田埂，向割麦子那边田里挥手呐喊："陶医生！陶医生！快点过来哦！"

陶晓容听见喊声，一望这边围了一堆人，不知道出了什么事，连忙背起药箱跑过来。上气不接下气的她一看是四弟，俯下身子，用手摸了摸四弟的额头，翻了翻眼皮，又看了看肿亮的小雀雀，抬起头来惊奇地问：

"咋会这样？前天你抱来的时候都没有肿得嘛！"

"不晓得，药吃了，盐水也擦了⋯⋯"

"我的嫂子呢，还擦啥子盐水嘛！这是急性病，小娃娃的抵抗力弱，不是我吓唬你，这是要出人命的，赶紧进医院！"陶晓容也急了。

矮哥说："都晓得该进医院，就是摸不出钱来！"

"我们走，救人要紧！找辆自行车来！"别看陶晓容平时说话天一句地一句的，关键时候却十分果断。

彭淑芬一听，真是又喜又忧。喜的是，陶医生去就不愁了；忧的是，哪里去找自行车？

她愁眉苦脸地说："我们没有自行车，还是我抱起去吧！"

"不行！太阳这么大，路又那么远，必须争分夺秒抢时间！"

"我回去拿自行车。"这回朱会计自告奋勇，已经在田埂上跑起来。

"我们先去机耕路上等到，我搭你！"陶晓容说。

不一会儿，机耕路上出现了一辆自行车。只见陶晓容躬身向前，抱着四弟的彭淑芬坐在后架上，骄阳下，车子朝着太平镇飞奔而去。

麦田的人们目送着他们。

观世音菩萨真的出现了！奶奶真的显灵了！谢天谢地谢医生，医生就是观世音！这回四弟真的有救了！

自行车越骑越远，在王大炮的泪水中模糊了。

第二十一章

四弟患的是小儿急性肾炎。还好，抢救及时，输了两天液，回来又吃了几天药，炎症慢慢消了，人也一天天好起来了。

田里的麦子收得差不多了，连担回晒坝的麦捆今天下午也都收拾完了。王大炮虽然大汗淋淋一身沾满麦芒麦壳，但总算收了个早工。他一头跳进院子边上的牛堰河，站在齐腰深的水里，别提有多痛快啦！妻子蹲在岸上帮他搓背，夕阳下他搅动得满河的水都泛着粼粼的红光，情不自禁地唱起川剧《五台会兄》来：

"恼恨奸贼潘人美，屡次把我杨家亏。因潘豹摆下百日擂……"

"王二哥！你还逍遥呢！"

一看扛着锄头的矮哥走过来了，他笑着用手拍打着胸膛说："快下来洗澡，舒服得很！"

矮哥很疲惫，没精打采地说："我没得你那个福气，洗澡还有婆娘搓背。"

女人偏头一笑说："介绍一个搓背的给你要不要？"

"答应到嘛，淑芬她们娘家山上的女娃子，好多都巴不得嫁到成都坝子上来！"

矮哥放下锄头："唉，再好也是半路夫妻，又有娃娃拖累，哪能像你们！"

王大炮得意地说："那是哦！我们两口子，打也打过，闹也闹了，她还是要给我搓背。打是心疼骂是爱，不打不骂不自在，是不是？"接着向妻子做了个怪相。

"哎哟——"怪相立即狰狞，耳朵已被湿漉漉的手拧住，痛得他连声求饶：

"轻点，轻点，狗东西！"

"打人那阵你咋不轻点？……那我就给你来个轻点的嘛！"妻子松了手，劈头盖脸向他尿起水来。

毫无招架之功的王大炮一个扎猛子便不知去向。

过了好一会儿，他才从斜对岸冒出头来，大声喊道："矮哥，不要走，再要一会儿嘛！"

"你两口子继续打情骂俏，我要回去给儿子煮夜饭啰！"

矮哥头也不回地走了。他身后又传来了条声吆吆的川剧唱腔："洒家吃得醺醺醉，带酒和尚望月归啊！……"

日暮时分，彭淑芬刚把一小盆炕得干香干香的小鱼小虾小螃蟹放上桌，四弟连忙爬上条凳跪着，一只小螃蟹已被送进嘴里。

"这个才好吃！"彭淑芬选了一个大点的虾子递给四弟，笑着说，"盘心鬼！只默倒拿大的，你嚼得烂嗦！"

"这么香！你们的就弄好啦？"随着说话声，矮哥走了进来，后面跟着小明。

"我晓得你们要来，小明的衣服都忘在这儿了！"彭淑芬说。

"我就说嘛，要穿了找不到，连丢在哪儿都不晓得了。喊他来问一下，一个人还不肯来！"

原来，几个娃娃下午在溪沟里捉鱼。太阳大，小明干脆脱了衣服打胴胴，裤腿挽得高高的，一会儿用桶儿戽，一会儿用虾箭捞，一身整得跟个泥猴似的。二妹最大，当然不准四弟下水。等到满载而归，几个娃娃拿的拿虾箭，提的提桶儿，端的端瓷盆，浩浩荡荡开进王家。等小明兴冲冲地端着分得的劳动成果回家时，衣服早抛到九霄云外去了。

听说衣服果真被二妹抱回来，走到桌边的矮哥伸手从盆子里拈起一只小螃蟹丢进嘴里嚼着，连声夸道："嗯，好香！好脆！"

这小螃蟹远远没有成熟,炕干了连脚脚都是脆的,咸咪咪满口生香。他又在盆子里选了一条小鱼给小明,然后说,"我们小明恍得很,一点记性都没有,经常丢三落四的!"

"娃娃都是这样的。矮哥,来,坐到喝酒!"王大炮手提酒瓶从里屋走了出来。他这个人就是穷大方,只要有酒,就喜欢呼朋唤友图个热闹痛快;至于明天揭不揭得开锅,他管不到那么多。

"衣服找到了,酒就不喝了,我屋头饭都煮好了。"矮哥拿上衣服要走。

"今晚上红星大队演电影,瓶子头就这点酒,你我两个二一添作五!"他很开心地晃了晃酒瓶,兴奋地说,"你看这一盆干猫鱼炕螃蟹,我们整完了一起去看电影!"

"电影就不看了。小明要早点睡,半夜过我还要去守水。"

一听说看电影,小明已经和四弟坐在一条板凳上了,任凭父亲怎么解释劝说就是不动。王大炮答应带他去,说几个娃娃一路掉不到,又说即便掉了这么近也找得到路回来。矮哥终于松了口,最后连喝酒也不推辞了。

等酒喝得一滴不剩,和四弟他们一起吃完面条的小明早已不知去向。

矮哥出门一看,院坝里围了一圈人,原来是孩子们都跑出来了。院坝里凉悠悠的,酒后热烘烘的他一下透身清爽。橘红色的大月亮挂在东边,让初夏的夜晚更加清幽迷人。孩子们或坐或站在袁小凤家门口的一张烂竹凉席边,小肚皮都吃得胀鼓鼓的,一会儿还有电影看,乐得跟过节似的,一个个兴奋得手舞足蹈。仔细一听,原来他们正高兴地拍手唱着儿歌:

月亮走,我也走,
我给月亮打烧酒。
烧酒辣,买黄蜡,

/ 牛堰河畔 /

  黄蜡苦,买豆腐。
  ……

这熟悉的儿歌此刻听来,仿佛要将他带入遥远的童年。

  洋娃娃,睡凉床,

二妹的领唱打断了他的回忆,只听女孩子们齐声接了上去:

  没得铺盖盖衣裳;
  妈妈问她哭啥子,
  我要吃点米花糖!

女孩子们稚气的笑声还没停止,男孩子们又唱起来:

  太阳落了坡,羊儿过了河,
  背时老师紧都不放学。
  吃了二两饭,点点大一坨,
  吃又吃不饱,睡又睡不着。
  半夜起来偷馒头,老师给我两皮砣,
  老子明天要逃学!

于是,大家都哈哈大笑。
本该女孩子了,但一个小男孩大声抢道:

  报告司令官,
  没得裤儿穿!

第二十一章

所有男孩,包括小明、四弟都又跳又吼:

扯了三尺布,
缝根叉叉裤。

吼完大笑不止。笑够了,又一起吼:

有钱的人,大不同,
身上穿的是灯草绒;
脚一提,华达呢;
手一抬,金手表;
眼睛一眯,收音机;
……

矮哥听得也笑起来。现在的儿歌,唱的都是什么华达呢、金手表了,我们那阵只会唱"天老爷,快下雨,保佑娃娃吃白米",那是多么虔诚的基本诉求啊!当然有时候也会打死苍蝇去喂蚂蚁,于是一遍又一遍地唱"黄酥黄酥蚂蚂,请你来吃嘎嘎;大哥不来二哥来,吹吹打打一路来",于是寻找一只只出现的蚂蚁,等候它们排着长长队伍到来。那是一种耐心的守候和等待,打发着寂寞而漫长的孩提时光!

他望了望辽阔的夜空长叹一声,原来自己也有过无忧无虑充满幻想的童年,如今这一切都如流水逝去了,渺茫而遥远。他又望了望外面的田野,月色朦胧,一坝子的禾苗正饥渴地等待着他去灌水呢。他又看了看天真快乐的孩子们,才恋恋不舍地走了……

电影散了场,王大炮旁边跟着小明,肩上坐着儿子。他双手抓住儿子的两条小腿,嘴里哼着小曲儿,悠哉游哉地往回走,迎面碰上了手持木棍的三个巡逻民兵。

"马马肩还坐得安逸呢！四弟，你看的啥子电影？"肖老五大声逗他。

"四弟给肖叔叔说，是《列宁在一九一八》。"父亲帮他回答。

"面包会有的，牛奶也会有的！"赵文军立即庄重地重复着瓦西里的经典台词。

朱丽笑着问："咋个才你们两爷子呢？"

"一散场几个大娃娃早就跑了，四弟他妈没有去。"王大炮看了看三个民兵，他晓得，毒猪案后，大队就要求各队民兵巡逻守夜。阶级敌人贼心不死，贫下中农怎么能闭上眼睛睡大觉呢！他笑了，"一个队的人去看电影，你们几个要留下来守夜。一家人去看电影，还是要留个人在屋头收拾嘛。"

"王二哥说得对，屋头就该留个人，天干物燥，防火防盗嘛！"肖老五说。

赵文军已经开步巡逻，他嘴上吼着"平安无事啰"，左手压着肩上的木棍做提锣状，右手夸张地敲着锣。

"平安无事啰！"王大炮鹦鹉学舌，他也念着《平原游击队》里的台词开起了玩笑，"民兵同志们，有一个光荣的任务要交给你们，矮哥放水去了，你们把小明送回去，就当学雷锋了。"

"没问题，请组织放心！我们保证把革命后代护送到延安！"赵文军说话总是天一句地一句的。他把木棍一挥说，"走，穿越封锁线！"

反正是巡逻，木棍队伍很乐意护送小明回家。

送完小明的木棍队伍，顺路又巡逻到了王家院子。王福寿家后门虚掩着，一条长长的人影从堂屋里拖出来挂在竹笼上，屋里有谈话声。

朱丽自告奋勇上前侦察，毕竟女孩子手脚轻巧不易察觉，至于需要盘问或者追击，当然就该小伙子上阵了。朱丽果然不负众望，

第二十一章

获得情报说有两个陌生人!

外来人员就是巡查重点,何况现在已是夜深人静!肖老五立即上前观察,虽说面对的是大姐夫,但关键时刻他是毫不含糊的。一看那两个人好像是红星大队的,虽然叫不出姓名,样子却是见过的。

赵文军也上前仔细观察,陌生人既没有小炉匠的猥琐,也没有刁德一的阴险,其中一个还面目和善。三个人坐着喝茶摆龙门阵,虎背熊腰的王福寿还安闲地摇着蒲葵扇。

监听了好一会儿,也听不出个名堂。最后肖老五一挥手,算是发出了解除警戒全体撤退的信号。

三个人正雄赳赳地走着,突然爆发的狂吠,吓得朱丽的尖叫比杀猪还惨,往前窜的速度比猎豹还快。赵文军也不由自主地跳了起来。

还是肖老五镇静,他说:"怕啥子!袁小凤的狗是拴到喂的,咬不到我们!还喊你们抓坏人,狗一叫就吓得这副板相!"

"我以为它冲过来了。"朱丽很是委屈。

"我连神都没回过来,就做起了跳跃运动!"赵文军也很无奈。

"你们未必还跑得赢狗!"肖老五突然蒙住嘴诡秘地笑了,"这只狗,哪个走这儿过都要咬,就是不咬刘麻子!"

"哈哈哈!"

快乐的木棍队伍来到了曾家院子。这里显然是巡逻的重中之重,简直就是敌人的炮楼,里面打个喷嚏,外面都不能掉以轻心,更何况地主婆屋里还亮着灯!

三个人悄悄来到"炮楼"下,肖老五摆摆手,示意不要出声。于是木棍成了冲锋枪,屏住气,猫着腰,蹑手蹑脚潜伏包抄了大门及窗户。门缝太窄,窗户紧遮,什么也看不见。屏气凝神静听一阵,隐约有吟诵之音,又听不真切。

三个人只好撤离"炮楼",去路边临时来了个火线敌情分析。

赵文军说："这么晏了，还嘀嘀咕咕的，在搞啥子名堂？"

还是肖老五警觉："该不是搞封建迷信悄悄在念经哦？"

"不会吧，"朱丽说，"以前她屋头是有个白瓷的观音菩萨，'文化大革命'早给抄了，拌得稀烂。"

肖老五不同意："观音菩萨拌烂了，经还可以念，关到门悄悄密密地念，哪个晓得呢？"

"她男人以前坏事做多了，现在给她男人忏悔也有可能。"赵文军也同意。

朱丽瞟了他一眼，不屑地说："啥子忏悔哦！拖声卖气的，倒像是呻唤。"

不可能！念经也是条声吆吆的，决不能被假象迷惑！

杀他个回马枪！

三人再入虎穴，一探虚实。贴耳细听，似乎确实是在呻唤，间歇还有捶拍之声，大概真的是风湿关节炎复发了。

过了好一阵，地主婆的灯光也灭了。

三人无语，悬着的心落进肚里，这回真的可以放心撤退了。

机耕路旁几块新绿的稻田埂上，一些性急的少年已经开始提着油壶子照黄鳝了，他们弯腰寻觅的身子影影绰绰，腰间别着的笆篓依稀可见。麦收完了的日子是多么富足，家里分了麦子，野外吃的东西也多起来。只要勤快，田埂边有摘不完的野菜，河沟里有捉不尽的鱼虾。运气好，白天在有落差田块的流水口，还可以空手接到小鱼、泥鳅；夜晚你瞧瞧这远远近近零零星星的灯火，他们笆篓里已经装着黄鳝、青蛙等猎物了。

赵文军望着那一闪一闪的灯火，静谧的夜晚充满着神秘，他愉快地吹起了口哨。

朱丽从来没有听过这么美妙的曲调，连忙问："你吹的啥子歌哟，咋个这么好听呢？"

曲调停了。望着茫茫的夜空，赵文军说："四周静悄悄的，夜色这么好，高兴了就随便吹吹。"他当然不敢说是《莫斯科郊外的晚上》，变修了的"莫斯科"会招来麻烦。他忙转换话题说，"现在大家觉悟都提高了，我们巡逻了这么久，到处都是清风雅静的。"

"我们不能被清风雅静迷惑了，阶级斗争要年年讲、月月讲、天天讲哦！"

赵文军觉得肖老五提醒得及时。他看了看田野中的灯火说："我还没有照过黄鳝呢，肖老五，哪天晚上你教我！"

"要得嘛！"肖老五回答得很爽快。

朱丽也激动了："我也要去！我们打平伙，弄顿鳝鱼面来吃！"

"那倒巴适哦，"赵文军止不住跳了两步，回头一边倒着走，一边激动地说："鸡、鱼、蛋、面，当不到火烧黄鳝，黄鳝营养价值高得很！绞面算我的，就这么说定啰！"

肖老五笑着说："说起风就是雨。你照黄鳝，夹夹呢？笆篓呢？油壶子呢？"

赵文军一听傻眼了，自己一样都没有，还想捉黄鳝，还想吃鳝鱼面！

这回该朱丽得意了："这些东西我们屋头都是现成的！"

肖老五看了一眼傻愣愣的赵文军，笑着说："你只晓得她爸的算盘打得好，却不晓得她爸摸鱼捞虾在这一带都是有名的！朱丽，好久喊你爸给他亮一手，让他见识见识！"

赵文军真的不知道会计还会摸鱼捞虾，没有想到身边一个个人都有故事，看起来不开腔不出气，竟然还有如此了得的功夫。

"你才能干，连诗都会写！"朱丽夸奖道。

"刘队长的事你一下子就写出来了。"肖老五也很佩服。

"我们这阵守夜，你也来一首嘛！"

"你以为是罈子头捉乌龟——手到擒来嗦！"肖老五觉得朱丽有点刁难。

朱丽故意激将道："写出来我们就收工！"

"好，一言为定！……那就来首《清平乐》，毛主席写的《清平乐》我最喜欢了。东方欲晓——"

"你还是写我们吧。"朱丽有点等不及了。

"是在写我们了。这'东方欲晓'，我是在借用，说的是我们巡逻到深夜，不久东方就要发白了。"他解释后又吟诵道：

"东方欲晓，同志辛苦了。田坝院落都无事，今夜巡逻真好！"

朱丽一听以为完了，觉得不过瘾。太短了，没有自己的名字，更没有"行动快""真不赖"的表扬。便建议说："你写长点嘛，一说要收工，就偷工减料嗦？"

"词牌是你想长就长的吗！"

朱丽看他不高兴，只好说："那就收拾嘛。"

她的话根本不作数，还得听肖老五的。

肖老五说再转一圈，于是三个人又快乐出发。

生产队饲养场去看了，没有发现投毒犯；保管室也走了一转，没有可疑踪影。再经过王家院子，也静悄悄的。

就在这时，王福寿家的灯光突然又亮了！

三个人顿时紧张而兴奋，是陌生人还没离开，还是又出现了"新动向"？

这次赵文军自告奋勇前去火力侦察。他像朱丽一样轻快地穿过院坝上了阶沿，轻脚轻手潜伏到了门边。他仿佛听到了响动，又往那边窗口摸去。只见他停在窗下，头往窗棂上瞅。突然，他好像被什么击中，头一歪，身子似乎站立不稳。只听"咣当"一声，他应声倒地，厨房的灯立刻灭了。

两人看得惊出一身冷汗！四周一片死寂。

他居然发出了两声猫叫！

肖老五决定上前增援。突然"小猫"连滚带爬而来，只见他又以猫速直往机耕路上窜去。等到他俩追上来，"小猫"竟蹲下身子双手抱头不肯起来。

第二十一章

"发现了什么？"

"撞到哪儿了？"

他一定是吓坏了，刚才袁小凤的狗就吓得他一跳，这次竟吓得瘫软在地。肖老五有些后悔，不该让这么个文弱书生去深入虎穴，究竟他发现了什么，这才是他最关心的。

刚才的一幕确实把赵文军吓蒙了：

当他听到厨房里传出声响，他断定是砖头顶鸡圈门的声音，还有鸡们鸭们睡意蒙眬的"咕咕""嘎嘎"声。他知道农村土砖砌的鸡圈门很小，晚上挡的板子必须用砖头顶严，要是黄鼠狼钻了进去，不是咬死鸡就是叼走鸭。也许这家人睡了才想起忘了关圈门吧。当然，耳听为虚，眼见为实，侦察就必须弄个水落石出，赵文军可不是马虎之人！

他蹑脚蹑手地来到厨房窗口，小心翼翼地往里面一窥，只见一盏孤灯如鬼火般从圈门缓缓升起又慢慢飘移过来，他有些毛骨悚然，突然他惊呆了！原来那鬼火被一只赤裸裸的手臂平举着，照出的分明是一个女人！这般赤身裸体，一丝不挂！这般恂恂而来，如人似妖！他魂不附体，几乎当场晕厥！他何曾见过这阵势？他出身的家庭，父母平时总是衣冠楚楚，学校同学总是文质彬彬，自己从未看见过这样一丝不挂的女人！这哪里只是一般的看见，竟然是一个人这般鬼鬼祟祟在缝隙里偷窥！他目瞪口呆无地自容，他羞愧难当站立不稳……

淫秽！下流！可耻！这些词一起朝他涌来……

他低着头，甚至连朱丽都不敢看。

过了好一阵，他终于慢慢站了起来，对不耐烦的肖老五说了句"是在关鸡笼"。

关鸡笼有什么大惊小怪的？真是莫名其妙！肖老五很是失望，黄鼠狼又没有钻进来，一点点响动就吓成这样，知青真的就该锻炼锻炼！

199

朱丽"扑哧"一声笑出来，人家担心你摔着哪儿了，没想到神头神脑的，跑得比猫还快！

然而对赵文军来说，这真是难以启齿的铭心刻骨！监视阶级敌人，本是严肃而神圣的，今晚怎么突然变了味？这究竟算是一堂阶级斗争教育课，还是性的启蒙教育课？

月亮躲进了云层，照黄鳝的灯火早已消失。田野静悄悄的，人们早都上床睡觉了。

正要收工，突然他们同时发现不远处的路上，有两个模模糊糊的人影正向这边移动过来！

三个人迅速交换了警觉的眼神。本想躲起来一探究竟，可是麦子收完了，失去了"青纱帐"的掩护，三个人只好如一面墙当道挺立，牢牢攥紧了手中的木棍。

两个人越来越近，虽然天黑，他们还是认出了来者。

松了一口气的肖老五立刻开起了玩笑，他把木棍一横挡住了邓勇的去路，大声呵斥道："交出通行证！"

不等邓勇回过神，钟建华一个箭步，肖老五的木棍早已夺入他手中。邓勇幸灾乐祸地指着肖老五，大家都哈哈大笑起来。

"我们是来查哨的，没想到差点被你们查了！"邓勇说，"今晚上放电影，钟书记说我们突击检查，那边几个队都走了，才转到你们一队来。"

"布置的工作一定要落实，看来各队都落实得不错。"

听了钟书记的话，他们三个都很高兴，这"落实得不错"就包括他们，他们没给一队丢脸。

"你们巡逻发现什么没有？"邓勇问。

"平安无事！"肖老五很自豪。

"这么晏了可以回去休息了，明天还要出早工。"建华望了望天上的云团说，"月亮都遮了，这么闷热，看来要下雨了！"

第二十二章

后半夜果然下了一场大雨，直到黎明才停，河沟里稻田里都涨了水。

天刚亮，钟建华和社员们就下田扯起秧头来。忙了一早晨，正要收工，矮哥扛着锄头走过来大喊：

"钟书记！刚才我碰到郑主任，他喊我给你带个信，说今天郭书记要来栽秧子，最好安排在八队。"

建华一听非常高兴，这是区委领导对曾桥大队的重视和关心呢。他连忙说："好的，那就再麻烦你去给先志打声招呼，我吃了饭就去。"

"人家郑主任早就骑着自行车打招呼去了。"

建华匆匆回了家。

父亲正在阶沿上看天。他也跟着往西边一望，几十公里外的龙门山脉起伏连绵，道家仙山青城山一带轮廓分明，仿佛触手可及。

"青城山看得那么清楚，今天要晴了。"

"早看东，晚看西！"父亲不以为然，"现在乌云遮了东，今天不下雨都要吹风！"

"你说的有这么准？"

"不是我说的，是老祖宗传下来的！"

吃过早饭，建华还是带了顶草帽才出门。

八队路边一个田里，刘爱国正驾驶着手扶式拖拉机"突突突"地翻耕着。他告诉书记，这两天八队麦田都腾出来了，今天公社还来了台大拖拉机在曾家湾那边耖。

水田里男女社员已经在插秧了。建华也下田插了一阵,田埂上终于出现了郭书记和郑卫东的身影。郭民生的衬衣袖子和裤腿都挽得高高的,穿双草鞋,正神采奕奕地向这边走来。

钟建华、李先志二人连忙走上水田迎过去。他们把在水田里洗过的手放在衣襟边擦了擦,就紧紧握住领导们早已伸过来的手。

"小钟啊,你晒黑了,也更精神了!你们的双抢进度快啊!"郭书记满脸是笑。

郑卫东也点着头说:"是啊,一路上看到的空田都不多了!"

"谢谢郭书记和郑主任的关心,我们还要继续努力!"钟建华笑了笑。

郭民生握着李先志的手夸奖道:"你这个队长不简单啊!今天我是专门来学习的!"

李先志显得有些腼腆,他红着脸说:"学习不敢当,请郭书记多多指示!"

"那我就不客气啰!"郭民生笑着说。

他看了看路边返青的秧田,顺手把带的雨衣放在田埂上,蹲下身子拔出一窝,然后一株一株地数,共九株。他重新插了回去,才站起来说:

"不错!今年区委要求每窝秧苗八九株,刚才路过红星二队,我也扯了一窝来数,居然有二十五株——秧苗多了怎么开篼?不开篼产量怎么上得去呢?"

大家听了都点头,顺着田埂走过来,田里一片繁忙。只见牵绳的牵绳,插秧的插秧。牵绳的把水田划成一厢厢的格子,插秧的在格子里排着整齐的窝距。

郭民生扭头问道:"小钟啊,你看这竿竿秧好不好啊?"

郑卫东抢着说:"郭书记,按照区委要求,今年我们公社统一要求都必须栽竿竿秧,这是作为政治任务布置的。以前没有搞竿竿秧,稀的稀,密的密,所以产量上不去!"

建华也说:"竿竿秧整齐,能保证栽秧质量。"

郭民生"哦"了一声。又抬头问道:"李队长,你说呢?"

看着这个话不多的人,郭民生耐心等待着。终于等了一句"竿竿秧是政治秧,当然好"后,郭民生爽朗地笑了,说:"你这话中有话啊!"

李先志从笑声中听出了率直和真诚,他也笑了。

郭民生停下脚步,小声对他说:"一项新技术究竟好不好,要全面听取意见,我尤其想听听你的意见,这对全区推广和落实都很重要。"

先志没想到区委书记这么在乎自己的看法。他想了想才说:"郭书记,我说的不算,你看一下就清楚了。"他突然朝田那头大喊,"曾四爸!你过来一下!"

等曾四爸来到面前,介绍给领导之后,又小声在他耳朵边说了几句,然后才对大家说"你们看她",就用手指了指。

众人一望,只见前面一个妇女站在两丈开外的厢格子里,认真地插着秧苗。

"我们两个不用竿竿,追上她就结束,建华你发命令吧!"

没想到今天的插秧以竞赛的方式开始,钟建华感到既兴奋又刺激。

一看新老队长要比赛,好多人都停下手上的活儿看热闹。

他俩下了田,左手握秧,两腿一叉,半蹲待命。

只听建华一声:"一、二、三,开始!"

说时迟,那时快,只见他俩如巧妇织梭,霎时面前就织出一排排一行行碧绿的锦缎来。左手分右手插,迅速而敏捷,犹如擂击的鼓点,跳跃的音符,又像蜻蜓点水,狡兔腾跃。看得人眼花缭乱,目不暇接,美得如水上的双人芭蕾,动作协调,速度一致。一转眼就和那妇女站在一条横线上,引得人们喝彩一片!

他俩收手直腰。眼前的秧苗,不管你是直看横看还是斜看,都排排成行,路路线直。

面对赞叹,郭民生却说不忙。他下田随意提起两窝秧苗,先数曾四爸的,一株一株又一株,正好九株,果真宝刀未老!众人点头称是。再数李先志的,一株一株又一株,人们凝神屏气,注视着他的手,六、七、八!社员皆叹后生可畏!

郭民生带头鼓起掌来,他激动地说:"两位高手,旗鼓相当,难分伯仲啊!今天真是开了眼界!"

李先志上了田埂,曾四爸说他继续插完。

大家又各就各位。

郭民生挨着李先志下了田。李先志说,左手拿秧,大拇指与四个指头一错,一支秧苗就分了出来,厚薄力度一致,苗的株数就差不多。只见他左手分,右手插,四窝一退脚,八窝一排就完成。不抬头,不直腰,一气呵成。

郭民生常下乡劳动,对农活并不陌生。经他一指点,果然协调,感觉自如。于是他直起腰来笑着说:"李队长,我明白了,像你和曾四爸,插起秧来何须用竿竿!"

"我们男劳动和一般妇女都可以不要,"他很肯定地说,"竿竿秧要两个人抬竿竿,牵绳子,栽线秧。栽线秧的人多了,浪费劳动力;少了,厢子没出来又窝工,农忙要抢工抢时啊!"

"哦。"郭民生若有所思。

"不过,竿竿秧有厢厢,对他们初学的实用。"李先志指了指几个小青年说。

郭民生随着他的手望去,一群年轻妇女雁阵似的排列在厢格子里,就像在游泳池里,又像在田径赛道上。格子尺寸的限制,让她们的前进循规蹈矩。他想,任何事物都不止一个层面,我们推广一项新技术,也不要简单武断地搞一刀切,而应该让农民在实践中扬长避短,更好地发挥新技术的作用。

第二十二章

郑卫东还沉浸在刚才比赛的兴奋中，只见他直起腰来，左手挥着半把秧苗感慨地说："只有曾桥八队才有这样的队长，要保证质量，其他队还是只有栽竿竿秧。"

"干部是个关键因素，我们多一些李队长这样的人，事情就好办了。"

腼腆再次浮上李先志的脸颊："我一个人有啥能耐，要保证质量得靠大家。就说竿竿秧，竿竿只是个工具。如果出现了浮水秧、拐头秧，你能怪竿竿？不光是栽秧子的人，还有使牛匠，他在水田里少耙两个来回，泥就不绒稠不平整，秧苗就坐不稳。还有放水员，水不到位田没泡妃也有影响。扣起工分来一个都跑不脱，这是大家定的规矩——建华，那次你到保管室来找我，我们就在讨论这些事情。"

"哦！"建华恍然大悟。当时只晓得他们在修改评分标准，没想到不仅有多劳多得的奖励，还有不合质量的处罚。他又情不自禁地端详着李先志那宽宽的额头。

天色越来越暗，好在雨并没有落下。一边插秧一边摆龙门阵，不知不觉都插了两个来回。

郭民生终于直了直腰，环视田野后问道："怎么没有看到你们的早稻田呢？"

"在河边上，"李先志指了指被院子遮挡的牛堰河那边说："那边下湿田离河近，用水的成本要低些，因为育秧的时候都江堰还没有放水呢。郭书记，双季稻是路线稻，我们一亩都不会少！"他笑了。

郑卫东连忙说："公社都是按计划落实下去了的。"

"产量怎么样？"郭民生看着李先志问。

"早稻还不错——郑主任，你还栽得快呢，趁我们说话，你一下子就跑到前头去了。"

郭民生觉得他在有意回避，又追问了一句："晚稻呢？"

"晚稻，晚稻的产量……谎壳多，谷吊吊干瘪瘪的。"

声音虽小，郭民生却听得真切。过去都说双季稻丰收，报喜不报忧。现在一年两熟改成三熟，这是破天荒的创举，是战天斗地的硕果，有谁敢否定这样的革命豪情？有谁敢开历史的倒车？何况三熟和两熟比，三大于二是连傻子都知道的最简单的道理。

郭民生连忙问，问题出在哪里？李先志告诉他，单说气候，我们这里早有倒春寒，晚有秋冻，成都平原热天时间并不很长，不适合种双季稻；更不要说耗时费工、育秧缺水等难处了。而中稻占尽了天时地利，仔细算来，三三得九还不如二五一十呢！

一席话听得郭民生茅塞顿开，通心敞亮。抓农业生产一定要尊重自然规律，因地制宜。一种新技术的实施，应该有试验、示范、推广的科学步骤。不能想当然地发号施令，也不能搞疾风暴雨式的群众运动，更不能沿用过去打仗的方法采取大兵团作战实行强行硬攻。有了不同意见，不要动辄就上升到政治和路线的高度来否定批判。交谈中，他们不知不觉就落在了后面，他俩相视一笑，急忙迎头赶了上去。

几块灰黑色的云团也急忙漂移过来凑热闹，天色暗淡下来，空气湿润得抓一把就可以捏出水来。渐渐飞起的毛毛细雨，如雾似烟，凉悠悠地飘洒在人们的头上、身上。

突然，清脆的歌声穿过雨雾在蒙蒙的田野上飘荡：

　　学习大寨呀赶大寨，大寨红旗迎风摆……

声音清亮，流淌着未经雕琢的自然美。很快，姑娘们跟着唱起来，小伙子们跟着唱起来，年轻妇女也跟着唱起来，田野仿佛成了擂台，铿锵有力的歌声一浪高过一浪：

　　干起来，干起来，大寨的红花遍地开；干起来，干起来，大寨的红花遍呀遍地开！

第二十二章

郭民生被这歌声感染了,他抬头望去,人们对蒙蒙雨雾一点都不在意,不少人一边唱歌,一边干得更欢了!几个年轻妇女干脆把辫子盘在头顶,像翘着两只羊角;有的草帽也滑在腰际,吊在臀部,随插秧的动作晃动,一副风雨无阻的神态。随着歌声的节拍插秧,郭民生感到轻松而快活。

这哪是冒雨劳作,分明是拿笔作画。在白晃晃的水田里,一双双勤劳的手正描绘着翠绿的画卷!

"郭书记,你的雨衣还在那边田埂上,快戴上,雨下密了!"钟建华把自己的草帽递过来。

"没关系!"

李先志抬头一看大雨就要来了,便请郭书记撤离。

郭民生笑着看了看大家,又弯腰插了起来。

是啊,就和打仗一样,哪有书记先撤的道理?然而书记不撤,大家又怎么会上田埂呢!

李先志灵机一动,立刻从裤包里摸出哨子吹起来,他边吹边喊:"大家都回去躲雨!大雨马上就要来了!"

哨音就是命令,社员们开始上田埂了,几个快插到头的还在坚持。这是农民的习惯,一下了水田,有的连腰也不直,一口气插完才上田埂。

李先志领着郭民生他们穿过茫茫的雨雾,来到离秧田最近的刘家院子,走进刘玲的家。

"刘幺婶!我把郭书记、郑主任他们带到你这儿来躲雨!"李先志大声招呼道。

刘幺婶正在阶沿上择菜,连忙站起来笑着说:"来来来,快到屋头坐!"

刘玲家阶沿宽,堂屋也大。刘幺婶从阶沿上的晾衣杆上扯下一条干毛巾,递给李先志说:

"你拿给郭书记、郑主任他们,先擦一下脑壳上的雨水。"

她先进了堂屋。他们擦了雨水,也进去了。

钟建华刚跑上阶沿,正用力摇着头上的水珠,手里突然塞来一条干毛巾。他回头一看,刘玲站在他身后,脸上的大酒窝浅浅地一闪,说:

"快擦一下!"

"谢谢,你看这鬼天气!"他举起毛巾往脸上擦,一股淡淡的好闻的香皂味儿扑面而来。

刘玲抬头望了望灰蒙蒙的雨,心想,这天气才好呢,要不你咋会到我家里来!这样的天气我感谢还来不及呢!看着她的毛巾擦着他的脸颊,擦着他那黑黑硬硬的短发,她心中涌出一种难言的甜蜜……

建华看了看毛巾,有些不好意思地说:"弄脏了,我给你搓搓……"

"谁要你搓!"刘玲一把抓住毛巾。

她的手突然被握住了,建华在努力坚持。

一股暖流从心底流过,她红着脸瞥了他一眼。

他的脸也红了,马上松开了双手。

抢过毛巾的刘玲并不急着去搓,双目注视着他迈开的步子,临进门了,他突然又回头深深地望了她一眼。

这一眼箭一般直射心田,让她呆立了好半天。她站在脸盆木架子旁边,深深吸了一口气,才举起他刚擦过的湿漉漉的毛巾,紧紧地贴在自己发烧的脸上!

钟建华走进屋,正听见郭书记在说:

"大姐呀,听说你在大队上干了二十多年,去年才退下来,是位有贡献的老同志呢!"

刘幺婶笑了笑说:"说不上贡献哦,郭书记,我现在老了,莫用啰!"

先志连忙说:"刘幺婶人老心不老,今天公社来了台大拖拉机,她在给师傅煮饭呢!"

"大姐,今天你给师傅准备的什么菜?"

"荤菜是回锅肉,俏荤是一个莴笋肉片,刚才我在阶沿上削的莴笋就是炒肉片的。一个素烧茄子,还有一个素菜汤。"

郑卫东连忙解释:"郭书记,这是我们公社的要求,驾驶员因工作需要在下面开伙的,标准都是'三菜一汤'。"

郭民生点着头说:"不错。听说有的地方还是'滚滚儿转,油大饭'呢!招待不好,田边地角就不秒。你们太平公社没有这种情况吧?"

"目前还没有这种反映。如果有,我们公社会严肃处理的。"郑卫东笑着说。

刘玲看见刘爱国冲过蒙蒙雨雾跳跃上了阶沿。他摘下草帽,看了看自己的一双泥脚,有些不好意思,又朝院子边的钢管井跑去,握住铁棒就压起来,连按几下都没有反映。

刘玲连忙端了一瓢水去倒进钢管里,他再一按,水就出来了。这种手压汲水机井是最近两年才推广的,在地下水资源丰富的成都平原很受欢迎。

看着刘爱国和刘玲走了进来,郭民生指着刘玲问:"你就是刚才带头唱歌的那个姑娘吧?"

刘玲点头笑了。

"是不是下乡知青?"

李先志说:"她是回乡知青,是刘幺婶的幺女。"

郭民生"哦"了一声。

建华又补充了一句:"她是我们大队的文艺宣传队长!"

"嗬!文艺宣传队长!难怪把大家都鼓动起来了!"郭民生呵呵地笑了起来,很感慨地说,"这几年农村有文化的年轻人多了,科学种田搞起来,文化生活也活跃了,作用大着呢!"

建华介绍了宣传队的活动，还谈到他们写出了反映现实斗争的活报剧。

郭民生听得极有兴趣，夸奖他们紧跟形势点子多。又问刘爱国是不是知青，当听说是开拖拉机的就问：

"听说你开的那种手扶式拖拉机只能耕到四寸深，老用它土就容易板结。大拖拉机能耕到六寸深，所以大小拖拉机必须间隔耕作。小刘，我说得对不对？"

刘爱国点着头说："对，是这样的。"

刘玲走了过去，给他们杯子里一一掺满开水，才静静地退到角落里坐下，听他们讲话。

"从这季栽秧子的情况来看，有些队的田块还不平整，今冬改田改土的任务还不轻。"建华说。

龙门阵从秧田又摆到改土。

"这两年学大寨改土，搞'沟端路直树成行，条田机耕新农村'的规划，取得了很大成效。"郑卫东接过话说。

"规划一定要切合实际，改土也要因地制宜，不要千篇一律搞得又大又方。就按照地形改，两三亩，三四亩，我看都可以。总之，不要搞形式主义。"她看见郭书记在说。

刘爱国笑着说："田改大了拖拉机倒好秧了，但是，有的队上喊产量反而还低了！"

"咋个不低嘛！我们就曾经搞过六亩见方一大块，结果施好多渣肥下去都不行，因为田头的有机肥土都担光了。"她听见李先志说。

建华的目光总是看着说话的人，始终都不朝她这方望一眼。

尽管如此，她还是很乐意坐在这个角落里，静静地听他们谈话，开心地和他们一起微笑，默默地注视着那张面容……

外面的雨还在纷纷扬扬地下，屋檐的水还在滴滴答答地淌，屋子里却暖融融的，谈话还在热烈地进行着……

第二十三章

昨天郭书记来栽秧子，今天下午公社就召开了双抢情况分析会，要大家再接再厉，打好大战"红五月"的收官之战！

晚上，大队会议室灯火通明。一张张黑黢黢的脸劳乏而倦怠，交谈却惬意，似有一路颠簸终于将沉重的架子车拉到目的地的爽快，又有背负行囊一路攀登终于踏上峰顶的欣慰。

戴着老花眼镜的曾兴礼正忙着一个队一个队地统计数据。

快九点了，老严一看还有几个人没到，就征求建华的意见说："是开到等呢，还是等会儿开？"

"这段时间大家都很辛苦，还是等会儿嘛。"

邓勇一听，便开起了玩笑："哟，严官！今天咋个这么年轻了呢？"

"没老没少的！下午去公社开会，不就是换了件汗衫，刮了下胡子嘛！"

"喊大家看嘛，起码年轻了十岁！今晚上徐胖子都要把你经佑巴适点哦！"说完，邓勇哈哈大笑。

热闹的场合总少不了陶晓容，她的火力迅速瞄准了邓勇："嘿！人家严官都儿大女成人了，你还笑那些事，像你们小两口嗦！"

邓勇一扭脸成了歪把子枪："呃，陶医生，未必你们两口子就没得那些事？俗话说'三十如狼，四十如虎'，严官现在还正是雄起的时候呢！"

"我看你比人家陶医生还内行，干脆民兵连长不要当了，去搞计划生育算了！"老严慢悠悠地说。

会议室笑声爽朗，一张张黑黢黢的脸都容光焕发。

邓勇又将火力射向眯眼靠墙养神的朱世友："朱会计，等农忙一完，我们就来你家打平伙，吃鱼！"

听说吃鱼，大伙更来劲了，目光齐刷刷地射过去。仿佛被聚焦的目光刺得睁不开眼，朱会计睁开细长的眼帘慢条斯理地说：

"哪有那么撇脱，想吃就吃？"

"哪个不晓得你是手到擒来！"邓勇说，"要钓鲫鱼不得钓鲢鱼，不像那些搬罾的，来者不拒，一网打尽，连虾米都不放过。你就不同了，整条牛堰河的鱼就跟你喂的一样，哪节有鲤拐子，哪节有鲢巴郎，你都一清二楚，想逮啥子就逮啥子！"

"你眼睛是不是有特异功能啊？"不知谁又冒了一句。

眉眼细长的朱会计心想，哪有说得那么邪乎，硬是越传越神了！钓鱼是要先撒窝子的，哪有说得那么撇脱！钓鲫鱼还是钓鲢鱼，钓饵是沙虫子还是曲蟮儿，钓钩是粗是细都有讲究。不看牛堰河的水势、流速、漩涡凼，你们以为拿根鱼竿就手到擒来了？但他嘴巴却答非所问：

"打平伙，哪个管饭？你那个胃口我还不晓得，三碗老干饭倒进去还没得捞捞！"

大伙都笑起来，邓勇却很爽快："我管饭！"

"有没有先吃一大碗萝卜的规矩？"朱会计故意问。

大伙又笑起来。都晓得，这是王大炮家的老规矩。他妈老汉儿在世的时候，大年三十团年，面对垂涎已久的一桌饭菜，每人必须先吃一大碗煮粑的白萝卜才能动筷子拈菜，以确保那桌荤菜不至于风卷残云一扫而光。

"现在家家户户有的是麦子，有的是白面，我去绞几斤宽皮的水叶子面，你们敞开肚皮吃！"

大家听得乐滋滋的。

"秦会计！把你们五队的情况说一下。"

秦会计一听点到他了，便合上大笑的嘴巴，说："吴队长就要来了，他掌握的情况要全面些。"

曾会计在心里骂道："报个数据都在推诿，真是个老滑头！"

屋子里除了曾会计在忙，陈家学也没闲着，他来到李先志身边问：

"先志，你们八队的小麦产量出来没有？"

"还有几个田的麦子没有晒干。"

"增产没得问题嘛？"

"应该没问题。去年平均亩产六百二十九斤嘛，今年增加个十来斤没得问题。"

邓勇也过来凑热闹："曾会计不是在统计吗，你还记啥子呢？"

家学挥了挥笔记本说："这上面都是大队试验田的数据，想听听八队的，特别是繁六！"

"就是繁六还没有出来。"李先志笑了。

去年在公社农技站闲谈，他听到全省要推广繁六，说分到公社只够搞试验。又听说广汉有，他便当机立断去了趟广汉，千辛万苦换回来五十斤种子。看来这趟值得！

一看人来齐了，老严宣布："今晚上主要是传达公社双抢情况分析会的精神……"

他额头上那三条皱纹一展，与眼角放射性线条连成一片，整个脸犹如一朵盛开的雏菊："今天，大会表扬了我们！双抢进度我们是全公社第一，小春粮油征购入库，我们是第四！"

他突然不说了，不知是在回味表扬时那雷动的掌声，还是想起去年吃鸭子受批评的尴尬。他的目光分明有些沉重，他看见在场的一个个衣衫褴褛，犹如才进行了二万五千里长征，又如刚结束了一场赤膊拼杀的鏖战，一张张疲惫的脸此刻却洋溢着大会师的笑容。他很有感触地说：

"农民种地,天经地义!自古以来盼的就是五谷丰登。"他突然双眼一眯,"宁要社会主义的草?我看就是扯淡!表扬我们抓生产,就是回潮——哦,不,是回归!回归到天经地义,回归到增产增收!我今天高兴,晚上喝了点酒……"

人们哈哈大笑。听他这番话,酒一定没少喝。

等笑声平息,他又说:"下面请老曾先把这两天各队的粮油征购情况和双抢进度公布一下。"

曾会计拿起表格,一一地念着数据。这一个个数据都不是轻飘飘的,它是一颗颗粮食堆积的沉重,是一滴滴汗水汇成的艰辛。最后他说:"从目前掌握的数据来看,八队和一队的公粮都完成了将近百分之八十……交售任务完成较差的是五队和二队……"

吴队长插话说:"我们主要忙到腾田,去年栽秧拖了全公社的后腿,今年就把河边上三四十亩麦子盘到晒坝边堆起。秧子进度快了,麦子打慢了些。再过两天等麦子一晒干,就把征购全部交了。"

二队队长说:"我们今年小麦迟熟品种多了点,下半年要调整。"

"再说栽秧的情况。到今天下午,完成最好的是八队和五队。"

李先志有些腼腆地说:"我们主要沾了机械化的光,在这儿还要感谢殷大队长。小麦成熟早,田腾得快,大队的手扶式拖拉机就先用上了,公社的大拖拉机也来了,'突突突'一冒烟师傅就耕出一大片!"

老殷笑眯眯地连声说:"应该的,应该的。"

钟建华最后说:"我强调两点:第一,这次公社肯定我们,说明我们前段时间紧跟形势抓学习和生产,见了成效。等交完了公粮,守夜就可以暂停,但阶级斗争的弦不能放松。"

他突然把目光射向刘明金:"老刘!这几天咋个没有看到王福寿呢?"

老刘眨了眨眼说:"他请了两天假,说进城去医腰杆。"

/第二十三章/

"他腰杆咋个啰?"

"原来在搬运公司挣伤过,说是打麦子整翻了。还说去医疗站看过,是不是,陶医生?"

"是,他有腰肌劳损,贴过伤湿膏。"陶晓容证实。

"咋个这回要跑进城去呢?公社和区上都有医院得嘛!"

"他说那家是老骨科医院,熬的膏药好,火罐也打得好。"

听了刘明金的解释,建华"哦"了一声,接着说道:"第二,虽然公社表扬了我们,但不能松懈。大家再努一把力,把收尾工作做好。转眼,大春的田间管理又要提上议事日程……"

建华讲完后,老严又问老殷和其他大队干部有没有讲的,他们都摇头表示没啥说的。正要散会,只见吴文彬倏地站了起来:"有个事我得报告,我们队的五保户叶三娘,床下不得了——万一有个三长两短,不要说我没有反映过!"

老严很吃惊:"前天我碰到她都还好好的,咋就倒床了呢?"

"你们去问谢摩登儿嘛!"吴队长很是气愤。

又是谢摩登!严官心想,这个晃眼美女又搞啥名堂?当初分苕子,就是她牙尖舌怪搬是弄非,弄得吴文彬连队长都差点不当了。

又是谢摩登!钟建华想起他上任的第一把火。当时他和老严带起队长们去各队检查生产,走到五队刘家院子边,只见苕田里有几堆谷草。都晓得的,苕子一压就死掉了。队长们正在纳闷儿,吴队长摇着头说:"谢摩登儿晒的,那个横婆娘哪个敢惹嘛!""今天我就要惹!"新官上任三把火,钟建华摸出打火机就点燃了一把火!谢摩登儿一听是书记烧的,也就自认倒霉。

就是这个谢摩登!吴队长很是头痛。刚才书记还强调不要忘记阶级斗争,这谢摩登算哪门子斗争?说阶级斗争,她不是四类分子;说路线斗争,她不是党员。她只能算一颗小小的耗子屎,这颗小小的耗子屎却要打坏生产队这一大锅汤啊!

建华让老严、家学和五队干部留下,其余的人散会。吴队长给留下的人介绍了事情经过。

前天下午，谢秀兰让儿子去空麦田放鸭子。儿子玩起六子冲来连姓啥都忘了。鸭子溜进了队上的秧田，叶三娘怕拱翻了才栽的秧窝就撵了出去。鸭子顺着水沟一路跑进了四队秧田，吆喝一阵无人认领，四队社员就用竹竿一阵乱打，活的狼狈逃窜，死的仰卧沟边。谢摩登收工回家，看到娃娃捡回来的三只死鸭子，听说是叶三娘撵跑的，提着死鸭儿咚咚咚就直冲晒坝，指尖戳着叶三娘的鼻子张口就骂"你死老孀儿管啥子闲事"，"有你毬相干"，"下辈子你还要当孤人"……

"太不像话了！"钟建华很生气，他看了看秦会计又说，"你岁数大了，还是回去休息吧。其余的人跟我去找谢秀兰，好生理麻理麻，我就不信蛇是冷的！"

吴队长却平静地说："不用去了，谢摩登儿已经被我收拾下来了。我向你们反映，意思是去看看叶三娘！"

开什么玩笑！谢摩登会让你吴文彬收拾下来？

建华和老严同时吃惊地望着他。

"是的，我和吴队长一起去的。"家学证实。

吴文彬腼腆地对建华笑了笑说："既然我答应了你们，这个队长就要当好！"

建华狠狠地擂了他一拳，兴奋地说："不简单！骨头硬了，腰杆就打伸了！走，去看叶三娘！"

没有月亮，星星也很稀少。牛堰河边的稻田里，捉黄鳝的油灯也稀少了，蛙声的鸣唱伴随着曾家碾隐约的"嘭咚"声，为庄稼人演奏着和谐的催眠曲。

五队保管室旁的一间草房前，吴文彬上前去拍打了几下门，喊道："叶三娘！你睡了没有？"

里面应道："没有，用劲推嘛。"

吴队长推开门说："叶三娘！大队钟书记、严官、家学都来看你了!"

"那才难为你们费心啰!"黑咕隆咚中听出老人的感激和慌乱,"哎呀,煤油都没得……"

老人平时很节约,晚上一般不点灯。

建华摸出身上那支虎头牌手电筒,一束强光从门口射进去,清楚地照见床边小桌上的一盏煤油灯。

老人一下高兴起来,连忙说:"你看我这记性,刚才胡莽娃儿送了煤油来,走的时候还拉了一把椅子顶门,叫我不要下床。你们一来,我高兴得啥都忘了!"

灯一点,屋里就亮堂了。平时老人上床早,就是没睡着,也靠墙斜躺着。

建华关心地问:"叶三娘,你脚现在怎么样了?"

"陶医生来给我贴了膏药,说有点肿。"她掀开被子给大家看,又说,"还给我吃了消炎止痛药。"

"都怪谢摩登儿!"吴队长说起就生气。

"她喊我赔她鸭子,把死鸭子甩在我门口。闹了一阵,我想进屋去不理她,没想到软不拉几跘了一跤。我有一句说一句,她没有出手,是我自己踩到死鸭子跘倒的。"

多么善良的老人啊!建华想。他环视了一下屋子,门边有口灶,一张床靠墙,床边有张小方桌,床挡头有个柜子。旁边有两个罎子,东西不多,倒也整齐。

吴队长指着罎子说:"这一季叶三娘捡的麦子就有五六十斤,她一颗都没有装进这些罎子,全部交给了集体!"他还说,老人不光是把捡的麦穗晒干去壳收拾得干干净净交的,还义务看守晒坝上堆起腾田的麦捆,直到守夜的来了她才交班,真是爱社如家啊!

"生产队就是我的家!我一个孤寡老人,烂草房垮了,队上就专门给我修了这间房子。我一不愁住,二不愁吃。说来不怕你

217

们笑话……"

老人一高兴就打开了话匣子，她说她一辈子命苦。嫁个男人，跑码头干苦力，后来得了痨病。没得钱医，有人说有个偏方来得快，叶子烟裹干海椒一抽就好。她不信，男人说以毒攻毒，死马当作活马医。猛抽几口，咳嗽不止，口吐鲜血而亡。可怜人生地不熟，帮忙的人都没得一个。当时年轻，趁夜深人静，一个人背着死人到荒郊野外埋了……那时娃娃又小，后来也没保住……最后她只好孤身回到娘家……

严官连忙劝道："过了的事就不要想了，现在有生产队，有什么难处就找吴队长。"

老人情绪一时还没有缓过来，她接着说："旧社会，就是身强力壮的人都难，新社会，我一个孤寡老人不愁吃穿！感谢政府，感谢党，感谢恩人毛主席！"

她吃力地仄过头去望了望土墙上的毛主席像，浑浊的目光看着大家说："感谢你们，你们是毛主席教育出来的好干部，你们都是我的恩人！……"

老人的感恩让建华很感动。他很感激吴文彬，当老人需要安慰的时候，队长把这个机会给了他。

"我太高兴了，没想到这么晏了，这么多领导还来看我！"老人真是发自内心的高兴，脸上乐得开了花，张开的嘴"一望无涯（牙）"。

"我给你们添麻烦了，吴队长经常来看我，还专门找胡莽娃儿的妈来经佑我，给我送水送饭。"老人滔滔不绝。

"经佑你的工分由谢秀兰出，她还要付给你医药费、营养费，还要向你赔礼道歉！"吴队长严肃地说。

叶三娘仿佛有些不相信自己的耳朵。

建华说："叶三娘，你维护的是集体利益，我们支持你！明晚上生产队开会，我们要来专门处理这个事情！"

老人的脸上并没有出现期待的笑容。

她伸手摸了摸枯瘦的腿杆："看病也没花两个钱，我也不要她的营养费，过两天肿消了，我杵根棒棒就可以下地了。她都认错了，你们就不要开她的会了……"她望着书记，眼里满是祈求。

"叶三娘，不是针对她一个人，而是针对这种歪风！"建华语气坚定。

"还是要开会？"

虽说如今开会是家常便饭，大会斗小会批也见得多了，但是老人做梦都没有想到，明晚上生产队要开的那个会是专门为她开的！为了她还要批判另一个人！她不禁皱起眉头，忧虑沿一条条皱纹爬满了脸。

"吴队长，你都找人经佑我了，又送饭，又送煤油。今天还这么多干部来看我，我知足了。真的知足了，你们可不可以就不开会了？"花白头发下的眼神有些可怜巴巴的。

"钟书记开会的意思是，要号召大家向你学习，像你一样爱社如家！"家学连忙解释。

"我也没有做啥子，就撵了撵鸭子……哎呀，没想到那些人一下就打死三个！将心比心，都穿褂褂儿①的半大鸭子了，哪个不心痛嘛。"

看来老人真的是原谅她了。

桌上一灯如豆，整个屋子都装不下它的光。

离开叶三娘家后，建华说："今后我们要多关心五保老人，他们不靠集体靠谁？"他又对吴文彬说，"这件事你处理得非常好，你还没有告诉我，你是咋个收拾谢摩登的？"

吴文彬不好意思地笑了笑，说："蛇有七寸，人有软肋。家学和我一起去的，是不是？"他觉得在领导面前不必张扬，就一脚踢给了家学。

---

① 穿褂褂儿：指小鸭子换了绒毛，翅膀开始长羽毛了的时候。

家学也不是吹嘘之人，事情过了就过了，他只淡淡地说："开始她嘴壳子梆硬，我们软硬兼施，直说到要去找供销社领导来一起解决，她才软了下来。"

建华觉得，自己和自己的同伴都在成长。

夜静悄悄的，田野里没有一盏煤油灯火，脚下的路却很清晰。

"明天的会一定要开！"建华坚定地说，"不是批判人，而是定制度！"

严官同意："对！社员鸡鸭鹅下田糟蹋了队上的庄稼，罚款扣粮，就按定的条款办。"

家学也说："就是要像八队那样用制度管人，哪个都没得话说！"

"条款必须严密才没得话说，"建华补充道，"'下田糟蹋'就不严密，是'下田'就扣还是'糟蹋'了才扣？你说下了田，他说没糟蹋，你扣不扣？所以我说，只要下田，违章就罚，罚多罚少再根据糟蹋情况来处理。规矩立在先，大家才没得话说！"

他都没想到，自己的思维竟然也严密起来。

第二十四章

繁忙喧嚣的五月一过，田野又恢复了宁静。

天刚大亮，刘冬梅婀娜的身姿就出现在井台边，她抬头望了望天，又低头看了看井。天蓝蓝的，井黑森森的，她的心沉甸甸的。

当几挑水闪悠闪悠地进了屋,水缸就满了。她又提着竹篮,在自留地里摘了些鲜黄瓜和嫩茄子,还在院子边摘了些刚成熟的李子和一捧雪白的栀子花,篮子就装得满满的。

今天她要去太平镇三姑妈家。

她把竹篮提回家,屋里光线太暗。她拿起镜子和木梳,轻手轻脚地走出厨房后门来到林盘里梳头。几缕霞光穿进竹林,温煦而又静谧,椭圆的镜子套上粉红的塑料边框,热烈而又冰凉。两条黑油油的辫子一打开,瀑布一般遮住了镜中那张清秀的脸和紧锁的眉。

她不忍心看这个温馨的小林盘,面前的这张石桌又让她双眼模糊了。

这里原先是灌木,父亲喜欢竹子,遣返回乡后,就种了竹子。他不知从哪儿捡来块烂墓碑当了这石桌,还找了两个大鹅卵石做了凳子。这里便成了他的小憩之地,累了就在这里坐一坐。要是农闲,桌上一杯清茶,手中一本书卷,往往一坐就是半天。父亲说,人在家中坐,景从四面来。生命在日子里一天天流逝,但只要在石桌旁翻开书,字里行间就会有光阴穿透,光阴里就弥漫着书香,书香沐浴着生命。可如今,他还是常常坐在这里,石桌上没有书和茶,人呆呆的,林盘静静的。

她望了望父亲的屋子,大概父亲还没有起床,他一定又失眠了。最近他老失眠,父亲累了,老了。自己不但不能解忧,而且还在添乱!她知道父亲非常疼她,从小就称她是"乖乖""打心小锤锤儿"。如今自己长大了,不能不懂事。昨晚她答应今天去三姑妈家,她决定要离开这个地方,好让这里平平静静的。

她梳着长长的黑发,又望了望父亲的屋子。父亲是个做事很认真的人,连写检讨都一丝不苟。有次病了,批斗后就躺下了。但检讨不按时贴出又要罪加一等。他把女儿叫到身边,女儿按他吩咐倒出了墨汁,润好了毛笔,铺开了纸张。看着父亲吃力地撑起身来，她心酸地说："爸，我帮你写吧——你说我写。"父亲无力地合上眼，她写了"检讨书"三个字，父亲喘息着说，要先从运动的意义来认识。他睁开眼，一看字就来了气："这么丑的字怎么见人！……还是我来吧……"看着他吃力地起身下床，看着他颤颤巍巍地蘸饱墨汁，看着他佝偻弯腰地写下了"检讨书"三个遒劲的大字，女儿的眼眶都湿润了。

她不知道为什么命运老是和父亲作对。他风华正茂就投身革命，在把旧世界打个落花流水的斗争中四处奔波，甚至革了他爸的命。然而，父亲流淌在儿子身上的血是革不掉的，如今他也成了革命对象，失去了他热爱的教师工作。作为农民，他干活一身汗一身泥，日晒雨淋从不叫苦，他说改造思想就得脱胎换骨。

栽花种草，他似乎找到了陶渊明归隐的感觉和乐趣，把又苦又累的日子过出了滋味。绿竹环绕的林盘和四季飘香的花园，总有乡亲来摆龙门阵，年轻人喜欢来听故事。父亲的脑袋里有讲不完的故事，从天上杜鹃鸟儿传来的啼鸣，讲到教民农耕的古蜀望帝；从地上流淌的河流，讲到泽被千秋的都江堰工程和李冰父子；从两汉三国的历史人物，讲到波澜壮阔的四川辛亥保路运动。由于他的讲述，成都的武侯祠、杜甫草堂，还有都江堰、望丛祠等，都成了青年人向往的地方。连精忠报国的岳飞，犯颜直谏的魏征，超然旷达的苏轼，冬梅都耳熟能详了。父亲常说，德不孤，必有邻。老人小孩都喜欢他，庭院里总是充满生机和欢乐。

可是运动一来，人们就不来了，书也抄走了，人也和地富反坏站成一排。每次批斗折腾回来，只要一看见妻子或女儿，那张疲惫的脸上就会露出笑容——那是冬梅最不忍心看到的笑容，那笑容让你泪奔心疼肠断。他说，他最大的安慰就是有这个温暖的家，有个宝贝女儿，有个知书达理的妻子。妻子本可以划清界限留在单位，但她心甘情愿跟着他，从有工作到无工作，从城里到农村，无怨无悔，不离不弃。

第二十四章

作为宝贝女儿,她享受着父亲的疼爱。随着年龄的增长,她才明白成长就是一种烦恼。自己无论怎么努力总有一种成见,四周总是弥漫着异样的眼光和指指戳戳的嘴脸。如今又闹出这个事来,虽然父亲没有丝毫责备,但心力交瘁的他,又该雪上加霜了!

父亲亲手栽种的慈竹,一根根伸伸展展,直立向上;一笼笼你挤我拥,抱成一团。细细的竹尖深情地垂钓下来,仿佛要跟她悄声低语依依话别;一支支竹叶慈爱地伸出"个"字形的双手,深情地来拥抱她挽留她……一股悲凉涌上心头,今天去了三姑妈家,眼前的这一切就将逝去了。

她注视着密密层层的竹笼,团团簇簇,好似暴风雨前翻涌的乌云……风起云涌的斗争场面:人潮涌动,口号阵阵,两个老人,一个在台下,一个在台上;台下的颈吊黑牌身心疲惫,台上的手执话筒神情黯然。口号又响起来,"老实交代为啥要使美人计!"一个寒战,让她从头顶直到脚跟都是悲凉……

她茫然地举起镜子,只见眉锁愁云,眼含泪光,镜中的冬梅楚楚可怜……

她不明白,长相好看也有罪?德贵喜欢我究竟招谁惹谁了?为什么要往我身上泼一瓢瓢脏水?……

但她明白,她和德贵深深地相爱,他们在一起是那么快乐……

然而,这种快乐会给德贵带来灾难,还会伤害到两个老人……

她望望父亲的屋子。父亲心性那么高洁,肉体却要忍受低头弯腰的屈辱,精神也要经历不堪入耳的狂虐……泪水涌了出来,这次,攻击父亲的炮弹,正是他的宝贝女儿提供的呀!

今天必须去三姑妈家!尽快离开这里,好让这里安安静静的!

她拿着镜子和梳子,步履沉重地走回屋子。

母亲看着亭亭玉立的女儿,叮咛说:"冬梅,今天太阳大,吃了饭早点走,下午不要回来得太晏啰!"

"我晓得!"她面带笑容吞下了泪水。

/ 牛堰河畔 /

早饭后,冬梅换上白底小碎花细纱布连衣裙,穿一双白色塑料凉鞋上路了。

牛堰河畔,少女手提一篮鲜香慢慢走着。河水清清,岸边铺满碧绿的水草,堤上绿树成荫,真是一幅绝妙的天然画卷。少女恰似一只白鹭点缀其中,幽美恬静。画在人前慢慢舒展着静谧的长卷,人在画中隐隐现出靓丽的倩影;画卷因人而气韵灵动,人因画卷而袅娜迷人。真是秀色可餐,动静相宜。

有人超过了她,还回头望望。

她慢慢地走,望望天,小鸟拖着一串明快的音符消失在晴空;看看河,流水匆匆一去不复返。身旁绿树丛丛,蜿蜒而去;道路弯弯,没有尽头。少女满腹的酸楚向谁倾诉?

"冬梅!"刘玲像只飞来的喜鹊停在她身旁,看着她篮子说,"你走亲戚?"

"嗯。"冬梅停下脚步,看见刘玲还是高兴不起来。

"你好安逸哦,还走亲戚。我愁都愁死了!唉——"刘玲望了望前后,向她倒起了苦水,"我哥给我介绍了一个男朋友,成都东郊国防厂的,转业军人,党员……"

"条件这么好!"

"标签倒是好,一个又一个,我看一张脸都不够贴啦!哈哈哈……"银铃般的笑声穿过丛林在水面滚过。

她倒起苦水来也是喜滋滋的,就连愁都抹上了蜜,冬梅想。

"我哪像你!和德贵青梅竹马……"刘玲满眼都是羡慕。

眼里噙满泪水的冬梅低下了头

"想起被介绍人拉去见一个陌生男人,唉,我真受不了……"

冬梅像被戳了一刀。

上了土公路,行人和车辆多起来。她俩并排走着,招来一路羡慕的眼光。冬梅觉得,她仿佛不是去相亲,倒像是去卖萝卜白菜。

来到镇上,她俩汇入拥挤的大街。

第二十四章

"冬梅！今天穿这么漂亮，去和德贵约会哇？"

她的心又被重重地戳了一刀！

刘玲一看是罗显华。这大热天，"理论专家"白衬衣的风纪扣系得巴巴实实，也没忘记在左上边的口袋里别一支钢笔。背顶印有鲜红"成都"二字的新草帽，倒也时尚潇洒。早年父亲的不成器成就了他的好出身，总以"小葱拌豆腐——一清二白"来炫耀的他，此时两眼早已磁石般牢牢吸附在冬梅身上了。

"车子来啰！看到看到，谨防撞到啊！……"

正弓腰拉着鸡公车的芳芳一边吆喝一边从人流中冒了出来，她身后是装得潜湫漫限的两大筐红苕藤。

"今天街上演电影嗦！""理论专家"色眯眯地说。

芳芳扬起汗津津的额头问："啥子电影？"

"三朵金花！"

冬梅觉得一点也不好笑。她给刘玲指了指前面的小巷就拐了进去，慢吞吞地往三姑妈家走去。

刘玲则快活地朝百货公司走去，她没有告诉冬梅，她想去看看那里卖的钢笔！

芳芳纤夫般吆喝着，艰难地避着人浪。后面掌舵的曾四爸微微前倾着笔直的身板，肩上绷着绊绳。好不容易来到了人头攒动的蔬菜种子市场。停好鸡公车，刚把两筐苕藤抬下地，几个买主就围上来问价钱。正是栽红苕的好季节，像他们这样可以剪出四五节的长藤子，整条街还没有第二家。很快就以每斤一角五分成交。父亲称秤、算账、收钱，他的心算极好，报出的数字从未出过差错。女儿抱藤、打捆、抬秤，忙得不亦乐乎。不到半个时辰，两百多斤苕藤就卖完了。

曾四爸把鸡公车交给女儿，从市场出来，自己便朝西街上的老茶铺走去。现在他一身轻松，剩下的事就是去会会老朋友，摆摆龙门阵了。

225

太平镇是条十字大街。虽说这"十"字一笔长一笔短并不直，但有几条小街巷穿越其间，规模倒也不小。除了新中国成立后新建的百货公司、信用社、公社医院等两三层高的少数建筑有现代风格外，其余的主要是青瓦平房，呈现出古朴的川西民居特色。这些高高矮矮的平房，一律穿斗结构，木板铺面，斑痕累累的檐柱立于街巷两旁，如时空隧道通向尽头。阶沿边岁月腐蚀过的红砂石条古朴斑驳，边缘铺满青厚的苔藓，还有从石缝里冒出的碧绿的野草，也许伴随过祖辈父辈的童年。原先那些富家深宅大院和各式砖木结构的四合院，大多建在僻街静巷，新中国成立后这些大院已成了机关单位的所在地，或是安顿居民的大杂院。原来西街上的观音寺改作了太平粮站，旁边的老茶铺还没有变；南街上的关帝庙建成了中心小学，古色古香的老戏台也被拆除变成了市场坝子，曾经的两处会馆早已荡然无存。

还没走拢茶铺，就听见临街坐着的罗跃先喊起来：

"曾四爸！进来喝茶！"他扬起手中一角钱，又转身朝提壶的跑堂倌喊道，"廖师！这儿泡一碗！"

对面坐的瘦小老汉一看准亲家来了，也摸出一角钱，说："茶钱收我的！"

"陈大爷、罗五爸，你们不要争！我这儿有零钱！"曾四爸举着五分钱，在一张空竹椅上坐了下来。

廖师一手挽着茶壶，一手夹着一摞茶具走了过来。只见他手一松，一副茶船就准确地停泊在曾四爸面前，他放上装有茶叶的茶碗，提起尖嘴铜壶，远远的一道银白水柱，从对面飞流而下直入茶碗。正当翻腾滚动的叶片漩得热闹之时，他一弓腰，茶盖就清丝严缝。

罗跃先把钱塞进了他手里，廖师就说："罗五爸给了！"他找了五分，又顺手提起壶轻轻一点，两人的茶碗便满满当当滴水不溢。

第二十四章

　　陈大爷一上街就坐在这里，这个瘦小老人真会找地方。竹篮里十来把豇豆门口一摆，一边喝茶一边卖豇豆，两样都不耽误。旁边还有卖草药的，卖干猫鱼的，卖桐油石灰的。

　　曾四爸取下烟荷包，一人散了一支叶子烟，然后才从背后裤带上抽出一支两尺来长的竹烟杆，坐下有滋有味地抽起来。

　　老茶铺里数十张黑漆小方桌都被竹圈椅包围着，可容纳两百来人。竹圈椅结实有扶手靠背，坐着喝茶聊天自由自在，即使打盹睡着了，也优哉游哉不会跌倒。里面墙角盘了一眼老虎灶，炉火上放着十来把铜壶，烧开的尖嘴一律靠边，方便跑堂倌来提取。火炉旁边还有一口随时都是热水的大瓮子锅，灶台下摆着两口大石水缸。茶铺里人头攒动，嘤嘤嗡嗡，烟缭雾绕，喧嚣而舒适。阳光从亮瓦上射下来，光柱里浮动着空气中的尘埃。人们在这里拉家常，摆新闻，论古今；也有约人来看人户①的，谈买卖的，竞棋艺的，甚至还有断公道的。真是一桌一世界，一碗品乾坤，百态众生，互不相扰。原先还常有民间艺人来茶铺讲评书、打竹琴，内容大多为封神榜、七侠五义、三国水浒等等，不外乎宣扬忠孝礼义、除暴安良、善恶有报的。不过每碗茶得加收两分钱，有人不愿意出钱，就站在门窗外听欺头也没人撵。

　　当得知曾四爸的一车红苕藤已变成三十多元票子将腰包胀得鼓鼓的，同桌茶客都投来钦佩的目光。

　　"曾四爸！嘿嘿，"罗跃先早把半背篼黄瓜打跺卖了，他抚着几根焦黄的胡须说，"我们这些黄瓜、豇豆卖不到几个钱！还是栽红苕种来钱！"

　　曾四爸取下噙着的长烟杆，黝黑的脸上并没有喜色："只看到贼娃子吃肉，没有看到贼娃子挨打！你们只看到我今天卖了钱，不晓得当初下的本钱！不要说老天不下雨，隔三岔五就要灌下的

---

① 看人户：指由媒人主持并约定时间、地点，男方或女方赴约相亲，也有代人相亲的。

几十担粪水！……更别说提心吊胆晚上睡不着觉的时候……"

一时无语。他的架子车自行车都没收了，哪个不晓得！

陈大爷耳朵听着龙门阵，眼睛盯着菜篮子，豇豆只剩下两把了，叶子烟也快燃完了。

罗跃先呷了一口茶，热热地吞下说："陈大爷，明年也学你亲家，栽红苕种，不要种豇豆了！"

"说得安逸哦！几十挑粪水，我一个人担？就是藤子卖得了，我老两口弄得动？儿子是指望不到的！……"说起儿子家学，老人在准亲家面前也不掩饰一肚子的怨气。

他摇了摇头又说："罗五爸，明年你栽嘛，你有两个帮手呢！"

罗跃先正在揭茶盖，他闻了闻芳香扑鼻的热气，又尖着嘴吹了吹漂着的茉莉花，呡了口茶水吞下后才说："我那两个东西你们还不晓得？连自己的事情都弄不好，还能指望来帮你？少为他们操点心，我就谢天谢地了！"

是嘛，罗老大嘴壳梆硬婆娘都保不住，罗老二接二连三惹事，哪家遇到都胎不梭①。

真是家家都有本难念的经！

钟祖德担着两只空菜篮过来了，罗跃先立即站起来垫着跛脚满脸堆笑喊道："钟二爸！这儿来坐！"又扭头向里面招手，"廖师！再来一碗茶！"手中举着刚才找零的五分钱。

曾四爸、陈大爷也忙着摸钱。

"都不要讲礼，"钟祖德把扁担菜篮靠在墙边说，"我有零钱——今天街上好多人，挤都挤不动！"

罗跃先连忙说："好久都没赶场了，人多，卖的东西也多。"

"东西是多了，"曾四爸接过话，把长烟杆在桌腿上磕了两下才说："单说这个猪肉，现在只要有号号儿票都割得到。早先，一早就来排队，等半天。开卖了，熟人挤一大堆，还没排拢，肉

---

① 胎不梭：吃不消、受不了的意思。

第二十四章

就没得了,气得你干僵僵的……"

"军属、烈属,当不到人熟嘛!"作为军属,罗跃先很是不满。他偏过头来有些讨好地问:

"钟二爸,你们建华是书记,最近回来又说了些啥子国家大事?"

别看是几个老家伙,关心的还都是国家大事呢。

"现在说整顿嘛,整顿了煤炭,煤炭就增了产;整顿了铁路,火车都跑得快了……不过,广播头天天又在喊限制啥子法权,这个法权我们弄不醒豁。"钟祖德说。

陈大爷把目光从门口豇豆篮子边收了回来说:"你们建华回来还要说两句,我们那个回来腔不开气不出,钻进他屋头就看不到人花花儿。"

"买豇豆的来了!"曾四爸提醒准亲家。

陈大爷连忙起身,简单地讨价还价后,就便宜地卖掉了最后两把。

眼看中午了,大家腰包里都有几张票子,于是邀邀约约去进馆子。街中间那家供销社饭店,肝腰合炒和家常豆腐是远近有名的。

饭店里都要坐满了,左边靠墙还有张空桌子,四个人坐了下来。跑堂倌马上过来让他们点菜,曾四爸到附近副食店打了六两白酒过来,罗跃先平时不喝酒,三个人刚好每人二两。

正喝得起劲,老殷、曾会计和刘伯林走了进来。

"老村长!你们几位在这儿喝酒!"老殷立马笑着招呼。

不等钟祖德答话,罗跃先把夹着的菜丢进嘴里笑盈盈地说:"来来来!殷大队长,你们都过来一起喝!"

"我们人多,另外找个地方,隔桌陪!"老殷摆了摆手说。

饭店里面早已座无虚席。

胖子经理走了出来,满脸堆笑,连声说道:"殷大队长!里头坐!里头坐!今天赶场人多,我在里头给你们安一桌!"

229

"要得，客随主便！"老殷高声应道。一行人跟在胖子经理后面，穿过一个小天井，走进一间保管室。

这是一个两屋连在一起的套房，里头一间堆着菜油桶、酱油缸和米面口袋。外头一间放着两张旧式写字台，一张上面还摆着笔墨纸张和算盘等。

跟进来的跑堂倌，迅速在另一张写字台上擦了擦，条凳是现成的，大家坐下就围成了一张饭桌。看来这个巴适清静之地不只来过一两回，大家都驾轻就熟。

胖子经理说："这儿摆龙门阵安逸，不像外头闹麻啰！"

刘伯林出去打酒。回来时，后面又多了两个人，一个严官，一个刘明金。

"哈哈！你们硬是会找地方，幸亏三十晚上我的脚板儿洗得干净！"矮哥突然大叫。

严官和刘明金都大吃一惊，同时回头，又面面相觑：都不明白，啥时他们的屁股后面还又长了个尾巴！

当然，太平镇街上这样被矮哥盯梢跟踪早就不是头一回了。

好在老殷并不计较："欢迎欢迎，都来坐！"喝酒就图个闹热，他高兴地大叫，"服务员，再拿三套碗筷来！"

菜陆续上桌，老殷主持倒酒，除了曾会计少一点外，都一视同仁。

他高举酒碗说："这酒，是刘伯林办的招待，我借花献佛先敬大家！今天聚会难得，农忙完了，大家终于又高高兴兴地坐在一起，就为这个——来一口！"

大家站起来高高兴兴地碰碗，都来了一口。

等大家坐下后，他又说："今天我做东，大家吃高兴，不过，我先声明一下，不是公款哈！"说完爽朗地笑起来。

一口酒高高兴兴下了肚，矮哥心想，不是公款，鬼才相信！你看，这满桌的菜一般人招待得起？上次王二哥卖了莴笋不过就炒个猪肝、酥个花生米，还有个回锅肉。瞧这一桌子，除了回锅肉、肝腰合炒，还有鱼香肉丝、家常豆腐、宫爆肉丁——哦，又上来一条大大的豆瓣鱼！这鱼，外面桌子上你休想看到，这个榔榔头吃东西硬是有名堂！

一阵"快请""趁热吃"之后，刘伯林举起酒碗说："大队渔场这几年发展快，殷大队长很辛苦，我提议敬他一杯！"

"对对！我同意！"矮哥端着酒碗站了起来。

大家都站起来，跟老殷的酒碗叮叮当当一阵乱碰。

"活路是大家做的，我只是多跑了一点腿！"

一阵恭维，夸得老殷的脸泛红。

"老殷是个大功臣，"曾会计目光从喜滋滋老殷的脸上随意移向严官，漫不经心地说，"说起这个鱼塘啊，老严也是个大功臣呢！"

大家有些莫名其妙，老殷更是丈二和尚摸不着头脑。要说功臣，渔场除了我老殷也该是刘伯林，你再讨好卖乖也轮不到老严嘛！

一看大家的神情，曾会计不慌不忙地说："当年要不是老严，哪有今天这个渔场！"

这话大家都蒙了。要说当年，在座的只有他这个老会计和严官是大队干部，其他人咋个晓得呢？一九七一年学大寨，大队规划改造荒废的烂河道，老支书提议回填成农田，老严主张深挖成鱼塘。一个坚持以粮为纲造田种粮，一个主张因地制宜发展水产。老支书的意见符合上级精神，老严的建议在这一带没有先例，一二把手意见相左针锋相对。当时何庆田下队检查工作，说农林牧副渔全面发展也符合中央精神，最后才统一成了老严的意见。大家一听，立刻佩服老严的远见，也敬重他的人品，这么大的事还从来没听他张扬过。

"我们也敬严官一杯！"曾会计提议。

话音一落，大家立刻响应。

严官连忙站起身来举酒回敬，满脸皱纹开成一朵大雏菊："过了的事就不用再提了。"

大家都高兴地喝酒吃菜。

"农忙都过了，政治夜校——"刘明金望着老严，突然不说了。

矮哥的眼睛都瞪大了，咄！还有比我更积极的？这个"老运动员"！

老殷脸上浮着笑，心想，"运动员"不晓得又在挽啥子圈圈！

"农闲了，"刘队长又笑嘻嘻地说，"有人说闲着也是闲着，不如出去找点活干，生产队提成，以集体的名义……"

说得头头是道，这个老滑头好处想得，皮球却踢给了老严。

严官没有表态。

"政治夜校的事，你问钟书记嘛！他在联系你们一队。"老会计出来打圆场。

"他都好几天没有过来了。"刘明金脸上笑眯眯的，心里却在骂：我又没问你，真是狗撑耗子——多管闲事！

"绝对是王福寿的主意！他不出面，找人放话嘛！"矮哥嚼着一片肥肉，摇晃着的食指看来很满意自己的判断。

严官举起筷子慢悠悠地说："昨天建华还跟我说，农闲了，阶级斗争不会闲——来！闲龙门阵要摆，酒要喝，菜还是要吃！"他动手拈起一块白里透红的家常豆腐丢进嘴里，津津有味地嚼起来。

本想试探一下风向，一看这阵仗，"老运动员"连忙笑道："我当然是不会同意的，学习了那么久，未必还没这点觉悟？我当场就回绝了！"

殷志远立马拍着刘明金的肩头说："你没有同意就对了！以集体的名义也不行！打着红旗反红旗是敌人惯用的伎俩。只要看看报纸、听听广播都会明白……"

第二十五章

推着鸡公车的芳芳穿过拥挤的街道,来到供销社猪肉门市部。好在今天逢场多杀了两头猪,队伍也不算长,等到两斤猪肉放进鸡公车兜子里就赶忙回家。中午家学要来吃饭,当然得多弄两个菜。

一进家里,她妈就问:"这么早就回来啦?今天红苕藤好卖哇?"

"好卖!"

"你爸呢?"

"进了茶铺还走得脱!"她笑着抓起桌子上一根黄瓜就啃,凉悠悠脆生生,立刻满口生津。

芳芳把肉递给妈说:"家学要来得嘛,你还没煮饭呢?"

"我晓得。"曾四娘麻利地把大铝锅盛上水放在蜂窝煤炉子上,手上打着米,嘴上又吩咐道,"你去自留地摘点菜回来。"

口里还嚼着黄瓜,手上已提着菜篮出了门。

后门林盘里,大嫂和二嫂正在荫凉的地方梳麦草。她们把手中的麦秆放上钉耙用力一拉,再返手一荡,草衣立马脱落,两三个来回麦秆就锃亮光洁。两个侄儿在旁边玩耍,看见小姑就跑着跳着跟到地里。灼热的阳光下,头戴草帽的大哥、二哥,正大汗淋淋地担着粪水浇灌苕种地。两个侄儿争着大喊"爸爸",看谁的嗓门儿大。小姑好一阵招呼,才各自摘了一个自己喜欢的红番茄,到荫凉的地方吃去了。

两个哥哥小学没读完就回家务农,他们继承了祖辈的勤劳,

233

成天不是在队上出工就是在自留地干活。干活对他们来说，就像女人缝不完的针线活、学生做不完的作业题。这几年家里劳动力多，父亲统着不分家，日子过得还算红火——每年要出槽几头肥猪，年终还要从生产队分回几百元现金，这两年父亲又看准了栽早红苕种卖藤子的生财之道，日子过得够让人眼红的了。

瞧这剪过藤子的地里，窝子里的嫩叶尖子还没来得及蔫蔫，就被浇灌得饱饱的。过不了几天，嫩冬冬的藤子又会向四周窜出，铺天盖地乱爬！

其实，她脚下的茄子地原来也是苕种地。看着挑着闪悠闪悠担子的大哥，难忘的一幕又浮现在芳芳的眼前：

"哪个龟儿子干的！这么糟蹋人！"

大哥闷雷似的一声大吼，把刚回家的芳芳吓了一跳，她不知道家里发生了什么事。她从没见过老实巴交的大哥这么吼过，俗话说，兔子逼急了也会咬人。

院坝里站着父亲和母亲。芳芳一看到大背篼里满满都是冒着嫩尖细叶的红苕种，便一下都明白了。

可是大哥并不明白，他大声吼道："这样子糟蹋作践，只有遭雷打，遭报应！"可怜的大哥气得额头青筋暴颤。

"不要骂了，是你爸铲的——"母亲脸色很难看。

"你？"

大哥哪里肯信！他发疯似的从背篼里抓起两个苕种冲到父亲面前，捧着苕种的手有些颤抖，心痛得说不出话！视土地庄稼如性命的父亲，怎么可能这么干！

"公社连孙国荣都抓出来了。"父亲说。

"我认不到啥子孙国荣！"气昏头的大哥吼道。在他看来，风光无限的吴家坝书记，跟自己没有半毛钱的关系！

"刘明金的甘蔗种都铲了！"

他铲了甘蔗种，未必我们就要铲红苕种？

第二十五章

"先志找过我了,人家队长也是为我们好……蚀财免灾嘛!"父亲最后摊了牌。

大哥沉默了。他一直是佩服父亲的,一手农活无人能比,当队长产量就远近闻名,如今统着一家人也兴旺和睦。经验告诉他,听父亲的不会错,院子里又安静了。

那天晚上,生产队的批判会可不安静。

作为"发家致富"的典型,父亲在会上做了检讨。大家对这个上中农老队长又进行了批评帮助。由于认识态度好,又有铲除苕种的斗私行动,帮助的结果只没收架子车和自行车,算是从宽处理了。

走资本主义道路的交通工具被没收了,这样的从宽处理大哥还是想不通。全家人都老老实实在生产队卖力干活,又没有跑出去打野,一年挣来的工分不过就多分了几百块钱,圈里有两头肥猪,自留地苕藤长得旺,怎么不知不觉就成了"发家致富"的典型?怎么辛辛苦苦就走上了资本主义的道路?

红苕种铲掉了,改种的茄子已经开花。芳芳开始小心地寻找着那悬垂下来的嫩茄子。

芳芳还在回来的路上,家学已经跟着李先志进了八队保管室。里屋的横梁上墙壁上琳琅满目,一串串硕大的穗选麦种,"繁六""大头黄""川麦十号"的纸条各就各位,陈列有序。地上放着七八只箩筐,里面装着小麦、油菜、胡豆种子。

他拿起筐里压着的纸条看了看说:"这些家伙不仅有名字,还有体重呢!你们搞得挺规范!"

先志抿嘴笑了一下说:"多提意见哈,帮我们改进改进!"

家学望着墙上扎成三支一束的麦穗,每支结籽八排,每排六粒,而一般的只有六排六粒。他笑道:

"这繁六,粒粒饱满,结籽又多,明年肯定要推广!"

"要想增产，没得新品种咋行！"

不错，几千年传统耕作让土地肥沃的成都平原成了富饶的米粮之川，要想再增产，看来只有依靠先进的品种了。想着建华交的任务，一个鲜明的题目浮出脑海：《曾桥八队创造高产的秘密武器——科学种田，良种引路》。

从保管室出来，他们向早稻田走去。深绿色的早稻田边直立着一块半人高的木橛子，上面写着"曾桥八队早稻试验田"。家学认出是胜利矮，粗壮的苗架在阳光下泛出油绿的光泽。

"这是团小组搞的，刘玲和芳芳她们扭到我要试验田，只好给了一块，这不搞得有模有样的，还有观察记录呢！"

"这个试验田好！胜利矮不错。"家学很高兴，"我还听说我们国家出了个水稻专家叫袁隆平，他搞的杂交水稻很不错，不晓得啥时候能引进四川来。"

"这是个好消息呢！你我都注意到！"先志也显得很高兴。

他们又沿着河边走着，一路上看着田坝里长势喜人的好庄稼，先志挥着手说："马上就要种满山青了，又要忙一阵子了。"在他脑海里，这宁静的河边田埂早已人头攒动，社员们正挥汗如雨，在空地上见缝插针，栽着红苕，点着黄豆，丢着玉米籽籽……

说到种满山青，家学心想，今年公社要求夏至以前必须完成，我何不给大队建议在八队开个现场会。不光种满山青，还可介绍他们的水稻田间管理和种子管理，把八队的经验发扬光大！

一看晌午了，先志邀请家学去他家吃饭。家学有点不好意思地说要去芳芳家，先志有些过意不去："你怎么不早说，看我还带起你到处转！"

芳芳早已坐卧不安，一会儿倚着门框看手指，一会儿跑到林盘边向田野张望，饭早熟了，菜也炒好了。当那熟悉的身影出现在院子前面的时候，她激动得脸都红了。

二人双双进了屋。

第二十五章

曾四娘的双眼笑成了豌豆荚,两个哥哥已换了干净衣服出来,一阵招呼之后,嫂嫂们忙着把菜端上桌。桌子大,每样菜两碗对角摆,除了两大碗回锅肉外,满桌都是时令鲜蔬,炒煮拌齐全。还有一小盆毛边锅上炕的汽水馍馍,看样子是曾家碾上多磨了一遍麦麸很重的那种面粉做的,虽不白净但泡酥酥冒着热气。两个侄儿早已爬上桌子,高高兴兴地拿着筷子指指点点,但并不动手。

两对哥嫂都淳朴本分不多言语。等大家坐好,只听一声"动手",准丈母娘率先选出一片半肥半瘦又薄又亮的回锅肉,夹进了家学碗里。又一声"快请",欢迎仪式便告结束。准丈母娘说回锅肉给孙儿爷爷留了半碗,桌子上的就不用讲礼。两个小家伙飞快夹起早就看中的肉块放进嘴里。这家人为人耿直,吃饭也痛快,不喝酒,不寒暄,想吃什么就拈什么。

嫂嫂们由梳麦草说到翻修猪圈房,两个哥哥也没什么话说。家学知道修房子这样的大事在他们家也不算什么,大哥会盖草房,二哥正学木匠呢。

说到木匠,二哥高兴起来,说他新近买了一把好刨子,说着就要去拿来给懂木工的家学看。"吃完饭慢慢儿看",曾四娘连忙阻止,一看他竟站起身来就悄悄拉了拉。

"拉啥子,我去添饭!"二哥大声说。

他的碗果然空了,一家人干活展劲,吃饭也干脆。家学不由得笑了。

准丈母娘双眼也笑成一条线。俗话说,丈母娘看女婿,越看越欢喜。她真的太喜欢这个年轻人了,憨厚本分,跟自己的儿子们一样踏实能干!

芳芳早已闻不到满桌的菜香了,她的两个眼珠子掉到家学扒饭的碗里了。

"家学,今年端阳节还是到我们家来嘛!"准丈母娘热情地邀请道。

"要过端阳节啦？"芳芳似乎有些不相信。

"就是下个星期六。"母亲笑着说。

提起端阳节，那真是个让人流口水的节日。家家户户桌子上都摆满了盐蛋、皮蛋、粽子、米酒和烧腊烟熏肉。这几年虽说没那么丰富了，但盐蛋和粽子是少不了的。

芳芳的脸突然一红，她想起了去年的端午节。

那天天气晴好，家学提着礼品——一瓶白酒，两斤猪肉，十个盐蛋，十个红豆粽子来上门，那是他们定亲的日子。

送走家学，院子里几个妇女笑着问她："芳芳，今天拿钩钩儿伞的上门了哇？"

"伞……啥子伞？"芳芳莫名其妙。

几个妇女开心地哈哈大笑起来。

她不好意思问，只得匆匆回家。

曾四娘一听笑起来："瓜女子，这个都不晓得！送钩钩儿伞是我们这儿的风俗，叫'端阳抢伞'，女婿这天得伞是很珍贵的。结婚后女儿和女婿第一次回娘家过端阳节，丈母娘是一定要送女婿这把伞的。钩钩儿伞是吉祥物，可以挡风遮雨，消灾避难，还可以钩牢夫妻感情，多生儿女……再说，就是出门赶场背着娃娃，钩钩儿伞一拤确实方便……"

想到这里，她脉脉含情地望了家学一眼。

当然，这些事家学并不知道。一听说端午节了，他高兴地说：

"芳芳，到时候我们又去扯草药！"

端午节是个爱卫生的节日。这天小儿额头上涂着雄黄酒满院子跑，还把雄黄酒浇在艾叶上熏，家家屋后黄烟滚滚，用来除虫害、避蛇毒。户户门前都挂艾蒿和菖蒲，艾叶清香，蒲叶似剑，既提神杀菌，又驱邪恶保平安。据说这天用草药洗了澡，一年四季都不生疮长痘。

端午节是个隆重的节日。这天准女婿要上门，新婚女儿要回娘家。皮蛋、粽子、时令鲜蔬摆一大桌子，大蒜炒苋菜是不能少的，又红火又打毒，小孩子爱用那红红的汁水将米饭泡得红彤彤的，吃得喜洋洋的。

去年端午节的头天下午，他就和芳芳一起去扯草药。普天之下，端午节百草为药。他们沿着河边沟埂走，枫树叶、枇杷叶、枫杨叶都是最好的打毒药，还割了些艾蒿，秆子不太高但香气浓郁。又在河边浅浅的湿地里用手挖菖蒲，泥软软的，蒲叶绿绿的，疙篼根须在河里一洗，白绿分明鲜美好看。那天太阳真好，天蓝蓝的，水也蓝蓝的，水草肥美的牛堰河湾里静静的。他和芳芳一起看流水中的飞鸟和云朵，鸟动云不动，云动水不动。直看得白云镀上了一层金，一湾河水染成了蜀锦……家学觉得那天就是最开心的情人节！

"我也要去，我也要去！"

两个小家伙的吼声打断了他的回忆。

大嫂笑着说："林盘头树子高，牛堰河边坡坡滑，看不把你两个摔得鼻青脸肿！"

芳芳也笑了，说："还是跟姑姑一起做个五彩缠丝粽子，跟去年的一样，戴在脖子上！"去年她给侄儿用百家竹笋壳折了两个六面三角形粽子，用红黄绿三色丝绳缠成，还垂着红红的穗子。两个侄儿一听都高兴得直叫好。

去年她还给家学做了一个憨态可掬的小猴。用三颗小豌豆包裹成一个小脑袋，身子装上干艾叶，四角并拢为手脚，将一个红色金瓜抱入怀中。尾巴上同样垂着红色穗子，形态极乖巧，艾叶香喷喷的，据说可以避邪。她望了一眼家学，心想小猴不知道还在不在？

曾四娘看了看女儿，又看了看家学，试探着问："又要过端阳了，家学，这里也没外人，当妈的想问一下，你们的事——"

"妈！"芳芳撒娇地说，"我们自己晓得，你不要管！"

"当妈的不管哪个管?"曾四娘嗔怪地看了女儿一眼。

"时间到了自然会跟你讲!"芳芳明白家学的梦想,这是他俩的秘密。

"这么大的事,不提前准备嗦?"母亲装着不高兴。

"我们也在准备。"家学连忙说。

曾四娘知道他们家修了新房,也就不开腔了。

吃过饭,家学起身要走。

"等一下,"芳芳进屋拿出两个小药瓶递给他说,"这是虎力散,医风湿的,是二嫂从娘家那边买的。用它泡酒,妈搽了脚杆都见效,这个给你爸泡酒,喝了效果会更好。"

芳芳真是个既懂事又细心的妹子,家学深情地望了她一眼。

芳芳恋恋不舍地把他送出院子。

回到家里,家学一头钻进自己的房间就埋头赶写材料。直到屋里点灯,才终于完成。他举手伸了个长长的懒腰。

母亲迈着一双螺形小脚①,在门口喊道:"吃饭了,你爸还在地头!"

"我马上去喊他。"

家学朝河边上的自留地走去,还没走拢就喊起来。

连喊几声都没回应,也看不见人影,心里有点发怵。

"我在这儿。"

家学吓了一跳。循着沉闷的声音一看,河埂上有个黑乎乎的人影。

"爸!你咋个坐在这儿哦?跸到河头咋办?"

"跸死倒好了,免得签眼睛!"父亲的话里满是怒气。

"哪个惹到你了嗦?"

"还有哪个!……人家严官、老殷都在赶场喝酒,就你一个

---

① 螺形小脚:指清末民初时期一些缠过脚的女人的脚,尽管后来她们放了脚,已变成钉螺似的脚走起路来也颇不方便。

人忙！比当大队长的还忙！"

儿子嘟囔着："我有我的事嘛！八队的材料……"

"八队八队，一天到黑就是五队、八队的！狗揽三堆屎，屋头的事一点不管！我这把老骨头还照看得到好久？"老人有些悲摧。

原来，他摘完黄瓜还没天黑，正想背回家，背篼绳一上肩竟然一屁股又坐回去，再也爬不起来。这个样子明天还怎么赶场！饱受风湿之痛的他很沮丧，受凉要疼，无缘无故要痛，就连老天要下雨，脚杆膝盖也会跟着凑热闹。

家学连忙从裤包里摸出两个小瓶子说："这是芳芳给你的虎力散，泡酒吃专门医风湿的。"

"这个能管用？"老人接过小瓶子说，听口气怒气似乎消了一半。

家学把瘦弱的父亲搀扶起来，老人捶了捶膝盖，才吃力地迈开脚步。

"明天就不要去赶场了。"儿子背上黄瓜走在前面。

"不卖自己吃？这么好的黄瓜！回去吃点止痛片，明天就没得这么恼火了。"

吃了晚饭，家学又进了他的屋。堂屋侧边这间旧草屋是他的领地，煤油灯照着糊了报纸的墙壁，旧木床枕头上覆着有喜鹊闹红梅图案的提花枕巾。墙上贴着《智取威虎山》的剧照，旁边挂着一把二胡，下面摆着他用旧木板制作的简易书架。他坐在小方桌旁，目光扫过书架上的《土壤学》《作物栽培学》，他梦想着还要捧很多很多的书，让心走得很远很远。

眼下这一切却渺茫起来。他望着墙上的杨子荣，双目聪慧的你，义无反顾地选择了孤身一人深入虎穴，你能否告诉我，我现在的路该怎么走？

走向远方很重要，生命中不能缺失的芳芳也同样重要！准丈母娘的话又在耳边响起。不要说夜幕中河堤上父亲孤独的身影，就是整天迈着一双螺形小脚忙里忙外的母亲，你忍心再望一眼她浑浊目光中的慈悲？可怜她先后生下了九个儿女，不是病死就是淹死饿死，最后只剩下我老九这根独苗苗！去读农业大学，年迈体弱的父母丢给谁管？小小的油灯是经不起风吹的啊！

他走出房门，望着旁边夜色中的那间新草房，那是年前家里专门为他结婚盖的。

"看得这么出神，要办喜事啦？"走进院子的建华开着玩笑。

"早得很。"家学偏过头来关心地问，"你和刘玲——"

"不要乱说！人家哥哥给她介绍了个东郊国防厂的。"

"那你更要抓紧啊！"

唉！人生面临着各种选择，她究竟会怎么选择呢？

建华看了看家学，嘴里却说："八队那篇材料写好了嘛？今天郑主任都在催了，说是这期的《金牛科技》上要登。弄好了，明天我到区上开防汛会正好带去。"

"草稿出来了，你来了正好一起修改！"

他俩走进了屋子。

第二十六章

区委和区革命委员会，都在西郊金牛坝边的一座大院里合署办公。一排排高大的香樟和法国梧桐，让大院庄严肃穆。走道两

第二十六章

旁修剪得很整齐的万年青，楼宇间错落有致的玉兰、紫薇、木芙蓉、蜡梅，又使这里古朴典雅，鸟语花香。

临街耸立的两楼一底是办公主楼，区委办公室、组织部、宣传部和计委、农林水电局等都在这里。二楼西侧是郭民生的办公室，除了外出开会或下乡，每天八点他都会准时出现在办公室。今天也不例外，他正翻阅着刚送来的文件。一份《农村暴发户是怎样产生的？》的简报映入眼帘，这是省委一位领导在省委中心学习组会上的讲话。他又赶紧找出昨天的报纸，《为什么公社化后的农民还会产生资本主义倾向？》的署名文章展现眼前，它们似乎都在释放着同一个信号。

究竟是什么信号？他眉头一锁。学理论要上新台阶了？批判要更深入了？农村又出大问题了？敏锐的感知力让他陷入深深的忧虑。他点燃了一支烟，在办公室里走来走去，文章中咄咄逼人的气势，不由使他想起去年那些让人窒息的日日夜夜：

迫于形势的压力，区委不得不召开座谈会。到会的造反派骨干们，为了让区委领导脱胎换骨走上"正确的革命道路"，真可谓苦口婆心，用心良苦。一大堆理不伸的问题，一个个转不好的弯子，让座谈会一开就是二十多天，直创了区委会议的马拉松纪录。先名曰座谈交流，接着就论辩争吵，最后他只有沉默。然而，沉默也休想"蒙混过关"。不开腔，说你有抵触，态度不端正；一解释，又说你狡辩，直接就上纲上线。区委的工作几乎瘫痪……他还清楚地记得，一个精精瘦瘦的造反派指着他的鼻尖，大有恨铁不成钢的沉痛：

"一开始你们就站错队，'二月逆流'你们又站错队，'一打三反'你们还是站错队……你们这样的领导，怎么能领导全区的阶级斗争？我都为你们汗颜！……"

他放下沉甸甸的报纸，心想，难道这一次搞整顿又错了？为什么我们一干他们就批判，一抓他们就指责，一瘫痪居然就形势大好了？眼看轻风拂面春潮涌动，怎么瞬间又浊浪排空雾密云暗？

门被轻轻推开了，万世才和巫建明走了进来。

"这篇文章你们看了没有？"

两人一晃标题都点头说看了。

"有啥想法？"

面面相觑，没有回答。

过了一会儿，还是老巫心直口快："我看有来头！"

"山雨欲来风满楼。"再沉重的话题笔杆子一张口总有诗意。

"农业是国家的命脉，不能再折腾了。"郭民生忧虑地说，"依我看，目前农村的主要矛盾，还不是暴发户的问题。"

"文章口口声声说农村小生产，农民资本主义，暴发了几个嘛？简直是危言耸听！我看农民的温饱都还没有解决！"老巫显得有些激动，连鬓胡渣都竖起来了。

笔杆子并没那么激动："学习理论，就是反修防修；限制资产阶级法权，就是坚持无产阶级专政。"他平静得跟在念社论一样。

"毛主席讲学习理论，还讲了要安定团结，把国民经济搞上去。我们的学习、理解和执行都应该全面！"

"当然，孤立静止、片面割裂正是机会主义的惯用伎俩！"笔杆子的话充满哲理。

"就是打着红旗反红旗！"老巫开口总是一针见血。

"有人总喜欢搞极左。看来，农民的自留地、家庭副业都有可能要进一步限制，"郭民生靠近他俩，忧郁而低沉地说，"唉，农民再也经不起折腾了……"

"我们在农村干了这么多年，未必还不了解？暴发了，产生了，吼这些人不晓得又要干啥子了！"

脸庞瘦削、经常熬夜写文章的老万，抬起眼睑浮肿的脸沉重地说道："古人说，兴，百姓苦；亡，百姓苦。自古以来老百姓的日子都不好过。不过，你我的日子也不好过——既要面向苦不

第二十六章

堪言的老百姓，又要对付咄咄逼人的造反派！"

码得高高的文件和报纸沉重地压在办公桌上，连呼吸的空气都很沉重。郭民生重重地将那份报纸掷于桌上说："有人究竟想干什么？眼看整顿恢复生产，老百姓脸上刚刚有点笑容，经验主义、复辟回潮的帽子又满天飞！怎么一抓生产，就非要与资本主义挂上钩？"

办公室沉默了。

过了好一阵，笔杆子才忧郁地说："看这风向，我们这个材料该怎么写呢？"

这个材料是为了七月中旬全省的农村工作会。市委叫区委报一份材料争取作大会发言，区委决定报太平公社，今天碰头就是研究这个事。

郭民生坚定地说："必须突出党的领导，理直气壮抓生产。学习和整顿，就得以增产的事实说话！"

"对，不要草呀苗呀去绕弯弯，要看果果，要看田头长的米米！"老巫是抗战就参加革命的老同志，文化不高，说话实在。

"仓廪实而知礼义，经济基础决定上层建筑。"深谙作文之道的笔杆子浮肿的眼睑上堆起笑，"可是写材料得倒过来，不然你连台子都上不到，还发什么言！举个例子，知青下茅坑救老农，本来，毫不犹豫就跳了下去。可是，作起报告来哪能这么简单呢！面对茅坑，又脏又臭又危险，一个知青能没有想法？有了想法，当然要狠斗私心一闪念。眼前要浮现出黄继光冒死堵枪眼，脑海里又立刻蹦出欧阳海舍身救火车，心里一亮堂，就毫不犹豫踏着英雄的足迹，纵身一跃完成了壮举！这样的材料才有深度，这样的报告才能引起共鸣。"

"说和干成了两码事，你们耍笔杆子的精通这一套。"郭民生揶揄道，"不过，我们这份材料一定要让事实说话，说和做统一。"

"都八点半了，老何咋还没有来？"老万望了望墙上的钟说。

话音刚落，何庆田就出现在门口。

等他坐定，郭民生强调这次机会难得，要争取把握。

何庆田开始汇报。

听完汇报，郭民生说："笔杆子，你觉得怎么样？"

"说和做要统一，"老万沉思片刻后说道，"材料要先摆成绩，亮出做的成果，然后突出做的过程。"

郭民生表示赞成："做，要强调我们抓整顿，抓生产，让产量说话！"

"我刚才的汇报，是经过公社革委会讨论的。"何庆田很认真地说，"郭书记说的没错，就是要让产量说话。万主任说的过程，还是要突出理论学习……"

"那是当然加必然！不然，你何庆田还想上台发言？"笔杆子笑了，"根据你的汇报，学习理论这块，我觉得就突出快、准、狠三个特点。快，就是雷厉风行传达快，政治夜校恢复快，单干打野刹风快。准，就是选点准，政策把握准。这次区委不派工作组，而是采取抓点带面的方法，在全区抓了几个点，太平公社又以吴家坝和曾桥大队为点。运动中严格区分两类不同性质的矛盾，揪出了新生的孙国荣，而对有悔改表现的队长就区别对待。狠，就是打击力度狠，对阶级敌人的破坏毫不手软，对群众中突出的资本主义倾向批判加罚款，才及时刹住了打野歪风，解决了个别发家致富的问题，堵住了资本主义的路。"

"笔杆子就是笔杆子，万主任一指点就要点明确，纲举目张！"何庆田很是佩服。

巫建明却说："我看农业学大寨的内容也不能少！"

这么重要的内容当然不能少！郭民生不由得又想起了那个马拉松座谈会来。一个造反派当面质问他："一九七一年你们就制定了三年规划，大会上你还拍着胸口发誓，三年建不成大寨区，你区委书记的帽儿都不要了！现如今，三年过去了，怎么样？你的胸口还红不红？你的乌纱帽舍不舍得丢？"当时的他，血往上

第二十六章

涌,宁可赴刀山下火海也不愿受这样的羞辱!……不错,他是当众拍过胸口,他是曾经雄心勃勃——穷山恶水的大寨人都可以创造粮食高产的奇迹,号称天府之国的我们为啥不能!……可是,想和干是两码事,雄心和誓言都成了笑柄!头上这顶乌纱帽,有时被一脚踢开闹革命,有时又被扣住搞"结合",戴和揭都身不由己!……一说学大寨,就搞红旗招展,出工画圈圈儿。

"学大寨不能搞形式主义,"他连忙说,"要从实际出发,切实调动农民的积极性。还要抓好科学种田,把粮食产量搞上去。这些都要写进去。"

老巫拿起办公桌上的报纸很有感触地说:"形势发展真是日新月异!看来闹儿们又要活跃了……不过,你我反正都是锅里的青菜——翻过去炒,铲过来煸。人家孙猴子在太上老君的炼丹炉里炼成了火眼金睛,老子身上还有敌人的弹片,再多个窟窿也无所谓!"

"不管咋样,材料一定要写好,并争取大会发言!"郭民生坚定地说,"学理论的目的是要把国民经济搞上去,毛主席的三项指示,不能割裂!材料中一定要彰显我们的立场,让产量说话才是硬道理!"

最后,他要求老巫在宣传部派一个笔头过硬的人,到太平公社去住下来,十天之内交稿。

十点整,郭民生来到了区委礼堂,准时出现在全区防汛工作会议的主席台上。

防汛工作会一结束,太平公社的几个大队书记刚刚走出礼堂,建华就听到一个熟悉的声音:

"钟书记!"

循声一望,只见刘伯林站在路边正向他招手。

"你咋在这儿呢?"

"我和老殷早就来了,"笑眯眯的刘伯林拉着他的手臂就往

247

礼堂右侧走，"我们约好了商业局和农水局的领导，中午一起吃顿饭。老殷专门喊我在这儿等你。"

他站住了，挣脱了手说："我就不去了。下午大队要开计划生育座谈会，我答应了陶晓容要回去参加的。"

"那咋行？这是老殷交给我的任务！"刘伯林用手一指，"你看他们都在等你！"

顺着手指，钟建华看到老殷背对着这边站在一棵木芙蓉下，正同张站长在摆谈。

"下午要开会，中午喝酒不好。"建华继续坚持。

老殷突然转过身来，大声喊道："建华！快过来哦，我们等你好久了！"

张站长也看到了他，他只得和刘伯林一起走了过去。

"张站长，我们渔场的事又要麻烦你了！"

"钟书记，应该的，应该的！"张站长热情地伸出手。这个水利科班出身的干部，黝黑的脸上架着一副深度眼镜，一看就是常年下乡跑野外的。

农水局杨局长也来了，老殷便吩咐刘伯林陪同大家先行一步。

区委招待所邱经理亲自出场安排。没过多久，老殷陪同夏局长也到了。

脸上堆着笑的夏鸣矮个头，精明干练。一见钟建华，就主动伸出手来。

没有直接跟他打过交道的建华知道，他是区上的风云人物，作为造反派代表结合进了领导班子。建华连忙握住对方的手说："夏局长，久仰久仰！今后我们渔场还要请你多多关照哦！"

"这是我们大队书记钟建华！"老殷急忙介绍。

夏鸣一双大眼乌亮有神，目光亲切地抚着建华的脸。虽然不认识，竟和老朋友重逢一般亲热："建华老弟，好说好说！"他又转脸对衣着光鲜的经理说，"邱经理！今天给你添麻烦了，二天他们渔场的鱼就直销你们后堂！"说着便哈哈大笑起来。

旁边的杨局长笑了："老殷，你看你们鱼塘的鱼才二指大点，夏局长连推销的指标都给你们落实了。"

"是哦，这头帮我们多产了鱼，那头还指望帮忙找销路叫！"

"这顿饭不好吃哟！"杨局长装着为难的样子。

大家都笑了。

邱经理笑眯眯地走过来说："菜都摆起了，请大家坐到里面去边吃边说嘛！"

老殷连忙说道："要得！各位领导，请过去坐起！"

一阵觥筹交错之后，张站长的脸黑里透红，他对建华说："你们老殷是个能人哦！你们的鱼塘，我们看到挖的，才不过两三年，无论是规模还是管理，都是全区最好的渔场！"

老殷却面有难色："各位领导，你们不了解，我们的日子难啊！郭书记三天两头到公社，说不定哪天就转到渔场来，他要是问起这'最好的渔场'给集体做了多大贡献，我还真开不了口！"

刘伯林连忙打边鼓："咋开不了口？夏局长不是都给邱经理说好了嘛！"

"招待所需要的量也有限。"张站长实话实说。

"养鱼的水我保证供应，至于销售——"杨局长没了下文。

夏鸣沉思了一会儿，才说："除了开大会，招待所平时用量确实不大，得想法子销到城头去。市上的朋友我倒是有两个，再想想办法，找水产公司，联系大单位……"

"我们等的就是这句话！"老殷迫不及待地站起来躬身敬酒，自己举杯一饮而尽，以表谢意。

"发展生产，保障供应，大家都有好处，何乐而不为呢！"夏鸣笑得爽朗而热情。他本不喝酒，也以茶代酒来了一口。

钟建华站起身，恭敬地说："我也给各位领导敬敬酒！我们渔场能有今天，感谢领导们的大力支持和帮助！今天有了夏局长这句话，我们就吃了定心丸。为了表示谢意，我先把自己的掺满！"然后，他依次走到领导面前，一一为他们斟满了酒。

他回到座位上，举起自己的酒杯对大家说："我钟建华才疏学浅，当过几年铁道兵，说话干脆。本应陪各位领导尽兴，但等会儿还要回大队开会，我把这杯酒干了，你们随意！"说完，仰头一饮而尽！随后，他又举起酒杯倒立一阵，以示自己喝酒的诚意。

大家看了一滴不剩的空酒杯，都心悦诚服。各自都饮了一口。

杨局长放下酒杯说："太平公社是郭书记抓的点，你们发展水产，我们责无旁贷。"他是陕西米脂县人，普通话中带着浓厚的陕北腔调。

"你们发展我们高兴，我们的工作就是为基层服务，为人民服务嘛！"夏鸣也神采奕奕。

钟建华正在扒饭，他抬起头来感激地说："现在我们还很穷，等以后发展了，全大队的贫下中农都不会忘记你们！"

老殷端起酒杯又开始了周旋，他红光满面地对大家说："建华有事走他的。我代表曾桥大队，依次再敬各位领导！"

第二十七章

冬梅的三姑妈给她介绍了男朋友，这消息应该说德贵是最后一个晓得的。

这天下午早早下了班的他坐卧不安，一个人魂不守舍地在林盘里盘桓张望。冬梅终于出现在井台边，他立马冲出林盘，可早已不见了人影。以前她一到井边，他就去挑水，帮她提水，一起淘菜洗衣，两人总有说不完的话儿。如今淘菜也提速了，走路风都撵不到了。前次曾家桥小学演坝坝电影，她和同院子的邓素英她们挤在一堆，自己连个说话的机会也没有。不过，今天你跑不脱了！

最后一次约会的情景还历历在目：

挨打的当夜，两人又来到牛堰河边，坐在野草丛生的那棵老榆树下。没有月亮，只有无数小星星在眨眼偷看。夜色朦朦胧胧，河水平平静静，空气中有油菜花的馨香，河对岸早稻秧母田里不时传来几声蛙鸣。

"挨了打，还痛不？"

她不知道，那忽闪忽闪的大眼和那吃惊的模样才叫人心痛呢！

"这不好好的么，一点儿都不痛！"他笑着用右手拍了拍后背。

"不要这样！"冬梅赶紧抓住他的手。

他顺势握住她的手，把那绵软纤细的手送到嘴唇边亲吻。

冬梅的头靠住他的肩，轻声说："我不想因为我——"

"我爸不会把我咋样的，"他调皮地说，"他只有我这个儿，要是把我打死了，二天哪个给他端灵牌子？"

"呸呸呸！不许乱说！"一只手捂住了他的嘴。

"好好好，看把你吓得！"看她像只受到惊吓的小兔那么可怜，他觉得开这样的玩笑有点残忍，就将她拥入怀里，抚摸着她柔顺的长辫。

她却坐正了身子，看着他认真地说："德贵，运动了，你爸也难。我们还是避避风头。反正，人家的心你还不懂吗！"她的声音是那么温柔，神情是那么羞涩，话语是那么通情达理。

可是，怎么说变就变了呢？

走拢刘家，眼前的情景让他惊呆了：昔日有名的刘家花园，如今破败不堪。小路上杂草丛生，门可罗雀。沟边篱栅上肆意爬满了丝瓜藤、南瓜藤，不见了往日红艳艳的"三月开"，如烟似霞的"七姊妹"；其实这些蔷薇花在坡地沟边是随处可见的，而进了园子作为篱栅就别有一番风味。当然，无论是芳香扑鼻的栀子花，还是淡雅幽香的小茉莉，以及娇艳的茶花和斑斓的杜鹃，统统都不能幸免，因为姹紫嫣红和芳香扑鼻都充满资产阶级情调。他目光连忙转向院坝靠林盘的角落，还好，那丛蜡梅还在，绿绿的枝叶孤零零地立在那里。当万物凋零，它直挺挺的枝条就会缀满黄黄的花朵，如晶莹温润的珍珠散发出诱人的芳香。大概因这独傲霜雪的品性象征了无产阶级的斗志，才让它躲过一劫。

冬梅就是独傲霜雪的蜡梅，不知道我的冬梅能不能躲过这一劫难！

天空突然暗下来，空气湿醺醺的，心里热闷闷的，堵成一团怪不是滋味！

他穿过院坝，跳上阶沿。堂屋里黑洞洞的，他跨了进去。这里再熟悉不过了，是他从小就爱和小伙伴们来玩的地方。墙壁正中端端正正贴着毛主席像，两旁的条幅是"明月松间照，清泉石上流"，据说是别人送的柳体。下面的条案上，摆着一架自鸣钟，左花瓶，右镜子，据说也有寓意。正中油漆斑驳的八仙桌旁，他和小伙伴们不知听过多少人物故事，什么《三国演义》啊，瓦岗寨啊，《水浒传》啊。还知道了法国有个巴尔扎克，俄国有个托尔斯泰，他们都是著名作家。冬梅曾告诉他左边柜子里都是书，他怯生生地说想借本看看，冬梅父亲高兴地说人读书才聪明，书不传阅是浪费。可如今，早已被横扫一空，连柜子也没有了。

"冬梅不在，你回去吧！"

他吓了一跳，不知道这声音从哪儿冒出来。一回头，身后站着冬梅她妈。

"蒋孃孃，我看到冬梅回来的！"

他冲进厨房，又跑进林盘大喊大叫。

蒋雅琴有些生气，我们这样的人家，就算惹不起，还躲不起？

"淘的菜都还在桶上！"德贵跑了回来。

"冬梅已经有男朋友了！"蒋雅琴声音平淡，如同法官的宣判。

德贵不服，他一定要面见当事人！

"冬梅！开开门！"他冲向冬梅卧室，双手打着门。

门闩着，里面没有动静。

蒋雅琴远远站着。如今，任何人都可以以任何理由在任何时候闯进门来任意闹腾，她很无奈，也算见惯不惊。

"冬梅，我只想来看看你，冬梅你……"呼声已带着哭腔了。

过了好一阵，喊声停止了，拍门声也没有了。

德贵蹲在门口。看样子，门不开，他不会走了。

看着年轻人伤心的模样，特别是他身旁那张竹椅，蒋雅琴又被带回到那个黑沉沉的夜：

……淫雨时断时续已经下了好几天，她也昏昏沉沉躺了好几天。冬梅的父亲作为五类分子典型到公社集中去了，身心疲惫又惊又吓的她在床上发抖。女儿摸了摸她的额头，说该不会是打摆子[①]吧？

秋雨又下大了，能听见屋檐水嗒嗒的滴落声。

她说不要紧，然而眼皮却沉重。女儿身体还单薄，肩头也稚嫩，这个时候自己千万要挺住！

她再次睁开眼，看见了捞脚挽袖的女儿和穿着军用雨衣的德贵。他俩又出去了，等他们再次出现，竟抬着一副滑竿！小伙子真是太能干了，一张竹椅绑两根抬担就成了一副滑竿！她被扶上竹椅，女儿裹盖好被子，德贵脱下军用雨衣盖在上面。等遮裹得严严实实，他俩才头戴斗篷身披蓑衣，抬起滑竿走进黑魆魆的雨幕里。

[①] 打摆子：指得了疟疾病，身体发生冷战等症状。

秋雨毫无倦意地飘着，虽说不大，但小路十分泥泞。赤着的脚丫必须抓紧田埂小草，才不会摔倒。他们深一脚浅一脚小心地走着，等赶到公社医院已经半夜过了。急诊室一检查，说严重肺炎。皮试之后，等挂上了输液瓶，医生才说："幸亏你们来得及时，拖到明天就危险了！"

……

德贵是个好小伙子！自己何尝不企盼这对青梅竹马能水到渠成！

她走到德贵面前，声音也颤抖了："你回去吧，你们两个好聚好散……"

"冬梅，冬梅！"他又跳起来，突然用他的头去撞门，"冬梅，你开门呀……"

房门突然开了，冬梅出现在门口，泪眼汪汪！

这一刻，时钟停摆，空气凝固。

冬梅知道德贵的脾气，要是不开门，他会没完没了地闹腾下去，说不定还会干出傻事来。

的确，两人的情感早已浸入彼此的心田，举手投足都是彼此的关爱，哪能说断就断呢？这一刀下去，恐怕也只能是抽刀断水，藕断丝连了。

她知道生命中最甜蜜的岁月已经一去不复返了，看到亲近的人都因她而受到伤害，她痛不欲生心如乱麻……

该做个了断了，哪怕是误会，她也要勇敢面对！

她朝大门外走去。

德贵紧随其后，他们走出了院子。

蒋雅琴急匆匆地追出堂屋……

她的胳膊突然被一只有力的手抓住了，回头一看，丈夫对她摇了摇头。

"要下雨了，我想给他们拿把伞——"

刘学文又摇了摇头。

一道闪电划破天边，远处传来闷闷的雷声。

蒋雅琴打了一个寒战，风雨就要来了，他们能躲过吗？

站在身边的丈夫沉默不语。在他看来，人生都会遭遇风雨，学会选择心里才会撑出一把能抵挡的伞。

不错，在充满伤痛的煎熬中，他学会了沉默。这得益于那句话，那是川大老师说过的一句话："风雨交加的时候不要急着赶路，停一停，等一等，一切都会过去的。"这是一个中共地下党员的经验之谈，沉默地等一等，坚持再熬一熬，才能取得地下斗争的胜利。

不错，义愤填膺的挺身是一种担当，卧薪尝胆的坚持何尝不是一种责任！选择沉默是静观雷霆风暴，耐心等待何尝不是守候雨过天晴！尽管遍身伤痕，但内心始终燃烧着精神的守望。

当德贵大叫大喊之时，他保持了沉默；当女儿开门走出来时，他依然沉默。沉默是给孩子最大的尊重，是让他们自己去独立思考和学会面对。即使面对批斗会上的喧嚣，他也保持沉默。沉默能让内心安宁，守候能让精神强大。沉默的学习能滋养自己的生命，沉默的反思能洗涤自己的灵魂，沉默的等待是对信仰和精神家园的守望。

天黑了，雨点落了下来。我可怜的女儿，有了我这样的父亲，你就注定了只有承受煎熬。

妻子把头靠在他肩上，生命就这样在时光中一天天逝去。

时光真是伟大，它洞察秋毫却沉默不语，我们只能看到每天东升的朝阳和西沉的落日，雨后的晴空和春回的大地。它不快不慢从远古走到今天，不因欢乐而驻足，不为忧伤而匆匆。就在这不快不慢沉默的行走中，冤屈的窦娥能让六月飞雪，沉沙的折戟可以重见天日，泛滥的河流会水落石出，阴霾的天空会云开雾散……

他们并排站着,肩并着肩,头靠着头。

一路走来,自己总有妻子的陪伴。

我可怜的孩子们……

天更黑了,雨更大了,一场雷阵雨来临了!

德贵闯闹刘家,旁边院子的老殷很快就知道了。

他对妻子说:"这小兔崽子还挺招人喜欢的,不过他这一闹,看他老汉儿咋个收场!"

"人家都另外耍朋友了,还去扭到闹啥子嘛!"

"想当初,我妈不同意,你还不是扭到闹!"

"你妈啥子眼力嘛!"妻子的扇子在他身上一拍,"以为采购就该找个自带饭票的,哪晓得'四清'把你'清'回来,人家还会跟到你?还是我们这些过得旧!"

妻子的嘴一点不饶人。

"是是是,还是我们老周过得旧!这么闷热,你就顺便再给我煽两扇子叫!"

凉风让他很舒服。

"老严这个人,虽说跟钟建华扣得紧,但对我有恩。一九七〇年整党,要不是他,我拿不到这张党票。没得党票,咋当场长和副业大队长?如今他在大队说话还是管用的。德贵的事,我想帮帮他!"

"咋个帮?"妻子一瞪眼,她不想丈夫去蹚这些浑水。

"我想给他另外介绍一个。"

"想当红爷婆啦?"妻子笑了。

"还是得请你出马,把你嫂嫂那个侄女介绍给他。"

"她眼光高哦,要嫁工人的!"

"修缮队的就是工人叫!小伙子出身好,有手艺,又标致,老汉儿又是大队长,哪儿去找这么好的人户?"

"这倒是哈——"

"不要忙！我们先说到这儿搁起。我倒还想看看这小兔崽子闹个啥名堂！"

屋里暗下来，外面下起了雷阵雨。

这雨来得猛去得也快。雨停后，周俊明到自留地去摘了一把豇豆，回来正碰上谢摩登进门。

她从遮掩的提兜里取出一个布袋。

老殷立马迎出来，接过她手中的布袋，喜滋滋地说："谢啦！秀兰，也给长贵说说，我谢谢他了！"

其实他下午在家就是专门等这东西。上次夏鸣说要同上面搞好关系，首先要下好公社"这盘棋"。

谢摩登把修长的蛾眉一扬，说道："这东西可难搞了！你想，泸州老窖，这么好的名酒，凭票都买不到，何况还不要票！"

周俊明脸上挂着笑，心里却不是滋味。你看她一头短发油亮亮的，蚂蚁上去都要杵拐杖，不抹菜油鬼都不信，可一般人连炒菜都没得油！那扬起的又细又弯的眉毛，说是天生的，不拿猪毛夹子拈才怪！娃娃也不小了，衣服还穿得紧绷绷的，水蛇腰显摆给哪个看嘛，更何况就站在自己的丈夫面前！

丈夫居然笑眯眯地对她说："改天我请你们长贵喝酒！"

"殷大队长，我们两家还说这些！只要帮得到忙，你说声就是了。"她一说完扭身走了。

周俊明嘴上说"吃了饭再走嘛"，心里却骂道，不图吃锅巴，咋会围到锅边转？平日里显摆"豇豆靠栈栈，婆娘靠汉汉"，这次送东西来，还不是看到我们老殷有实权嘛。

谢摩登一走，老殷连忙用黄布挎包把酒装好，又拿出事先准备好的两条大草鱼，兴冲冲地出了门。

"吃了饭再去嘛！"妻子追出来说。

"回来再吃！"自行车一溜烟跑了。

等他又出现在渔场,天都黑了。

看到刘伯林还在,他就问:"老刘,你还没走啊?那场偏东雨怎么样?"

一看老殷风尘仆仆的样子,刘伯林连忙说:"你放心!地势矮的地方我冒雨都去看了,没问题!"

老殷松了一口气说:"我们都拿了那么多工分,鱼跑了,就不好说话!"

"当然,"刘伯林点着头说,"这不吃了夜饭我又赶过来。"

"我连夜饭还没吃呢!"

"去啦?"

老殷点了点头,笑盈盈地说:"起初,他爱人高矮不收。"

"那咋办呢?"

"还能咋办?动之以情再晓之以理嘛!我把长贵的关系搬出来,话就越说越拢了。再说草鱼从塘里捞都捞起来了,丢回去还不是个死,从节约的原则出发也不要浪费嘛。何况郑主任对我们渔场那么关心,这鱼是他从一寸把长看到一尺来长,不让他尝尝鲜,我们都过意不去!最后她只好说'那就下不为例'了。"

"老殷,你是能干,喊我这个礼就送不出手了!"刘伯林夸道。

"你还别说,"他有些得意,"送礼的学问可大了。有的人端着猪头却找不到庙门;有的人庙门虽然找到了,就是牵根大肥猪去都当毬腾!为啥?割卵子敬神,神得罪了,自己也完蛋了。"

"嘻嘻……"

"你看我们送的,又不是现钱。有鱼有酒,都是些土特产!能说个啥子所以然?跟乡里乡亲走亲戚一样。"

"也是哈!"

"人家郑卫东那么年轻,前途无量!你以为就一辈子在牛堰河畔跑?肯定要远走高飞!他在乎的是自己的前途。我们这样亲近他,是他的人气!"

第二十七章

"那你见没见到郑主任呢？"

"目的就是要见他山。他爱人给我泡了杯茶，坐一会儿郑主任就回来了，想不到还有意外收获——"老殷兴奋地卖起了关子。

"什么收获？"老刘也跟着他眉飞色舞。

"刚接到通知——郑主任说，市上要召开第一次水产工作会，说是要抓城市的副食品供应了，各公社分管领导都要参加。他说明天给区上杨局长打个电话，让我去列席，还喊我把这事给钟建华说一下。"

"这种机会哪儿去找哦！"

"是山！你想，我不去送这个礼，我们连气气都闻不到！"

"那是，那是。"

"多一个人列席会议对他们来说算个啥？可对我们来说，意义就非同小可！"老殷细眯着眼无限神往地说，"市上的大会，好大的场面！成都市渔场和水产公司都要来人，各区和公社的领导都要参加，有好多经验要介绍，有好多信息要交流……到时候，我们就可以直接到市渔场进好苗子了，用不着再去跑乐山，鱼也恐怕就不愁销了。关键是大家熟悉了，这张大网就是无尽的资源……"

不要说他踌躇满志，就连刘伯林眼前都一片光明。

老鹰腾飞的羽翼正在丰满，这点刘伯林毫不怀疑。然而，他却忧心忡忡，因为还有一道坎横在面前不晓得能不能过！就在而今眼目下，就是明天，钟建华就要来渔场查账了，忧虑堆上了他的额头。

259

第二十八章

  钟祖德今天心情不错。昨天山墙上的茅扇掉了下来，风吹日晒早就朽坏，儿子出门答应早点回来，看着自己刚夹好的两个新茅扇，只等儿子回来就可以送上房。红苕藤也剪好了，只等自己下地栽了。瞧这灰暗暗的天，连粪桶瓜档都不用拿，只要苕藤下地，老天一场大雨，苗子就活啦！

  他背上苕藤，低头弯腰走在溪边小路上。脚下的草软绵绵的，铁线草、酸酸草、马蹄草仿佛一夜之间就铺天盖地，将田埂裹了个严严实实。它们一叶一个草节，一个草节就把根扎进土壤，如此蚕食般挺进。老田埂上边还有一团一团的丝茅草，凭借多年的根基守候着自己的领地，密密地抱成一团，既不扩张也不退让。狗尾草、牛板筋、泥鳅串都见缝插针，只要有一点点缝隙便钻了出来，耸立起嫩嫩的枝叶。要是把牛牵上这田埂，它会不抬头地啃过去，啃不到尽头就连气膛都吃平了。这么肥沃的土地，这么充沛的雨水，就是插一根干树枝都要冒出芽来！

  来到自留地放下背篼，做事总是有条不紊的他，种红苕的埂子早就打好了，现在连锄头都不用，一把镰刀就搞定。

  "钟二爸！你一个人栽红苕不闹热，还是过来跟我们一起种'满山青'！"

  他抬头一看，田埂上一个留着平头的小伙子扶着个打杵子[①]正

  [①] 打杵子：成都平原一种点豆种麦的农具，上面是叉形树棒，底部为铁制筒状物。

朝他开着玩笑。

"不就是点豆子嘛,祖祖辈辈就这么点的。还'满山青',不晓得又从哪里捡来的新名词!'山'在哪里?'满坝青'还差不多!"他心里这么想,嘴上却说:"我看你杵不完这根田埂屁股就要甩掉,我才不跟你们杵呢!"

平头小伙子丢下一串爽朗的笑声,顺着打杵子左一旋右一转地故意把屁股甩得更圆。

"笑,谨防牙齿笑感冒!"

钟二爸的话一出,竟引来好几个人的哈哈大笑。

平头小伙子杵出老远才停下来,他大声说:"咋不笑呢,钟书记说,这满山青种好了,今后的青豆子都吃不赢!"

一口一个钟书记,不知从啥时候起,连茶铺头的介绍也起了变化,不再称自己为"老村长"了,而介绍成了"钟书记的爸"!你说这是什么滋味!

平头小伙子弯着腰又一扭一扭地杵起来,每一扭动,打杵子就提起一坨筒状泥块,而田埂上就出现一个圆洞。他身后跟着的一个妇女,娴熟而准确地向洞里抛入两三粒黄豆,一把干粪丢下去,圆洞就盖个严严实实。是啊,过去田里的庄稼都没管好,如今连这沟坎田埂都利用起来了,这样的天气,不出几天豆芽就会冒出来!别看这些称霸的野草,到时候都只得甘拜下风变作肥料,田埂上到处都是绿油油的独霸天下的黄豆苗架!

看着这些远远近近一对对弯腰忙碌的点豆人,他想,如今这点豆子种玉米栽红苕都统统叫"满山青"了,管它叫啥子,只要能让坝子上的每寸土地都栽上庄稼就好。他蹲了下去,右手的镰刀往土里一插,左手的藤子已喂入刀口,取出镰刀顺手一摁,苕藤就稳稳压住,动作干脆麻利。他知道,要不了几天,嫩芽就会从叶节里冒出来,过不了多久,窜出的藤子就会铺天盖地……

栽着栽着天色更暗了,他抬头一看,乌云都匆匆忙忙赶到头顶来集合，天空堆不下了，直往头顶上压。他加快了速度，心想，只要压下最后一根藤子，只要儿子回来把茅扇弄上山墙，老天爷你就尽管下，下它个三天三夜老子都不怕！

天色暗下来，渔场会议室里的查账终于要结束了。

老殷胸有成竹地看着大家。查就查呗！老曾早把账目做得巴巴适适，次次卖鱼有账可查，笔笔支出清楚明白，朱世友他们几个小队会计能查出个什么名堂？

屋子里点上了煤油灯。朱会计开始通报查账结果，最后证实，账目清楚，收支平衡。

众人皆大欢喜，两天的辛苦没有白费。

老殷得意地瞥了一眼老曾，只等书记作总结了。

"这个月的流水账呢？"

因为账扎在上月，一听书记发了话，保管员连忙翻出了这个月的单子。

钟建华在灯下浏览起来。他眼光停在一张"证明"纸条上。

"这笔招待费怎么这么多？招待谁的？"他抬头问。

"领导。"

"什么领导？"

屋子里的空气凝固了，所有人的目光都集中在保管员身上。

"就是那次招待局长们的。"刘伯林帮他回答。

"这么大的支出怎么打个白条？"

"这类招待费是没有发票的。就像生产队招待拖拉机师傅，只要经办人写张条子，队长签个字就算数。"曾会计应对自如。

"咋个不把这个月的单子交给老曾注账呢？"钟建华问保管员。

"还没到月底，我这里就没有入账。"

慢悠悠的一句话老曾却一箭双雕：一方面给渔场留出了回旋

时间，另方面又把自己推得一干二净。

钟建华声音里透着火气："当时我也在场，总共才几个人嘛，咋个就吃了十八元五！"他看了看大家沉重地说，"十八元五啊，这是学徒工整整一个月的工资！要说我们大队的工分值，平均才六角多！农民一年累到头挣了几个钱？有的分了基本口粮还要倒贴！社员要是有急用，求爹爹告奶奶，队长签字盖章，最多借个两三元。可是，我们吃一顿饭就花费了这么多！"他剑眉一皱，目光直逼老殷。

老殷早已大汗淋淋，屋子里实在太闷热了。

他抓起一把扇子煽起来。这笔账老曾没弄严缝，哪晓得书记连这个月的账都要查！真是大意失荆州啊，弄不好阴沟里也会翻船！

看到众人的目光都投向自己，他感到闷热得喘不过气来了。一道闪电惊心动魄，接着一个闷雷又震耳欲聋，一阵风吹了进来，眼看灯火就要熄灭。

一双手捧住了灯火，刘伯林慢吞吞地说："钟书记，是这样的……这张条子总共是两笔招待费，一笔进馆子，一笔是送礼。老殷送了两瓶泸州老窖，目的是想参加市上水产会，也是为了大队渔场的发展——这件事恐怕你也晓得……"

参加市上水产会的事，老殷的确跟他说过。

老殷手中的扇子停了。在这紧要关头，谁有上前虚晃一枪的胆量？谁有用屁股去坐熄一盆火的勇气？平日里真是小看他了，关键时刻真够哥们！

"两瓶老窖我花钱不菲，还是买的黑市价……"老殷连忙说。

"就算是这样，这种送礼也只能算私人交情，不能用公款开支，我们不能把这个规矩兴坏了！"

"黑市贵是贵点，既然书记都这么说了，当着大家的面，这笔开销我老殷就认了！"说完他故意大笑起来。

倾盆大雨淹没了他的笑声。

钟建华把头一转:"老曾,你是老会计了,必须把好关,要是出了问题,首先拿你是问!"

"书记说得对,"笑还没有从老殷脸上淡去,"你必须把好关,不要说两瓶酒,就是两条鱼也不能放过!"

老殷的目光注视着曾会计,耳朵却朝书记竖着。

哼,哪个屁股上还没得点屁屁!泸州老窖我都当着众人认了,我看你个堂堂书记怎么来接"下文"!

老曾也真不懂事,只听他开了腔:"书记,我只是个做具体活路的。该记的都记下了,比如上回张站长他们来……"

他也没了下文。

老殷双眼一闭,慢悠悠地摇起了扇子。

屋外雷雨喧嚷,屋内静悄悄的。

只看见老殷手中的扇子慢悠悠地摇,他像是很有耐心地在等钟书记的表态呢!

书记终于开了口:"集体财产,一分一厘,我们干部都没有侵占的权利。渔场的草鱼,任何人都不能白拿!我当然也不例外,那次张站长来,凡是拿了的,都必须尽快把钱补交给保管员!至于张站长他们的,就都算在我头上。我们整顿作风,首先就要从我做起。绝不拿'下不为例'做挡箭牌!"

老殷心一咯噔,真不含糊。他没有想到,书记的表态这样掷地有声。

说出这番话,建华的心也轻松了许多,终于像是搬掉了一块石头。最后他说:"通过这次查账,就是整顿我们的思想和作风。从领导班子入手,从规章制度抓起!干部带头,层层把关。今后大队将组织力量,定期或不定期地对财务进行监督检查!"

雷阵雨停了,看来天要放晴了。

会散了,钟建华走在路上感到一身爽快。空气凉凉的,洗礼

第二十八章

过的庄稼,虽然还高低不齐,但只要有雨露,要不了两天它们就会生机盎然!天又灰暗了,雨又飘起来,俗话说"一黑一亮,鹅卵石都要泡胀",看来大雨还要下!

"糟糕!"他突然一声大叫,这时他才想到了家里的山墙!

他快步跑了起来,顾不得脚下溅起的水花,溜滑得几次险些跌倒,纷飞的细雨让他睁不开眼,内心的自责让他无地自容!他想起了出门对父亲的承诺,可当雷雨交加之时,他人在哪里?

大雨倾盆的时候,父亲该有多么焦急!山墙敞亮,风雨直灌,猪圈流水如注,厨房正在进水!他仿佛看见架子猪吓得嗷嗷直叫,两个老人在慌乱中不知所措……

不!这不是父亲的性格,他一定会赶在雷雨前就上房挂上了茅扇!

山墙那么高,还是别挂的好!他眼前出现惊悚的一幕……

黑沉沉的乌云从头顶压下来,雷雨抢先赶来了,望不见儿子的踪影,老人只好自己上墙。雨淋得他睁不开眼,风刮得他站不稳脚。一道闪电,如同游窜的火龙张牙舞爪向他袭来,接着就是"噼啦"一声惊心动魄的巨响!可以看见茅扇慢慢向墙顶移动了。又一道闪电把墙上的老人照得雪亮,随后老人便被黑暗吞噬,像被抛入万丈深渊,一个趔趄,从墙上滚落下来……

他不敢再往下想,焦急的脚步更快了。

但愿茅扇早已挂上了山墙!老人正从山墙上慢慢下来,粗犷的暴雨就劈头盖脸而来,他在山墙上手脚并用艰难爬行。山墙下的扶紧木梯不敢抬头,两个老人都淋成了落汤鸡。上面的一只脚终于搭上了梯子,下面的却无力扶持,梯子渐渐倾斜了,和两个老人一起倒在了暴雨中……

他不敢再往下想,竟有些上气不接下气了。

他又后悔起建房的设计来。当初厨房设计比较大,连着正房呈"L"形,厨房里以安着两口毛边锅的大灶台为界,一头立着一眼猪圈，一头是饭堂。建华不喜欢农村人把屋子弄得黑乎乎的，乍一进去老半天分不清东南西北，看不明红苕玉米。他要把屋子弄得亮堂堂的，所以不听母亲封死山墙的建议。厨房采光真的很好，冒烟通气都不成问题，屋顶也干干净净，看不到邻里们老屋里那些垂悬的扬尘吊吊。然而每到雨季和冬天，飘雨灌风的麻烦又来了。后来又在靠山墙的地方搭建了一间稍矮的草屋，用来堆放柴草和农具杂物。于是就在屋顶和山墙之间拴挂了两个茅扇，很是方便实用。没想到这次换的时候竟遇上了这样的鬼天气！

唉，怎么陈古八十年的事都想起来了，连老天爷也怪上了！其实，要怪还是怪自己，原想账已查得差不多了，下午准能早点结束，没想到刚才一忙就把这事抛到九霄云外去了！……但愿茅扇还没有夹好，那样父亲就不会上房，老人就不会面临那些惊悚的场面了。

心里祷告着，他慌不择路地冲进院子，直奔山墙！

他突然愣住了：两个新茅扇赫然耸立山墙，一架木梯在地上横躺……

果然不出所料！

他惊恐地大喊："爸！爸爸！"

院子静悄悄的，堂屋空荡荡的。

他四下张望，雨雾蒙蒙。

他慌忙冲上阶沿，和出来的父亲差点撞个满怀。

"你在喊啥子？"

"爸，你没事吧？"他上下打量，父亲一身干舒舒的。

"我能有啥子事？你还不快进屋去换衣服！"

话语里虽然流露出惯有的责备，但一颗石头总算落了地。建华换好衣服走进厨房，母亲在灶台边忙，父亲也进来了。

他做好了接受"风暴"的心理准备。

父亲径直朝猪圈走去，嘴里说道："你这个狗东西！"

正在抽条条的架子猪瘦筋筋的。它一骨碌爬起来，先把后腿拖得笔直，伸了一个长长的懒腰，然后才屁股一撅一撅地走过来，用嘴筒子亲热地触拱着主人。

父亲摸着它的头显得很高兴，看来"风暴"暂时还不会来临。

"狗东西的，娇贵得很哪！"

谁说不是呢！这猪确实比人还娇贵，它吃了睡，睡了吃，热天睡石板，冬天铺草窝。吹风淋雨要感冒，长猛了要得软脚瘟，烂肠瘟还要上吐下泻，一不小心就氢氰酸中毒了。你把它当成宝贝，它还真的就比老先人还难经佑！

"看它挺精神的！"儿子连忙接到。

"全靠那儿遮得及时！"老人用手指向山墙，"不是我说你，你都弄不到那么好！"

儿子心想，该来的终于来了。

两个茅扇稳稳当当，遮住了风雨，两头又进光又通风。

儿子很是惭愧，不由得夸起老汉来："爸，你还是宝刀未老，英雄不减当年！"

"还英雄呢，"灶台边的钟二娘嘴一歪就揭了老底，"别拿人家的屁股当脸啰！"

父亲哈哈大笑，他摸出叶子烟裹起来。

原来，老人栽下最后一根红苕藤，乌暗暗的天空就像一口大黑锅扣了下来，他赶紧背起背篼就跑。出门连草帽都没戴，好在路不远，就是雨下来了也有背篼扣脑壳。

一进院子，茅扇还躺在原地。这种事情，儿子就是亲口答应了，也常常指望不上。他赶紧丢下背篼扛梯子，老伴连忙过来拖茅扇。

雷声响起，雨也大点大点来了。

种满山青的几个社员一齐涌进院子，他们是来就近躲雨的。

一看钟二爸的架势，那个平头小伙子把打杵子一丢，跑过来抢过梯子就跑，其余的人抬着茅扇也跟着跑。钟二爸只动动口，几个人递的递，举的举，茅扇就上了房。站在山墙上的平头小伙子，接住茅扇挂上房架铁钩，另一个茅扇也挂了起来。然后他又小心翼翼地搬起墙上原先的四个大砖头把茅扇固定好，才大声吼道："钟二爸，牢实得很！"说着还用手故意摇了摇。

"我的小祖宗，快下来！大雨来了！"

倾盆大雨从天而降。

人们慌忙跑上阶沿，最后从梯子上下来的小平头正要提梯，一看暴雨如注，丢了梯子就跑！

几个人的衣服都湿透了，平头小伙子简直成了落汤鸡，大家忍不住哈哈大笑。他索性脱下衣服，把满脸雨水一抹，干脆打个光胴胴。

钟二爸很过意不去，再三说麻烦大家了。

说到这里，老人把裹好的叶子烟点燃吧唧了两口，才又慢慢说道："你听人家咋个说——"

"咋个说，"钟二娘忍不住了，挥了挥手里的筲箕说，"夸你呢！"

还是老头子稳得起："人家说的是帮忙，说要不是来躲雨还帮不到这个忙。还说你为大家操了那么多心，帮这点忙算不上麻烦……"

"都夸你呢！说你正派，从不到社员家里乱吃乱喝。"母亲抢过话，喜形于色，"他们又要给你说媳妇了，不过我还是没有答应哈！"

"他们啥时候走的呢？衣服都打得焦湿……"

看来儿子对说媳妇的事还是不上心，对社员打湿衣服却很在意。

钟二娘笑着说："人家是来躲雨的，结果反倒淋了一身，雨一小他们就回去了。"

"爸，你也谨防感冒哦！"儿子说。

他看到父亲虽然换了件蓝色中山服，头发却还是湿的。

"哪有那么娇贵！……阿嚏！"

"建华，快去代销店打点酒回来！你们都淋了生雨，两爷子都要发下汗，我给你们弄点奝胡豆下酒！"母亲连忙说。

"要得！"钟祖德马上表示赞成，"我们两爷子今晚上喝点酒，好生摆下龙门阵！"

他好久没有这样开心了。

第二十九章

仲夏，成都平原到处都是绿油油的稻田，抬眼望去，简直就是无边无际的绿色海洋。浓稠的林盘掩映着一个个院落，又像碧海中簇拥着的一座座绿洲小岛，真让人浮想联翩，心旷神怡。田地里的蔬菜多了，李子、桃子、杏儿也都上市了，家里又有粮吃，正是庄稼人一年中好过的日子呢。天气热得干爽，没有夏秋之交桑拿天的闷热感觉。常常是蓝天白云，南风习习。阵雨也是说来就来，说走就走。农家林盘里，河沟树梢上，蝉儿们从早唱到晚，此起彼伏，无休无止。如果说成都平原的春天是一个袅娜多姿娇艳烂漫的姑娘，那么仲夏更像一个雍容华贵神韵丰满的少妇。

这天下午，刘明金到八队参加大队满山青现场会去了，朱会计领着一群人在牛堰河边栽红苕，其余的社员就在肖开江的带领下薅秧子。男女社员在田里一字排开，像长长的一队南飞的大雁。

戴草帽的,光着膀子的,大家说说笑笑,虽然烈日当空,可腿肚子浸泡在水里,不会大汗淋漓,不时吹来的阵阵凉风,浑身还有一种爽快呢。

置身绿油油的秧苗之中,赵文军很感慨,莫非世间的绿都汇聚到了这儿?成都平原的良田沃野,绿得这般辽阔绵远,厚重水灵。满田坝的秧苗生机勃勃,苍翠欲滴,微风过处起伏如涛。他觉得手中的薅秧长竿仿佛就是撑竿,自己正驾舟徜徉在这片醉心的绿涛中。这重重叠叠浓浓密密的绿,仿佛一坝平川早已容纳不下,它正慢慢渗入地下,染绿了一坝田水,浸绿了一弯牛堰河。绿波随风涌动,终于在天边和蓝天融为一体。

"想当初孙飞虎兵围普救,只吓得年迈人魂散魄休……"

王大炮条声吆吆地唱了起来。

赵文军一听,不禁又有"欸乃一声山水绿"之叹!

"王二哥!薅秧子应该唱山歌哦,你咋个唱川戏呢?"矮哥吼了起来,"李大爷,你说是不是?"为了证明自己的说法,他还拉出了长者。

李大爷立刻赞成:"薅秧子是该唱山歌,广元、南充川北那边的就爱唱,看到啥子就唱啥子。"

"是不是看到水就唱'什么水面打跟斗耶,了了啰!什么水面起高楼耶,了了啰'!看到树就要唱'山中只见藤缠树耶'……"赵文军又说又唱。

不等他唱完,王大炮抢道:"矮哥,你就接到唱'青藤若是不缠树哟,枉过一春又一春'!"

惹得大家都笑了起来。

"哪个说一说的又说到我来了?"矮哥听出了意思,并不生气,"婆娘哪个不想接呢,你说呢,李大爷?"

"咋个去笑李大爷哦!"王大炮笑起来,这接婆娘可不是唱山歌。

第二十九章

李大爷似乎也不在乎，他停下钉耙说："接个婆娘倒好哦，热天帮你打扇子，冷天给你偎脚杆，冷冷热热都有人想着你——"

还是女人心细，肖水珍一听就明白，他不是说矮哥，那是说他自己呢。李大爷老伴去世多年，如今屋头两个病人拖起，老大有时疯疯癫癫的，胃口却好。女儿痨病干不得重活。每年的二三月间吃了上顿愁下顿，有个知热知冷说话体贴的人多好！于是连忙岔开话头大声问：

"王福民，听说你前天买的黑市米才五角钱一斤嗦？"

"是啊。"

肖开江接过女儿的话说："看来今年价格比往年要合适些，去年这个时候要五角多六角！"

"今年搞了整顿，抓了生产嘛！"赵文军总爱点评。

"不准打野了，"刘爱国很赞成，"大家都在田坝头展劲，生产当然就好了！"

有人故意偏头看了看曾家富，他戴着烂边边草帽正低头薅秧，从弯弯的秧竿来看，他干活确实卖力。两兄弟站在一起，不和旁人搭话，像是两个只会干活的哑巴。

"五角一斤可以买点，弄点面疙瘩和菜叶子煮成稀饭搭到吃，有时想到没时难嘛！"不知谁在说。

于是无语。

还是赵文军打破了沉默："李大爷，摆个笑话给我们听嘛！"

这一提议大家都赞成。

"要说就说个荤段子。"

张启秀转身瞪了一眼："王大炮，你一开腔就是怪糟糟的！"

王大炮笑嘻嘻地说："田坝头做活路，时间那么长，不说点塞话咋个过嘛！人家说，一天不说戾，太阳都不落西！"

"王二哥，文明点，这儿还有女娃娃哈！"矮哥看了一眼林德瑜她们。

王大炮只管催道："李大爷，你说你的！"他白了一眼矮哥说，"现在的年轻人啥子不晓得哦，实在不想听，扯根草草把耳朵塞到起嘛！"

李大爷慢条斯理开了口："那就摆个老龙门阵，叫㨂斑鸠！"

话音刚落，就遭到七嘴八舌的强烈反对：

"不行不行！来个新的，有钢火的！"

"是不是又说那个烧火佬？"

"那个媳妇果真厉害，一把又烫又糯的酒米饭往那个东西上一甩，还不赶紧往林盘里逃！"

"只有小孙儿看不懂，问，'爷爷，你在干啥子？'"

"㨂斑鸠！"几个人齐声回答。

秧田上滚动着一阵阵快活的笑声。

"原来你们都晓得啦？"李大爷也笑了，"那我今天就另外摆个嘛。从前有个长年，长年就是一年到头都给地主干活的长工，一大早他进了茅房半天不出来——"

"有戏有戏！"王大炮高兴地大叫起来。

李大爷不动声色地继续说："地主老财问，咋的哪？长年说，肠子生锈哪，屙不出来。地主老财想，是啊，半年没粘油荤了，于是割了肉。"

李大爷一看大家听得很认真，又继续说："第二天一大早，长年还是在茅房里半天不出来。地主老财又问，咋的哪？咋打了牙祭还屙不出来？长年说，哎呀，肠子一滑刷，咋个屙了都不晓得！"

一片笑声还没结束，只听矮哥一声大喊："刘爱国！你们几个不要打通竿，要把每窝秧子都薅到！"

原来大家七嘴八舌议论着烧火佬的时候，几个年轻人都齐刷刷地冲到前面去了。

薅秧是水下功夫，不仅要除草，还要给秧苗松土，钉耙把水搅得浑浊浊的，质量一时看不出来。

刘爱国很不服气，他回过头来说："咋会是打通竿呢，未必薅快了还错了？"

"秧子说不来话，这阵你哄它，二天减了产它就要哄你的肚皮哦！"肖开江一本正经。

朱丽马上转过身来说："肖大伯！没有调查就没有发言权哈，不信你来检查嘛！"

王大炮笑了："打通竿咋个检查嘛？又不是孙悟空，一个筋斗钻到水底下去看？"

"还消检查？一看姿势就一清二楚！你们看看人家李大爷是咋个薅的嘛！"矮哥理直气壮地说。

几个年轻人一看，李大爷脚蹬八字，跟站在犁耙上一样四平八稳。一弯腰，手中长长的竹竿便闪悠成了弧形，动作如揉面团一般细致周到，秧耙在水下的行进路线如编竹笆一样有条不紊，就跟织渔网似的一丝不苟。

朱丽忍不住吐出舌头，赶紧把手中的钉耙竿竿压弯，用力在秧窝周围推动。

薅秧这活路说快就快，打个通竿就薅出老远，要认真起来还真快不了。横排竖行一步步推进，一窝窝前后左右都不放过，不仅草薅掉，连泥都要揉熟和稠，就跟揉面团一样。

王大炮又发炮了："自留地头打冲锋，队上干活磨洋工。光喊农业学大寨，唉！……"他似乎不想说了，仄着头一看又来了劲，"李大爷，还是摆你的龙门阵！我们还是嘴说话，手打卦哈！"

李大爷直起腰来，看了看王大炮说："这回摆个真人真事，这事就发生在我老家资中那边。有个姓刁的生产队长，老色鬼——"

王大炮一听，激动得挥手叫道："快说快说！"

"也是在夏天，也是跟我们一样在田坝头薅秧子。薅着薅着，老刁突然觉得肚子不舒服——"

"来电！有戏！"王大炮兴奋地大叫。

"到底听哪个说嘛，要说你说嘛！"矮哥干涉了。

"资中那边的事我咋个晓得嘛，好好好，我不开腔了——李大爷，你接到说！"大炮也觉得自己鸡下巴吃多了。

"肚子不舒服，只有找坡坡上的林林头去方便。他刚走到山崖口，就听到林林头有动静……"慢条斯理的李大爷突然不说了，埋头薅起秧子来。

王大炮猜想着林林里的"动静"，不敢接嘴。大家都张望着李大爷。

李大爷很享受众人的目光，就跟斗争会上控诉地主罪行一样，暂时又过了一把瘾。等他薅完一排四棵秧苗，才抬起头来不慌不忙地说：

"老刁轻手轻脚地摸进去，一看呆住了：原来是一个窈窕女子，面若敷粉，口含朱丹，身穿短袖花衬衫，手拿一把弯刀正在剔树丫枝。原来，林林头的'动静'就是这把弯刀发出来的。这个人不是别人，正是地主婆家进门不满一年的新媳妇。她的出身不好，但姿色诱人，老刁早就清口水吊起八丈长了，也就是耗子别手枪——早就起了打猫儿心肠！但是一直没有占到便宜，现在而今眼目下，正是天赐良机！一想到安逸的事，老刁肚子也不痛了，再看四下无人，他——"

李大爷又停住了。

"咋个又不说了？"这回是矮哥发话了。

"你们都薅到我前头去了，还说啥子，等我赶到你们再说！"李大爷笑呵呵地加起油来。

"这不明摆着，你想想，老色鬼一个，四下又无人，还不跟饿狼一样就扑上去了！"王二哥放起炮来总以为目标很准。

"错！人家老刁是队长，"李大爷有些得意，"哪能不讲策略！你想，地主婆媳妇，青天白日偷生产队树子，如今抓她个现行，

第二十九章

今后不就可以长期拿捏了！……刁队长在她面前一站，可怜那张小脸蛋早都吓白了……"

"李大爷，是不是编的哦，地主媳妇敢去偷队上的树子，吃了豹子胆嗦？"赵文军有些不信。

"小赵，你不要打岔，日白不要顶白嘛！"王大炮觉得这不是龙门阵的关键。

"不是日白扯谎，真有这个事，"李大爷认真地说，"地主婆屋头猪圈被拱烂了，要绑一根牢实点的棒棒，她屋头又没得。这天也许是女人那些事，总之她没有下水田薅秧子——老刁两只眼睛直勾勾地勾住她高耸耸的胸口儿，周身都炕了。他想伸手摸摸，又怕她手上那把弯刀。只好正色道，'今天这个事情，是公了呢，还是私了？'地主媳妇问，'咋个公了？咋个私了？'老刁盯着早已吓得煞白的脸蛋说，'公了，就是交给大队，把你押到公社关起，先交代，后批判，再游斗！'看着她怯生生的样子，老刁笑嘻嘻地说，'你不用害怕！私了，就是我们两个私下了结……明晚上我就到你屋头来私了。'"

"这个老色鬼！"王大炮骂了一句。

"第二天晚上，地主婆被贫协组长叫去训话了，地主儿子到生产队守西瓜去了，老刁大摇大摆地来了。"

李大爷一看大家听得清风雅静，又享受了片刻，才继续说：

"这媳妇早穿件薄衫衫儿坐在床上了。老刁学着电影《抓壮丁》里王保长的口气说，'素贞，想死我了，我早就想来私了了……'桌上的煤油灯不明不暗，床上的人如梦如幻，魂不附体的老刁迫不及待地按上床。

"灯灭了，他扑了个空。一阵摸索，好不容易抓住了她那细细软软的膀膀儿！

"'快来人啊！快来人啊！……'老刁想去蒙住美人儿的嘴，还没摸到，窗户突然大开，几支手电筒齐刷刷地射了进来。美人

275

儿的衫衫儿都扯开了，周身筛糠的老刁赶紧摸裤子……那阵正在搞'一打三反'，大队第二天就开了批斗大会，把他龟儿子定成坏分子，交给群众监督劳动。"

"背时！"大家松了一口大气。

王大炮却笑嘻嘻地说："李大爷的龙门阵硬是过瘾，连阶级斗争都是有盐有味的。"

赵文军推了推鼻梁上的眼镜说："这个故事可以叫'刁队长胡乱吃豆腐，弱女子智擒老色鬼'。"

大家开心地笑了。田坝里一起干活就这么快活，龙门阵一摆，就像听了一场免费评书，笑也笑了，活路也做了。

接着，赵文军还来个正儿八经的点评："本人赵某曰：对付色狼，一靠斗智，将计就计；二要群力，电棒一扫妖魔现形！"

刘爱国用羡慕的眼光望着赵文军，心想多读点书就是不一样，说出来的话，要文采有文采，要道理有道理；要是我有他的一半，德瑜还会对我视而不见吗！

原来，好多人津津有味地听着李大爷的龙门阵，德瑜就加快速度向前薅去了，她觉得女孩子听这些龙门阵很难为情。刘爱国也急急忙忙地追上去。看着她的背影，他很想赶上去跟她说说话。可是说什么呢，没话找话的关心只有自讨没趣。讲个笑话让她开心吧，你又不是李大爷，自己都笑不出来，人家会理识你？他只得不远不近地跟着。

还是肖水珍眼尖，她把薅秧钉耙靠在肩膀上，转过身来对张启秀努了努嘴，说："你看，他两个是不是在这个哦？"她将两手的大拇指弯了弯，碰了碰。

"我看是单相思！"张启秀说得很肯定。

"是在演《追鱼》！"王大炮笑起来。

"你小声点！大起个喉咙吼啥子！"肖水珍连忙阻止。

"哈哈哈……"大伙儿开心的笑声感染得秧苗都欢快地摇摆

着。

　　李大爷也笑了，说："单丝不成线，独木难成林哦！"

　　"我看你们都是咸吃萝卜淡操心！"肖开江说。

　　"肖大伯，只有你作古正经的，"王大炮笑着说，"我们一天累到黑，再不说点塞话，嘴巴都要闭酸了！"

　　"人家老汉儿以前有钱哦，如果不解放她还是大小姐呢！"肖水珍悄悄说。

　　张启秀嘴一撇，说道："是嘛！看得起你这儿喙，人家是来镀金的，不是扎根的！有人只默倒还要开花结果了！"

　　"人家爱国的条件也不错嘛！复员军人，拖拉机手，老汉儿又是队长！"朱丽不满地说。

　　张启秀白了她一眼，说："我放个屁在这儿搁到嘛，他们两个都搞成了，我手板心煎鱼给你们吃！"

　　朱丽不服气地说："好！你别后悔！"

　　"哇——"

　　突然惊恐的一声尖叫把大伙儿吓了一跳，只见遥遥领先的德瑜丢了薅秧钉耙就开跑，几个趔趄又险些摔倒。

　　拖拉机手几步冲上去，不等惊慌失措的女知青站稳，就急急忙忙地问。小林只是摇头，看来早已吓得说不出话来。

　　爱国又向前走了几步，小心翼翼地观察一阵，心想水田里能有啥？该不是水蛇吧，就是水蛇也跑掉了！该不是丑陋的癞疙宝或肉嘟嘟的毛毛虫吧？女孩子是胆小害怕的。当他又跨前走了几步之后，他也大吃一惊！眼前突然一片凌乱，秧苗七倒八歪，有几窝束在一团，上面悬吊着一团黑乎乎的干草！

　　他忽然哈哈大笑起来。

　　大家等他笑完，才听他大声说："搞半天是个雀雀儿窝！"

　　原来黑乎乎的干草是筑在秧苗上的鸟窝，凌乱的一片是要当父母的鸟儿歇息的地方。

277

大家松了一口气。

"嘿！还有鹌鸡蛋！呵哟，一共四个呢！"刘爱国惊喜地转身向众人大声宣布。

听说稻秧丛中发现了鹌鸡蛋，大家又兴奋了。

王大炮丢下钉耙就深一脚浅一脚地赶过去，嘴里说道："给我给我！"

赵文军、矮哥也争先恐后地撵来了。赵文军兴奋地说："我还没有看过鹌鸡蛋，是不是跟鸡蛋一样？"

后面的矮哥纠正道："哪有那么大！比麻雀蛋大点儿，麻疙瘩的。"

等他们赶拢时，刘爱国早已从稻秧丛中的草窝里，把四个鹌鸡蛋拿在手里高高举起，果然麻疙瘩的。

王大炮说："爱国给我！我拿回去给娃娃吃。"

刘爱国不肯，这么稀罕的东西！他把手上的鹌鸡蛋往德瑜面前一递，一双脉脉含情的眼睛落在她红扑扑的脸庞上，说："德瑜，你拿回去煮来吃，这个比鸡蛋营养！"

小林不由自主地退了一步，摇着头。看样子，从未见过这阵仗的她，哪里还有胆量伸手接这"麻疙瘩"。

"她不要就给我！"王大炮迫不及待地说。

爱国只好缩回手，说："上山打鸟，见者一份。德瑜不要，我们刚好一人一个。"说完，他便一人递出一个。

他也分得一个鹌鸡蛋，他想找个硬家伙把蛋壳敲碎生吃了。

王大炮把那个鹌鸡蛋小心翼翼地放进衬衣口袋里，他要拿回去煮给他的四弟吃。

赵文军看他心欠欠的样子，便把自己的也给了王大炮："我的也给四弟吧！"

水田里一时没有找到敲蛋壳的硬家伙，一看矮哥眼巴巴的样子，爱国也只好说："这个就给小明吧。"

矮哥连声道谢，高兴地揭下草帽，宝贝似的放好两颗稀奇的鹌鸡蛋。

稻田里又恢复了雁阵的队形，龙门阵又摆开了……

太阳开始西沉，西边天上缀着几绺绚丽的晚霞。一群蜻蜓不知从哪儿冒了出来，在稻田上飞来飞去，天气开始凉爽起来。庄稼人习惯了下田就要薅完才收工，这个长条形的田薅完还要一阵子。炊烟已在有的院落袅袅升腾，它们排着长长的队伍准备到天空去遨游，前面的也许被坝子上的风光迷住了，放慢的脚步让队形凌乱了。炊烟你挤我拥，陶醉得久久不肯离去，终于醉醺醺地融化于苍茫的暮色之中。

林德瑜望了望暮霭，眼前不时有盘旋低翔的归鸟。她不知道哪一对是鹌鸡，当它们归来之时，要是找不到自己的家，看不到精心哺育的宝贝，那身影该有多么慌张，那叫声该有多么凄凉！

她有点怪刘爱国，酸楚的心更多的是自责。

第三十章

太阳西沉的时候，在公社开完团委扩大会的刘玲已兴冲冲地走到了曾家院子边。家学因为大队满山青现场会走不开，才叫她这个副书记去的。现在她可以名正言顺地去找建华汇报，少女的心就像揣了只小兔蹦跳个不停。虽然满山青现场会早该结束了，但一望远处薅秧的一队社员，心想建华一时半会儿还不会落屋。

看着稻田上飞来飞去的蜻蜓和盘旋低翔的归鸟,既然已到了曾桥大队的地界上,也就不用着急了。

她下了土公路,沿着一条小沟慢悠悠地往三队走去。

小沟左弯右拐,绕过村庄,伸向田野的远方。它灵性十足,看得见的是系在大地上那蜿蜒的飘带,看不见的是浸润大地的勃勃生机。不要以为这浸润过的肥田沃野只有春天才群芳吐艳,此时的田埂溪边绿草丛中,同样野花盛开,争媚斗艳!刘玲仔细一瞧,哇,虽然野花小巧,但却星星点点,色彩斑斓!黄得耀眼,粉得天真,白得纯洁,蓝得雅致,给绿地点缀出灿烂,让飘带镶上了花边。

星星草没有花蕾,却用鱼鳞般的细叶密密铺地,片片小叶如袖珍的荷叶,边缘上呈现出精巧的小齿。墨斗草顶着向日葵般的果实,瓜子细如针尖麦芒,却排列有序;虽然渺小,一不留神就会被踏得粉碎,它却一丝不苟地展示着它卑微的果实。野草莓拖着线状的藤蔓,一路亮着三叶草形状的墨绿色叶片;藤蔓前面的小黄花还没有凋谢,根部叶片间已缀满剔透的红果实,抹去上面的小红籽放入口中,汁多水甜是小时候的最爱。流水浸润出这片沃土,连沟埂都为植物提供了缤纷的舞台。你看蒿子草拔地而起撑起漂亮的绿伞,狗尾草、豆腐草、官司草都争先恐后亮出自己纤细的旗杆,尽管没有艳丽的色彩,却依然骄傲地孑然挺立。

看着晚霞中一朵朵野花一棵棵野草,少女的心不由得激动起来。她多么想像小时候那样,摘下两颗野草莓红红的果实,做成大白胡豆上两个大大的红眼睛,再配上一条野蕨菜做成的大大的绿尾巴,一条可爱的小金鱼就做好了。红白绿相映成趣,生动的憨态招人喜欢。她想把这条"金鱼"送给他——他也许会笑她幼稚,但是,如果他送一枝狗尾草给她,她不仅不会笑话,甚至会欢喜若狂!接过那弯弯下垂的狗尾巴草,她会感到沉甸甸的幸福和重重的深情,因为那是他亲手采摘的!

走进钟家院子,就看见钟二娘正在择四季豆。

"钟二娘！要煮夜饭了哇？"

听见脆生生的招呼，钟二娘抬头连忙说："刘玲，快来坐！"她指了指旁边一把矮竹椅，"建华还没有回来，你等一下嘛！"

"好嘛。"刘玲挨着钟二娘坐下，伸手拿四季豆。

钟二娘早就听说这个高中生在和儿子耍朋友，尽管儿子没有承认，今天当妈的还是要用特有的目光，近距离地审视审视。只见她那细细的柳叶眉下，一双会说话的眼睛顾盼有神，水灵得实在叫人担忧！你看她含笑时脸蛋上那对大酒窝，就连说话都时隐时现，不知要勾掉多少男人的魂！瞧那双手，细柔得跟嫩冬冬的四季豆差不多，微微上翘的小指头根上居然也有酒窝，哪来这么多勾魂夺魄的酒窝窝！这哪里是干农活的手！再看这娇滴滴的身子，能挑得动百十来斤的粪桶，还是迈得进烟熏火燎的厨房？

"钟二娘，你怕我没撕干净？"

面对老人端详的眼神，她笑了一下，酒窝那么甜蜜。她举起长长的一根四季豆晃了晃，顺尖撕下筋，瞬间便掐成三段，脆嘣嘣的声音刚落，均匀的豆节便躺在筲箕里。

真是动作麻利，快人快语！

招是招人喜欢，但跟王文娟又有什么区别！

钟二娘的担忧不是没有道理，当妈的就得多长个心眼儿！找媳妇可不是选花瓶，那是要跟你过一辈子的啊！

"刘玲，你们生产队的工分——我是说给你评的好多？"

"七分，刚开始是六分五，说是回乡接受再教育。"她笑眯眯地看着钟二娘说，撕着四季豆的手并没有停。

钟二娘没有想到对方的回答这么爽快，七分工已经让她有点惊讶了，妇女标兵也不过八分嘛。

"你看我人老了，本来是想问你们生产队的工分单价，咋个一张口就问到一边去啰！"她笑起来。

"这四季豆长得真不错，长根长根的。"刘玲似乎很随意地说。

"这是老头子栽的。唉——家里的事,我们建华一点忙都帮不上!你看猪圈房的山墙,"她用手指了指房子挡头说,"茅扇掉下来两天了,前天还是大伙儿帮忙才弄上去的。你看都这么晏了,人家早都收工了,他还看不到人影影儿……"

"我不是回来了吗!"话音刚落,儿子就走进了院子。

"建华,这次公社团委扩大会,表扬了几个团支部……"刘玲迫不及待地开始了汇报。

钟二娘端起筲箕进屋去了。

"有没有曾桥大队?"

"第一个表扬的就是我们呢!说我们理论学习、文艺宣传、科学种田都不错,给党支部起到了助手作用!"她兴奋得柳叶细眉都扬了起来。

"应该表扬!"建华也被她那双水灵灵的大眼睛感染了。

随着下半年工作重点的汇报,刘玲突然说:"上半年我们也有做得不够的地方,今天公社团委也指出来了,就是还没有向党组织输送人才……"

"这个不怪你们。"建华若有所思。

"团员里头有没有交入党申请书的?"刘玲问。

"有啊!你怎么没有写呢?"

刘玲立刻双颊发烧,不好意思地说:"我还不够格呢。"

"交了申请就会鞭策自己,组织上也要……"

建华神情有些严肃。他正想着从团组织中物色一个小伙子,这个人脑筋要灵动,办事要公正,放到渔场去做出纳。目前的渔场必须吐故纳新,大队的经济命脉,出不得半点差错。

"我们要多给青年人锻炼的机会。会上还有什么精神?"他问。

"没有了……"刘玲有些失落。她望了望建华,心想,怎么这么快就汇报完了?

看着她迟疑的样子,建华问:"还有什么事吗?"

/第三十章/

"听说,听吴家坝的团支书说……文娟姐——"她欲言又止。

建华剑眉下的双眼一亮,但眼帘很快又垂了下来。

这一瞬间的变化逃不过少女的敏感,她迟疑了一下终于说:"……她放暑假要回来,说是和她男朋友一起回来。"

"哦。"

"还说二天毕了业,她就在重庆工作。"

"哦?"

"她男朋友的姑爷是重庆当官的。"

建华面无表情。

喜欢一个人就要包容。建华的这个态度,她也是喜欢的,要了多年的朋友一点都不留恋的那种男人,还有什么取头^①?

看着有点呆呆的建华,她说:"天快黑了,我要回去了。"

她转身走了。

院落、暮霭、归鸟,让少女心中升起一种沉甸甸的归宿感。她不敢回头,她知道建华站在院子里目送着她;她不能回头,刚才目光明亮的瞬间,表明他心中还有那个人。自己还需要等待,她有这个自信。

走回八队,苍茫的暮色已笼罩了稻田。路过李先志住的曾家老房子,她正好要去借歌本。

"先志哥!都要黑了还在忙啊?"

蹲在院坝里剪着苕藤的李先志笑着说:"先剪好,明天一早栽,人家地头的早活了。"

"你的事多,刚忙完现场会。"刘玲表示理解。

"队上梳了光光头,自己的地头却空起,你说他是不是表里不一嘛?"曾维玉一出房门就开着玩笑。

"维玉姐,我来拿歌本。"

"快进来,我给你找。"她总是很热情。

---
① 取头:可取之处、好处的意思。

刘玲跟着她走进堂屋，看到墙壁上贴着几张奖状，都是小学的儿子和丈夫的，她也开了个玩笑说："维玉姐，就缺你的啰！"

"别看写的都是他们的名字，屋头要是没得我，想领奖状？我看稀饭都喝不成！"

维玉姐笑呵呵的，嘴上虽然不满，心里不知有多美呢！

走进卧室，她忙着去翻歌本。刘玲看到靠窗的写字台上铺满了工分账表，看来她这个记工员刚才正在算账。

"维玉姐，你这么忙我还来添麻烦。"

"我们两姊妹还说这些！"她看了看写字台说，"他哪天就喊我把工分算出来，好给社员公布。平时十号公布，今天都十三号了……"

"上个月农忙工分多，活路又复杂，晚几天公布也没啥。"刘玲觉得无所谓。

曾维玉却摇了摇头，说："他那个人，工作是工作，生活是生活。我明天就公布，免得他念叨！不过——"她笑了笑又说，"屋头的事我说了算，我说明天栽红苕，他今天不过夜都要赶紧剪藤子。"她笑着从一堆杂书中抽出一本泛黄的小书来。

刘玲接过一看，是以前出版的《农村革命歌曲选》。翻了翻，高兴地说："这个歌本现在根本找不到！不仅有革命歌曲，还有电影插曲！"当她看到《九九艳阳天》《花儿为什么这样红》的曲目时，兴奋得脸都红了，连忙说，"我要过段时间才还哈！"

"拿去看你的嘛。"

刘玲转身要走。

曾维玉突然拉住她小声说："这里没有外人，跟姐说说，你是不是在和建华耍朋友？"

这句话把刘玲吓了一跳。她连忙矢口否认："没有啊！你听哪个说的？"

维玉笑了："队上好多人都在嘈，你不要瞒姐哈……"

第三十章

刘玲低下了头,脸上掠过羞涩的红晕,幸好屋里不明亮。

"你喜不喜欢他?别不好意思。要是喜欢,姐给你把这层窗户纸捅破!"维玉姐总是敢作敢为。

刘玲连忙说:"要不得,要不得!"

"死女子,那么优秀的小伙子,你不抓住机会,拿给人家夺了,二天哭都来不及!"

内心十分感激的她,知道不能操之过急,他需要时间来抹平心灵的创伤。于是她说:"我的好大姐,事情还没到那一步,捅破了,我们连朋友都做不成了!"

"也是哈,强扭的瓜不甜,瓜熟才蒂落嘛!……不过你还是得抓紧,那姐就给你敲边鼓哈!"

听了这句话,刘玲心里很温暖。回家路上,宁静的稻田浮起一层薄薄的夜纱,河湾里传来时断时续的蝉鸣。鸣声如幽幽的情思,让少女的心又沉醉在那个月光迷蒙的牛堰河畔……

刚进门,刘幺婶就絮聒起来:"玲玲,今天你前脚走,你哥后脚就回来了,他来是想问,上次给你介绍的他们车间头的那个小高——"

刘玲一听就不耐烦:"啥子高啊矮啊,我的肚子都饿瘪了!"她拿洗脸盆倒水去了。

洗了脸,母亲端来饭菜,又在耳旁絮叨起来:

"玲玲,去年和你一起毕业的二队那个同学,人家找个农机厂的工人,今年五一节都结婚了!"

"她是她,我是我嘛!"

女儿的抢白,噎得刘幺婶说不出话来。

她突然伤心起来,为了这个家她操碎了心。儿幼女弱,好不容易才拉扯大。儿子要参军,她就送他去当兵。而且当兵娶媳妇两不误,头天请客成亲,第二天就送上接新兵的解放牌大卡车,你说这当妈的容易吗!按理说这是一桩好姻缘,媳妇比儿子大三岁，俗话说"女大三，抱金砖"，虽说文化低，但人勤快能干。可是儿子不喜欢。小两口虽不闹架打捶，但也不温不热，你说当妈的能不操心！

眼前的女儿又让她犯难了，管也不是，不管也不是，总是劳神费力不讨好！小高论条件蛮不错，模样也周正。要不是亲哥哥介绍，打起灯笼火把都找不到！

女儿哪懂这些，过了这个村就没这个店。等女儿收拾完桌子，母亲决定再做最后努力。

她从屋里拿出一个信封，从信封里取出一张照片，笑眯眯地递给女儿说：

"你看看嘛，这是小高的照片。人家小高很喜欢你，今天你哥哥把照片都带回来了。你看看，人长得蛮精神……"

"又来了！"

女儿偏过头去看都不看一眼，更不要说接照片了，母亲只好把照片放在桌子上走了。

桌子上一灯如豆，孤零零地躺着一张薄薄的照片……

刘玲突然有一种奇怪的感觉，自己今后的人生要和这个薄薄的冷冰冰的照片上的人一起度过？她觉得又渺茫又滑稽，居然还要和这个陌生人亲近，那该是多么痛苦和难受！她不知道世上是不是有一见钟情，但她看见建华就会怦然心动！不知为什么，只要脑海里浮现出他的音容笑貌，心里就甜丝丝的，她确信这种美妙的感觉只有建华才可以给她。

饭桌，孤灯，照片。

她又想起了嫂子，哥哥是成都东郊国防厂的工人，那是让人羡慕的，跟着他的嫂子，里里外外累得跟牲口一样，情感却如同干瘪的照片。哥哥经常在厂里开会加班回家少，帮着做家务搞自留地就别想了，嫂子怀疑他在单位有了相好的，但又拿不出证据。夫妻俩没有共同语言，近在咫尺聚少离多，维系他们的也许只是老人和孩子，同床异梦有啥意思？你看人家维玉姐，那才叫活得滋润！相夫教子，恩恩爱爱，农家小院，厨房卧室，举手投足都充满温馨和甜蜜……

她猛然意识到这才是她想要的生活！她深深地吸了一口气，其实她生命里浓浓的情愫，早就融入了茅舍、稻田和静静流淌的牛堰河。她爱曾桥大队的土地，还有曾桥大队的那个人！

夜里一阵雨，吵醒了刘玲。天亮一看，又是好太阳。

今天晚上宣传队要排练，付强不能再缺席了，吃了早饭就得赶紧去通知他。

俗话说得好，夜里下雨白天晴，一个人要供一家人。雨水将一坝子稻秧冲洗得清清爽爽。滋滋润润的绿色铺满平川，向牛堰河边涌去和高大的林木融为一体，堤边仿佛卷起一道绿绿的排空巨浪。晨曦中的林木更加葱葱郁郁，微风中带着绿的凉意。远处一辆鸡公车满载干饲料蠕动而来，曾家碾方圆好几里的人，都要来这里碾米磨面、加工猪饲料，去晚了光排队就要等两三个钟头呢。

突然，像奔跑着一只小鹿，刘玲的心咚咚跳个不停，脸也开始发烫，因为那推车人正是建华！

不期而遇近在咫尺，机耕路上没有别人，正是他俩说话的好时机。可这"窗户纸"还没捅破，说什么呢，上次赶场在百货公司为他精心挑选了一支钢笔，可惜却没有带在身上，懊悔自责急得她直想跺脚！

建华停下车，双肩上搭着背襻，两手握着背襻的车钩问："刘玲，你去哪儿？"

"去通知付强，上次活动他就没来。"情绪还没有缓过来的她，说话有些急促。

"上次没来就急成了这样？"建华笑了。

"今天赶场，我怕他又走了。"

"就是走了,碰到赶场的人带个口信……再说,就那么几条街,还怕找不到?"他又笑了。

有那么好笑么,人家的心思你根本不懂!她嗔怪地看了他一眼,恰好正与注视她的那道深邃的目光相遇,她立刻低了头,不知所措。

"那你还是赶紧去找他吧。"建华摸着搭在肩上的车襻绳,善解人意地说。

还能说什么呢,她点了点头,脚仍然没动。她多么想就这样待在他身边。

"快去吧!"语气那么温和,声音就像在哄一个小孩。

腻在那里的她只好又点了点头,听话地移动了脚步,嘴上说道:"你也快去吧,去晏了,曾家碾的列子排得长得很!"

建华弯下腰,鸡公车载着麦子口袋和冒尖尖的胡豆秆饲料过去了。

两人就这样擦肩而过。刘玲走出老远还不时停下脚步,心欠欠地回头张望。

五队的知青屋,在刘家院子东南角的路边上。两间草屋,安置了两个男知青,一间住人,一间是厨房兼厕所和猪圈。

刚走进院子,就传来一阵熟悉的笛音,"一条大河波浪宽,风吹稻花香两岸;我家就在岸上住……"刘玲心中一阵窃喜:付强在家!

她快步走向知青屋:"付强!今晚上要排练节目哦!"

"好嘛。"屋中央站着的付强放下笛子,答应得很爽快。

刘玲走到小方桌边,她拿起一本毛选,下面现出的是《战争与和平》。

"这……这不是我看的!"付强赶紧走上前,他举起一本蜡黄而破损的《笛子演奏教程》挥了挥说,"这本才是我的。"

你紧张什么呢,刘玲想。

| 第三十章 |

她见他到墙边去挂笛子,才注意到墙壁上并排挂着五支长短不一的笛子,便夸道:"难怪你笛子吹得那么好!"

付强两眼放光,笑容掠过脸颊挂在嘴角凝成不屑。

他就是这么一个人,一个让人看不透的人!

个子不高却粗壮结实的他,不像赵文军那样一看就是个文弱书生,倒使人想起敢冲敢闯的红卫兵小将。你可以想象他在学校操场上比赛奔跑的矫健,却难以接受他吹笛微眯双眼的安详;你可以想象他在田里干活的卖力,却难以接受他参与打牌关在公社武装部的沮丧;你可以相信母亲生病他急切回家侍奉的孝心,却难以接受这是他掩人耳目的一个弥天大谎!

"听说德瑜在抽空背英语单词呢!"

他警觉地抬起头来,很认真地说:"我不晓得,你也不要乱说!"

天真的刘玲没想到他会那么紧张,连忙说:"付强,我的意思是,我们该多抽些时间学习,少去打点牌,要是给你记个污点在那儿,一辈子都洗不脱!"

付强看她真诚的眼神,叹了一口气,知道话虽不顺耳却是为他好。

"要想不被误解,真的很难。空闲时间打打牌,搞点好玩的小刺激,就说你聚众赌博;一个人吹吹悠扬的笛子,又说你是小资情调;要是再偷偷背背英语单词,不说你想投敌叛国才怪!"一副玩世不恭的神态又出现在他脸上。

"哪有那么严重!"

"你们回乡的知青体会不到我们下乡的难处……我也曾想,我们这代人没有万卷书可读,那就去行万里路——"

"是不是玩失踪的那次?"

"你看,又误解了吧,"不屑又固执地回归嘴角,"事情并不是你们想象的那样。"

289

他说，邻居一个哥哥下乡到西昌那边的宁南县，据说西昌的月亮又大又亮，宁南县有红军长征渡过的金沙江，对面是云南巧家。那里的彝胞穿"查尔瓦"，睡阁楼，围着火塘烤土豆，盛产甘蔗，胳膊粗的甘蔗随便吃！

"你去看到啦？"刘玲睁大眼睛好奇地问。

"没去成。那边太偏远，听说路不好走，火车又不好扒，就改道去了广元。我们院里有个姐姐下到那边的转斗公社。那里有嘉陵江，有秦岭，有'难于上青天'的古蜀道，还有张飞种的柏树。据说盛产核桃，收获季节男人拿根大竹竿满山打，妇女小孩遍山捡，照样随便吃。"

"太好了！"刘玲也兴奋起来。

"好什么好，不是落了个'流窜'的罪名吗？当初要是不撒谎说母亲病了，走得成吗？"

"原来是这样……"

"我们白天走，晚上走，顶着太阳走，望着星星走。困了靠着树倒在草堆边就睡，渴了捧上河沟里的水就喝，饿了偷偷摘根黄瓜刨根红苕就啃……衣服酸臭了，也会搜下别人晾晒在衣竿上的衣服……"

他突然狡黠地笑起来，不知道他又想起了什么。

停了一会儿他才说："当然，运气好，偶尔可以在知青屋里饱餐一顿……遇到好心的司机可以搭一段汽车，我们还扒过火车……要说这段经历，三天三夜也说不完！……唉，不说了，总之，值得！"

他的话突然就刹住了。

不屑又固执地回到嘴角。

他慢慢站了起来有些懒散地说："我要上街喝茶去啰。"

"不要打牌，下午早点回来哦！"

"哪个现在还敢打牌？你放心，我既然答应了你，就一定会回来参加。"他笑了，"君子一言，驷马难追！"

第三十一章

转眼到了七月下旬，中稻开始抽穗，老天已细雨绵绵了。

政治夜校早已全面恢复，各级报告会、辅导会正如火如荼。这天上午虽然小雨淅淅，太平公社礼堂却座无虚席，一场专题讲座正进行得紧锣密鼓。

听完宣讲才十一点过，建华同老严又来到民政办公室，打听了七队一户特困户的救济金审批情况，出来同端着搪瓷茶盅的何庆田碰了个正着。

"真是踏破铁鞋无觅处！我在台上还看到你们，下来找就不见了。我要给你们说点儿事情，走，到我办公室去！"

拐个弯过了小天井就是他的办公室。公社驻地原是军阀的一座公馆，这是一间铺着木地板的老瓦屋套房，外面办公，里面做卧室。他家在另一个公社的农村里，要到星期六下班后才能回去。

"坐吧。"一进门，何书记指着靠窗的椅子说。

办公室很陈旧，桌子是旧的，文件柜是旧的，一个铁壳保温瓶也锈迹斑斑。屋正中垂下两条电线，吊着一盏长长的日光灯，桌上摆着一个普通的小闹钟，每走一秒，钟里的大红公鸡就会啄一下米。

建华记得，一年前他就是在这里接受任命的。何书记当时那么语重心长，自己当时那么战战兢兢，经历了这些风风雨雨，虽然还不能说得心应手，但自己尽力了，可以坦然面对这位书记殷切的目光了。

"早稻收得差不多了吧？"刚坐下，何庆田就问起了生产。

"晚稻都快栽完了。"建华语气中透着自豪。

"哦，搞得还快嘛！早稻产量如何？"

"看样子还可以，"老严说，"不过，最后结果还没有出来。"

何书记习惯性地一挥右手说："不错。你们小春增了产，早稻又还可以，下一步如果中稻丰收的话，我们这个典型就说得起硬话了。你们晓得的，上次省委农村工作会上我是去发了言的。"

建华信心满满地说："何书记，中稻增产我们是有把握的！"

"那就好！"一丝笑容浮上何庆田的嘴角，但瞬间又消失了，"有个事，我要给你们说一说，你们那个修车的罗显贵，这回又跑到灌县那边去剃头，每天背个黄布包包走村串户，被那边民兵扭送到公社，流窜打野的材料都转到我这儿来了。"

建华剑眉一皱，望着老严说："不是说他帮亲戚盖房子去了吗？"

"是嘛，咋个又跑去打野了？躲鬼躲进了城隍庙，跑得再远还是没躲脱！"

"所以毛主席说，严重的问题是教育农民！我们不要低估了资本主义。一有机会，他们就重操旧业，死灰复燃。"

建华又皱了皱眉。

何书记接着说："开始，你们曾桥大队行动快，影响大，太平镇都出了名。可如今……"

建华低下头，但分明还能感受到何书记目光的逼视，能猜出那没说出的意思——可如今，反复也快，影响更大，"名"都传到灌县去了！

陈旧的办公室更加沉闷。他突然想到王福寿，要是去医腰杆的再闹出点名堂来，我还有什么脸面来见何书记？

"建华！好久我就想找你谈一下了，"何庆田站起来，却转向严久思说，"老严，你不是外人，我就不回避了——你们一队的王大炮，提劲打靶搞惯了，两口子打个架，"他突然很生气，"你居然就开仓称粮！那不是助长歪风吗？建华，不是我说你，储备粮你都敢动！我的支部书记呵！你是吃了熊心豹子胆啦？"

"何书记，人命关天啦！"不等建华辩解，老严赔着笑脸说，"他家是出了名的缺粮户，大大小小六张嘴巴，米罐子倒不出一颗米，田头的麦子还是青苗苗……"

"老严啊，你是老同志，"何书记打断他的话，"你更有责任把好关！他年轻，你未必还不懂？储备粮是随便动得的吗？备战备荒这么大的事，你负得起这个责？"

"不管老严的事，是我一个人干的！"

"你能干！你英雄！——简直乱弹琴！"

屋子里一片死寂。

过了好一阵，他才沉重地说："年轻人，你晓不晓得，为啥没有处理你——"

何书记的目光有些暗淡，头发好像更加稀疏了。望着他倔强的龅牙，建华心潮如涌！原以为自己孤身一人在独担风险，原以为自己何等磊落无私无畏，没想到自己的路途上竟有人在默默守护！对于守护者经历的煎熬和担当，对于挺身而出承载的风险和灾难，自己都一无所知！现在他才明白，一旦追究起来，停职反省的恐怕就不是自己一个人了……自己闯了这么大的祸，真是太对不起何书记了！

"何书记，没想到你——我……"他抬起头，语无伦次。

"建华，你是支部书记，"何书记又语重心长了，"处理问题不能感情用事……孙国荣揪出来了，别人揭发批判，忙着划清界限，可你倒好，不揭发就算了，竟然还深更半夜跑去看望……"

老严一听，倒抽一口凉气！

建华也瞪大了眼睛，自己那么晏才去，熟人也没碰见一个，咋何书记都晓得了？他忽然恍悟了，那晚上孙国荣为什么要房门大开！他不禁暗自好笑，自己竟然选了那么个时候去探望，正应了那句老话，要想人不知，除非己莫为！

"年轻人，作为支部书记，每走一步都要稳稳当当。我们有二分公事的，以前叫如履薄冰。如今也不要给人留下话柄，更不要主动给别人提供射击你的弓箭！……"

严官眉头一皱，你个小伙子咋会干这种傻事呢？

屋子里很安静，只有雄鸡滴答滴答的啄米声。

过了好一会儿，何书记才回到自己座位上说："还有，你们那个大队干部联系生产队的做法，初衷是好的。但是，一来大家都有自己分管的工作，二来你下去别人就不好放开手脚。所以，干工作不要光凭主观，动机和效果要统一。"

老严有些不高兴了："何书记，我这个大老粗不懂动不动机，只晓得当初定这个事是讨论过的，要说效果嘛，一队和五队的变化都看得到的！"

何庆田宽慰地笑了笑说："老严你不要激动，别人有意见，言者无罪嘛！我们听到了，闻者足戒嘛！如果不交流，不通气，领导班子闹矛盾，可就成大问题啰！"

他们都沉默了。

老严又意味深长地看了建华一眼，额头一皱，三道皱纹立刻绽成满额沟壑。

建华不慌不忙地说："何书记，形势在发展，措施也可以改变。就是要取消，也不是我个人说了算，执行和取消的程序应该是一样的。"

何庆田点了点头，没有说什么。

他俩一看没什么事了，准备起身告辞。

何庆田却站了起来，欲言又止。

他迈开沉重的步子，大红公鸡也更加卖力地啄着米。

"建华啊，"他终于停了下来，有些为难地说，"有人反映你父亲，不出工，自留地倒热心，甚至连政治学习都不参加……"

建华望着窗外，细雨霏霏的天井混沌得让人窒息，屋檐坠落的雨滴如支支冷箭穿得背脊凉飕飕的。

老严这回真的激动了："何书记，老钟这个人你还不晓得？平时的炉炉工是一分不挣，农忙哪天不是汗流扑撒地扛起！开会学习哪个敢不来？我晓得他有几天牙齿痛饭都吃不下，学习是请了假的！"

"当然，老钟这个人，以前我还是了解的……"

后面的话渐渐远离了老严的耳膜。他在想，辛辛苦苦干了一辈子的老党员，如今年纪大了，谁还没个老的时候病的时候！

"作为老同志，要解决好继续革命的问题；年轻人呢，要敢闯敢干，但也要注意方式方法。建华，革命的道路上我们都要走得稳当些，人生的路上才会少摔跤子！"

建华理解何书记的良苦用心。

"走得稳当才少摔跤子——"说过的话何书记又重复了一遍，显然是在暗示这句话的分量。

建华重重地点了点头。

何书记继续语重心长地说："建华啊，我很关心你的个人问题。"

听到这里，老严终于松了一口气，笑着说："何书记，这个问题就不用你操心了，喜欢他的人多得很！"

"多得很？"何书记又严肃了，"那就更要谨慎，不要给人留下话柄！"

"啥子话柄？"老严又不明白了。

"建华，我丝毫不怀疑你的人品！不过，人言可畏，软刀子也会杀人！什么脚踩两只船，什么吃着碗里望着锅里……你怎么去面对，怎么去解释？……"

建华像生吞下一只苍蝇那么恶心。

"打胡乱说！"老严急得眉毛锁紧了一额皱纹。

"我们不信,不等于别人不说。谣言传得有鼻子有眼的,说半夜三更你两个成双成对,田坝头就在一起……"

建华像一头发怒的狮子瞪圆双眼,伤他无所谓,但他不能容忍污水泼在一个无辜的女孩身上。他咬紧牙关,从牙缝里挤出两个字:"无耻!"

他感到透心的悲凉。

他觉得谣言就要将自己湮没窒息,冷箭已射得后背百孔千疮……

恍惚中,他听何书记又说了许多话,"身正不怕影子歪","明枪易躲暗箭难防",还讲了当初他自己挨批斗生不如死的遭遇,"这不都挺过来了"……

最后,何书记要留他们在食堂吃饭,他俩婉言相谢,戴上草帽就走。

路上,雨说大不大说小不小。没有草的土公路被淋成了硬头滑——表面硬邦邦的,踩上去一不留神就会人仰马翻。建华的解放鞋步步小心,老严的旧胶鞋早就脱来夹在腋下,十个脚趾头抓得紧紧的。

一阵凉风吹来,钟建华停了下来。脑海中又浮现出春天那一幕,也是这条土公路上,也是开会回来,当时春风拂面,阳光和煦;可眼下却阴风阵阵,雨雾蒙蒙。同样一条路,不见了村庄、林盘,分不清南北东西!

他感慨万千,一路无语。

老严看着雨中的建华,不知为什么又浮现出病床上的老支书。曾桥呀曾桥,什么时候你才不"争"不"翘"?太平镇呀太平镇,什么时候才能真正"太平"?他很沉重,他担心这个年轻人会摔倒。

草帽遮雨是小了点,肩膀打湿了的他似乎随口说出:"毛毛雨打湿衣裳,杯杯酒吃掉家当,件件事——"话音未落,自己差点一个仰滑。

"小心！"建华慌忙扶住。

十个趾头早已抓牢，他狠狠地说："老子不信就下坎啰！"他长长地叹了一口气，又缓缓地说，"建华，刚才说的一件件事，我看都是上纲上线的哦！"

"当然，直接就可以上到阶级、路线、立场和作风……"

"这是安心要把你拉下来，是存心要把你弄出来跟孙国荣排起！"

看着沉默的后生，老严真诚地劝道："建华，说句掏心窝子的话，你真不该去看孙国荣！"

"他原先对我不错，他是文娟的舅舅。"

"那就更没有必要去了。"

本来嘛，吹都吹了，何苦再去招惹麻烦！他暗自庆幸，当初要不是自己快刀斩乱麻，德贵那事麻烦就大了！

"我也跟你说句掏心窝子的话，孙国荣其实——"他想起那晚上孙国荣一句牢骚都没有，是那么虔诚地反思，是那样坦荡地用"前车之鉴"相告。他仿佛又看到那张雕塑般的脸，还有孤灯下那寂寞的身影……

他什么都没说，老严仿佛什么都明白了。

毕竟他太年轻，还得再劝他几句："建华，你不能太耿直，再饥再饿，储备粮都是不能动的。"

"那储备在那儿做啥呢？你不也说人命关天吗？"

"理是这么个理，可……就说生产，叫你一年三熟，未必你还敢只种两季？"

"产量哄不倒人。"

"放卫星报高产又不是没搞过，你老汉儿又不是没遭过！再说，春荒哪年没有？"

他看见眼前这张年轻而忠厚的脸上满是惊讶。

"你不要这样看到我。人要活命，总会想办法的，罗老二不是朝灌县跑了，你以为不准打野他就没办法了？"

雨濛濛的草帽下看不清严官那张满是皱纹的脸……

雾蒙蒙的旷野霎时雾幻成黑魆魆的苕田……

"建华，是哪个在背后打你的小报告，放烂药？"

"还有哪个！"建华长长地叹了一口气。

戴草帽的头昂了起来，他坚定地说，"老严，账必须查！财务制度必须健全和执行！"

"我支持。"

"我有个想法想听听你的意见。"

"你说！"

"我想掺沙子，尽快物色一个踏实公道的年轻人到渔场去，把那个保管兼出纳换掉。"

"这恐怕有点难。"

"难也要换，除非我不当这个书记！"

"也没那么严重，"他知道建华的脾气，于是毫不犹豫地说，"听你的！"

雨似乎小了些，路边的中稻正在霏霏淫雨中吐穗扬花，恰好应了那句"谷出雨绵绵"的农谚。田埂上的玉米拖着湿漉漉的红须在雨雾中亭亭玉立，显得有些楚楚可怜；摔打过的早稻草把子，歪七扭八地躺在水田里；刚插下的晚稻秧苗，正在泥水中挣扎着返青。

这绵雨的阴天，农村里吃饭也没个准时。建华进了家门，厨房里正炒菜。母亲见他回来了，连忙放下铲子，兴冲冲地从桌上拿起一张照片过来说：

"建华，你看看照得咋样？"

灶膛前烧火的父亲却大声吼起来："疯癫癫的，锅头的菜要煳了！"

"煳了你铲一下嘛！我给儿子看照片呢！"钟二娘乐呵呵地

把照片递给儿子。

建华看了一眼，心不在焉。

"院子里的人都说我照得年轻！"母亲提醒。

"老婆子戴玫瑰花，人家不夸自己夸！"铲着菜的钟祖德说。

"狗嘴里吐不出象牙！"母亲小声说道，"我和你老汉儿，结婚都没照过，要不是人家上门来，恐怕这一辈子都别想！"她扬起手中的照片，脸上笑微微的。

再一看，照片上父亲一脸严肃，母亲笑眯眯的。那慈祥的笑，含在眼里，扬在眉梢，溜过微闭的双唇从翘起的嘴角溢出。背景是小院的草屋翠竹。

他突然想起和文娟的双人照……

"是一个小伙子来照的，人家亲自送上门，价钱比照相馆还便宜！"母亲仍滔滔不绝。

建华想起那次和文娟照相，不算后来自己专程去取，单单去区上照，就花了大半天时间。背景是假景，是水彩画的一个公园，虽然有花有树有亭子，但线条笔直色调呆板，哪有这院落竹林的盎然生机？哪有这茅舍散发出的家的温馨和故土的气息……

"是周家场那边的人，"父亲说，"人家姐夫就是照相馆的。小伙子勤快，吃得苦，到处走村串户，背个军用水壶，中午就啃个馒馒。"父亲好像什么都晓得。

"说好今天送来，人家硬是顶起雨都来了。院子里的人看了还有说想照的，他说今天下雨，改天天气好了又来。"母亲笑着补充。

"天气好了又来？"儿子突然问。

进门半天了，儿子这才开口说话！

母亲吃了一惊，是不是淋生雨病了？手也伸到了儿子额头上。

儿子疲惫地坐了下来，说没那么娇贵。

母亲看得出来，儿子很累，无精打采的。

午饭后雨停了。

建华独自一人走进竹林。爬地草叶片上铺满滚圆的雨滴,晶亮得如散乱一地的珍珠。雨滴顺着竹叶脉络缓缓流动,垂悬于叶尖,最后如泪滴般沉重地坠落了。

翠竹也有伤心的时候?他想。历来就有"岁寒三友""四君子"的美名,如今恐怕也遭遇了毁誉。也许刚刚被誉为"未出土时先有节",瞬间又被斥责为"嘴尖皮薄腹中空"了。

委屈和迷茫,几乎颠覆了他。

一心为了大家,为什么还要遭遇到伤害?

这种伤害直接牵连到所有亲近的人,连何书记都不能幸免。

竹林静静的,地面很潮湿。

他走出院子,天已经放晴。阴霾与明媚就这样交替,永无休止。

站在小桥上,阡陌交通在辽阔的大地上书写着一个个大大的"田"字,脚下的一点是有限的,通过阡陌小道,只要走起来,就可以到达无垠的远方……

然而一回头,草屋、林盘又幻化成母亲手中的照片……

第三十二章

昨晚上刘玲一夜都没睡好。大队中心学习组会上,她看到建华神色凝重。散会了,人们在沉重的气氛中离开会议室。她故意磨磨蹭蹭,想留下来安慰他,想在这个时候陪他走一程。然而,当他把她交代给李先志后,又坐下和几个大队干部商量起事情来。

第三十二章

不知为什么，对于他的关心，当时她有些生气。我刘玲是胆小鬼吗？那次要你送，你以为是我怕走夜路吗？笑话！我从小就在曾家碾的田野上跑来跑去，有什么可怕的！他的目光冷冰冰的，整个晚上都没有正眼看过自己！他传达着公社辅导会的精神，谈到了罗老二去灌县打野。他让大家思考，为什么我们大队打野之风死灰复燃？为什么扯筋闹架层出不穷？为什么阶级敌人的破坏更加猖狂？是啊！大队一大摊子烂事，他那双浓眉怎么舒展得开！

她辗转反侧，久久不能入眠。

家学悄悄在耳旁说的话又再次响起："这次公社的批评比上次还严重。刘玲——你，不要去听那些流言蜚语哈……"

她怔住了，他还有什么"严重"的问题？我还有什么不能听的"流言蜚语"？

家学紧闭的嘴再也不开腔了。

和建华单独相处只有那个月夜，曾家桥上她是看见有几个人走过，她并不认识，但他们不会不认识钟书记。一盆凉水从脑门直浇到脚后跟！

这有什么大惊小怪？宣传队排练是在晚上，书记来看看也很正常，自己汇报工作光明正大，能说个什么所以然来！

我是团支部副书记，就该为曾桥大队的新农村建设奉献力量！团支部是党支部的助手，我就该为建华分忧解难！人正不怕影子歪！革命前辈是最好的榜样，人家邓颖超为了中国革命，一辈子跟周总理并肩战斗。为了大队渡过难关，早日建成大寨式大队，我为什么不可以和建华一起并肩战斗？唱着《红梅赞》的江姐，不仅是视死如归的英雄，同时也是一位伟大的妻子和母亲！《刑场上的婚礼》中的周文雍和陈铁军，在共同生活的地下斗争中萌发了真爱，当敌人罪恶的子弹射出之前，勇敢地宣布了他们没有表白的爱情，在刑场上完成了他们神圣的婚礼……

这样的情感伟大而纯洁，有什么错？

去它的流言蜚语，我才不怕呢！

雨在滴滴答答地下，她迷迷糊糊还是睡不着……

上午，雨还没有消停的意思。说大，却细如花针；说小，又铺天盖地。灰灰暗暗，沉闷得真急死个人！

望着滴水的屋檐，看了看宽宽的阶沿，她又想起了那个下雨天，还有他擦过脸的毛巾和深情的回眸……维玉姐不是说队上好多人都在嘈吗，既然好多人在"嘈"，就说明我们般配，不然怎么不去"嘈"别人呢？少女明白，建华是喜欢她的。但是，为什么他又不主动呢？

仔细想来，大队的事他都忙不过来，哪有心思想这些！更何况，哥哥介绍小高的事，他不会不知道。建华呀，我刘玲是那种好高骛远的人吗？我的心难道你还不明白？

想到这里，她做出了一个大胆的决定：这层"窗户纸"不用等待，也不要维玉姐帮忙，在他面临困境最需要帮助的时候，她要勇敢地和他并肩战斗，她要亲手去捅破这层"窗户纸"！

吃了午饭，刘玲兴冲冲地出了门。趁阴雨天，团支部该换专栏了，她正好去找几份报纸。不用说建华也该在家，大家都在扎雨班，他能跑到哪儿去！

田里胀鼓鼓的稻苞喝足了雨水正咧嘴扬花。抬眼望去，原野葱茏而迷蒙，她情不自禁地用手轻轻摸着衣兜里的英雄牌钢笔盒，心跳得更厉害了。刚才她从柜子里拿出这个钢笔盒，又想起当初特意为他挑选的情景。打开盒子，崭新的笔身漆黑发亮，笔帽顶子和别子光洁锃亮。这支钢笔她不知看过多少遍，今天她要勇敢地送给他！一想到这支漂亮的钢笔握在他手上大小正合适，她就兴奋不已；一想到他别在上衣口袋的庄重神态，少女羞涩地笑了。

他要是不接呢？唉，怎么会突然冒出这么个问题？

他是个念旧的人。当他拿着学生钢笔修改剧本，当他说"这支钢笔我读初中就在用了"这句话的时候，真是爱不释手。是的，那支钢笔跟随他从学校到部队，又从部队回到农村，那么多年过去了，他是舍不得的。

可我这支钢笔也不普通啊，它是有名的是英雄牌！挑选又是那么精心，它凝聚着人家最纯真的一片痴情呢！他会喜欢的，她有这个信心！

她小心翼翼地关上笔盒。但愿心想事成！

她在内心里祝福自己。刚回乡的时候，看见农村青年特别是女孩子，一天不是忙着扯兔草割猪草，就是打毛线做鞋垫。她就想该组织起来学习，关心国家大事，积极参加运动，这一想，自己就成了他们的团支部副书记。大队成立农技组，自己一想，就在生产队搞起了试验田。自己想成立宣传队，如今节目都排练得红红火火了。看来人只要敢想敢干，就没有办不成的事！

一想到今天她要送的这支钢笔，脚下的步子更快了。她不由偷偷地笑了，就连一坝挂着雨滴的稻穗，也都跟她咧着胀鼓鼓的嘴傻笑呢！

钟家院子就在眼前，不知为什么，她的脚步又有些迟疑了。

她探头探脑地看了看院子，院子里静悄悄的。建华刷牙的水泥板台面湿漉漉的，他那间屋的窗户是开着的。

她轻手轻脚地走进院坝，最好不要惊动两个老人。

"刘玲！你来啦？"

她吓了一跳，钟二娘坐在堂屋里正笑眯眯地看着她。

"钟二娘，我来找建华——是专门来拿办专栏的报纸。"她的手捂着笔盒子。

"哦，他不在屋头，你看我们都在等他！"

刘玲走进堂屋，里面果然还坐着两个人。

"这是建华的小孃，"旁边有个低着头的姑娘，钟二娘没有介绍，只说，"建华上午出了门，听说去了五队，晌午都没回来吃。到这阵了都还看不到个人影影儿！……"她生气地喋喋不休。这解释不知是为了刘玲还是客人。

那个姑娘鼻子挺挺的,眉目很清秀,低着头,用手揉搓着新衣服的角。

"你进来拿嘛,我认不到字。"钟二娘在前面带路。

进了建华的屋,钟二娘朝门外嘟了嘟嘴,小声说:"她是给建华介绍的女朋友,人很能干勤快,你光看她那双手——"话还没说完,两眼早笑成了豌豆角。

刘玲没有答话,埋头选着报纸。

她抽出要找的报纸,对钟二娘说:"这两张川报我拿走了,你儿子回来跟他说一声。"

来到堂屋,刘玲特意看了看那手。

那双手突然又滑向衣角,果然灵活而结实。

她头也不回地走了。

天又灰暗了,云黑沉沉的,雨又开始飘起来……

她双眼朦胧得分不清东西,机械的双脚也不管南北了。满田的稻穗都低垂着大滴大滴的泪……

难怪昨晚上他看都不看我一眼,难怪他眼神冷冰冰的……

她失魂落魄地进了家门。

"小祖宗,你终于回来了!"母亲焦急地迎上来。

刘玲茫然地望着母亲。

"你嫂子才走,她来问小高的事,都这么久了,人家等着回话呢!"

刘玲没有吱声。

不出所料!母亲叹了一口气:"行不行你都表个态嘛!不行,就把照片退给人家!"她挥了挥手中的照片。

"你们想答应就答应嘛!"女儿丢下一句,就进了她的屋。

"你答应啦?"母亲喜出望外。

女儿终于想通了!乖女儿就是懂事!人们常说"要得松,农带工",现在的女孩子哪个不喜欢嫁个工人?何况还是国防工厂的!母亲一高兴,又唠叨起来,"哥哥给你介绍的不得拐,人家小高早就盼着来上门……"

"上门就上门!"

母亲有些吃惊,她探头望了望里屋:"真的?"

"早就上门了!"

"早该上门了?"

女儿真懂事,年轻人就是爽快!母亲并不计较女儿说话的口气,情不自禁又对着照片啧啧称赞:"你看这小高,要条件有条件,要模样有模样……"

"把照片退给人家!"女儿朝着房门大喊。

母亲不知所措。

过了好一会儿,她才小心翼翼地问:"玲玲,你今天咋个了?"

"上门上门,早就上门了!"

女儿说得没头没脑,母亲听得云里雾里。

"回来也不让人清净!"女儿丢下这句话又冲出了门。

刘玲走进蒙蒙的雨雾。其实她喜欢这蒙蒙的雨雾,尤其喜欢蒙蒙的雨飘在脸上的感觉,柔柔的,凉凉的。但是,今天她心烦意乱,一个人孤零零的,飘飞在脸上的都是忧伤的泪……

她来到了牛堰河畔。

河畔曾以四季变换的迷宫放飞了她的童年,流水曾携手白云将她的身影摇曳得颀长而靓丽。可是流水啊,蒙蒙雨雾中你怎么也只顾自己抹泪去了……

牛堰河啊,你的抚慰曾让我十分开心。可是今天,即使你捧出春风中似花非花的满枝榆钱和拖着一个个洁白音符的洋槐花蕾,也难激起少女浪漫的情愫。即使此刻骄阳似火,浓浓树荫下有着泡澡水牛硕大的脑袋和枝条上悠长的蝉鸣,也失去了吸引的魅力。即使再现深红的秋叶和隆冬的青草,我都只会感到清冷和透骨的寒意……

少女的愁绪弥漫成飘飞的细雨，滴在心头，落进牛堰河里。河水缠绵而平缓，它是从曾家桥流下来的。啊，曾家桥！那是个多么迷人的月夜……

照片在母亲手中颤抖。

刘幺婶呆呆立着，蒙蒙细雨中女儿的背影越来越小。

人老了，我是不是说话唠叨让女儿心烦了？是不是小高上门的话吓着她了？平时乖巧伶俐的女儿，怎么突然就魂不守舍，说话也颠三倒四？

刘幺婶有些失落。过去自己调解过无数的家庭纠纷，如今怎么对女儿就束手无策了？当然，过去的人不是打捶角孽就是大吵大闹，是非曲直一目了然；如今的年轻人却闷声闷气叫你火门都摸不到！就是冒出一两句话来，也噎得你半天出不来气。刚才女儿就东一榔头西一棒的，真把老娘给搞糊涂了！

刘幺婶突然很伤心。自己一个人辛辛苦苦把两个孩子拉扯大容易吗？孩子大了怎么就这么不省心呢？她又想起孩子她爸来——

丈夫是太平镇粮站的工人，为人老好。三年困难时期，他可是捧着人人羡慕的金饭碗啦，但是他从没有乱拿过一颗米回家。他给居民称秤倒米把细得很，因为颗颗粒粒都是救命的，金贵得很。可是她被告知这样的丈夫竟被关押起来隔离审查了，说是盗窃粮食！刘幺婶打死都不信。还说是被站长亲自抓了个人赃俱获，她还是不信。后来又被告知丈夫态度恶劣拒不交代，最后竟被告知死不悔改自杀身亡！痛不欲生的她，竟然连妇女主任也被撤了。真是天崩地陷，哭诉无门……

天无绝人之路，后来那伙"硕鼠"终于现了原形。原来他们一伙勾结倒卖粮食。为了不露马脚，竟然晚上用木桶装满水放进仓库，经过一夜，干燥的米粒吸入水分增加了重量，等米下锅的居民哪能察觉这些。一个晚上就是几十斤水,这可不是个小数目!虽然干得神不知鬼不觉,但还是被站长怀疑,于是他们就嫁祸于人,让她丈夫成了替罪羔羊。直到"四清"才挖出这个黑窝,丈夫的冤屈终于大白于天下。

一想到孩子他爸的结局,她骤然心里一紧!

之前,曾同意她见丈夫一面,目的是争取家属配合,好让他坦白认罪。丈夫当时面容憔悴,双唇紧闭。但最后还是说了一句"你放心,我会证明自己的清白",就再也不开腔了。

这没头没脑的一句也曾让她云里雾里。你连人身自由都没得了,自己咋个证明?反正就当他是在宽慰妻子的话来听吧……没想到就出了事!

天哪!刚才女儿不也天一句地一句?她的心骤然一紧!

她慌忙放下照片,抓起两顶草帽追了出去。

田坝里雾蒙蒙一片,哪里还有女儿的身影!

玲玲,妈没有一点点逼迫你的意思,你可不要吓妈!

这鬼天气哪里去找人?!

她会不会去找芳芳?两个毛根儿朋友肯定无话不谈。

芳芳这儿没有人!

刘幺婶更急了。但芳芳一点也不着急,她笑着说:"肯定办专栏去了嘛!刘幺婶,我陪你去,反正我也没事。"

大队专栏墙边也空荡荡的。

看到刘幺婶着急的样子,芳芳连忙说:"不要急,说不定在那边呢,我们过去看看。"

大队会议室的门紧锁着,代销店唐大爷说没看见,连医疗站也进去了,还是没有人。

"会到哪儿去呢?到处雨纷纷的……"芳芳皱着眉自言自语地说。

"你说要办专栏,会不会找家学去了呢?"母亲似乎有了希望。

"不会!家学今天一早就去五队了。"芳芳说,"刘幺婶,你我两个在这儿到处找,说不定她早就回去了!"

"不会!"刘幺婶很肯定,"她才气冲冲跑出来的!"

"出了啥子事?"

"还不是为了小高的事……玲玲要是有你听话,我这个当妈的要少操好多心!"

芳芳笑起来:"我敢和你们玲玲比?那简直是吹火筒当晾衣竿——差好几节呢!"

"人家小高真的不错……"

"不错的人多了,那还得看缘分!"芳芳意味深长地笑了。

"你们是不是有啥瞒着我?"

芳芳笑而不答。

雨更密了。田野上看不到一个人,土公路湿漉漉的,河堤雾蒙蒙的,牛堰河水急匆匆地流着。

匆匆的流水让她的心更慌了!这个鬼女子会跑到哪儿去呢?你可别吓唬妈!再有天大的事,你千万别想不开!只要你好好的,小高的事妈就不提了……

"看——那儿好像有个人!"突然,芳芳惊喜地叫道,并往河湾一指。

果然,河湾里有个人!

那个人孤零零地站在一棵大桉树下,光着脑袋,面朝流水……

刘幺婶惊恐地大喊:"玲玲——"

身影呆呆的,一动不动。

"你可千万别干傻事!"举着草帽的她拼命跑起来。

"小心!刘幺婶!"芳芳生怕老人摔倒,赶紧跟了上去。

第三十三章

当时刘玲并不明白,到五队去找罗老二的建华和家学为什么老半天不回家;后来她才晓得,家里来的客人等了大半天,最后便很不高兴地走了。

第二天艳阳高照,五队社员忙着收打最后两个田的早稻。

"快看!"忽然,不知谁大叫了一声。

顺着手指的方向,人们瞬间都如武打片中吃了定药——手抱谷把子的,脚踩脱粒机的,弯腰割谷的,全都偏头抻颈向着一个方向,田里仿佛成了一张定格的照片。

原来,从刘家院子伸过来的那条机耕路上走来一行人。最前面的那个,双手捧着红红的什么东西,看不真切。后面的倒很清楚,挑新箩筐的,担新粪桶的,扛新锄头的,扁担锄把上都扎着大红花。刘冬梅穿着新衣,低着头走在大红被子雪白枕头的箩筐后面,旁边跟着一个瘦高的男人,最后是三姑妈和几个亲戚。虽然没有吹吹打打,倒也热热闹闹。

"前头那个人捧的是啥子哦?"

"红宝书都不晓得!"

"硬是新事新办呢,这才是革命化的婚礼嘛!"

"冬梅搞得好快哟,才听说耍了个朋友,一眨眼就结婚了!"

"她倒整对了!嫁到成都边边上,那边是蔬菜队,吃供应粮!"

"号号儿票都要比我们这儿发得多些!"

"看样子,那个男的比起德贵来,又瘦又老……"

田坝头说啥子的都有。

"没戏了!一朵鲜花——"偏头抻颈的谢摩登脸上有些失落。她本想说"插在牛粪上",但又觉得不妥,于是便说,"喜糖都没有请我们吃就走了!"

脚踏脱粒机的胡莽娃硬着脖子就顶道:"礼都没有赶,还想吃喜糖,你晓不晓得现在的糖好多钱一斤、号号儿票好多钱一张哦?"

谢摩登眉毛一垮说:"有你啥相干!我没有赶礼,未必你莽娃子赶啦?"

"我是没赶,但总不像有些人,还想吃人家的糖嘛!"胡莽娃心里也不好受,冬梅走了,宣传队少了根台柱子。

喜糖吃不成,但大家还是津津有味地望着这支队伍,直望到走过罗家院子,又上了河堤。

仿佛吞下了解药,大家的手脚又开始活动起来。

牛堰河水静静地流着,一行人沿着河边走着。榆树上的蝉儿们卖力地鸣唱着,仿佛在为新娘鸣奏着婚礼进行曲。冬梅走得很慢,瘦高男子、三姑妈和亲戚们也都默默地跟着,队伍慢慢地上了曾家桥。

冬梅停下脚步,转过身向田野望去,向刘家院子望去,目光最后停留在牛堰河那弯弯的尽头。那里有一片绿绿的榆树林,还有一棵老榆树。这时老榆树也许正悠闲地听着蝉儿的鸣唱,可是它却不知道,从此再也听不到她和德贵依偎在它身边的甜蜜交谈了……

瘦高的新郎也停下脚步,跟着冬梅的方向望去,却什么也没有看见。

三姑妈笑着说:"别看了,又不是十万八千里,想回来,脚一抬不就回来了!"

"就是回来了,也回不去了。"冬梅心想。她眼里涌出了泪水,头也低下了。

"走吧,路还远。"新郎催促着。

一行人慢慢走过桥,消失在河堤尽头。

冬梅并不知道,当她望眼欲穿地张望那棵老榆树的时候,德贵正在不远的林子里注视着她。

星期天在家休息的德贵,在林盘里看见了送亲队伍!

冬梅出嫁了!

他五雷轰顶,险些站立不稳。他冲出了院子,踉跄几步,突然发疯似的狂奔起来。

终于,他上气不接下气地停站在牛堰河堤上!

冬梅停下来了,送亲队伍也停下来了。

树丛中,他想挥挥手,手却没有动;他想大声喊,口却张不开;他想冲上曾家桥,腿却抬不起!

他还能做什么呢?都这个时候了!挥手是告别还是祝福?大喊又喊什么呢?叫声"冬梅你跟我走"?去哪里呢?家里那个院子她进得去吗?……

泪水涌了出来,冬梅和送亲队伍都模糊了。

冬梅走了,到成都边上去了。

那个瘦子,可以给她一个家……

蔬菜队,有供应粮……

队伍渐渐远去,如满载而归的蚁队。

牛堰河水静静地流着,一节断裂的榆树枝在河中翻滚,挣扎,顺流漂向陌生的地方……

德贵失魂落魄地走向那棵老榆树。他捋下一把绿叶捧在手中,泪水滴在嫩叶上,不知他回忆起了什么。是榆钱缀满春光的风和日丽,还是甜蜜相依的月白风清?老榆树呀,你是我们爱情的见证者,为什么不言语?他对准树干一阵狂击,直打得双手鲜血淋漓,直打得内心肝痛肠断!老榆树呀,你知不知道,今天你见证的,

311

是我们的永别……

他终于精疲力竭，浑身伤痛，软软地倒在了草地上……

从大队渔场出来，钟建华正沿着河堤走。夕阳落在树梢上，烧红了半天云霞。刚才的一幕幕又浮现在眼前。

听了何书记的意见，他专程去找殷志远，想跟他推心置腹地谈谈。

塘边撒满水草，看得见青青的鱼群在游动，听得见唧唧的吃草声。

"老刘，你还会盖房子啊？"他问草屋上的刘柏林。

"滥竽充数嘛！"

站在地上递麦捆的老殷连忙说："前两天雷阵雨风太大了，那个地方漏雨，请盖匠又要花钱！"

建华笑了："自力更生，节约一个是一个嘛！"

老殷也笑了，热情地将他领进办公室。毛主席像下面，两张奖状扑面而来，是区农水局和公社分别颁发的。奖状下方，是一张老式写字台，旁边有几张竹椅和条凳。书记和大队长都没有办公地方，这里倒够气派的，不过渔场需要接待客人嘛。

沏好了茶，老殷指着写字台前的那张竹椅笑着说："建华，你坐那儿！"

建华也笑了："那是你的位子，我就坐这儿。"说着就在就近的一张竹椅上坐下来。

老殷便挨着他坐下来。

"最近雷阵雨有点多，对渔场影响大吧？"

正吹着茶杯里浮沫的老殷连忙说："只是工具房吹烂了，没跑鱼。"

"那就好！"

第三十三章

"夏天多雨,我和老刘晚上都轮流住在这儿,遇到情况好处理嘛!"

"你们的确辛苦!有的事外人并不晓得。"

"应该的,应该的,"他高兴地说,"如果不出大问题,今年多卖个三五千斤是没得问题的!"

"老殷,渔场这块就辛苦你了。今天我来,是想和你摆摆龙门阵,听听你的意见。大队的工作,我难免有考虑不周的地方。"

"要说大队工作,分工明确,你又民主,我能有啥子意见?"

"我们定点下队的事何书记不太赞成——"建华只好旁敲侧击。

"当初公社不是还肯定得嘛。"老殷似乎很吃惊。

"当初是当初,现在说是有反映——"

"有反映?"老殷似乎很气愤。

"当然,有意见应该提;反映到公社,也是正常渠道嘛!"建华也不露声色。

"我每次到公社,哪次不夸你!形势跟得紧,办法点子多,大队变化快!"

建华无言以对。他端起杯子喝了一口茶,然后说:"眼看早稻就收完了,定点下队是不是可以取消了,我想听听你的意见。"

"我能有什么意见!你看你,还专程跑一趟,总是这么民主!"他谈吐老道,对答如流。

"老殷,目前大队情况复杂,对猪都敢下毒,打野也屡禁不止……我们要统一思想,拧成一股绳!"

"这是当然的!建华,我一直都是给你挡起的哈!你叫我管渔场,看看这些奖状——"他指了指墙壁,"拿了脸的哈!你要我们做流水账,我们就认认真真地做,毫不含糊!就是农忙双抢,哪个队的拖拉机不是安排得巴巴适适的?"

建华笑了:"是啊,农忙能调来大拖拉机的确很不容易,你

313

外面关系广……"

"关系也是资源,当然要利用啰!我可是大公无私,把资源都给了大队哈!"他开起了玩笑,"你我两个,只要互相配合,来他个里应外合,还愁大队弄不好?"

二人都各自哈哈大笑。

从渔场出来,钟建华沿着河堤闷闷地走。殷志远可不是个钻进脑袋不顾屁股的人,他的算盘都打出十九桥来了。话说得不显山不露水,叫人亲近不得。你想推心置腹沟通沟通,他却左挡右推,叫人进退不得,只好草草收兵。

来到河湾处,草软软的,四周静悄悄的。

他突然吃了一惊,老榆树下怎么横躺着一个人?瞧了半天,一动不动。是晕倒了的病人,还是断了气的水打棒?

昏昏沉沉的德贵终于睁开了眼。他看见了蓝蓝的天,白白的云。他的目光移向老榆树,移向它倔强的枝干和斜伸的枝条。柔柔的枝条可以折弯,但却难以折断。他还看见枝条上垂着一只蝉,已经没有鲜活充实的内核,只是一个裂开的空壳……

他抬起血迹斑斑的手,已经没有疼痛的感觉了。他跟跟跄跄向水边走去。万念俱灰,无牵无挂……

他感到自己已经飘起来,永别了,老榆树!他要飞到牛堰河里,去追寻那节断裂的榆树枝……

是哪路神仙在迎接我?是何方妖魔在扫荡我?怎么云里雾里身不由己?怎么腾云驾雾直坠深渊……

他终于明白自己瘫软在硬邦邦的草地上!

他拼命跳将起来,像一只受伤的牛犊再次扑向水边。

建华一把抱住他。

"不要你管!不要你管!"

第三十三章

他疯狂乱吼，他横板顺跳。一阵歇斯底里，最后无力地靠在建华的肩头上。

"哭出来吧！……哭出来就好了……"

他泪如泉涌，失声号啕……

"我真的不想活了！"

他哭得瘫软，终于可以在抽泣中混夹着令人心碎的哭诉了。

建华像拍着孩子一样拍着他的后背。

"我老汉儿反对……"

"你老汉儿反对，我老汉儿并不反对，文娟还是走了。"

"我们好了那么多年……"

德贵只顾倒着自己的苦水，建华却在别人的故事里咽着自己的泪。

"没有她，我活起还有啥意思！……"

"德贵啊，别这么想。其实每个人都不容易……"

看着泪流满面的德贵，建华想，有人的泪流在脸上，有人却只能淌在心里。于是他劝道："每个人都有自己的痛苦。不能和冬梅在一起，是你的痛苦；你就不想想，要和右派成亲家，你爸就不痛苦？何况他是大队长……"

也许人们只在乎别人光鲜的一面，却哪里知道个中的滋味！就如这棵老榆树，一眼望去高峻挺拔，却很少注意它被虫咬风折的累累伤痕。

"德贵，人人都会遭遇困境，都有无能为力的时候；但要坚信，天无绝人之路！……"建华不知是在劝导对方，还是在勉励自己。

"我心里，不能没有她……"

"她心里正因为有你，才选择了离开。就像我，接受文娟的离开，就是为她好。真正爱一个人，就该为对方着想……"

"不能走在一起，那就只有鸡飞蛋打了！"

"你看你，"建华生气地说，"大河没得盖盖，你的命就这么不值钱？你要是有个三长两短，冬梅将终身受到良心的谴责！你老汉儿未必还能心安理得？"看着德贵一副破罐子破摔的模样，他痛心地说，"你倒一时痛快了，最受伤的是你最亲近的人！闹出了人命，你想想，这两个人脱得了干系？你又死无对证，他们咋个说得清？未必你忍心他们的日子是生不如死？"

死，带给亲人的是无尽的灾难；活，留给自己的又是永久的煎熬……

日子总还得过……

听着建华的循循诱导，他真想像刚才那样哭个酣畅淋漓，然而他已经欲哭无泪了。

牛堰河水仍在静静地流着。榆树梢头撑着又红又大的夕阳，晚霞一片灿烂。

建华不知是在开导对方，还是在安慰自己，总之，他们谈了很久，都明白过去了的时光就再也回不去了。不过人生路上，有她们陪伴的这一程，已经是很幸福了，何况那种美好会铭心刻骨，永远温暖着寂寞的心。

建华把他劝回了家。

田野上，他很渺小，烧红的云霞给他渺小的背影镀上了一层金色，但愿他的心也有些温度。

送走了德贵，建华又回到河埂坐下来。晚霞正忙着给田野和树林镀金，还不忘在牛堰河水中也慷慨地撒下一河碎金。河水静静的，流得跟小时候一样。他突然又想到水下那头石牛，不知是不是在桥下，但肯定不像生产队那头水牛！它粗糙笨重，没有人工雕琢的精美，也许就只是一块天然的有点像牛的大石头。

久违了，好久没有这样坐下来仰天看地了。

夕阳西下，倦鸟归巢。苍茫的画卷上，自己不过是一只微不足道的小蛾子，渺小孤独而寂寞。但这样坐下来，却感到了此刻的孤独寂寞是可以享受的，可以思考的。平日里总是很忙，忙得跟小蛾子似的飞来飞去，忙得跟车轱辘一样转个不停，仿佛军事化还充斥着自己的生活。虽然早已听不见营地那划破晨空嘹亮的军号声，看不见山间爆破的硝烟，但却能感受到子弹在飞！

生活中，别人的眼里自己仿佛很光鲜，其实自己不过是一个微不足道的传令兵，每天上传下达忙得不亦乐乎。不是听别人讲，就是讲给别人听。听，怕漏了哪一点；讲，怕错了哪一条。时间，被踩在从早到晚奔忙的脚步里，疲惫得哪有工夫来思考！

现在细细想来，这"思"字也怪有意思。离不开田地，也离不开内心。站在田野上或坐在田埂上，用心去想，田野就会让你的心宁静下来，变得和它一样开阔宽广。耳朵就会摆脱尘世的喧嚣，眼睛就会看到白云蓝天，你便可以和大自然对话，你的心就可以自由飞翔。

刚才与德贵谈到放弃，细细想来，放弃不仅仅是一种失去，也是一种获得。当你为你的最爱不得不放弃时，其实你已经收获了宽容和坚强。

夕阳就要融入成都平原了，连暮色都涂成了金黄。夕阳一沉，黑夜就来了。不必沉迷眼前的一片灿烂，也不必恐惧黑暗的降临，黎明总会到来。今天，德贵悲摧得痛不欲生；明天，当一觉醒来，新的一天已经向他走来。

文娟走了，那是自己心灵天空划过的一颗流星，是生命过程中一个美丽的邂逅。正如一轮皎洁的明月，即使自己爬上了高高的山巅，也只能举目仰望。

突然，一抹浅浅酒窝里闪烁的微笑，又流进他的心田，像稻花飘来的清香。那扑闪扑闪大眼里泛着的波光，总让他联想到家门口那条清澈的溪流。

是的，明月遥不可及，沁着稻花清香的流水才可感可掬。人生的许多寻觅，有时不在遥远的星空，其实就在咫尺的大地。你如果拥有了明月的皎洁，就难以领略流水的温煦了。

放弃很难,选择更难。

母亲的撮合,旁人的关注,甚至恶意的中伤,都让他无语。

他的选择还需要时机。

回忆过去让他伤感而又欣慰,展望未来教人明白却又迷茫;脚下的路看似畅通无阻却又举步维艰,也许,人生的路就是这么跌跌撞撞而又平平安安走过来的。生命只有经历了磨难和思考才会强大,肩膀要有承受和担当才能强壮。

第三十四章

五队的早稻终于收拾完了,陈家学傍晚才回到家里。他提了半桶凉水在阶沿上洗,看到磨盘湿乎乎的便高兴地问:

"妈!你今天推了凉粉哇?"

陈大娘是个很会过日子的人,再普通的东西她都弄得有盐有味。菜少的季节,她有时会推点米凉粉。这米凉粉可是个好东西,凉拌热煮都好吃,既是菜又是饭,家学从小就喜欢。母亲在他小手上摊上一片薄薄的凉皮,再涂上一层辣椒酱,味道简直不摆了,那可是记忆中最奢侈的零食呢!

"不是凉粉,是玉麦。"陈大娘在屋里回答。

家学一听更高兴了。这段时间的嫩玉米又甜又糯,把它磨成浆,少放点面粉,在煮蔬菜的锅边搭上一圈,等白白的雾气一散开,便是黄亮亮泡酥酥的汽水馍馍了。这馍馍靠蔬菜汤汁的蒸汽烘成,

第三十四章

馍底有层厚厚的锅巴，用铲子轻轻一铲就会脱落。放进嘴里一嚼，香脆松软，满嘴都是嫩玉米的鲜香与甘甜。想到这里，家学迫不及待地问：

"吃玉麦馍馍哇？太巴适了，好久都没有吃了！"

陈大娘从厨房里走出来说："不是我推，是罗五婶。不过还是有馍馍吃，她送了我们一碗浆。"

"她咋个会到我们这儿来推呢？"儿子满脸疑惑。

"人家的磨子坏了。"

下午，陈大娘听到院子里有喊声，连忙拐着一双螺形小脚走出来，一看是罗五婶就招呼道：

"你稀客呢，今天啥子风把你吹来了？"

罗五婶左手端盆，右手摸了摸脑后绾着的发髻，脸上堆着笑说："陈大娘！我们屋头磨子的把手烂了，我想到你们这儿来推点儿嫩玉麦。"

"磨子空着呢，你推嘛。"陈大娘指着阶沿上的磨盘说。

罗五婶把盆子放在磨盘上，笑容一丝不减："你们陈大爷没有在屋头哇？"

"赶太平镇去了，到这阵都还没有落屋！"陈大娘气恼地说。

"总是碰到熟人了，在街上喝茶嘛！"罗五婶一面宽慰着，一面解开围腰，像变戏法似的拿出一个报纸卷，打开就露出一把油褐色的烟叶来。"陈大娘，我们老头子赶周家场，买了两斤上等的什邡烟，他说比我们这边的好，不熄火，润肺化痰，叫我拿点过来给陈大爷尝尝。"说着就递过来。

"这么贵的东西，你还是拿回去。"

"这就见外了，"罗五婶收起笑容嗔怪道，"我来用你磨子，你顿都不打就答应了，尝几匹叶子烟有啥子嘛！再说，你们陈大爷和我们老头子经常在一起赶场，茶都一起喝，烟还不一起抽？我们都是贫下中农，有啥子嘛！"

319

不管陈大娘怎么推辞，罗五婶总算把叶子烟塞在她手里，又连拉带推地把她弄进屋，自己就忙着推起磨子来。直到傍晚，罗五婶洗了磨盘，留下一碗浆后，才端着盆子回去了。

　　听了经过，陈家学更来气了："叶子烟在哪儿？马上给她退回去！"

　　一看母亲被吼声怔住了，家学也觉得态度有些过分，于是缓和道："你想想，哪有那么巧？手把子烂了，烂了就修不起哪？何况有磨子的又不止我们一家！推个磨子还送东西！你咋不动动脑筋，明摆起的就是拉拢腐蚀嘛！"

　　陈大娘一听倒来了气："几匹叶子烟就把你拉拢了？一碗玉麦浆就把你腐蚀了？人情往来都不要了，一天疑神疑鬼的！"

　　"要是别人，也没得啥子，她是罗老二的妈！她儿子跑到灌县打野，我们正在理麻。俗话说，吃人家的嘴软，拿人家的手短，你收人家的东西，叫我咋个说嘛！"

　　陈大娘一听，话也在理，便有些为难地说："这回就算了嘛，收都收了，再退回去——你叫人家的脸往哪儿放嘛！"

　　"不退回去，你叫儿子的脸往哪儿放？"

　　陈大娘无言以对，看来她真的挺为难。

　　突然，她狡黠地笑了笑，说："好吧。这件事妈就依你，我明天就去退。不过，还有一件事，你就得依我！"

　　"依你就依你。"儿子想都不想地爽快地答应了。在他看来，工作才是大事，母亲向来给他说的事，再大也不过是些鸡毛蒜皮的家务事，于是他催促道，"什么事你快说，我吃了饭还要去大队排练！"

　　"嗯，就是你和芳芳的事，"她有些迟疑地说，"今下午你舅舅专门来，说你两个八字不合！"

　　"不合就不合嘛。"儿子提起水桶，把剩下的凉水往院子边的槐树一泼，故意模仿母亲念道，"门前一棵槐，不是招宝就进财！"

第三十四章

这个小院里，母亲总是在主兆吉祥的瞎折腾中度日。一只飞来的乌鸦或一只在门口垂悬的蜘蛛，她都会提心吊胆，总会在打翻的水桶、割破的手指找到对应而释然。

一看儿子不上心，她压低声音说："八字不合是不能结婚的！"

"民政局给你说的？"儿子笑了，"只要我们两个合得来，管它八字合不合哦！"

"胡说八道！"走出门来的陈大爷山羊胡子都气翘了。

看来，两个老人早就结成了统一战线。

果然，父亲走到他面前说："结婚是大事，古今一个理，一定要先合八字。古训讲究属相，相生就平平顺顺，相克万万不行。譬如马遇虎，心头堵，鼠遇羊，不吉祥，这命是要认的。"他把竹烟杆对准儿子的脑门点了点，目的是告诫他不可小视。

"听话，九儿，你舅舅不会害你的！"母亲很少叫他"九儿"，可见事态的严重。

说起舅舅，那简直就是家中的编外成员，大大小小的事，家住周家场的他都要来插一杠。母亲从小就听哥哥的话，嫁到陈家来，虽然说不上是三寸金莲，但先缠后放的解放脚还是担抬不得，只能干些手头上的农活。父亲个子虽小，却挺能干，母亲年轻时样子也看得，他倒不嫌弃。母亲不是没有生育，问题出在生了一大堆个个不成器。除了老三被国民党抓了壮丁至今下落不明，如今就只剩个老九在眼前。当初生第一个娃娃，满月就下地干活，晚上躺在床上侧身喂奶，喂着喂着就睡着了。一觉醒来，可怜娃娃脸上搭着个大奶子早就闭了气。头胎算你年轻不懂，可后来生了好几个，不是滚进路边茅坑淹死就是病死。你说怪不怪，农村院落路边茅坑多的是，人家的都没事，她的跸下去就没了命，就那么一个小囟囟，脸朝下后脑勺头发都没打湿就断了气。为了这些事两口子没少闹少打。妻子自知理亏也常忍气吞声。有次舅舅来正碰上妹妹抱头鼠窜，他顺手操起一张笨重的板凳就朝妹夫砸去。

321

虽然没打中，但从此就惧怕舅子。老九谈婚论嫁了，舅舅自然要管。按传统的老规矩，他带了生辰八字，悄悄去找他们那边的田神仙。

"现在结婚哪个还看八字嘛，田神仙的话你们都信？"

父亲眨了眨那双精明的小眼睛，翘起山羊胡子说："怎么不信？这个田神仙厉害得很！有个人肚子痛，他就在水缸里舀了半碗水，一阵默念，食指在凉水里一搅，手指一弹，叫这人喝下。奇怪，半碗凉水下肚，这个人的肚子渐渐就不痛了。还有更神奇的，有个下半身瘫痪的，到处医不好，田神仙一到，口中念念有词，用手指一点穴位，你说怪不怪？这个人居然慢慢儿就站起来了！"

"你亲眼看到啦？"

"茶铺头的人都这么说，还能有假？"

"老头子，快去灶里添把柴！"母亲大声说，"锅里还煮着南瓜呢！"

自从有了老九，母从子贵，儿子是掌上明珠，老两口倒和和气气的了。虽然老头子一听叫他做事仿佛风湿又发作了，但还是一拐一拐地烧火去了。

母亲赶紧凑近儿子说："九儿，你还别不信，舅舅说，他们那边有家人的儿子上成都几天没回来，到处找不到，生死未卜。一家人急得要命，就去求田神仙。人家田神仙烧完纸，两眼一闭就入定了。过了一会儿，睁开眼就说，人还活着！家人高兴，忙问在哪里？他说还得下阴去问问，当然钱要翻倍。只要能找到人，家人当然同意。他又入定下了一回阴，最后说，在南方！"

"找到啦？"

"他们到成都南门一打听，说是有个拘留所，再一问果然就在那儿！"

原来这个人去成都，在车站与人发生摩擦，对方人多，打起了群架。警察闻讯赶来，别人四下逃窜，他被逮个正着。说聚众闹事扰乱治安，弄进拘留所关十五天！

第三十四章

陈大娘笑嘻嘻地看着九儿,心想,说了这么多,儿子这么精灵,这回该信了吧。

没想到儿子却说:"那个人平时肯定爱扯把子①,妈,动动脑筋,哪个都推想得出来。"

母亲突然变了脸:"九儿呀,你别不信!人家生一个是一个,我生了九个,咋才只有你这么一根独苗苗?"

儿子知道,她最不愿意看到队上的李幺婶,当时她们同时生老大,如今人家的孙子都上中学了。

母亲真的伤心起来,竟抓起围腰蒙住脸。自己的老九好容易才有了对象,眼看都要结婚了,怎么就摊上这么个事,你说人这命……

"我们这个家,吃得补药吃不得泻药。再接个相克的进门……你这根独苗苗——"母亲声音颤抖得说不下去了。

厨房里只听见母亲的抽泣声。

没想到阶沿上早就站着两个人,芳芳和刘玲是来约家学去排练的。

"老九,为了我们陈家,你只有把这个婚退了!"这是陈大爷的声音。

只听家学说:"你这一套我才不信!"

"你不信我信!我都是泥巴埋拢颈项的人了,为了这个家,只要我在,她就进不了这道门!"陈大爷语气强硬,一锤定音。

听到这里,芳芳挣脱刘玲的手跑了。

刘玲只觉得血往上涌,无论从朋友的角度还是从组织的角度,她都应该义不容辞地站出来。于是她跨进厨房,义正词严地说:"芳芳绝不会同意退婚!"

突然冒出个人来,都吓了一大跳。陈大娘连哭都忘了。

"芳芳呢?"家学很诧异。

---

① 扯把子:扯谎,吹牛,耍横之意。

"哭起跑了!"

家学朝院子外一望。

"你敢出这道门!"灶膛里窜出的火苗,让陈大爷那撮山羊胡子更加坚挺。

母亲用围腰拭着泪。

家学犹豫了,腿没有动。

他知道母亲有晕病,书上叫美尼尔什综合征,一犯急就发作,倒下便天晕地旋,连房子都在打转转。也不知是不是年轻时气恼多了,等上了年纪才来个总爆发。他看了看母亲,又望了望屋外。

夜黑漆漆的,他终于还是追了出去。

陈大娘的螺形小脚有些踉跄,刘玲上前一把扶住。

面对伤心的老人,刘玲觉得应该耐心说服而不是指责。于是便缓和了语气问:"陈大娘,芳芳哪点不好?"

"不是她不好……是八字不合……"她又哭起来,扯起围腰往眼睛上擦。

"八字是什么东西,现在你们还信这些迷信?陈大娘,你想想,他们耍了这么多年,你家不是好好的吗!"

"好啥子好?"陈大娘放下围腰说,"我仔细想了一下,这几年,老头子不是风湿痛,就是气管炎,这儿不生肌,那儿不告口[①]。他一年四季都咳咳耸耸的,我也总是病病哀哀的……"

刘玲心想,真是找不到怪的了,冬瓜没奈何,按倒葫芦磨!人老了抵抗力就弱了,风湿冷热的毛病都出来了,跟生辰八字有什么关系?唉,没文化真可怕!

"年纪大了,生个病是很正常的。"她还是耐心地解释。

陈大爷不同意了:"我们就说是年纪大了,那他们一家人呢,身体壮实,人又勤快,咋样?还不是遭罚了款,连架架车都没收了,人还弄来照'单人相'!命相克,就是不顺遂嘛,喝水都要楸牙齿,

---

① 告口:指伤口愈合。

走路都要栽跟斗！"

简直不可理喻！无语的刘玲有些悲哀。

过了一会儿,她还是耐着性子问道:"陈大娘,芳芳对你们二老够孝顺吧?"

说起芳芳的好处,陈大娘心里也过意不去,她有些难过地说:"刘玲啊,其实我也是为她好。这种事,你们年轻人还不懂,我是过来人,我不能看到芳芳也像我一样……我这辈子生了九个……"

看她又来了,刘玲声音不高不低:"他们自由恋爱,是受法律保护的,我们团支部也支持。"

陈大爷又不同意了:"老的不同意也不得行!严官不同意,他儿子还是搞不成!"

"陈大爷,芳芳可不是刘冬梅!你儿子也不是严德贵!"刘玲不快不慢地说,"冬梅是自己走的,芳芳可不会离开家学!到时候,她不进你这道门,"她用手指了指厨房门,又挥手朝外面那间新房子一指说,"还不进那道门?那间房子就是为娶她修的。到时候,这院子用砖砌一道墙,恐怕你们求她,她还不过来呢!"

陈大爷的山羊胡子都气歪了!

没想到人真的还能急中生智,这番话一出口,刘玲也感到惊诧。一看陈大爷的表情,她挺满意自己的机灵。

她知道两个老人其实非常本分,平时从不惹事多嘴,也许吓一吓这事就过去了。

家学一个人回来了。他气冲冲地进屋去取了二胡出来说:"刘玲,我们走!"

"九儿,你还没吃饭呢!"陈大娘慌忙说。

"饿不死!"

刘玲关心地问:"芳芳呢?找到没有?"

家学瞪了两个老人一眼,气鼓鼓地说:"黑咕隆咚的,不晓得跑到哪儿去了!要是有个三长两短,曾家人不找你们算账才怪!"说完就走进了黑咕隆咚的院坝。

"我们又没有说她啥子……"可怜巴巴的陈大娘一急,话还未说完,似乎站立不稳,一个踉跄,眼睛一闭,"扑通"一声就栽倒在地。

"家学!快转来!你妈倒了!"刘玲扯开喉咙慌张地喊起来。

灶膛前又传来陈大爷的惊呼:"糟了!南瓜煳了!"

第三十五章

宣传队的排练已经差不多了,"八一"建军节也到了。这天下午两点过,曾家桥小学操场上,隆重的庆祝活动就开始了。

第一个发言的是民兵连长邓勇。

他穿着洗得干干净净的白衬衣,挽起的袖子露出结实的胳膊,一条草绿色的旧军裤,配上草绿色的解放鞋,真是风风光光,精神十足。

"今天,我们庆祝建军节,同时纪念毛主席发表民兵工作'三落实'指示十三周年!重温毛主席他老人家的教导,更加感到民兵工作的重要……我们民兵连,要在大队党支部和公社武装部的领导下,要在各项工作中打头阵……"

接着发言的是复员军人代表刘爱国,他表示要带领一队民兵排,在打击阶级敌人、改变落后面貌的战斗中,发挥好先锋作用。

钟建华最后讲话,他宣讲了毛泽东的人民战争思想。书记讲

第三十五章

话就是不一样,他说,要有忧患意识,阶级敌人亡我之心不死,帝国主义对我虎视眈眈。我们一定要全民皆兵,备战备荒!最后,他还表扬了前不久在公社基干民兵训练中,获得优秀射击手称号的两位民兵。

民兵们听得热血沸腾,个个都觉得自己是铁打的汉。拿锄能下地,扛枪能打仗,只要祖国一声召唤,就义不容辞上前线!

表演终于开始。会场上气氛顿时活跃,大家喜笑颜开,这才是今天来这里的真正目的。

在人们期盼的目光中,刘爱国等十二个基干民兵,从教师办公室里拿出早已准备好的家伙——两支冲锋枪和十支三八大盖步枪。在人们羡慕的目光中,邓勇站在台上对着话筒发出了庄严号令:"民兵持枪列队表演,现在开始!"

十二个人迅速站成一排,刘爱国发出了有力的口令:"立正!向右看齐!"只见十二颗头颅一律右偏,随着"向前看"的口令,刷的一下又都面朝前方,目不斜视。他们一个个威风凛凛,口号铿锵,步伐矫健地扛枪进入会场!

人们兴奋地鼓起掌来。孩子们欢呼雀跃,一个个都瞪大了眼睛,嘿,肩上扛的都是真家伙呢!

扩音器里传出欢快的《打靶归来》,民兵们越发挺胸收腹,踏着铿锵的节拍开始了表演。他们一会儿横排,一会儿纵队,一会儿跑步前进,一会儿站立瞄准,不管什么高难动作,都丁是丁,卯是卯,前后左右队列整齐,高低上下动作一致。好精彩!看,一个个依次还来了个腾空大跨越!虽说腾得不高,但跨得有力。前面要是日本鬼子,肯定一个个都会这样豪迈地冲上去。真是子弟兵英勇顽强,人民战争无往不胜!于是,掌声雷动,群情激昂。

突然,他们一个个怎么又跌倒了?

人们大吃一惊,有人慌忙从凳子上站了起来。

原来是带枪侧卧前进,众人松了一口气。不知谁在指指点点:

"你看胡莽娃,平时莽头莽脑的,一挡上正席,还硬是像模像样的呢!"又有人喊"快看",原来他们来了个飒爽的群组造型,定格亮相一阵,才迈着雄赳赳的步伐退场。

小合唱《我是一个兵》《军队和老百姓》,唱得欢快而亲切。

接下来,大队宣传队表演,再次把气氛推向高潮。

首先表演的是《不忘阶级苦》。

音乐渐渐响起来,缓慢而忧伤的女声唱道:

"天上布满星,月牙亮晶晶,

"生产队里开大会,诉苦把冤伸——"

会场安静下来,人们被忧伤的曲调渐渐带入"万恶的旧社会,穷人的血泪恨"那悲惨岁月……

林德瑜出场了,一张围腰显出她腰身婀娜,淡妆的脸更显清秀,她演那个诉苦的贫农女人。虽然她出身不怎么样,但从她表现来看,演这个角色也没什么不妥,何况还要对她这样的人进行脱胎换骨的再教育呢。你看她演得多么认真,满脸愁容地陷入了深深的回忆:

"不忘那一年,

"爹爹病在床——"

突然,会场上一阵骚动,两个人用门板抬着"病在床"的爹爹上了场。当门板缓缓放下,有人突然笑起来,他们认出"爹爹"竟然是矮哥!

原来,演"爹爹"的付强临阵退场。他觉得让自己演林德瑜的"爹爹"太不相称,于是提出一个大胆的建议——当场随便叫一个老农就行,反正又没台词,躺在门板上被抬上来又抬下去就完事。

可是一连找了几个老农,任你怎么动员解释他们就是不干,谁愿意仰肢巴叉在众人面前被抬上抬下!就在这紧要关头,矮哥扛着锄头走来了,一看他赤脚挽裤的,还有缀着补丁的蓝布衫和黑不溜秋的脸,简直连妆都不用化了,这不正是"瘦得皮包骨,病得脸发黄"的"爹爹"吗!

"地主闯进我的家,狗腿子一大帮——"

随着痛苦忧伤的旋律,舞台上出现了凶狠的地主,耀武扬威的狗腿子。他们翻箱倒柜,催债逼租,与在病床前的"娘"发生冲突。"娘"被抓住,她表演得真好,面对狠心的"强盗",还把头一扬,就跟地下党员被捕时一样!

林德瑜凄楚的歌声再次响起:

"地主狠心,地主狠心抢走了我的娘!"

这时让人吃惊的是,本来病恨交加的"爹爹"应该"把命丧"。但是,矮哥居然吃力地从"病床上"撑起了身子,双手做出要抓住"娘"的姿势。突然他又踉踉跄跄冲上去抓狗腿子,狗腿子狠狠飞起一脚踢得他往后一仰,他才可怜倒地,双腿一蹬命归黄泉。

"可怜我的爹爹——把命丧!"凄楚的歌声再次响起……

太了不起啦!尽管没有彩排,他居然成功地完成了表演!

当然,这首歌谁不会唱!听,口号又响起来:"不忘阶级苦!牢记血泪仇!……"

表演太精彩了!"娘"演得多么勇敢,"爹"演得多么真实!曾桥这么多能人,你能不激动,不自豪?

《沙家浜》又开始了。扩音器里传出的曲调,把人们又带入抗日的芦荡。虽说阿庆嫂、胡传魁和刁德一不是名演员,可熟悉的人演唱起来又别有一番滋味。大家看得津津有味,有的摇头晃脑,有的还跟着唱呢!说实话,八亿人看八个样板戏,翻来覆去地听,台词早都滚瓜烂熟了!

《毛主席来到咱农庄》《洗衣歌》虽然刘冬梅缺席了,但表演还是成功的。

独幕剧《一个赶场天》终于上场了。

在人们静静地等待中,天空传来清脆的鸟鸣声,表示赶场的时间到了。胡莽娃扮演的打野人员徐二娃一出现就把大家逗乐了。他喜滋滋地骑着自行车,一手掌龙头,一手提打气筒,胸前还吊着个大挎包,绕场一周来到场镇。他东瞧瞧,西望望,选好地盘,铺好摊子。他哑剧似的夸张动作,卖力招揽生意的生动表情,引得人们笑声阵阵。

一个人推着破车来了,一阵讨价还价后,他开始补胎。又一个人上来拿气筒打气。徐二娃一看生意这么好,脸上笑开了花。正在收钱,民兵出现了,他想逃跑,又被抓住了。一阵教育,等打气筒插进他胸前的挎包,才把灰溜溜的他推推搡搡从左边弄下场。

右边上场的是付强,他扮演的苟队长肩上扛着锄头来到舞台中间。看着自留地里的烟叶,他爱怜地瞧瞧这,摸摸那,满脸痛苦状。他攥紧锄把的双手突然向烟苗劈下。一棵烟苗倒下了,他抬头面向观众,捶胸顿足地干号起来:

"我的叶子烟啊!……"

那神情,跟电影《青春之歌》里的地主宋老财伤心哭喊"我的麦子呀"硬是没有两样,惹得好些人捧腹大笑。

他犹豫一阵,终于下了决心,和资本主义彻底决了裂!只见他一步一大铲,一步一前进。

徐二娃被押回村里来了。扮演支书的刘爱国指着苟队长的革命行动,正在教育徐二娃。民兵们也帮助他,他感动了,表示要和资本主义决裂。

他终于取出沉重的打气筒,双手交给支书。又从脖子上取下挎包,往地上狠狠扔去。

众人皆大欢喜,最后站成一排。

每人一句,依次朗诵:

甲:这事就发生在今年春天的一个赶场天,
乙:无论场镇还是自留地,
丙:两条道路要牢记!

合：斗私批修是利器，
大是大非要铭记，
始终都要坚持社会主义！

然后集体鞠躬，完美谢幕。

大家还意犹未尽。

严久思宣布演出结束，并宣告一个振奋人心的好消息：今晚公社电影队来放映故事片《南征北战》！当人们欢呼雀跃之时，扩音器里已响起了《大海航行靠舵手》的雄壮旋律。

人们渐渐散了。

建华从土堆台子上走下来，看见刘玲和芳芳手拉手跑过来，一股沁人心脾的清风像从稻花上飘了过来。

"建华，等会儿到德瑜那里去吃臊子面！"

"把家学也喊道。"刘玲大声补充。

建华随口笑道："到底是请我还是请家学？"一看芳芳青涩消瘦的脸，他突然闭了口。

刘玲连忙说："水叶子面上午德瑜就绞好了，还割了肉，我们打平伙的，请你和家学。吃了面，就好一起来看电影！"

目光如清澈的溪流，正缓缓流进他的心田。

"很可惜，我没有这个口福啰！"他惋惜地笑了笑，"马上还得去七队，你们看嘛——"

随着手指的方向，邓勇提着两个纸包和老严正过来，纸包是刚从唐大爷那里买的糕点和白糖。

她俩目送着他们朝校外走去，然后只好转身去收拾会场。

走在路上，邓勇笑嘻嘻地说："去看黄二嫂，还真有点稀奇！要说慰问退伍军人，黄绍成早死了；要说慰问烈属，他又没死在战场上。"

"这正是你该学的地方，只有建华才这么心细周到。"严官显然很佩服。

"老黄是抗美援朝的功臣,他虽然病死几年了,家里一直很困难。"建华说。

黄绍成在朝鲜战场上,敌人的弹片打进他脑袋,燃烧弹又把阵地烧成一片火海。他命真大,经过抢救,昏死几天几夜后又活了过来,直到一九五五年才伤愈回家。回来后,见哥哥嫂嫂人多困难,占用了他的房屋,他没说什么,就在正房背后的空地上修了两间草房。结婚后有了一个儿子,后来又降临了一对双胞胎女儿。儿女的降临既带来欢乐,又加重了负担。他身体一直不好,家里上有老,下有小。长期劳累,又缺乏营养,他患了肝炎也不晓得。直到硬化吐血,想医已来不及了。再后来就一脸蜡黄地躺下,丢下一个老老小小的烂摊子再也没有起来。

"黄二嫂真够难的。"建华说。

"可不是,这样的女人还有人说闲话呢!"邓勇气愤地说。

他们知道邓勇说的意思。黄绍成临断气的时候,特别带信让红星大队的一个战友过来,流着泪把妻儿托付给他。这个战友真讲义气,从此每到农忙或家里有重活,他都会过来帮忙,虽有闲言碎语也不在乎,后来他干脆还带着妻子一起来帮忙。

说着,三个人来到通向两间草房的一条小路上。渐渐可以看清草屋,摊开黑色而板结的躯体,还有腐烂的屋脊和裸露的竹竿,它们正贪婪地吸收着最后一道残阳。

两个穿着补丁衣服的小姑娘出现在他们面前,一个埋头背着一大背篼野猪草,一个手里拿着两把镰刀跟在后面,高矮差不多,模样也很像。

"双双,你们下午没有去学校看表演?"邓勇问。

两个小姑娘都扬起清瘦的脸,前面的摇了摇头。

"妈说的,割满猪草,晚上就可以去看电影!"后面的说完就笑了。

第三十五章

进了小院坝,严官对正在阶沿上抱柴火的老人叫道:"黄婆婆,要煮夜饭了哇?"

老太婆耳朵虽然背,但眼睛不差,她一眼认出了大队长,连忙放下柴草,高兴地大声说:"严官,你们稀客!快来坐。双双,端板凳!"

两个孩子放下背篼、镰刀,一个端来一把竹椅,一个端来一张高板凳。

邓勇把点心递给老人,老人高兴得合不拢嘴。

这时,黄二嫂肩扛锄头手提菜篮从地里回来了。一见院坝里的人,她受宠若惊,高兴得不知道怎么招呼了。她赶紧放下锄头、菜篮说:"我去给你们烧点水喝!"说完就要往屋里跑。

"不用忙了,要喝水还不晓得到缸子头去舀!"严官哈哈大笑,双手一拦,"黄二嫂,来坐到,我们摆摆龙门阵!"

"你们那么忙还来看我们,送这么多礼物!"老人激动地扬了扬手中的纸包。

黄二嫂坐了下来。

"今年雨水多,这房子漏得凶吧?"

黄二嫂看了看书记没有回答,不自然地笑了笑。

还是老太婆快人快语:"钟书记,不怕你笑话,大下大漏,小下小漏。"老人怀里抱着点心,脸上笑眯眯的。

"我和老严才去问了公社民政,想给你们争取点救济金,说是申请人多,还没批下来。"

"是的,就是批下来,也没有房屋维修资金……"严官微微摆了摆脑袋,慢悠悠地说。

"邓勇,你找个盖匠,给盖匠记工分,再找几个民兵打下手,利用农闲帮忙把房子盖一盖。"建华扫了一下房檐下的麦草捆子,又说,"我看你们的麦草也不多,先盖一半,压好脊,明年再盖那一半。黄二嫂,你们先把麦草梳好,怎么样?"

333

"那太好了！你们硬是想得周到！"黄二嫂声音都有些颤抖了。

建华看了看院坝里的老小，又说，"平时你们重活咋个办呢？"

老太婆接过话说："现在好些了，孙儿都可以搭把手了……那几年孤儿寡母，担不动，抬不起，绍成的战友来帮忙，还有嚼舌头烂牙巴的。我这媳妇能干呢！……"

黄二嫂一看老人高兴起来说话就颠三倒四的，连忙打断说："这几年，分粮挑菜秆子，生产队也有人帮忙。挑子重别人跑一趟，我多跑一趟就是啰。"她说得很轻松的样子。

"你儿子长得越来越像他爸了。"老严说。

"都满十六岁了，再苦几年就好啰！"黄二嫂笑了。

他们围着房子看了看，又进屋转了转，看得心酸，转得无语。眼看时间也不早了，婆媳俩才千恩万谢地把他们送出小院坝。

一路上，建华心情沉重。这是多么好的百姓啊！有泪自己咽，再苦自己扛。需要他们的时候，他们离开家乡上前线，冲锋陷阵保国家。当他们病魔缠身需要关爱的时候，我们在哪里？孤儿寡母需要帮助的时候，我们又在哪里？难道只有建军节才想起他们？是的，"八一"到了，大队庆祝会也开了，节目也演了，然而，像黄二嫂这样的家庭又能得到什么帮助呢？

擦黑的时候，建华才回到了家。

刚端着碗，付强就走了进来。他从肩上放下一个鼓鼓囊囊的挎包，笑嘻嘻地说："钟书记！我晓得，只有这个时候才能找到你！"

"什么事？"

他并不急着回答，走到桌边双手向父子俩敬着纸烟。

"我现在不抽。"建华开始扒饭。

钟二爸也没有接，他指了指桌上的叶子烟杆。

付强只好把两支纸烟放在桌上，退回竹椅坐下。

"听说,"他紧张地开了口:"我听说知青有招工指标了,钟书记,我下乡都四年多了……"

"招工指标?我咋个没有听说呢?"建华很吃惊,心想,公社都没有传达,他的消息还真灵通!

"说是内招,名额有限……"

"只要符合政策,到时候该走就走嘛。"

见书记说话很原则,付强赶紧强调说:"钟书记,大队的知青,我们五队两个是最先下来的。"

"哦?"

"其他的都比我们晚,还有几个是去年才下来的。"一丝不易察觉的不屑又浮上了他的嘴角。

"时间的早晚,只是一个方面,关键是看表现——"

"我的表现并不差!"付强连忙接过话:"干农活,林德瑜她们没法和我比。宣传队,虽然写作我不如赵文军,可吹笛子没有哪个能超过我……"

"女孩子力气虽小,但都踏踏实实。"

那就不说性别嘛,光凭阶级出身,她能和我比?不过,这"踏踏实实"付强还是听出了弦外之音。

他马上分辩道:"要说生产队劳动,我照样踏踏实实!田坝头重活脏活哪样我不是抢着干!只是农闲赶场爱跑点,当然还有那次跑广元……"

"这些经历对年轻人的成长不是坏事。"

看来走南闯北的书记并不在乎那一次出走,他很高兴,连忙说道:"何况,为了救生产队的猪崽子,我还熬过通宵!"

那是前年冬天的一个晚上。付强从红星大队知青屋耍了回来,经过生产队饲养场看到里面还有灯光,便走了进去。一看母猪正在产子,胡大娘忙得不可开交。她用干谷草揩着从衣胞里刚出来的湿漉漉的小猪,没想到先出来的"头子"竟爬到猪圈边沿,眼

335

看就要掉下粪坑,他立刻翻爬进去,顾不得又脏又臭,一把将它抓住抱回草窝。胡大娘惊出一身冷汗,连连感谢不尽。然后他守着草筐,对几个蠢蠢欲动的小家伙严加看管,胡大娘则专心于那头母猪的接生。直到母猪生完十二只黑炭般的猪崽,又等到小猪崽一个个肚子都吃得饱饱的,天都快亮了。

当初,胡大娘给好多人讲过这件事,自己还不以为意。如今,他多么想得到书记的一句肯定。

他眼巴巴地望着书记,只听书记说:"知青的推荐,也不是我一个人说了算,要大家讨论通过。当然,如果该你走,我不会阻拦的!"

话虽原则,付强明白指标的争夺一定会暗流涌动,但毕竟通宵救猪崽的事不是每个知青都能遇到的。

"谢谢钟书记!"付强站起来,打开挎包。"你这是干什么,付强?"看着两条大前门香烟和两瓶泸州老窖,建华很生气。

他知道,付强的父亲是区印刷厂的工人,母亲在街道企业上班,家里还有奶奶和两个读书的妹妹。为了儿子的返城,置办这些东西,恐怕已经债台高筑了。

付强急了,几乎是哀求了:"钟书记!这是我们全家的一点心意啊!"

建华严肃地说:"收了你的东西,我反而不好说话了。付强,我晓得,你这些东西来得不容易!该办的事我会办,违背政策的事情,你送再多的礼也不行!"他抓过挎包,把东西一样样塞进去。

付强抬头望了望支书,看到剑眉下的眼神,知道说什么都没有用。

送走了付强,钟祖德说:"今晚上,你做得还差不多!"

这是父亲第一次夸他。

"我以前当了那么久的干部,也看了那么多下台的,我总结出三条:第一是政治上要站稳立场,不能和阶级敌人穿连裆裤;

第二是经济上要干净,不能贪污挪用;第三是——"

"生活作风要清白,不能犯男女关系的错误。爸,你这三条我早都背熟了……"

从厨房里走出来的钟二娘说:"建华,这些你倒要好生记到哦!这点就不要嫌你爸啰唆,他过的桥比你走的路多!"一向偏袒儿子的母亲,这回却站在了父亲一边。

建华笑了,愉快地说:"快吃饭,吃了好去看电影!"

第三十六章

一眨眼立秋都过了,晚上还不见凉快。

煤油灯昏黄的光照在饭桌上,刚出锅的菜冒着热腾腾的白气,殷志远卷起的汗衫下亮出的肉乎乎的大肚腩,妻子无袖内衫鼓起的两团丰满的乳房,都让屋子更加热气腾腾。

老殷手握一瓶成都大曲正往玻璃杯里倒,又扭头对妻子说:"老周,你也来点哈?"没见妻子反对,就往她的碗里倒了些。

老周还算能干。碗里的熬锅肉起了灯盏窝,盘里的土豆丝黄亮亮的,筲箕里的煮毛豆角绿油油的,真是又新鲜又清香。

他呡了一口酒,又夹起一片肉说:"老周,老刘拿的那条鱼给你妈是对的。鱼那个东西不像猪肉,弄得再好,连吃几顿就有腥味。"

"还嫌腥味?"妻子嗔怪地看了他一眼,"我说老殷,今后喊老刘还是少拿鱼过来，人家看到要说闲话。我妈喊你注意影响，她还不是为你好啊！"

"我晓得！现在天热气温高，堰塘头鱼多了缺氧，翻背了不捞还不是个死！"

妻子看着桌子，很满足地说："吃得这么好，中稻还要十多天才打得，田坝头又没得活路做，这样的日子该知足啰！"她突然转身问道，"今天你是不是又跟姜青云鬼混去了？"

"啥子叫鬼混？未必我还没得脑筋？"

"看你那德行！"

"老姜那个朋友不是一般的！人家高校读书，当初造反不是到西南局就是到省市委，后来一结合就进省革委……你这些在旮旯头闹，哪个认得到你！"

"认到又咋个嘛！"

"这你就不懂了。如今形势这么复杂，听他那个朋友说，"他突然打住了，神色有些凝重，"你不要拿出去说哈！"

"你的事我好久拿出去说过嘛！"

"不是我的事，"老殷严肃地说，"是国家大事。眼下复杂就复杂在，说的都是正确的，干的却不一样。学理论是毛主席说的，把国民经济搞上去也是毛主席说的。有人打着红旗反红旗，名义上学理论，实际上搞整顿，关键是在否定'文化大革命'，在翻案！"

"听说我们这里要收林园了——"

"收林园不是翻案，是割资本主义尾巴。"老殷清醒而明白，"割尾巴，你想想，动物没有尾巴才进化成人，这是一次飞跃。现在我们割了'尾巴'，才能与资本主义彻底决裂，这也是一次飞跃……"

女人怔怔地望着他。这么高深的理论，不交高深的朋友，他哪里知道！

"当然，要产生质的飞跃，就会伴随蝶变的痛苦。再好的理论，执行起来也困难重重……"他仍在鹦鹉学舌。

他又想起支委扩大会上,钟建华脸色凝重,以前开会他可是两眼放光。这次说到"这项工作时间紧,任务重,政策性又强"的时候,他眼里流露的是焦虑。是嘛,公社人手少,事情多,说是曾桥和吴家坝就不派人来协助,名义上是信任你,实际上是把个烧红的炭圆儿丢给你去捏。

他突然兴奋起来,他拿起一个又长又饱满的毛豆角,瞄了半天,用力一挤,四颗毛豆连珠炮似的发射出去。他很痛快,就是要让子弹乱飞!

他在盘子里选来挑去,举起三根略为粗点的土豆丝问:"这像什么?"看着妻子茫然的样子,他晃了晃筷子得意地说,"这是老严额头上的那三根皱皱!"

妻子差点喷饭。

"我看它们就要从钟建华的额头上冒出来啰!"

真是天助我也!他幸灾乐祸,这次不弄你个鸡飞狗跳才怪!

你整顿,我不怕;你翻案,我不虚。老子也是共产党员,哪个扳得翻!

还是曾兴礼说得好,叫什么"韬光养晦"!

大队渔场是水草肥美的根据地。有了根据地,共产党才坐稳了天下。历朝历代的官,就是做到宰相,皇帝要你告老还乡,也要有个安身之处。刘学文哪怕他出去读了大学,最后还是离不开牛堰河!

看他不说话,妻子绝不问,只管埋头默默地嚼,这正是她的高明之处。她终于等到丈夫又开了口:

"这回割尾巴,我们不怕,反正没得侵占的。但是你那个幺兄弟就难说了,明天你去给他打个招呼,喊他该退就退!"

妻子答应了。

"你给他把话喊醒,这是上头的政策,不要去当假精灵,少给老子惹麻烦!"他用食指点击着桌面,嗒嗒嗒的响声仿佛在发出警告。说起这个小舅子他就是气,平时就爱狗仗人势。

等丈夫激动过了,妻子又劝道:"老殷,你还是少到外头去跑。上头的事,你这些小老百姓晓得啥子嘛!弄不好就站错队,到头来不是抓来关起,就是弄来批判。去年要不是我——"妻子突然不说了。

"要不是你,我就死啦?"丈夫笑了。

"要不是我硬拉你去医院,能查出肝炎?"妻子却笑不出来,"要不是我找陶晓容她爸中西医结合,你会好得那么快?最关键的是,要不是忙着医病,你还有不跟到区上闹的?——要是闹了,你还想当副大队长?恐怕连渔场场长都'整顿'下来了!"

"没得那么容易!"

"你不要嘴硬,还是小心点好。"

是该小心,这回查账就惊出老子几身冷汗!说啥子整顿作风健全制度,还不就想把老子整下来嘛!

妻子拿起酒瓶,白了他一眼说:"这个酒你也要少喝,把肝炎弄翻了就麻烦了!"

"我得的是急性肝炎,医好了就有抵抗力了。嘿嘿!别小看了我的抵抗力——"

一阵橐橐的敲门声,刘伯林出现在门口。周俊明赶紧进里屋去套上短袖衫。

"今天好闷热啊!"老刘来到桌边,晃了一眼问道,"咋没有弄鱼呢?"

老殷笑着说:"今天老周割了点肉,鱼就送她妈了。老刘,来坐到喝杯酒!"

刘伯林摆着手说:"酒我就不喝了,胃子有点不舒服,晚上只喝了碗稀饭。"

"那就给老刘泡杯茶过来!"

"喝了茶睡不着!"刘伯林边说边坐了下来。他知道老殷不抽烟，摸出一支自己点燃，才慢悠悠地说，"听说要收林园和自留地啊？"

"公社早布置了，这次逗得硬哦，你屋头没得侵占的嘛？"他显得非常关心他这个兄弟伙。

"我倒没得。"

"没得就好！"他如释重负。

"不过，我哥有。他隔壁原来有一个五保户，死了。他就在挨到的屋基上栽了几棵树子，想等树子长大了给娃娃修房子……"

"跟我小舅子一样！"老殷笑着打断他的话，"刚才我还在给老周打招呼——"

"先头我们两口子就在说这个事，他喊我明天一早就过去做幺兄弟的工作呢！"老周走出来说。

老刘识趣地低下了头。过了一阵他才说："我从小是跟着哥哥长大的……我哥找我两回了，他说老殷在分管我们队上……"

"他都在人家下巴底下接饭吃，说话是不管用的。"

"老殷虽然是个副的，总还是大队上的三把手嘛！"

"啥子三把手哦，说得好听！大队上的事情你还不晓得啊，都是钟建华说了算，他好久征求过我殷某人的意见嘛！"他把身子往刘伯林面前倾了倾，"老刘啊，你我两个，按理说我该帮这个忙。可是最近钟建华又决定我们不挂队了，我就是想帮你哥也帮不到了。不过，你听我一句劝，这回最好不要去惹火烧身，资本主义尾巴，哪个敢不割？你我两个都是在大队上混的人，不要学蚕子吐丝——把自己弄来网起。你说是不是？"

"老殷，刚才的话，就算我没说！"

老殷就喜欢他这个爽朗的性格，讲义气，又有担当。他高兴地拍了拍自己的胸脯说，"我这里有数——老刘，我们来日方长！"

刘伯林知道他说的"有数"，便轻描淡写地说："过了的事就不提了……"

"跟你哥说,蚀财免灾,几根树子算啥子嘛?不要因小失大。"

刘伯林明白,这最后一句是对他说的。

"说来笑人,"老殷突然笑了,"大队讨论的时候,有人居然怀疑是土政策,还问有没有红头子文件,你说可笑不可笑?简直不长脑壳!上头不发话,底下敢乱整?你想——"他突然放低了声音。

刘伯林做洗耳恭听状,可对方却没了下文。

当然,老姜朋友说的话,老殷是不会随便说的。

刘柏林注视着他,也不问,装着心领神会的样子附和道:"是嘛,上头不发话,底下咋个敢乱整嘛!"

"老刘,这回难啊!"老殷压低声音说,"林园和自留地都是政府分的,一二十年了,哪能没有一点点变化?公社专题辅导也好,大队开会讨论也罢,还想在一队搞什么试点,我看,一丈量就要鬼哭狼嚎……"

一丝冷笑浮上了他的脸。

"到时候,就有好戏看啰!"刘伯林立即附和。

"到时候,我就去找邱经理……"殷志远心里已在谋划另一件事了。

刘伯林走进殷志远家的时候,一队的动员大会就开始了。

还没有退凉,社员都围坐在晒坝上。

林德瑜宣读着文件,《太平公社党委关于所有制方面几个遗留问题的处理意见》一念完,刘明金就开始动员:

"最高指示我们也学了,文件也读了,这次,清退侵占的自留地和林园,一队搞试点,这是对我们的信任!革命靠自觉,贫下中农最听党的话,现在大家开始表态!"

会场很安静,只有扇扇子打蚊子的声音。桌子上的煤油灯伸着三只长长的手臂,招引着有翅膀的小虫子围着自己团转飞。有几只不揣冒昧的扑灯蛾已丢下了可怜的尸体,还有几只不知趣的

/第三十六章/

也跌落在桌子上扑腾。

严官一看冷了场,就说:"大家不用紧张,无非就表个态嘛!"他环顾了一下会场,把目光停在刘明金脸上,说,"老刘,你带个头!"

"好,我就先表个态!"老刘爽快地说,"大家都晓得,我刘明金从小是个孤儿,逃荒来到曾家桥给曾子强当放牛娃。共产党来解放了我们,吃水不忘挖井人,党的话儿牢记心。如今,党要我们割资本主义尾巴……"

突然一个奶娃哇哇大哭,兴许是饿了,哭声又戛然而止,兴许小嘴已被乳头堵住。站着的一个不知是蚊虫猛叮一口,还是犯了困,烂着一张脸正要跟着大哭,却被母亲扬起的手掌吓蒙,小嘴立刻瘪成了弯弯的下弦月。

扇子慢悠悠地晃,耳朵却竖着听。

"我在后门路边栽了四棵桉树,有碗口粗了。原先想,这点地荒起还是荒起,今天看来,这种想法是不对的,荒起也是集体的。现在我公开表态,这些树子全部交公,生产队要用随时去砍就是了。"

真不愧是"运动员",步步跟得硬是紧!

矮哥和肖开江已带头鼓起掌来。

掌声一停,矮哥马上站起来。不知为什么,现在他发言总爱站起来,有些居高临下地说:"割资本主义尾巴,我坚决拥护!因为我没有'尾巴'。房子的前面靠路,后面挨沟,就是想扩都扩不成!"

他笑起来,大家也都跟着笑起来——就跟他接婆娘一样,想接都接不成!

笑声一过,又冷了场。

还好,几个队委又表了态。

这时有人突然发现,朱会计没有来!

朱大娘看到人们的眼光都在自己身上扫射,很不高兴地说:"谁

343

没个头痛脑热的时候,未必人都病了,还要架架车拉来表态嗦?"

她的态度,大家很不满意。大家的目光,让她更不安逸。不就当个会计,有啥子过不去嘛。

"收收收!收个精光光!"王大炮不阴不阳地放了一炮,"我看都一律归公!还要林园干啥子?还要自留地做啥子?人都是公家的!有病进公社医院,吃饭进公共食堂,屙屎屙尿进公共厕所……"

大家嘻哈大笑。

"不听话就进公安局……"

刘明金拍着桌子吼道:"安静安静,这是政治学习,又不是茶铺!"

"我一直是拥护的哈,大家都听到的,我一开口就主张收,是要大公无私嘛!"王大炮振振有词。

火药味越来越浓,钟建华连忙站起来说道:"社员同志们,这次清退,有人不理解,有抵触,这些都很正常,也可以理解……"

摇的扇子停了,嘴巴也闭了,都尖着耳朵听。

"开会,就是为了统一思想,心里怎么想,都可以说出来。老严,你说是不是?"

"是的,这里又没有外人,我们就打开窗子说亮话。"严官来到会场中间,慢悠悠地说道,"荒草埂子上,房前屋后边边角角,栽了几窝菜,种了几根树子竹子,有感情了,活鲜鲜的。如今要清退,就如行船,走拢码头就打转身——当然想不过哦……"

有人交头接耳,有人闭目摇扇。

不知谁拖声卖气地接了一句:"想不过也得过——"

七嘴八舌也算是表态:

"上头都喊收了,你还敢不执行!"

"反正我没得侵占的,老子不虚!"

"哪个还敢有意见?多吃多占的这次都吐出来!"

"娃娃都睡了，散得会啰！"

几个领导咕噜一阵，大家终于盼到书记打总结了。

建华的语气有些沉重："……社员同志们，虽然是几窝菜，几根树子竹子，但就像身上长了毒瘤，你割不割？割，就会痛。革命嘛，就要斗私批修，就要经历痛苦……"

这么简单的道理谁还不懂？！

最后队长宣布："明天九点，每家派一个代表，在晒坝集合！"

散会了，队委们又留下商议。因林园和自留地的问题都很复杂，最后决定分两步走，头两天先收林园，后一步再处理自留地。

从晒坝出来还很闷热，大地上没有一丝风。

老严忧心忡忡地说："明天——"

建华抬头一望，天空已黑蒙蒙一片，黑得像一口锅严严实实地扣在头顶，脸上也挨了重重的一滴雨。

"老严，快跑！"

远处一条闪电银蛇般地窜动，闷闷的雷声传了过来，暴风雨就要来了！

第三十七章

暴雨时断时续一直下到拂晓才停了下来。阳江河、牛堰河水位陡涨，汹涌的河水挟带着断枝败叶急遽地向下游奔去，溪沟里、稻田里都灌满了浑浊的水。

一队晒坝上早已聚集了一大堆人。昨晚通知每户来一个代表,结果来看热闹的不少。大队干部和各队队长也都来了,有的队连会计也来了,因为涉及面积的计算。匆匆走来的老曾来到建华面前,说刚才碰到老殷他来不了了,鱼塘缺氧严重,马上要处理一批鱼,他骑车找邱经理去了。

大家只等钟书记讲话了,没想到开腔的是刘队长。他的宣布很干脆:"清退林园,今天就在我们一队正式启动!首先从我这个队长开刀,出发!"

这是一支奇怪的队伍。刘队长肩扛锄头,邓勇手拿皮卷尺,两人肩并肩雄赳赳地走在最前面。紧随其后的是矮哥,他手抱一大把有疙瘩记号的绳子,还有协助拉绳子的肖老五,后面是浩浩荡荡又拖拖拉拉的人流。人流涌入王家大院就堵住了,刘明金领着队伍沿着一条小巷往屋后走,人们鱼贯而行,仿佛进入地道战阵地。一队的社员主动让外宾和领导先过,穿过窄窄的房檐来到后院。刘明金指着小埂子路说:

"看嘛,就这四棵树子。原先想的是埂子荒起也是荒起,种几棵树子又不挡路,就栽了柳叶桉。"

他拍了拍树干,笔直挺拔的树干已经皲裂,树皮卷曲的部分露出灰白细腻的主干。等到冬天,树皮脱落从下到上光光生生银白洁净,它就又长了一轮。春天,它又慢慢变深变厚变粗糙,直到冬天再一次剥落,它就这么一轮一轮地长大了。而剥落的皮和枝叶都是宝,用它熬水洗澡,大人小孩都不长疙瘩,所以人们又叫它药桉。

"一晃就这么大了!"他将抚摸树干的手松开,突然提高了声音,"资本主义尾巴,今天从我再砍一刀!这几根药桉,我全部交公,一枝一叶都不会动!"

头回是甘蔗连根铲掉,这回桉树又全部交公,老"运动员"的定位总是既快又准。

矮哥抬头一看,站在屋檐下的刘幺婶蜡黄的瘦脸上揪得出水来，手里捏着的涮瓜瓢仿佛一枚地雷，两眼正冷冷地盯着她男人。矮哥想，你男人是队长，当然要带头，你何必秋风黑脸嘛！

"那我就记下啰，桉树四根！朱会计，你记你的，我记我的。"老曾笑嘻嘻地说。

他的记录是为大队今后汇总做准备的，朱会计记的才是生产队的。今天朱会计来了，但看起来还是有气无力的。

邓勇举着皮卷尺走上前说："肖老五，过来帮我拉一下！"

他们横竖一拉，数字一报，曾会计就算出来了面积。

第一炮就这么打响了，连树带地，战果辉煌。

刘明金很长脸，大家都洋溢着开张大吉的喜悦。

队伍又向下一家挺进。

袁小凤手牵着小女儿，看着蜂拥而入的人群，她陷入众目睽睽的包围之中。

"给大家介绍一下，你有没有侵占的？"刘明金大声说。

"我一九六三年才嫁过来的，听说以前买的是雷大伯的房子，这个林盘是隔壁的……"袁小凤指着林盘说。

"你的林盘呢？"

"在竹林埂子……"她小声说。

邓勇拿着皮卷尺到林盘里走了一转，说没有看到竹林埂子。

大家的目光都对准袁小凤，她感到自己成了众矢之的。

刘明金向队长们解释说："雷大伯早就进城跟他女儿了，"然后掉头对袁小凤说，"你走过去指一下嘛。"

袁小凤慢吞吞地移动着脚步，大家给她让出一条路。她牵着小女儿，一直走到竹林的尽头。

"当初的埂子是个斜坡，"手里抱着绳子的矮哥说，"我记得斜坡那边有一溜荒地，长满了一笼一笼的荆条子。"

"就是就是！"人群中有人赞同。

"是长满了荆条子，"袁小凤承认，"后来土埂子垮了，石头瓦片一大堆,连荆条子都埋了。我怕下雨冲进田里,就自己动手。背着奶娃儿捡石头,刨瓦片,挖坑坑,打疙篼,栽竹子,从老远一挑一挑担水过来……"突然她声音有些哽咽,眼圈也红了,"那阵娃儿她爸走了,我一个人起早贪黑……"

林盘里很安静,大家的目光都有些异样地看着刘明金。

刘明金扛着锄头走过来,两锄下去就挖出个大缺口。他指着缺口对矮哥说:"就从这里量!"

"邓勇,拿皮尺来!"矮哥大声喊,"我的绳子不好量。"他的绳子一个疙瘩就是一丈。

二人一拉,横竖一量,矮哥报完数,曾兴礼说共一分二厘。

刘明金大声宣布:"侵占集体土地一分二厘,三笼竹子归公。"

林盘里鸦雀无声。再糊涂的人都明白了,没指望了,刘队长对袁小凤都这么逗硬,一个个脑袋中的各种幻想都破灭了。

人群中出现了小声的议论:

"这点点荒地,收来干啥子呢?"

"干啥子,荒起也是集体的!"

"只要是尾巴,管它是长是短,都要割得干干净净!"

刘明金他们已在清点隔壁家,然后人群有序撤离。

林盘里只剩下孤零零的母女俩,小女儿还不明白发生的事情,袁小凤呆呆的。当初买房子没有一笼竹子,农村居家过日子怎么能没有竹子!自己好不容易才让这荒起的边边长出了这三笼活鲜鲜的竹子。那时自己汗流浃背地在这荒地上开垦,起早摸黑都是一个人,如今的没收却这么兴师动众热闹非凡。想到开春之时她在太平镇街上买小猪崽,人们围着曾家富当"闹热"看,当时还以为"火巷子"隔自己一帽子远,有什么相干?没想到,就在刚才,自己也被围进了"火巷子"……

她摸着粗壮光洁的竹竿,如同抚摸着自己的孩子。当初眼巴巴地看着笋子破土,看着嫩竹上林。然而,这毕竟如同抱养的孩子,

/第三十七章/

长大了就得归还人家。她恋恋不舍，翠竹垂下了顶端的细尖，向她深深鞠躬，轻轻摇动的枝叶仿佛要拥入她的怀抱。她双眼模糊了，泪水顺着脸颊流淌。

远她而去的人流，正流向朱世友家。

朱大娘斜靠在门框边，手拿一把大蒲扇，大有一夫当关万夫莫开之势。面对潮水般涌来的人流，她毫无惧色。这些人早就眼红她家的林盘了，朱世友不仅会打算盘、会钓鱼，而且还会经佑竹子。别人家的竹子越砍越小，小得只能做豇豆栈栈了。他家的笋子越发越大，竹子伸伸展展，划的篾条又薄又长，一卖就是好价钱。朱大娘心想，你们光晓得眼红，老疙篼你们打过没有嘛，新疙篼埋过渣滓没有嘛。你们人再多，我肯信敢把老娘土改分的胜利果实都没收了！

大家却心知肚明，这里原来就是集体的晒坝！

"会计呢？咋没有看到朱会计？"王大炮吼了起来。

朱世友慢吞吞地从人群中走了出来。这个林盘，明明是自己的，别人却硬说是集体的。交，他不情愿；不交，又怕说态度不端正。竹叶上的水滴落在圆领衫上，凉冰冰的，他用手抹了抹，话也说得期期艾艾的：

"这个林盘，原先是个林盘，解放就有……土改分给我们……"

"明明是晒坝！晒过麦子、谷子，晒簟横起摆都可以铺三床！"

"吃公共食堂那阵还停过拖拉机呢！"

"后来他栽了竹子，就是他的了！"

人们七嘴八舌，叽叽喳喳。

"我父亲栽过菜……"他想解释清楚。

"究竟是栽的菜还是栽的竹子？"

矮哥手里的绳子一直还没有用武之地，他有些不耐烦地说："唉呀，朱会计！你账都算得清楚，咋个这个事情就说不伸展啰！"

肖水珍笑着接过话："朱世友，你把话说清楚嘛……"

朱大娘突然跳到她面前大吼："啥子说不清楚？老娘没有侵占的！说清楚没有？"

肖水珍毫无提防，立即拉下脸："我在好心好意地劝，还说得笑嘻嘻的……你跟我毛起，吃错药了嗦？"

"我们没侵占，你们偏要喊他说侵占了，看哪个吃错药了嘛？"朱大娘挥着蒲葵扇，鼻孔里冒着粗气，两只肥大的乳房和胸脯一齐起伏，短袖衬衫罩不住手臂松弛肌肉的抖动！

肖开江向女儿吼道："你在那儿闹啥子？还嫌不乱嗦！"他把脸转向大家，"我看，这个地方要说清楚，只有李大爷来！"

其实，他就说得清楚。但他还是把这个烂瓜踢给了李大爷。

李大爷不负众望，他走出来一开口就说得一清二楚：

房屋左边，新中国成立前就是一片竹子，土改也确实分给了他们。大炼钢铁的时候就砍了，后来他爸把它开垦出来种了菜。吃公共食堂那阵，他爸死了，这里就荒了。做过晒坝，也停过拖拉机。公共食堂散伙后，朱世友又栽了竹子，才成了今天的林盘。

严官清楚，当初吃公共食堂，搞的是一大二公。张三房子宽，各家的方桌板凳抬过来摆起，就成了公共食堂。李四房子挨着，砌个灶安个大案板就是厨房。那阵说占就占了，谁也没意见。食堂解散了，房子说退就退，不退的，堆上了农具种子什么的，就成了队上的保管室也理所当然。集体占用了就是集体的，天经地义。建华当然不知道这些，那阵小娃娃关心的是食堂端饭的竹牌子，还有碗里的青菜稀饭。

人群中还是叽叽喳喳闹个不休。

有主张收的，因为这里确确实实是集体晒坝；也有主张不收的，毕竟土改就分给了人家。刘队长一时犯了难，都是历史事实，究竟认前还是认后？

他扭头看着建华，意思是让书记来定夺。

建华没有表态。

第三十七章

"有人说,既然是土改分的,那就喊他把手续拿出来!人家刘队长在后院坝修了两间房子,都是把手续拿给大家看了的!"邓勇把主张收的意见大声重复了一遍。

朱大娘一听脸都气白了,这不是活坑人吗?她大声吼起来:"他爸死了那么多年了,你叫我们到哪儿去拿手续!……"

肖水珍站在对面,一脸幸灾乐祸。

煮猪食的朱丽听到外面的吵闹声,连火钳都来不及搁下就跑了出来。一看脸红筋涨的母亲着实吓了一跳,时常头昏脑涨的她哪经得起这种折腾!女儿赶忙跑过去扶住,母女俩来了个组合造型:一个手举蒲扇,一个手提火钳,大有杨门女将破天门阵之势!

"吙!家伙都拷出来了!"

"吓哪个,该收还不是要收!"

朱世友感到一股怒气直冲脑门,他突然向着女儿大发雷霆:"你逞什么能?给老子滚回去!"

女儿从未见过父亲发这么大的火,更不懂指桑骂槐的泄愤。当着众人她硬着脖子顶道:"凭啥子滚?我又不是四类分子!"

"啪!"朱世友对准那张嘴就是一巴掌!

肖老五瞟了朱丽一眼,转身朝竹笼边吐了一口唾沫,哼!还共青团员,丧德!

"你咋个动手打起女儿来啰?"王大炮上前来拉。

朱世友两眼发红,哼!你也有脸来给我说这个,当初你咋个要动手打婆娘呢?

朱丽捂着火辣辣的嘴,提着火钳飞奔而去。

"收!都收!收得一笼不剩!"朱世友嘴唇发白。

刘队长扛着锄头走了过去。

朱大娘立刻发了疯,蒲葵扇一举吼道:"政府分的还算不算数?你几爷子——"

蒲葵扇突然一垂,身子也软了下去……

351

第三十八章

陶晓容空降一般落在昏过去的朱大娘面前，伸手给她掐人中。钟建华、邓勇指挥围观的人退开，好让空气流通。

陶医生和几个妇女忙了好一阵，朱大娘终于缓过气来，又躺了好一会儿，才连扶带架弄回了屋。

钟建华让干部们到林盘边开个碰头会。

"刚才这个情况，其他队不能再出现！各队都要先摸底，多调查。记住这个教训。"他脸很难看。

队长们一张张脸都毫无表情。

老严说，那片林园是土改分的，有李大爷作证。但有人认为土改没有分这么宽，才喊拿手续。

"这次是以农业六十条为根据，土改作参考。我看，还是让朱世友把界线指出来，如果大家不服，就按房檐滴水为界，拉伸丈量，多的才收！"建华说。

大家都点头同意。

矮哥抱的绳子终于有了用场。好一阵的拉伸丈量，人流才热热闹闹地从朱世友家的林盘里流了出去。

下午，别的队长都回队了，社员们又涌进了王大炮家的后院。

王大炮站在人群面前，敞着大嗓门："会上我都表过态了，没得啥子说的！"他用手指了指，"这是我妈的坟，从坟堆到那边苦楝树，那边的我都交出来！"

刘明金走过去，在土包包那边挖了两锄，顺手捡个石头埋下做记号。矮哥和肖老五立刻牵着绳子去丈量。

"呝，王福民——好积极哟！"堂哥从人群中走出来，皮笑肉不笑地说。

"该退就退嘛，这点觉悟还是有的！"王大炮不喜欢堂哥一副弯酸相。

肖水珍不依了："该退就退——说的比唱的还好听！人家的屁股你当脸！苦楝子是我们家的，你退啥子？"

"我说'到苦楝树'，没有拐①嘛，又没说树子是我的！"看来王大炮态度确实端正，解释的嗓门也不大。

"不说树子那就说竹子嘛！那一笼就不说了，这一笼，"堂嫂指着"这一笼"说，"大家看嘛，这儿就是我的屋檐！"

紧贴屋檐，几十根粗壮的竹子生机勃勃。也许种时在树这边，但竹子窜得快，早就越过苦楝树了。

王大炮双眼一瞪："这头就是我的茅坑！大家看嘛！"

"头发长见识短！"王福寿不阴不阳地又来了一句。

肖水珍火了："我见识短？他栽竹子那阵——那阵你不在，我有好受气你晓得不？……"说着竟伤心起来，声音也有些颤抖，"我爸劝我多一事不如少一事，我忍了……今天他显积极，要退出来，要退也该退给我们！"

"退给你？做梦！"王大炮眉毛一竖，眼睛一鼓，"那个地方原来是条路，后来不走了，我搭了个猪圈偏偏，才栽的竹子，咋会成了你的！"

邻居间房前屋后是最理不清道不明的。可矮哥就这么较真，他把绳子丢给肖老五，走过去站在"火力"交集点说："你们不要闹了，听我说句公道话。原先这儿是有条路，我们小时候逮猫

---

① 拐：错，乱说之意。

儿还在这儿跑来跑去的,王福寿你说是不是?"

"你晓得个毬!要你矮冬瓜跑出来断歪歪理!"王福寿平时就讨厌他这个没心没肺的假精灵,自己的事都没管好,一天还十处打锣九处在。

矮哥毫无惧色,这种正儿八经的大事,当然要有人出来主持公道!他理直气壮地回敬道:"高矮是妈老汉儿生就的。我矮是矮,总没有坐过班房嘛!"

王福寿顿时鼓筋暴涨,疤痕接连抽搐了两下,冲过去挥拳就打:"你嘴嘲老子手嘲,抖你狗日的,充其量老子再坐一回!"

王大炮挺身上前,大声吼道:"要打嗦,我也不用现学!"

肖老五把绳子一丢,一把拉住大姐夫:"说就说嘛,咋个就动手动脚的啰!"

两妯娌也都赶紧上前来拉自己的男人。钟建华、邓勇也来了,强大的"消防"阵容一下就浇灭了即将爆发的战火。

"丢人现眼!"肖开江扭头望着一边说,对这个大女婿他一直心存不满。

一场激烈的拳击比赛被裁判中途叫停,运动员欲罢不能,观众也意犹未尽。干部们又商量去了,大家只好交头接耳等候裁决。

过了一会儿,刘队长走过来宣布道:"这一笼竹子,王大炮已经承认是扩的,又主动表态归公,我们欢迎!"

王大炮白了肖水珍一眼。

"那一笼,"刘明金看了看暴露在外的茅坑,又望了望屋檐,说:"按惯例,屋檐滴水为界,又在苦楝树那边,那笼竹子归王福寿所有。"

肖水珍又白了王大炮一眼。

大家都很吃惊,多年来复杂的遗留问题,竟这么利索地处理了。

"大家还有没得意见?"刘明金大声问。

"没得了!"众人回答得很干脆,该收的都收了,还有什么意见。

王家院子后面几家都比较顺利。队伍又欢欢喜喜地朝曾家院子开去,田埂上又拖着一支长长的蚁队。

队伍涌进了曾家院子。

行色匆匆的老殷出现了:"哎呀,昨晚上的雨太大了,闹得我一夜都没睡。今天一早就出门,终于跟邱经理说好了,明天送鱼!"

望着风尘仆仆的老殷,老严说:"拉出几网,鱼塘就松活了。明天又要拉网又要送鱼,够你忙的!"

"再忙我也来了!收林园是当前的头等大事!"他把头转向建华,"刘爱国起码要跑两趟,安排拉网、送鱼,这些活路都是我的本分。"

说完他笑了。

钟建华也笑了。

走进地主婆家的院落,干净整洁。前面有两棵桃树,宽宽的阶沿。一排木槿刚开出几朵白色的小花,沿溪一直拖到后院。后院阶沿堆满整齐的柴草把子,一条小路长满青苔,几笼竹子耸立溪边,还有几棵小杂树。

曾家富站在人群面前。他们家昨晚上就商量好了,由曾家富出面介绍和答问,都开腔怕嘴杂招惹麻烦,弄不好就"态度不端正",说不定又"罪加一等"。

"我们家林盘……都在这儿……没有侵占——"曾家富低眉顺眼开了口。

大家有些吃惊,他咋这副板相?虽说农忙都累得脱了形,但农闲多少还是恢复了些元气。你看他还是戴着那顶烂边边草帽,人比原先消瘦了不少,眼神有些猥琐,哪还有补锅的娴熟和骟鸡的洒脱。

刘明金拿着锄头走过去,邓勇紧随其后。矮哥和肖老五一看绳子没用,都站着没动。

大家也没什么兴趣,这边竹笼,那边稻田,溪流一隔,有什么看头！你别说，邓勇却看出了端倪。他弯下腰仔细瞧了瞧说："这笼竹子窜了这么多出来，这一团都成吊脚楼了。这是集体的水沟，空了把这竹疙篼打了！"

曾家富立刻小心翼翼地回答："我早就想打了，又怕把队上的水沟埂子挖垮了……"

"不好了！不好了！"

人群一下骚动起来，大家都吃惊地回头张望。

"打起来了！打起来了！拿的弯刀！"随着呼喊声，惊恐万状的肖水珍出现了。

"不要慌，你慢慢儿说！"建华说。

"还慢慢儿说！要出人命了！"头发蓬乱的肖水珍大哭起来。

"邓勇、陶医生，跟我来！其余的留下！"建华果断命令。

"留下的都听老严指挥！"老殷大声说。

于是兵分两路，一路早已跑出院子，一路留在原地继续收林园。喜欢闹热的人也跟着跑了，他们知道"其余的"是指干部，至于群众，想跑哪儿就跑哪儿。

邓勇边跑边问："刚才不是还好好的，咋转眼刀都拿出来啦？"

"砍竹子嘛——你想，手里拿的刀，人又那么横，弄不好就要砍人！"肖水珍跑得上气不接下气。

陶晓容扶住不离肩的药箱问："究竟是砍人还是砍竹子？我都要拿给你吓死了！"

"先是砍竹子，眼看就要打起来……那个毛三匠，手头又有弯刀！……"肖水珍的脸色煞白。

陶晓容已经上气不接下气了。

建华接过药箱问："肖大姐，刚才都没得意见了，咋个转眼又闹起来了？"

"王大炮说，地归你们，竹子是我栽的——他要把竹子砍起走，你想，他堂哥咋肯依嘛……"

第三十八章

邓勇以"消防队员"的速度破门而入,看热闹的人流蜂拥而至,迅速占领了王家后院……

钟建华从王家院子出来,天都擦黑了。他感到一种从未有过的困乏,也许是累了,也许是饿了,但又并不全是。总之,他想饱饱地吃上一顿,然后美美地睡上一觉。

走进屋,钟二娘关心地问:"建华,一队收林园还顺当吧?"

"顺当。"

"前两天我到你小孃那边去,她们郫县也在收,听说贫协组长的脑壳都打冒烟儿了,送到县医院去缝了好几针呢!"

当清楚地听到儿子说出"没事"之后,她才放心地往厨房忙去了。

建华在水缸里舀了一盆水,端到林盘边水泥板上。他没有洗脸,而是两眼一闭,把整个脑袋都埋入水中。

等他回到堂屋,屋里已经点了灯,桌子边坐着父亲。

"今天你们收了几亩地?"老汉张口就冒着火星子。

"哪有几亩,占的都很少……"儿子尽量不让火山喷发。

"我还默倒你们收拾山河一片红了呢!眼看大田的生产都忙不过来,你们却扭到桝桝角角不放,只晓得扣枝枝皮!"

父亲火了,儿子沉默不语。

"我们那阵,忙着把土地分给大伙儿。你们这阵,却忙着把地收回来!农民就那么一点点自留地,有几根树子嘛?有几笼竹子嘛?你们还在鸡脚杆上剐油!树子收了几百斤?竹子收了几千斤?一天量过去量过来的,社会主义就量出来了?依我看量都不用量,干脆收个一干二净,一步就跨入共产主义!"老汉把烟杆在空中重重一挥。

"该你的还是你的,收的只是侵占的。"儿子并不生气。

"劳民伤财!"

儿子坐在竹椅上，靠着墙，仰着头，闭上了眼。

一看儿子没有争执的意思，火气很大的父亲只好摸出一支叶子烟插入烟斗，在煤油灯上叭燃，深深地吐出一团白雾后，语气才缓和了一些说：

"听说一队收林园，你妈心都紧了。"父亲看了看厨房，转过身悄悄问，"听说朱大娘都昏死过去了？"

看着父亲探过来的身子，儿子明白为他担忧的不只是母亲。

"还好，有惊无险。"他故意淡淡地说。看来刚才拿刀的事，二老都还不知道。

父亲又吐出一大口烟才说："你们这样做，伤了农民的心！刚新中国成立那阵，农民分了土地和林园，兴奋得敲锣打鼓，拥护硬是发自肺腑……我们也开会学习，工作组讲的道理就是农民心头想说的话——农民是土地的主人，也是国家的主人！……"他好像又回到那激情燃烧的岁月。

过了一会儿，他看了看儿子又说："现在你们也开会，也学习，一会儿批孔子，一会儿批'法权'，有几个农民懂得起？……"

儿子望了望父亲，又困倦地闭了眼。

"当初批判的也就那么几个——我就不明白了，咋个越批越多了？好像人人都变成了妖怪，屁股上都长了尾巴……"

"吃饭啰！"母亲端来一碗炒红苕藤尖，一碗烩豇豆。

儿子连忙起身去厨房，给二老一人舀了一碗南瓜干饭端过来。

母亲又端上来一碗连麸面做的汽水馍馍，还有半盆白白稠稠的米汤。

母亲拿起一个一面焦黄硬脆一面软软香香的汽水馍馍，递给疲惫的儿子，说："唉，我儿子好久能吃上媳妇儿做的馍馍就好啰！"

儿子大咬一口，心不在焉地嚼着。

"你妈说得对，这才是你要干的正事哦！"

建华抬头一看父亲的眼神，差不多和母亲一样慈祥了。

| 第三十八章 |

晚饭后,建华进屋点亮了煤油灯,昏黄的光立即将写字台现出原形,连床上叠成豆腐块铺盖的线条都清清楚楚。

他拿起了写字台上的"毛选",这是他的习惯。尽管能够背得出其中好多篇目,尽管上面早已密密麻麻勾画批注,每天睡觉前他还是要学学看看。

开篇第一页,不需要翻书,其实早已背得滚瓜烂熟。然而,白天的一个个场景又重现出来,叠加重合,喧嚣成一团乱麻……

一灯如豆,满屋光明;如果一把大火,这房子恐怕就危险了。

他望了望门外,觉得刚才父亲的话有一定道理。我们是不是搞过头了?农村应该休养生息,尽快把生产搞上去才是啊!

他想记下些什么,于是拉开抽屉。打开红色塑皮笔记本,夹在扉页的照片露了出来,这是他和文娟唯一的一张合影,原以为就这样并肩一辈子,没想到如今却各奔东西。

他呆呆地望着照片。

"旧的结束意味着新的开始。人生的路是漫长的,我应该去迎接新的生活!"这样想来,他终于彻底释怀。他把照片放进最下面的抽屉里,永远地封存了。

他起身推开窗户,月华泄了进来,屋外一片皎洁。

"好久能吃上媳妇儿做的馍馍就好啰!"

他苦笑着摇了摇头,又想起那个月色迷人的春夜。当然,人生的路上不会永远都月白风清,稚嫩而天真的她,能否与我并肩携手风雨兼程?

堂屋那边传来父亲的咳嗽声,推开房门走进来的是母亲。

"妈!你还没睡?"

"妈过来看看你,你平时不要整得太晏了,天天熬夜——你爸就是年轻那阵落下的毛病……"

"我没事,妈,快去睡吧,你也累了一天了!"

母亲慢慢走了出去,房门又轻轻掩上了。

孤灯下,摊开的笔记本上一个字也没有。万籁俱寂,他又陷入了沉思。

第三十九章

林园、自留地的清退还未偃旗息鼓,中稻却已悄然籽实饱满,不知哪天哪夜就把一坝平川染成了金黄。

眼看秋收就要开镰,严久思的心情好不容易才跟天气一样风和日丽。这天他和陈家学一路,到各队去看看秋收的准备情况。

走到曾家湾,耳畔就传来"嘭咚、嘭咚"的碾砣声,牛堰河一抹葱绿拖向天边。满眼是黄灿灿的稻谷,背着背篼的一群社员点缀其间,这哪里是出工劳动,分明是一幅绝妙的乡村油画!家学有些激动,要是赵文军见了肯定又要写出好诗来。

稻穗上沉甸甸的每一粒谷子,从撒种育秧到繁衍成熟,不知经历了几多风雨吹打,遭遇了几多雀鸟虫害的袭击,还要与稗草争水夺肥。

"哎呀!真是捉不完的敌人,扯不干净的稗子!"老严对着剪稗子的社员大声开着玩笑。

李先志一听笑起来:"谁说不是!秧母田就扯过,薅秧子也扯过,眼下又冒出这么多,比谷子还长得高!"

"严官!你爱喝二两,把这些稗子拿去换酒嘛!"一个妇女举起一把沉甸甸的稗穗说。

大家都哈哈笑起来，哪个不晓得严官是爱这一口的。

"稗子酒倒是个好东西哦！我们坝子上哪一样不是宝？连野草草都金贵得很！"严官慢条斯理地说。

当然换酒是开玩笑，这一点点换什么酒，不过背回去喂鸡喂鸭倒是上等的饲料。

在一厢一厢的稻田里，社员们仔细地搜索着稗子。这是留种的，更不能马虎。

"先志！这几个田的矮沱谷看来产量不错哦！"玩笑归玩笑，家学关心的还是品种。

"还可以，亩产八百斤应该没得问题！"

"你们要多留点种啊！"

李先志扬了扬手说："这三个田都留成种，郑主任说，要调剂些给其他大队。"

家学一听，连忙从田埂上走过来，站在直线最近的位置说："首先要满足我们大队哈，已经有几个队长都跟我打过招呼了！"

李先志笑了，爽快地说："他们也给我说过，没得问题！"

"矮沱谷产量高，成熟又早，收了还可以种一季晚秋作物……"提起品种家学就津津乐道。

原先坝子上收了中稻，田就空在那里等着点小春，有了这矮沱谷，现在八队就可以多种一季萝卜了。老严想，那天建华还和他说到这事，等先志上了田埂，就把这想法告诉他。

先志听了果然高兴，脑瓜子飞快转动起来。要说种萝卜，品种很多，红皮青皮白皮，圆的长的还有棒槌那么粗的。生长期短的有半头红，青头萝卜要等打了霜才甜。但半头红还是不如大红袍来得快，大红袍虽说细点，但水分饱满，浑身通红，看着都喜人。于是他说：

"就种大红袍，来得快。萝卜分给社员，吃不完晒萝卜干，当菜也当粮。"

严官摇了摇头，放低声音说："建华不这样想，他想让老殷去区蔬菜公司联系一下，到时候卖到城头去，年终社员分红就有望兑现了。"说完神秘地笑了。

先志一拍脑门，自己咋就没想到呢！

严官故意说道："当然社员也有份的——萝卜总有不合格的小疙瘩嘛，还有大堆大堆的萝卜缨缨儿！"

两人都乐得笑眯眯的。

"家学，今后有啥子好品种，就先弄到我们这儿来，"站在田中间的曾维玉扬起黑红的脸盘大声说，"反正你都是我们八队的女婿啰！"

大家都吃了一惊，怎么能开这种玩笑！哪个不晓得，八字不合闹得芳芳生不如死，芳芳那张清瘦的脸，外人都不忍心看，亏她还是叔伯姐姐！不要以为是队长娘子，说话就可以敞口飚！

家学憨厚地笑了。

刘玲扬了扬剪刀，转过身来给他解围："维玉姐！家学是大队的农技组长，考虑的是整个大队……"

"咂！如今你说起话来，也大队长大队短的啰——"

听锣听声，听鼓听音，大家都开心地哈哈大笑。

"不跟你两个说了！"刘玲脸红了，睨了她一眼，低下头薅起一株稗穗来。

曾维玉大大咧咧地笑着说："这种事，还有啥不好意思呢！……呃，家学！啥时候请我们吃喜糖？"说着又将火力转向家学。

家学笑了笑，大方地说："到时候都请！"

大家兴奋地交头接耳——老牛筋终于想通啦？真替芳芳高兴！

"芳芳，你也表个态嘛！"

一直低头默默剪着稗子的芳芳，抬起没有血色的脸颊，有些不好意思地重复了一句："到时候都请嘛！"

| 第三十九章 |

高兴的人们全然没有注意到，芳芳就如霜打过的秧苗，没有了鲜活的灵气，失去了眉宇间的天真。只有她自己明白，"到时候"，她就会像她母亲那样义不容辞地承担起整个家庭的全部责任。伺奉照顾多病的公婆，劳累操持全部的家务，更重要的是，还担负着替陈家传宗接代的沉重使命！……走到这一步，过去充满甜蜜神往的喜悦都黯然失色；美好多彩的憧憬都成了沉重的现实。然而，这一切都是为了家学……

一听芳芳的表态，有人又不依了，大声吼道："光吃喜糖就打整了嗦，到时候办酒席哦！吃九斗碗！"

芳芳低下了头，她不知道，"到时候"举起祝福的酒杯，还能不能笑得像从前那样开心？

众人则兴奋得笑逐颜开。不过，如今婚丧嫁娶想办个十桌八桌，不要说办不起，就是办得起，作为大队干部，哪个敢去招惹"请客送礼""大操大办"这样的罪名！当然，田坝头的精神牙祭尽管打，顶着一层白糖的甜烧白闭到嘴巴慢慢咽，煎成灯盏碗儿的熬锅肉使劲嚼，满嘴包不住的酣口水荞起吞，摆一摆这些都安逸惨啰！

田埂上的龙门阵也摆得差不多了，只听老严问先志："你们准备哪天开桶呢？"

"后天，都安排好了。"

"好，打浆不打秧啊！"他抬头望了望，天灰蓝灰蓝的，太阳火辣辣的，他蛮有经验地说，"别看天气好，老天爷的脸说变就变！"

路过保管室，他们看到五六个妇女在晒坝上选留黄豆种，还有社员正背的背担的担，从田埂往晒坝上运。选出的豆秆上都是籽实饱满的豆荚，黄澄澄的，剩下的就分给社员。看着小山似的豆秆堆，不管是老得泛黄还是嫩得绿毛茸茸，颗颗豆荚都招人喜爱。收获的季节到了，今年田埂河边上的"满山青"丰收了，成都平原的良田沃野就是取之不尽的聚宝盆啊!

从八队出来,老严摸出一支卷好的叶子烟,问道:

"你和芳芳的事,你妈老汉儿都同意啦?"

同意?这话说出口轻飘飘的,局外人咋晓得这两个字的分量!

面对固执的父母,他吵也吵了,闹也闹了,甚至连"渣滓洞"的绝食斗争也上演了,还是以失败告终。

女人呢,撒手锏是一哭二闹三上吊,可芳芳这个川妹子不用这一套。

一个"等"字耗尽了她的心血。她苍白着脸,面对两个固执的老人,她没有不依不饶,而是耐心地等着他们的回心转意。她爱一个人就默默地等了他这么多年,他说他想去读书,她明知道这个家的负担,只脉脉含情地说了声"我等你"……

是啊,无能为力就只有耐心等待。这"等"是她对爱的执着和坚守。她明白,只要努力,时间不会袖手旁观。

作为一个男人,未必还能坐以待毙?然而,你绝食,他们也跟着不吃饭。于是他郑重宣布:"你们不准芳芳进门,那我就到芳芳那边去上门!"两个老人才慌了神。眼看山穷水尽的绝望,终于有了柳暗花明的渺茫。

"不同意也得同意!"

他觉得这话对严官有些残忍,毕竟人家是在关心自己。于是连忙解释道:"只要两个人合得来,哪管他啥子八字出生……"话一出口,他连忙又闭了嘴。

咋这么笨嘴拙舌,严官面前还提什么"出生"不"出身"!

严官重重地吐了一口烟雾。

固执得牯牛都拉不回的父母,那么容易就柳暗花明啰?

"要不是田神仙遇到麻烦了,这件事恐怕还麻烦呢!"家学解释说,"有对年轻夫妇一直没有生育,田神仙算出是命中相克,这辈子不会有娃娃,弄得小两口差点离婚。后来到成都的医院去

第三十九章

检查吃药，终于怀上了。那男人跑去找他理论，要他退算命钱。田神仙本来就是地下活动见不得天日的，这下闹开了，大队就开他的批判会……如今白胖小子都生下来了。舅舅没话说了，我妈老汉儿终于才松了口。"

严官又重重地吐出一口烟雾。

唉，这种事我咋能和你妈老汉儿比？你妈老汉儿同意，是进步，是破除封建迷信；我说同意，就是立场不稳，和阶级敌人穿连裆裤！

他望着田里黄灿灿的稻谷，看着地里白胖胖的冬瓜，露籽的玉米棒子，不禁心想：庄稼成熟了就要收割，儿女长大了就要谈婚论嫁，眼看人家都瓜熟蒂落，可我屋里那两个东西怎么就这么难啊！……

不知不觉到了五队大茅坑边。社员们不仅交出了侵占的林园和自留地，连屋里的鸡屎鸭粪猪尿水，都清理出来全部交给队上。大家正排队等候过秤，秦会计忙着称秤。大家抬的抬，担的担，进进出出忙得不亦乐乎。

一看周俊明挑着满满一担干粪过来了，严官笑着调侃道："你还亲自担粪啊！老殷也不帮你？"

"我哪有你们徐胖子福气好！……遇都遇到了，这辈子只有自认倒霉啰！"话没说完，一张笑脸和闪悠闪悠的扁担就过去了。

谢摩登倒了干猪粪正好出来，她拍了拍脏手，扬起两条又细又弯的眉毛说："变到泥鳅还怕泥糊脸！家学，你说是不是？"

陈家学笑了一下。

"你们来了！"握着大秤的秦会计说，"这两天谷子还打不得，吴队长说今天把社员的肥料收了——他这阵在保管室那边修脱粒机。"

"好的，忙你们的。"家学说完，就和老严朝保管室去了。

田野静静的，院落也静静的。

林盘里突然跳出一个人来，把二人吓了一大跳。定睛一看，原来是胡莽娃！

365

"这个莽娃子,三魂都差点儿拿给你吓掉两魂!总是这么冒冒失失的!"

"严官,你们两个跟我来!"他似乎并不在意指责,动作敏捷地一转身,又进了林盘。

二人莫名其妙,他却神秘地招着手说:"来,给你们看个稀奇!"

进了林盘,他们在一笼竹子面前停住。胡莽娃指着地上一堆新鲜的竹丫枝说:

"看这个!"

这有什么看头!竹林里还会没有竹丫枝?大凡砍了竹子,丫枝就剔在地上,等蔫了才好挽柴把子,这也值得大惊小怪?

一看他俩不明白,胡莽娃便有些得意,又指了指竹笼说:"看这个竹子嘛!"

这就更莫名堂了,竹子有什么看头!

"再看这个剔的丫枝嘛!"

二人这下都明白了。

"我担着干粪,尿胀了想进来图个方便。没想到有了这个重大发现!"

"这是哪家的竹子?"严官望着这些细条条的竹子问。

"罗老大的嘛,就这么几笼,"他指着这些黄焦焦的竹子说,"都晓得,'理论专家'没得钱用就砍竹子卖,早就拿给他砍败了!"

"这些竹丫枝从哪儿来的呢?"家学好奇地问。

"哎呀,这正是我想到的!"胡莽娃兴奋得两手一拍说,"于是我就直端端地往那边走——"

他领着他们来到"那边",竹子果然粗壮伸展。

"看嘛,就是这儿,紧挨他家老坟地。以前不敢砍,是他爸栽的。现在没收了,就来偷。"

"你咋晓得呢?"严官还是将信将疑。

"我有证据,不会冤枉他!"说着他弯下腰把竹叶笋壳刨开,

第三十九章

一个新鲜的竹桩亮了出来，再一刨又亮出一个！

没想到这莽娃子还粗中有细，阶级觉悟一旦提高，再莽的人都会心明眼亮！

对这莽娃子真该刮目相看！

"你还是去把吴队长叫来！"严官说。

"我的干粪还在那儿！"他指了指林盘边上。

"我们在这儿，哪个就给你担起跑了嗦？"

看着胡莽娃一溜烟跑了，老严觉得这事该队长来处理。他抬头望了望天空，还是风和日丽，他的心情却又愁云密布了。这段时间，走进家门，儿子的沉默无语几乎让屋子压抑窒息；走出家门，遇到的尽是这些说不清理不伸的纠葛，他不知道这些无休无止的扯皮何时才是尽头！

"平儿，平儿！快来看爸爸给你买的新书包！"

兴冲冲从厨房后门走出来的"理论专家"，一下子愣住了。

"你们咋在这儿？"他下意识把印有"天天向上"的帆布新书包往背后一放，脸上堆出笑说，"啊！检查嘛。前几天，我们这里该交的早都交了！""理论专家"总是反应敏捷推断准确。

"这么早，赶场就回来啦？"

"嗯——马上要开学了，平儿天天扭到要新书包，这阵又不晓得跑到哪儿去了。"

"平儿，平儿！"他嘴上大声喊，脚却往后退。

几个挑粪桶的社员闹闹嚷嚷地进了林盘，胡莽娃领着吴队长走在前面，迅速将他包围了。

他有些张皇，脸都白了。

吴队长站在他面前说："还是你给我们理论理论吧！"

他看了看手中的书包，又望了望地上的新鲜竹丫枝，不需要他理论，大家早都一目了然。

站在吴队长身边的胡莽娃早已做好准备，只要他敢狡辩，就立刻当面戳穿。

他并没有狡辩,只是垂下了头。

竹林里很安静。

"理论专家"无地自容,人们的目光如利箭穿心。这目光他也曾射向过犯错的孩子,社员中有的曾是家长,他曾经是他们孩子的老师!

"理论专家"抬不起头,他的脖子再也支撑不起这颗高傲而沉重的头颅。从今以后,他还有何颜面来跟别人理论!

女儿旧书包坏了,新学期要个新书包也不过分。"理论专家"本可以举出多个理由拒绝,但面对听话懂事的女儿却开不了口。他终于铤而走险,昨晚擦黑神不知鬼不觉地砍了六七根大竹子收拾停当,今天天不见亮就扛着竹子远走龙桥。等太阳出正,他的竹子早就脱手了。

竹子卖了,书包买了,脸也丢尽了,德也丧完了……

"按制度办!罚两倍的款,现在拿不出钱先记账!"吴队长大声说道。

制度是收林园时队长在大会上宣布的。不开你罗老师的批判会,不跟你"理论专家"理论,就该谢天谢地了。

吴队长问他还有什么话说。

斯文扫地的"理论专家"还能有什么话说?他还能有什么脸来说话?

他艰难地抬起头,忽然,他看见一双明亮的大眼睛!

她什么都看见了,她什么都听见了……

忽闪忽闪的大眼睛走上前来怯生生地望着他:"爸爸……新书包我不要了!爸爸……新书包你交给生产队吧——"她放声大哭,泪珠如断了线的珠子在脸上滚动。

晶莹的泪珠凉冰冰地滴在他心上,他弯下腰来将女儿和新书包一起拥入怀中……

第四十章

中稻已经开镰，田坝头到处都在进行着繁忙的收割。

老严在队上担了半天谷子，中午疲惫闷热得饭都不想吃了。

天暗下来，屋子里更加闷热。徐胖子只穿了件汗衫脸上还直滴汗，锅里煮的玉米粥开始冒泡。她觉得自己简直就是正蒸得上气的馒头……

上身赤裸的老严坐在一张小竹椅上，一边搓着盆里的汗衫一边说："徐胖子，你妈这回脚杆跩断了，你还是该回去看下哦！"

妻子的娘家在阳江河那边的龙门山脚下，昨天托人捎来口信，说她妈不小心摔了一大跤，已经躺进了公社医院。虽说叫德珍今天去看，也不晓得请准假没有。

妻子又抹了一下满脸的汗珠，才说："打谷子这么忙，咋个走得脱嘛！"

"毕竟她岁数那么大了，万一——"

"没得事！"她走到灶台边铲了铲，看煳锅没有，然后盖上锅盖说，"伤筋动骨一百天，老年人恢复得慢些就是了。究竟有好凶，德珍回来就晓得了！"

"说起德珍，这回该稳当啰？"他抬头看着汗淋淋的妻子，希望能得到点信息，毕竟女儿更黏母亲呢。

妻子笑了："这个小伙子是她们主任介绍的，今年二十四岁。虽然在北京当兵，可老家还是我们太平公社的，看照片还不错。"

听口气，好像她已经认可，他便附和着说："部队上的人稳当。"

随即又追问了一句，"提干没有？"

妻子有些得意："人家早就是排长了，不然德珍还不答应呢！说是国庆节就要回来探亲。"

"哦，到时候总要带回来我们看下嘛！"

"肯定嘛，还是要妈老汉儿把关叫！"

"那还差不多。"女儿的事总算有了底，虽然她傲了几年，找个排长也算没有白傲。

"德贵还是焦人啊！"他又忧心忡忡，人家周俊明介绍的那个也不错，可这个臭小子根本不理识。

"管他的哦，儿娃子，年龄也不算大，慢慢儿就懂事了。"妻子安慰道。

屋子里更暗了。

怎么天就跟黑了一样？当然，又闷又热了好几天，这雨早就该下了。徐胖子提着潲桶去喂猪，拌有米糠和玉米粥的猪食一倒进槽里，只听得"嗵嗵嗵"一阵狼吞虎咽。似乎只吞不嚼，连两个耳朵都跟着"嗵嗵"的节奏一奉一奉的。

她很开心，想着不久就可以卖肥猪，她更是高兴。农村里谁家卖肥猪，全队的人都知道，看热闹的，帮忙的，都挤在你门口。等你把喂得胀鼓鼓的猪一放出来，有的抓耳朵，有的逮脚杆，喊声一二三，大家一起用力，就叫那狗东西四脚朝天！任它嚎得震天动地，早已被按在鸡公车上动弹不得。等捆绑结实车子起程，鸡公车便用叽咕叽咕的歌声代替了它的嚎叫，这歌一路直唱到镇上的生猪收购站。

"等这根猪卖了，我想买两根来喂！"她走过来兴冲冲地说。

"买两根？那要吃好多东西！"

"光说儿女的婚事，到时候要办了你当老的不拿钱出来嗦？"

"当然心甘情愿！"老严满脸的皱纹已开成了雏菊。

"昏天黑地的要下雨了。"她从院子急急忙忙端进来一竹筛

第四十章

黄豆,又说,"听说温江的猪儿好,要九角块把钱一斤!"

"龙泉驿的相因,才七角。"说起生猪行情,他是内行。

"龙泉驿那么远,豆腐都盘成肉价了。呃!听说五队这窝猪儿可以,八角一斤,你给吴队长说一声,我们去逮两根!"

"好嘛,哪天我碰到就给他说。"

"还哪天呢,等你碰到人家早都逮完了,现在猪儿俏得很!"

一看妻子不高兴,他连忙改口说明天就去。

天完全黑了,妻子的脸都看不清了。他放下汗衫出门一看,一口凉风差点让他噎闭气。抬头一看,竹子树子剧烈地左摆右晃。再往远处一望,他吃了一惊,牛堰河那边黑压压的一片,麇集的云团如浓墨似黑烟朝这边扑压过来,天地混沌,白昼不辨……自己活到这把年纪,哪见过这阵仗?

一道闪电撕裂长空当头劈下,惊得他一身冷汗!铜钱大的雨点重重地打在地上,震耳欲聋的炸雷一过,狂风挟带着雨点铺天盖地接踵而至,他不由自主退上阶沿。路边的竹子树子都争先恐后弯腰向南狂奔。"啪!啪!",跑不动的竹子惨叫着倒下了,"咔嚓"一声巨响,大约是附近那棵老榆树的一只胳膊折断了。天河之水倾泻而下,院坝里密密麻麻的水泡你挤我拥,顺水而动。破灭了,又生成,再破灭,再生成。房檐成了水帘洞,檐沟成了小溪流。风呜呜地吼,水哗哗地流,雷电交加,狂雨弥漫……

"雪弹子!"

老严一声惊叫,他分明看见有小白点在跳动!仔细一瞧,呀,豆粒大小的,拇指大小的,都滚滚而来!这些白色小精灵快活地跳跃着,滚动着,随着流水又慢慢消失了。

听说下雪弹子了,徐胖子赶忙跑出来看。她高兴得直叫:"好凉快,好凉快!一辈子也没见过这么多的雪弹子!"

老严也没见过这么多的雪弹子。他突然眉头一皱,脸色十分难看,转身进了屋。出来时已是全副武装,长衣、长裤外加一件军用雨衣。

"你要出去？不要命了！"

"看来要遭灾……"

"雪弹子这么大，不把你脑壳打冒烟儿才怪！"

雨衣早已消失在雨雾中。

转眼冰雹就停了，雨也小了，雷声和闪电渐渐远去。

然而眼前的情景却让他惊呆了，也许不过几分钟，冰雹犹如匆匆的过客，瞬间就消逝了。然而，无处不留下它肆虐的足迹，田野上的庄稼面目全非，院落边的竹子树子东倒西歪……

他步履蹒跚，双腿如同灌铅。田野里看不到一个人。他来到队上的晒坝，今天打的谷子早已用晒簟盖了个严严实实。他又顺路往五队走去，五队灾情明显严重，稻子大多瘫倒在地，顽强挺住的几乎已是可怜的光杆杆！铺在地上的红苕藤支离破碎狼藉一片，林盘沟边的竹子树子，有的被拦腰折断，有的被连根拔起……

几天前他来看到的丰收景象已荡然无存，沉甸甸的稻穗不见了，黄灿灿的谷粒消失了。他心如刀绞，两眼也模糊了。

断竹斜树阻挡了他的去路，院落静悄悄的。他想，这五队的人胆子也太小了，雪弹子早过了，再躲避这阵也该出来瞧瞧嘛！

他一个人孤零零地转过林盘，来到晒坝，一抬头立刻怔住了！

保管室阶沿上站满了人！这哪是五队的社员！这分明是电影上一群翻雪山涉沼泽而来的红军战士，是淮海战役中的支前大军，是西南深山剿匪浴血拼搏的勇士！他们手拿的武器是扫把、撮箕、铁铲，虽然是衣衫褴褛，虽然是赤裸上身，站成的行列却是众志成城无坚不摧！在这行列里，他看见了一马当先的吴队长，手握扫把的罗显华；看见了叶三娘的苍苍白发，刘学文湿透的中山装……

"严官！"吴文彬走过来眼圈都红了。

第四十章

　　吴队长说起这场突如其来的天灾，老严才知道错过了晒坝上那最为悲壮的一幕！

　　原来，天色灰暗，暴雨将至，晒谷子的两个妇女知道，这偏东雨说来就来。昨天打的五六千斤谷子晒在田边晒簟里，今天又打了上万斤湿谷子敞了一晒坝，她俩不知道弄哪头好了，一时慌了手脚。

　　"当——当——当——"

　　钟声响起来了，她们知道这是胡连长敲击的钟声，真是太及时了！

　　"当——当——当——"

　　洪亮而悲壮的钟声划破乌云，驾着狂风在原野上回荡。这是战斗的号角，是进攻的信号！人们立即放下碗筷，丢开手上的家务活，冲出自家院门。他们来不及穿衣服，顾不上戴草帽，男男女女倾巢出动，涌往晒坝。没有人指挥，不需要分配，一个个仿佛久经沙场的士兵，迅速找到了自己的岗位。晒簟里的谷子折合起来了，撮的撮，担的担，抬的抬，如蚁队一般运往保管室。晒坝上更是人头攒动，有的用推谷耙把谷子推成小堆，有的撮进箩筐抬上大堆，有的干脆端着撮箕跑，老的小的就拿扫帚扫剩下的谷粒。人们全力以赴，争分夺秒，一定要赶在老天爷的前头。

　　"轰隆隆……"

　　老天爷的銮驾就要到了，狂风四起，昏天黑地，天兵天将们先杀过来了！

　　突然有人大喊牛圈房倒了！

　　耕牛是生产队的大家当，庄稼人哪能失去牛！几个强劳力立即奔向牛圈房。晒坝上的人手明显不够了，大家更是卖力，好不容易才在晒坝上形成了三个大谷堆。田里的晒簟扛过来了，人们拉的拉，挡的挡，总算盖完了。

　　吴队长松了一口气。

373

再一看，大谷堆在晒簟外竟拖着个大尾巴！他放下的心又一下子提到嗓子眼。晒簟用完了，到哪儿去找？他望了望天，急得如热锅上的蚂蚁！

就在这节骨眼上，胡连长来了！他扛着自家的一床晒簟，就像扛着一门高射炮冲向晒坝。在他身后，侄儿胡莽娃来了，住家近的罗老二也来了，都扛着自家的"炮筒"，仿佛是救援的炮兵。吴队长的眼眶湿润了……突然，胡连长一个趔趄，不知是步子太急还是狂风过猛。两个妇女立即上前扶他，付强赶紧接过他的"炮筒"奔向谷堆……

大滴大滴的雨点打得人生痛，迅疾的狂风刮得人出气艰难，瞬间雨幕吞噬了一切。成都平原几时见过这种狂风骤雨！在谷堆上佝偻着脊背忙着拉盖晒簟的吴文彬，忽然感到脊背上有小石子敲击，再看晒簟，小白点已敲起鼓点！他直起腰来挥手大喊：

"下雪弹子了！快躲起来！快上阶沿！"

人们穿过暴雨，涌上阶沿，钻进保管室。

白花花的冰雹下来了，吴文彬最后一个跑上阶沿。整个晒坝成了冰雹的舞台，这些白色小精灵跳完舞并不急着退场，它们调皮地三个一堆五个一伙，停在那里好奇地观望。挤在阶沿上的人们都暗自庆幸，要是再迟一步，那些大如鸡蛋的白坨坨，还不把脑袋打冒烟！

听到这里，老严不知说什么好。他看了看大家，激动地说："这阵雨停了，快回去把湿衣服换了，在这关键时刻，大家都不要生病！"

吴文彬也大声说："都回去吧！该换衣服的换衣服，该吃饭的吃饭，下午还要出工！"

看人们散去，他转身对老严说："走，去牛圈房看看！"

"哪个牛圈房？"

老严快步跟上问。他知道五队有两个牛圈房，关着三头牛。

一听是大茅坑那边的,他心一紧,那里关的是两头牛!

"建华他们都在那边。"吴文彬迈着大步说。

"建华?他咋来了?"老严不明白,自己的速度这么快都没赶上,家住三队的他还能飞过雪弹子?

"中午他来找老殷说萝卜的事,还没走雨就来了,刚才他们两个还在晒坝上呢!"

老严明白了,原来建华已着手在抓秋种的事了。

他俩来到大茅坑,这里早已满目疮痍,惨不忍睹!

坍塌的牛棚如遍体鳞伤的怪兽瘫软在地。一边土墙齐刷刷地偏向牛圈,七翘八拱的房架岌岌可危;一边完全塌陷,旁边趴着一头老牛,它身后有个扒开的大坑洞,老牛大概就是从这个坑洞里弄出来的。

作为使牛匠,老严看着歪着脑袋紧闭双眼奄奄一息的老牛,心尖都痛了。他用手摸了摸它的头,又摸了摸它粗糙的鼻子,它双眼慢慢睁开了。滚圆的大眼睛一眨巴,竟然滚下了又大又亮的泪水!它睫毛湿润,泪水一滴又一滴顺着眼角流下来,鼻子也湿漉漉的。做牛也真可怜,累了一辈子,如今被打成这样。老严动情地对它说:"别难过,我晓得你痛!"他给它擦掉泪,用手轻轻抚摸着它的脑袋。它瞪着可怜兮兮的眼睛望着他。

还有一头牛呢?打死了吗?人都撤走了吗?

他俩慌忙绕过坍塌的牛棚,来到后面一看,原来他们都在这里!

建华站在斜塌的房架上,正抠挖着垮塌的房草,老殷在他后面传递着。几个社员挖的挖,刨的刨,一个个弯腰曲背,浑身透湿,满脸不知是雨是汗,满手不知是粪是泥。

他俩不由分说,立即加入了救牛生命通道的挖掘。

大家小心翼翼,轻挖慢刨,抱开遮挡的房草,捡开乱七八糟的木条竹竿,进展十分缓慢。既要防备房架和圈墙的再次垮塌,更不能伤人伤牛。

"看到牛头了!"突然建华在上面大喊。

"活的吗?"老严心急如焚。

"蹲着呢!"

大家都很兴奋。

但是,要把它从这个坍塌的牛棚里救出来,实在是太危险太艰难了!

努力地用手抠挖,大抱大抱①的障碍物搬开了,洞口加大了,救牛的生命通道终于打通了!

老殷看了看有些疲惫的建华,说;"你连午饭都没吃,还是我进去吧!"

站在洞口的建华笑了:"这里我才方便,近水楼台嘛。"说着就钻进洞里。

老殷看他在里面佝偻着身子,可怜牛竟卡在一个狭长的空间里动弹不得。建华一阵摸索,终于拉着牛鼻绳了!

牛试图站起来,但没有成功。它又做第二次努力,一只前腿立了起来,巨大的身躯一起来就撞着了身后的柱子!

惊得老殷一身冷汗!柱子晃了晃,墙并没有塌。牵着牛的建华慢慢往外退,洞口已经出现他弓着的腰。

大家正高兴,突然传来一个社员惊慌地大喊:"快跑!"

建华出现的洞口在变形!

老殷也看见了墙在倾斜!

"快跑!"大家边喊边跑。

建华也丢掉了牛鼻绳!

快跑! 老殷想尽快脱离洞口,但双腿不听使唤。在乱七八糟的草渣堆里,他抽出一只脚,又陷下一条腿。

突然,一根斜撑的木梁倒下来,直劈脑门!

---

① 大抱大抱:量词,比一大把多。

第四十章

他一声惨叫,两眼一黑就栽倒在地……

不知过了好久,他觉得自己还活着。虽然懵懵懂懂,但还在出气,虽然动弹不得,还是睁开了眼……

他试着慢慢爬起来,抬手摸了摸脑袋,竟然没有血,也没有伤!

想起来了,那根木梁差点要了我的命。可是,人们怎么不管我,他们七手八脚地在忙啥子呢?

原来是在弄一个鲜血淋漓的人!

老严正脱下身上的干衣服裹住伤口,鲜血从膀子上流出,受伤的人竟是钟建华!

"他怎么啦?"

"木梁把他砸昏了。"一个社员说。

明明是朝我脑门打来的,怎么会把他砸昏呢?当初他不是牛鼻绳一甩就跑了吗!

"我们都还没有回过神,他就扑在你身上了!"

"为了救你,他多处受伤,都被打晕了!"

老殷走了过去。他看见横躺着的躯体血迹斑斑,看见闭着的眼和苍白的脸,心里一下五味杂陈,这地上躺着的本该是我啊……

等老严把两只衣袖在膀子上打结扎紧,血似乎止住了。大家忙了好一阵,建华终于慢慢睁开了眼睛。

他张口的第一句话就是:"老殷呢?"

"我在这儿。"老殷赶忙回答。

建华松了一口气。又问:"牛呢?"

"牛没问题,你放心!"老严说着往牛棚那边一指,"大家正在救!"

这时,架子车到了,是吴文彬叫人拉来的。

躺着建华的架子车立刻朝大队医疗站奔去!要是不行,还得往公社医院送!

大队医疗站里,好一阵忙乱,消毒,止血,包扎。最后陶医生宣布说，轻伤有几处，重伤是手臂。手还能抬动，看来骨头没问题。流的血，是钉子划的，口子不大但有点深，已经消毒处理，打了破伤风针，并给他吃了止痛药。等观察观察，再说转不转公社医院。

大家一听才放心地离开了。这时好多人才想起还没吃午饭呢，难怪这阵脚耙手软了。

建华感到很困倦，眼皮很沉重，他想躺会儿，再到各队去看看。等他再次睁开眼，窗外天都擦黑了。

我怎么还躺在这儿？咋会睡得这么死？他当然不知道，这是止痛药片的效力。他撑起身来，缠着绷带的左手臂撕心裂肺地痛，他咬紧牙关坐了起来。这个时候怎么能待在这儿！还有好多事要做，社员房屋倒塌了多少，有没有人受伤，各队中稻损失到什么程度……

"你醒啦？"陶晓容走了进来，拉开了室内的电灯。见他要走，忙说，"书记，你不要动！我给你量下体温，如果发烧还得去医院！"

建华开始下床。

"现在你得听我的！"说着，温度计早已伸过来。

建华只得配合，他焦虑地问："全大队情况怎么样？有没有人受伤？"

"这里不就躺起一个！"陶晓容笑了，"看你心急火燎的样子，谨防体温升高！"

"这个时候你喊我躺在这儿？没得病都要整出病来！"

"你嫑着急，你躺在这儿的时候，严官老殷他们早已分头跑遍了各个生产队。下午太阳好，淋湿的谷子已经及时翻晒了，连社员的晒簟、小晒坝都统统用上了。这阵严官正在公社开紧急会，等会儿就回来传达！……"

听完陶晓容的介绍，他舒了一口气。

温度计取出来了，一看不算太高。

"谢天谢地！你伤得那么重，这阵还没吃午饭，我在炉子上给你下碗面！"

"不用了。"他早已出门，迈入了黑咕隆咚的原野……

第四十一章

刘玲一早出了门，她端起昨天在暴风雨中弄得又湿又脏的衣裤到牛堰河边去洗。

河水变得浑浊而狂放。她蹲在河边石板上，把衣裤泡湿，打上肥皂，再用刷子密密地刷。白白的泡沫一串串顺着石板滑入河水，你挤我拥似乎要去远行。昨天一个短短的下午，她突然觉得自己长大了好几岁，尤其是做出的那个决定，她觉得自己有了成熟和担当。

建华受伤晕过去的消息，不知为什么比自己受了伤还难受，她的心隐隐作痛。整个下午，无论在晒坝上翻晒湿透的谷子，还是在田里收割稻穗，脑海里总是冒出一个又一个的问题：晕过去的建华醒了没有？伤口有多严重？是在医疗站还是在公社医院？看不到建华的身影，没有他的消息，她六神无主。严官终于出现了，大家谈的又都是灾情……她心乱如麻，却难于启齿。

好不容易收了工，天一擦黑她就捏着两张《四川日报》匆匆出了门。

她决定独自去探望受伤的建华，不管外人说什么。她要勇敢

379

地送上专门为他买了好久好久的英雄牌钢笔,上次没有送出去,这次无论如何都要亲自交到他手里!

她很满意自己在这个时候做出了这个决定。一想到他的手握着带着她体温的钢笔,斜躺在床上深情地望着她,心里便涌出浓浓的甜蜜。她坐在他的床边,将被子轻轻盖上他那受伤的手臂,她的动作该是多么温存和爱怜!她懂得这个决定的分量,她选择了建华,也就选择了一种奉献,为了牛堰河这片可爱的土地,他会起早贪黑操劳奔波,甚至会奋不顾身流血负伤!她愿意为他奉献一切,愿意和他比翼双飞。只要建华在她身边不离不弃,她就心甘情愿无怨无悔!

到了钟家,屋里的灯光让她怦然心动。她努力放慢了步子,院子里没有动静,堂屋里也没有人。

她轻轻推开建华的房门,床上没有斜躺的他,写字台前也空空的。她又轻轻退了出来,院子里还是没有人。她有些担心,是不是还在医疗站?是不是被送进公社医院了?……她有些失望,手小心地抚摸着钢笔盒,不知道哪天才能碰见他,再说,就是碰见了,众目睽睽之下怎么交到他手里?

她又走回屋子。把报纸平放在写字台上,然后才郑重地把笔盒放在报纸上面。

这报纸是她办专栏专门来借的,这笔盒里有精心为他挑选的英雄牌钢笔,他懂的。

她拉上门,在院子里站了一会儿才离开。

晚上,她翻来覆去都睡不着。眼前总浮现出建华发现笔盒的种种神态,手拿钢笔的种种动作,无论什么神态都让她怦然心动,无论什么动作她都忍俊不禁……

"啥子掉到河头了?"

一声大喊,惊得她猛一回头,望见的却是家学那张更惊诧的脸!

第四十一章

她笑了笑，不好意思地摇了摇头。

家学还是不信，又往河里看了看，确信没有冲走衣物才说起了正事。他说，昨晚上大队召开了紧急会议，五队是全公社的重灾区。他还说，整个社会都行动起来了，全力夺粮救灾！今天团支部的主要任务是到五队救灾，接待外来的支援大军。

刘玲听得热血沸腾，她端起白色搪瓷盆急匆匆地回了家。等衣裤刚躺上晾衣竿，洗锅用的刷把，推磨用的小扫帚，厨房里的小筲箕，院子里的小撮箕，都在门口来了个紧急集合。等完成通知任务回家，母亲的早饭煮好了。

她扒了几口饭又出了门。

蓝蓝的天空白云悠悠，好端端的天怎么昨天突然就变了脸？老天爷像是开了个玩笑，当满脸愁苦的庄稼人还惊魂未定，它又雷停风息，雨收云散了。在她眼里，成都平原从来都是风调雨顺的。"麦出火烧天"，那些天总是艳阳高照，田野里暖融融的；"谷出雨绵绵"，那些天也一定会阴雨连绵，云遮雾罩。老天爷对成都平原从来都宠爱有加，她出生在这块土地上也是风调雨顺的。作为妇女主任的幺女备受宠爱，读书连试都不考就升到公社高中，回乡务农也不像远离父母的下乡知青那样从头学起。关键是，正当情窦初开，眼前竟出现了建华！真可谓要风得风，要雨得雨！

可是怎么说变就变了呢？天有不测风云，人有旦夕祸福！不然老天爷怎么会对宠爱有加的天府之国突然翻脸？阳光而英俊的建华怎么突然受伤住院？青梅竹马的冬梅他们怎么会天各一方？海誓山盟的芳芳面前怎么好端端地就冒出个田神仙？一见钟情的建华为何总是若即若离？……

"刘玲！等等我！"

她停下脚步，回头一看是跑得上气不接下气的芳芳追了上来，菜篮子里的笋壳干净而光滑。

"连做鞋用的你都拿来了，不怕你妈骂你？"

"救灾要紧！明年新笋壳出来再捡就是了。"

"这么多小扫帚是啥时候扎的？"看着篮子里还排着十多把竹枝小扫帚，刘玲更惊奇了。

"今早你一走，我就在林盘里扎了。"

"又剔竹丫枝，看你爸不骂你！"

"是昨天风吹断的。"芳芳笑了。

瞧她的竹枝小扫帚那么硬扎，扫起谷子来比自己的高粱扫帚有力多了。又薄又光滑的干笋壳，接起泥里的谷粒来肯定比竹编笞箕更灵巧。和毛根儿朋友相比，自己虽然多读了几天书，但干活和持家就差远了。不过她有信心，过了不多久就一定会像闺蜜一样心灵手巧。

曾家桥就在眼前，几辆解放牌汽车载着城里人，沐浴着朝晖正从桥那边缓缓驶过来。"一方有难，八方支援！"，"城乡齐努力，抗灾夺丰收！"，"紧急动员，打一场抗击冰雹灾害的人民战争！"，车上大大小小红红绿绿的标语格外醒目，整个牛堰河都沸腾了！

刘玲激动地说："快跑！支援的队伍都来了！"

她俩一路小跑到了五队。社员们早已下了田，晒坝上是欧老师和他的学生娃娃，还有青年突击队的团员们。

只见陈家学从大队部把镇上区上的人带过来了，他大声吩咐道："刘玲！你把这些工人师傅和欧老师他们都带到六亩大田那边去。团支部突击队跟我来，吴队长会带着市上的支援大军去下湿田！"

调遣停当，各路人马向目的地进发。

到了田里，刘玲安排大家一字排开。刨开倒伏的稻秆，密密麻麻的谷粒就露了出来，大家动手扫起来。昨天的冰雹虽然大，但这个田地势高，干得快，小扫帚顺着轻轻一扫，薄薄的笋壳、小小的撮箕就接住了。谷桩周围扫不起来的，就由后面的小学生一粒一粒地捡，那都是成熟了的金黄的稻谷呀！她看人们井然有序地干起来，自己便当起了搬运工。人多力量大，筲箕和脸盆不一会儿就装满了，她一趟又一趟运到田埂上的箩筐里。

太阳早已火辣辣的，没有一丝风。田野里人头攒动，或蹲或跪，弯腰曲背，地毯式搜寻，蚕食般地推进。刘玲早已满脸是汗，突然眼前一亮，她看见了建华！说也奇怪，不知为什么，不管人再多，她总能在人群里一眼就认出他！这大概就是人们所说的"心有灵犀"吧。她看见他陪着郭书记和郑主任朝这边走来！他左手臂吊着雪白的绷带，右手在指指点点。郭书记停下了。良久，他们又往这边走来了。刘玲觉得更热了，她把谷子倒进箩筐，用衣袖抹了抹脸上的汗水……他们又下田了，郭书记蹲了下去，大概在刨开倒伏的稻秆查看灾情。建华背对着她，也许根本就没看到她……现在他心里满满都是灾情，哪里知道人家心中的牵挂！

"刘玲！你快过来！"一声大喊让她吃了一惊。

家学大步跑来，心急火燎地说："下湿田那边情况很糟！你赶紧过去支援，我把突击队也马上叫过去！"

下湿田里排着市上来的支援大军，个个捞脚挽裤，干得正欢。这里情况确实很糟：泥软田湿，中间理出的一条排水沟流淌着水。稻秆躺在泥里，脚一下去就陷入软泥。人们躬背弯腰，小心翼翼地拨开稻秆，谷粒便簌簌落进泥里。只能用双手捧，单手抓，谷子和泥巴一起装进筲箕和脸盆。这的确不是那些学生娃娃干得了的，泥巴谷子又湿又重，只有男劳力才搬得动、挑得走。

刘玲挽好裤腿下到软软的泥里，她挨近一个老师傅，小心拨开光刷刷的稻秆，谷粒便从泥上显露出来，她轻轻地连谷带泥一起捧进老师傅的脸盆。老师傅痛心地说："这都是一颗颗的粮食啊！"

看着老师傅花白的头发，她突然想起自己的外公。外公活着时常说，小时候家里很穷。一到赶场天，八九岁的他就会端个缺口碗，捏只小布袋，拿个小扫帚，走好几里路到场镇的米市上去转悠。巴望着粮贩们的交易，眼睁睁看着白花花的大米倒出倒进，看有掉的落的,等人家交易一完就赶紧去扫起来,直到场散人尽。能扫个连沙带土的半碗就兴奋不已,要是能装满破碗简直就谢天谢地了。那时外公他们的粮食不是以斤两计算,而是一颗一粒捡的扫的!她能体会出老师傅话的分量,这一颗颗成熟的谷粒是汗是泪,是救命之宝啊!

太阳升得很高了,刺眼地展示着它的威力。口干舌燥的人们疲乏了。

"茶水来啦!"

罗五婶左臂挽只竹篮,右肩挑着担子,闪悠闪悠从田埂上走来。

"来喝冬桑叶茶水!"罗五婶大声招呼着,她把担子放在沟边,从竹篮里取出几只碗,用竹瓜档把黄褐色的茶水舀进碗里,摆在田埂上凉起。

冬桑叶茶水清热解渴,真是久旱遇上及时雨!刘玲连忙喊道:"各位师傅!歇下气啰!到田埂上喝口水!"

茶水冒着热气,没有人来喝。

芳芳便主动端起一碗茶水,走到一个师傅面前说:"师傅!歇一歇,喝口水吧!"

刘玲也来到一个中年妇女面前,热情地递上了一碗茶水。那妇女扬起戴草帽的头来,眼镜下一张瘦瘦的脸竟那么苍白,大热天干这样的活还穿一件洗得发白的劳动布工作服。

"师傅——"

"我不是工人师傅,"她连忙站直身子纠正,"我是中学的……"

"哦,是中学的老师!喝口水吧——"

"我——我没有上课……"她想解释,怕别人误会,怕别人说她有意隐瞒。

"你生病了?……"刘玲似乎明白了。

"这正是锻炼的好机会……"她很真诚。看着刘玲双手递过来的茶水,她很激动。带泥的手在稻草上慌忙地擦了擦,又在裤子上抹了抹,才赶紧捧过碗。一口气喝完,又恭敬地双手递还。

看着她手上未擦干净的泥巴,刘玲笑了笑说:"还是去洗洗吧。"

"对不起,抱歉,太抱歉了!"她不安地道着歉,以为"洗洗"是指弄脏的茶碗。她内疚地拿着带泥的茶碗向沟边走去。

让她"内疚"虽然有些残忍,但刘玲不想解释。她知道只有这样她才能到沟边去凉快地喘口气。望着她的背影,刘玲心里很不是滋味。凭她的待人和自律,能教中学,一定是知识分子,受过高等教育……

陆续有人到田埂上来喝茶水,刘玲突然做出一个大胆决定,她大步来到田埂上,拍了拍手大声说:

"大家注意了!我们这块田的进展很不错!大家喝水歇一歇。我刚从那边过来,那边面积实在是太大了,很缺人手,我点到名的就过去支援!"

一切行动听指挥,这种临时调配太正常不过了。

她点了几个头发花白的人,最后点了那位老师。

带人去了那边,回来的刘玲很坦然。她看到在干板的田里,那位老师想蹲就蹲,想跪就跪。她觉得以带队人的名义运用这点权力挺好的。

她开心地端起半碗凉茶倒进冒烟的嗓子里,浑身都感到一阵舒坦。

水沟边排着几箩筐泥巴谷子正等着淘洗,芳芳他们腿肚子浸没在溪水中,黑油油的泥水浑浊了溪流,一阵搅动提起,黄灿灿的谷子就亮了出来。捡去草渣,再放入水中淘几个来回,就是黄灿灿的谷粒了。看着这些劳动成果,大家兴奋得就跟淘金者一般。

"都上来喝点水吧。"刘玲说。

最后上来的肖老五,对着芳芳晃了晃手中的半碗茶水说:"好久喝上你们的喜酒,那才安逸呢!"

赵文军抢过话:"光晓得喝人家的喜酒,有人去年点大蜡还悄悄密密的呢！"

"这个怪不到我哈！那阵哪个敢请客？"

"这回新事新办，"刘玲高兴地接过话，"到时候我们宣传队的都去，不是去喝酒，是表演节目，闹新房！"

喜欢闹热的肖老五马上说："还要喊他们两个坦白，当初是怎么来电的！"

芳芳瞪了他一眼，嗔怪道："那你现在就跟我们坦白嘛！"

肖老五笑嘻嘻地说："我们都老夫老妻了！呃，秀才，到时候你也要有节目哈！"肖老五又把矛头指向赵文军。

赵文军很慷慨，愿意当场赋诗一首。

只见他手一指，口一张，便道出两句诗来：

"天上雷公笑呵呵，地下神仙戳漏锅。"

大家佩服得眼睛都圆了，真是出口成章。念起来又顺口，还有天有地有神仙。

接着，只见他又双手一合：

"欢天喜地芳芳妹，终于嫁给家学哥！"

哈哈声鼓掌声同时响起，年轻人在一起，连空气阳光都充满着快乐！

这时家学兴冲冲地跑来了，大家更是高兴得不亦乐乎。

"郑主任刚才通知我，公社已经推荐我去读四川农学院了！"家学还没站稳，就对芳芳大声说。

掌声再次响起，比刚才更热烈，更持久。

多年的梦想终将成真，乐得他容光焕发！

芳芳的脸色却暗淡下来。

家学也沉默了。

这一去又是几年！你倒一拍屁股走人，难道把两个多病的老人就丢给芳芳？

他陷入了两难的抉择……

第四十二章

收完中稻,喧嚣一季的大地又静了下来。平原开阔起来,黑黑的泥土很舒服地平躺着,淡淡的薄雾是它呼出的气息。

望着静谧的田野,建华抚摸着肩上担的两只筊箕长长地舒了一口气。这土地也该歇息了,曾几何时,当它经历千辛万苦刚刚捧出累累硕果,短短几分钟就毁于一旦!

土地沉默了。

然而,劳苦耕作的人们并没有顿首哭嚎,也没有跪拜祈求,他们众志成城迅速结成了统一战线!不再计较邻里的口角纷争,无须理论争辩你长我短,男女老少都齐心协力投入了颗粒归仓的战斗。镇上的人来了,区上市上的人来了,学校师生、工厂工人、机关干部都来了。不需要苍白无力的安慰,没有誓师大会的动员,也没有高音喇叭的呐喊,大家都躬身在这片黑土地上默默付出。灾难考验着人的灵魂,痛苦磨炼着人的意志,土地让低垂的头颅又倔强地昂起……

灾难是无声的号角,它将痛苦拧成一股绳。瞧!平整的大地上萝卜已冒出对称的芽片,莴笋支起的绿叶就要开盘,黑油油的泥土下面还躺着秋洋芋呢!

成都平原上春洋芋倒是年年种,谁都晓得"洋芋一把灰,结来起堆堆"。眼看春荒就要熬不下去的时候,它和苕尖、嫩胡豆都如同久盼的甘霖降临在饥饿的餐桌上。它煮炒烧炖无所不能,条条块块哪怕捣成泥糊糊,有两节绿葱花就鲜美无比。然而收了中稻田湿土黏,这秋洋芋有谁种过?弄不好连芋母子都要沤烂,只会瞎子点灯白费蜡!

灾难又是一部无字书,让你脑瓜子更灵动。大家群策群力,讨论会上终于有了办法:田湿土粘就开厢理沟,怕种子沤烂就用干粪谷草盖上,不挖粪水不踏湿土,人站在厢沟里打窝下种。说干就干,拖拉机从彭县拉回了洋芋种,社员们一身泥一身汗硬是让秋洋芋第一次下了田。仔细一瞧,田里谷草缝里已冒出白白的米芽子来。土地是有灵性的,只要你下一粒种子它就会成串成捧地来报答你!

不知不觉来到了曾家桥。他下意识地往八队方向望去,红彤彤的朝阳已穿出云海挂在牛堰河树梢上,他情不自禁地摸了摸左胸口袋别着的那支崭新的英雄牌钢笔。这宝贝他一直珍藏在抽屉里,今天他堂堂正正地别在了胸前!她仿佛正望着他的胸前笑盈盈地走来,瞧那圆圆的脸坦荡得好似明净的天空,眨呀眨的双眼就像天空的星星,笑起来的嘴简直就是弯弯的月牙,时隐时现的酒窝总淌着蜜。想起来心里就暖乎乎的,仿佛沐浴着家乡温煦的清风,新鲜的空气,还有那清澈的溪流……

"钟书记!等等我!"

一回头就看见胡莽娃,他正从小学残缺的围墙边跑过来,肩上扛着锄头,手里提着弯刀。

"今天修路肯定闹热哦!"他兴奋地吼道。

人们早已习惯了闹热。运动来得闹热,"尾巴"也割得闹热,就连往年初冬才搞的农田基本建设,如今也闹闹热热地提前了!

公社要求国庆前必须拉开序幕,各大队便雷厉风行。曾桥也不例外,马上讨论落实。首先发言的是邓勇,他提出改造下湿田,理由是既符合公社改田改土的要求,又针对了冰雹谷粒难收的实际。严官不同意,他说今年公社下湿田配合水系改造的大会战,是安排在太平镇那边几个大队。我们的下湿田面积不大,是自流灌溉的必经之地，没必要抬高，目前不仅可以种稻，还可以搞稻田养鱼。

建华根据今年几场雷雨对渔场的影响，认为最重要的工程应该是彻底改造鱼塘，按高标准规划，塘底要挖深，堰埂要筑牢，涵洞要扩大。但这些改造要等成鱼出塘，晒干塘底的冬季才能干，眼下只能干些改田改土的事。

老殷提出的修路得到了多数人拥护。他说郑主任多次提到，走拢曾桥地界的曾家院子就是一个大弯弯。这次趁收了一些林园，扩一扩就把那里拉直。他还说，这样做既符合上级"沟端路直"的要求，又方便了运输，今后交公粮、卖鱼都方便。再说，这项工程现在就可以开工，我们一动手，肯定打响的是第一炮，这条伸伸展展的大路一修，就是曾桥通往外界的康庄大道！就是我们体面的形象工程！

会场上立即激情燃烧，一个个摩拳擦掌。公社当然大力支持，昨天广播站的师傅就来了，电线拉起来，高音喇叭挂起来，一队保管室摇身一变成了工地广播室。如今不管干什么，都讲究大造声势，搞就一定要搞得轰轰烈烈闹闹热热！

"今天你们担的都是筻箕，其实我这个家伙才刹杠！"胡莽娃追上来，得意地挥了挥手中的弯刀说，"今天肯定是先腾路基，砍竹子砍树子全靠它！"

"看不出来你还粗中有细呢！"建华故意打量着他。

"这还用说！要不然，'理论专家'那么精灵——我还是逮住他的狐狸尾巴了！"他有些炫耀，"今天哪个敢对修路挡道，我这把弯刀照样不认人！"听这话岂止粗中有细，简直是火眼金睛赤胆忠心。

"刀子还是不要乱舞，谨防戳倒人！"

"咋会乱舞呢，当然是对准资本主义尾巴——咔嚓！"他动作夸张笑声爽朗。

建华没有笑,他想起春天就是从这条路上把两个打野的挡了回来。没想到才几个月,割资本主义尾巴就这么深入人心。

想来乡亲们还是通情达理的,这次修路要占一些人的竹林,占就占了。说用那弯弯的老路基补换,换就换呗。虽然老路基又硬又瘦,会上静悄悄的,没有哪个站出来扯横筋……

"胡莽娃!等到我们!"

回头一看,八队几个年轻人担的担箢箕,扛的扛锄头,正急急忙忙跑上来。胡莽娃故意大惊小怪地吼道:

"奇了怪了,刘玲呢?芳芳,你们不是鸭子脚板儿一连串得嘛!"

芳芳白了他一眼,故意昂着头说:"就不告诉你!要以为你的喉咙大,今天你吼不赢她!"

大家一下哄笑起来。

胡莽娃虽说粗中有细,但这次只能一头雾水了,他不好意思细问,便埋下头迈着大步朝前走。

年轻人一路说说笑笑,田野里洋溢着快乐。

已现出沃野中的曾家院子的轮廓,远远望去翁翁郁郁。渐渐能分辨出错落有致的高树低竹,甚至那些青瓦屋脊和低檐的茅舍,也都在竹树簇拥中影影绰绰了。

"太阳出来照四方,毛主席的思想闪金光!……"

优美的歌声拖着洁白的炊烟,从院子的树梢竹尖上悠扬地飘来。

"你有她的嗓门儿大?"芳芳猛一转身,后面的胡莽娃迅速一闪才躲过她扁担上箢箕的横扫。

"贫下中农同志们,社员同志们!"广播大概在试机。

"怎么不像她的声音了呢?"胡莽娃张头张脑地说,"平时她的声音脆生生的,跟铃铛一样,咋广播出来还挺稳重呢?"

大伙儿又笑了,建华也笑了。

"等会儿我也去吼两声，"莽娃子笑嘻嘻地说，"你们听听看，是不是跟做报告一样哈！"

"那是工地指挥部，是你想去吼就去吼的地方嗦？哼！还想做报告呢，想得美！"

大伙儿又笑了。

工地到了，时间看来还早。林盘清清静静的，两条白白的石灰线笔直地伸进密密的竹林。

"他们来了！"随着芳芳的手指，赵文军和付强两个扛着标语牌从竹林里冒出来了。

"青年突击队的人来得真早！"建华夸奖道。

"他们哪有我们早！"胡莽娃不服气。

"没有你们早？我们昨天就忙起来了！"付强一点也不示弱，他肩上扛的一摞标语牌就是证明。

"你们辛苦了！"建华上前帮他接过标语牌。

"不辛苦！"

一身轻松了的付强说的是老实话。他觉得写写标语，扎个纸牌牌，挣的都是㞎㞎工分，算不得辛苦。他甚至也不讨厌开会学习了，反正画圈圈记工分。虽说不喜欢发言，但也并不难，不过鹦鹉学舌动动嘴皮子罢了，跟闹着玩似的，又不是下田坝淌汗水，哪点不安逸！不过，他举着一块标语牌心想，这活路虽说松活，你胡莽娃就吃不梭！力气再大也只有拿弯刀担粪桶！他得意地把牌子往路边一插，路面太硬插不进，还是胡莽娃过来两弯刀就搞定。

红红的标语牌立在路边，"大搞农田基本建设！"几个字方方正正，是赵文军写的。

赵文军突然笑了："你们看，莫道君行早，更有早行人呢！"

果然，严官正沿着白线从林盘里走了出来。

一见建华他就说："今天清理路面必须注意安全，砍树子竹子不要打倒人。"他额头上三条深深的皱褶沟里满满都是担忧。

391

"等会儿广播头再强调一下。"建华说。

"丫枝要剔,树桩要挖,竹疙篼要打。今天最关键的是砍倒的竹子树子都必须赶紧弄起走,把地盘腾出来!"

"一队要全力运输,腾出了场地才不会拖后腿!"

二人正说着,只见刘明金带着大队人马来了。拉架子车的,推鸡公车的,拿弯刀的,抱绳子的,好不热闹!严官终于松了一口气,这个刘明金还真是精明呢。

一个个标语牌竖了起来,"全党动手,大办农业!","掀起农业学大寨运动新高潮!","开展山、水、田、林、路综合治理!",红红绿绿,十分耀眼。人们从四面八方涌来,林盘边一下热闹起来。箢箕、扁担、锄头就在眼前脑后晃动,找人的点名的闹咋嘛了,广播里播送的革命歌曲更是震耳欲聋。

严官一看石灰线上忙碌着老殷和邓勇,他们在给队长们指明地段,交代任务,便对建华说:"你在这边,我就去那头!"说完就消失在林盘里。

修路大军很快各就各位。在叮叮当当的砍伐声中,在欢声笑语中,多年的树子倒下了,竹子也躺了一地,林盘一下敞亮开来。

革命歌曲刚结束,广播里就传来刘玲的声音:"贫下中农同志们!社员同志们!今天,我们曾桥大队吹响了农田基本建设的战斗号角,打响了全公社的第一炮!劳动中涌现出的好人好事,赵文军会到现场采访,也希望大家踊跃投稿,好的稿件我们会向公社广播站推荐……"鼓动人心的话语,激越雄壮的旋律,热火朝天的场面,立刻把人们撩拨得浑身热血奔涌。

一队地段就在林盘入口,妇女们忙着剔枝丫,男劳力砍的砍,扛的扛。广播里又传来刘玲甜美的声音:"现在播送赵文军来稿,《老当益壮的胡连长》。在热火朝天的五队工地上,一个老人正在挥锄大干,脚上还带着抗击冰雹的伤痛,他就是五队老党员胡连长!……"

第四十二章

"肖大伯,你也该上广播!"张启秀说,"你也是老党员,你也在挥刀大干,今天肖大娘看病你都没有陪她去!"

"她是老毛病,"肖大伯说,"再说,修路是落实了人头的。"

"看戳到你,肖大伯!"张启秀突然呐喊起来,迅速把肖开江一拉,转身叫道,"曾家富,你吼一声嘛!"

戴着烂边边草帽的曾家富扛着一大捆竹子吃力地走过来,两个脚杆打闪闪。他哪里吼得出来,他哪里敢乱吼!再热闹的场合他都只有当哑巴,再累人的活他都只有默默地去干。听到张启秀的吼声,他不由得倒抽一口凉气,额头上的颗子汗直冒:戳到人可不是毒死猪,不算你蓄谋已久,也是别有用心!

拉着架子车的肖老五一路吼着从林盘里冒出来,十处打锣九处在的矮哥见了,连忙把锄头丢在一边,跑过去搭手将车推出这段凹凸不平之地。气都没歇一口,他又飞叉叉地吼起来:

"李大爷!快让开!田不秒跑到这儿来凑啥子热闹嘛!"

连忙靠边的李大爷并不生气,他挥了挥手中的牛鞭子说:"老子下田的时候,恐怕你还在做梦呢!这阵才回来吃早饭……"

"那你还在这儿唱啥子'空城计'呢,赶紧回去吃叫!"

"再不看就看不到啰!我站在边边上总挡不到你们嘛!"

李大爷皱巴巴的瘦脸上挂着讨好的笑容。他看着满地的竹子说:"唉!竹子是个好东西,盖房子、搭架子、尿桶、瓜档样样都离不得!划成的篾条想编啥就编啥,背篼、箩筐、晒簟、席子,坐的椅子睡的床,哪样离得开竹子?就是落下来的笋壳、竹叶都是宝哦……川西坝子上哪家院子没得几笼竹子!可如今,像我们这样大的林盘已经很少了……"

"李大爷,你又要给我们摆龙门阵了哇?"不知谁吼了一声。

正推着空车过来的王大炮立刻兴奋地说:"要摆就摆个——"一眼看见钟书记,他连忙把"荤"字刹住,改口道,"老、老龙门阵!"

"老龙门阵,"李大爷看了看张启秀她们正在挖的一节又干

393

又硬的地段说,"就说这个高埂子吧,以前出棒老二!"

几个年轻妇女同时吃惊地抬起头。

"我嘴说话,你们手上还是要打卦哈!不要耽搁了活路!"

"晓得晓得,快说你的棒老二!"张启秀催促道。

"棒老二就是棒客,打抢人的。这里早先又叫鹞子林,出鹞子。鹞子就是鬼冬哥,又叫猫头鹰,叫声吓人得很……"

"这些我们都晓得,还是说你的棒老二!"

李大爷笑了,说:"有吓人的鹞子林,才藏得住吓人的棒老二嘛。这个鹞子林以前大得很,黑黝黝的,方圆几十里都有名。最早住在这里的曾姓人家也算殷实,可一遇荒年饥月就不太平,加上兵荒马乱瘟疫流行,更是棒老二横行……"

朱丽插嘴说:"我爸也说过,爷爷小时候从来不敢走这儿过!"

见有人附和,李大爷更来了劲,他说:"是啊,赶场的人都要结伴而行,上了岁数的人都晓得。棒客在这儿拦路抢劫,逼慌了也要进屋,抢麦子、豆子,连鸡鸭鹅都不放过……"

他一看眼巴巴望着的王大炮又说:"不过,棒老二抢的好像都是吃的,还没听说过抢良家妇女……那时候这里的慈竹,大的有茶碗那么粗,二三十斤重,这些年砍过几次,现在都小得多了……"

不抢妇女还有啥听头,竹子的大小他们不感兴趣。

"这个高埂子就是曾子强修的围墙,又高又厚,挡棒老二的……"李大爷还是兴致勃勃。

人们挖的挖,担的担,车来人往,已经没有人在乎高埂子当年的辉煌了。

望了望剐得光溜溜赤条条躺得满地的竹子,瞅着被连根拔起七拱八翘的老竹疙篼,李大爷呆呆地立在那儿。

"鹞子林没有了,曾家大林盘也没有了!"

"你说啥子呢,李大爷?"钟建华问。

第四十二章

李大爷吓了一跳，自从那晚背着茍尖窜进这林盘后，他再也不敢正眼去接支书的目光。他不自然地笑了笑，皱巴巴的脸比哭还难看。

"我说……鹞子林没有了……没有了就沟端路直了，沟端路直了就巴适了——钟书记，我要回去吃早饭了。"

看着他蹒跚离去的背影，建华有种说不出的滋味……

取直了一截土公路，沟端路直了，还可以节约几分钟的路程，但却毁掉了一个与农民息息相关的大林盘！祖辈们也曾修路，那路是顺着大林盘自然弯曲，如流水般环绕，似比邻般依存。可如今人们却容不得有半点的弯曲……农民脚下的路，也容不得有半点弯曲……

"下面广播一队的决心书！"

决心书打断了他的思考，广播里字字斩钉截铁，句句催人向上。他们要挥汗如雨，革命加拼命，出色完成任务！

一队社员个个听得容光焕发。刘队长却满头大汗进退不得，纹丝不动的架子车让他艰难地进入了拔河的相持阶段。建华赶紧上前搭把手，大家一起使力车轮终于动了。推着沉重的架子车，建华突然想到了没收的那几辆架子车和自行车，现在都还躺在公社的库房里，不知道生锈没有，手表肯定是停摆了……

架子车终于驶出了林盘，刘队长迈着弓箭步上了土公路。

"赵文军的稿子不错！"刘明金直起腰，脸上已分不清是汗珠还是麻疙瘩了，"钟书记，你这一炮打响了，我们肯定不会拉稀摆带屾！"

歌声淹没了他的笑声。

"戴花要戴大红花，骑马要骑千里马；唱歌要唱跃进歌，听话要听党的话！"革命歌曲一完，又传来五队的决心书，还有青年突击队的挑战书……

激动人心的广播，让建华脑海里又浮现出当铁道兵的那些难忘的场面，挖山洞，凿顽石，运土方，铺路基，铁路便在铁道兵的脚下越过千山万水伸向远方……眼下自己又在修路，看着倒地的竹，不太粗壮的树，狼藉的路基，他却没有披荆斩棘的冲动……

"钟书记！广播头在通知你呢！"矮哥突然对他大声喊起来。

果然广播里又传出第二遍通知："请钟书记速到广播室，公社郑主任找你！"

郑卫东站在晒坝上，自行车在身旁休息。见他来了满意地夸道："你们真是在大干啊！"

"还不是你们逼的呀！广播线都拉上了，喇叭还能不响？刚刚才开工，你就亲自来督阵了！"钟建华笑着说。

刘玲端着一张条凳出来，一眼就瞥见建华胸前的钢笔，两团红晕立刻飞上脸颊，她羞涩地低下头转身进屋。

建华特别喜欢她那羞涩的神态。望着她的背影，他想，小铃铛呀，也许我不会给你多少花前月下的时光，但我一定会永远珍惜你，永远让你开心，永远让你不后悔自己的选择！

郑卫东没有坐，他郑重地告诉建华："全国第一次农业学大寨会就要召开了，过两天，郭书记就要去山西开会。今天下午，他走之前还要来公社一趟。你要重点发言，谈谈救灾情况。"

"救灾不是四面八方来支援的嘛！"

"主要谈谈补救措施，关键是如何在大灾之年夺得丰收，并出色完成了公粮交售任务！"

"公粮肯定是要先交的！"他不假思索地答道，"至于丰收就说不上了，原先的估计乐观了些。"

"不是还有几十亩秋洋芋吗？还有萝卜、莴笋的收入统统都要算上！"看着对方的表情，他强调说，"建华，这不仅仅是曾桥大队的，而是关系到整个太平公社增产增收任务的完成！"

钟建华沉默了一会儿，说："我可不可以不发言？"

"那怎么行！你们大队是重点，郭书记特别关心，我是专程来通知你的!"

郑卫东的话一点不假,别的大队他可以只带个口信,而曾桥大队他是一定要亲自来的。因为郭书记下公社就爱往这里跑,他自然格外上心。

"看到你们的阵势我就激动!"郑主任亲切地拍着他的肩头说,"建华,说实话,当初我还真为你捏了一把汗——看来,响鼓也要重锤啊!"说完哈哈大笑起来。

建华看着他,也笑了。

"下午第一个发言的就是你!"郑主任又恢复了严肃,"丰收,与上级领导的关心分不开,与学理论割尾巴分不开,与抓好抗灾救灾分不开,这些都要大讲特讲!"

建华剑眉一锁。

郑主任有些抱歉地说:"我今天不能参加你们的劳动了,下午的会还要准备准备。"说完骑上车匆匆走了。

看来,安排的发言是必须服从的。今年尽管没有获得丰收,但自己已尽力了,发言必须实话实说,因为产量无论高低都凝聚着大家的汗水和艰辛。我们完成了公粮任务,一定要讲得理直气壮,因为上交的粮食都颗颗饱满粒粒金黄!然而有谁知道,晒干的泥巴谷子,加上田里跟狗尾草一样摇曳的晚稻,还有未出土的秋洋芋,将是社员年终决算分配的口粮!他明白下一步自己要做的事很多,秋洋芋要收,鱼塘要挖;俗话说,寒露、霜降、油菜、小麦又该在坡上了……

土公路上,那个小黑点越跑越远。他望了望天空,早晨还出过一阵的太阳又被云层淹没,没有了晴好的征兆。然而苍穹下面,万物依旧,人们仍在热火朝天地筑路。

等郭书记从山西回来,一场新的运动又将接踵而至,那时,又会风起云涌,波扬浪急。站在旷野里的他犹如一粒小小的沙子,大浪涌来,便身不由己推来搡去。但愿自己能像牛堰河里的沙砾

| 牛堰河畔 |

一样，即使渺小，仍然有朴实的质地和独有的棱角。牛堰河里有好多好多细小而干净的沙粒，有好多好多斑斓而可爱的鹅卵石，还有那头石牛！是的，老人们都说挖出过石牛，可是有谁真正见过呢？不要说人工雕琢的精美石牛，就连那形似的粗糙而笨重的大石头，也没有人见过！

他很震惊，心里有些空荡荡的……

"钟书记！你下午要去公社开会哇？我都听到郑主任说了。"一阵"突突突"的响声打断了他的思考，刘爱国的手扶式拖拉机停在他身边，"下午我要去拉连沙石，你坐这个去快得很！"

路拉直就快了，坐拖拉机当然就更快了。

然而，鹞子林没有了，曾家大林盘也没有了。